KB163277

방드르디, 태평양의 끝

Vendredi ou les Limbes du Pacifique

VENDREDI OU LES LIMBES DU PACIFIQUE
by Michel Tournier

세계문학전집 91

방드르디, 태평양의 끝

Vendredi ou les Limbes du Pacifique

미셸 투르니에

김화영 옮김

민음사

차례

프롤로그

납덩이 추를 매단 끈처럼 팽팽하게 선실의 천장에 달린 현등(舷燈)이 좌우로 흔들리는 것으로 보아 점점 더 깊어지는 파도에 휩쓸린 '버지니아호'가 어느 정도의 규모로 기울어지는지 짐작할 수 있었다. 피터 판데이설 선장은 아랫배 위로 몸을 기울이면서 로빈슨에게 타로 카드를 내밀었다.

"카드를 쳐서 첫째 패를 젖혀 놓으시오." 그가 말했다.

그러고 나서 안락의자에 몸을 비스듬히 눕히며 도자기로 된 파이프를 한 모금 빨았다.

"조물주가 나왔군요." 그가 설명했다. "기본적인 주비방(主秘方)들 중의 하나지요. 잡동사니 물건들이 잔뜩 널려 있는 작업대 앞에 요술쟁이가 서 있는 그림이 그려져 있거든요. 이것은 다시 말해서 당신의 마음속에 어떤 조직자가 들어 있다는 의미입니다. 그는 무질서한 세계와 싸우면서 임시변통의 수단을 모두 동원해서 그것을 휘어잡으려고 노력합니다. 그는 목적을 달성하는 듯하지만 그가 조물주인 동시에 요술쟁이라는 사실을 잊어서는 안 됩니다. 즉 그의 과업은 한갓 환상에 지나지 않으며, 그의 질서는 덧없는 것이라 이 말입니다. 불행하게도 그는 이 사실을 모르고 있지요. 회의주의와는 거리가 먼 사람이니까요."

은근한 충격을 받아 배가 요동치는 한편 현등은 천장과 45도 각도를 이루면서 흔들렸다. 갑자기 바람이 불어오는 쪽으로 뱃머리가 돌아가는 통에 그만 '버지니아호'는 옆구리에 바람을 맞았고, 거대한 파도 더미가 대포 소리를 내면서 배의 갑판을 후려쳤다. 로빈슨은 둘째 카드를 젖혔다. 거기에는 두 필의 말이 끄는 수레 위에 왕관을 쓰고 왕홀을 든 인물이 기름 자국으로 더럽혀진 옷을 입고 서 있는 모습이 그려져 있었다.

"화성이군요." 선장이 말했다. "이 조물주 녀석은 일단 겉보기에는 대자연을 정복한 셈이군요. 그는 힘으로 승리를 거두었고, 자기의 주위에 스스로의 모습을 본뜬 질서를 강요하고 있는 것입니다."

마치 부처님처럼 자기 자리에 완강하게 버티고 앉아서 판데이설은 로빈슨에게 톡 쏘는 듯한 조소를 던지고 있었다.

"당신의 모습을 본뜬 질서를 말입니다." 그가 생각에 잠긴 듯한 표정으로 되풀이해 말했다. "한 인간의 영혼을 꿰뚫어 보려면 절대적 권력을 손에 넣고 그에 힘입어 아무 거리낌 없이 자신의 의지를 강요하고 있는 그를 상상해 보는 것보다 더 적절한 것은 없지요. 로빈슨 대왕…… 당신은 이제 스물두 살입니다. 당신은…… 많은 다른 동포들의 모범을 따라, 신세계에서 일확천금을 꿈꾸며 요크에 젊은 아내와 두 어린아이를 버려두고…… 아니, 남겨 두고 왔지요. 나중에 가족들도 당신에게 와서 합류하겠지요. 요컨대 하느님께서 그러게 해 주시기만 한다면 말입니다……. 짧게 깎은 머리, 모나게 자른 붉은 수염, 맑고 매우 곧으면서도 어딘가 고정되고 여유가 없어 보이는 눈길, 엄격하면서도 감정적인 외모, 이 모든 것은 당신이 아무것도 회의적으로 생각해 본 적 없는 저 행복한 사람들의 범주에 속한다는 것을 말해 주고 있지요. 당신은 경건하고 인색하고 순수합니다. 당신이 군주가 되어 거느릴 왕국은 우리 고장 여인들이 시트와 식탁보를 정결하게 빨아 다리고 라벤더를 가득 담은 주머니로 향내 나게 해 차곡차곡 쌓아 넣어 두는 집 안의 큼직한 장롱들을 연상하게 할 것입니다. 성을 내지는 마십시오. 얼굴을 붉힐 것도 없습니다. 내가 하는 말은 다만 당신이 나이를 스무 살쯤 더 먹었을 때만 굴욕적으로 들릴 것입니다. 사실 당신은 모든 것을 배워야 할 나이입니다. 얼굴을 붉히지 말고 카드를 한 장 고르시지요……. 이런, 내가 뭐랬어요? 당신이 뽑은 카드는 은자(隱者)로군요. 전사가 자신의 고독을 완전히 의식하게 된 모양이군요. 그는 자신의 근원적 원천을 되찾기 위해 굴속으로 물러나 은거 생활을 시작하게 된 겁니다. 그러나 대지의 한가운데로 파고들고, 자신의 내면 깊숙한 곳으로 여행을 함으로써 그는 딴사람이 되어 버렸어요. 혹시 그가 그 은거지로부터 밖으로 나가기라도 하는 날이면 한결같던 그의 영혼에 은밀한 금이 가 있는 것을 발견하게 될걸요. 또 다른 카드를 한 장 젖혀 보시지요."

로빈슨은 망설였다. 쾌락적인 유물론에 파묻혀 있는 이 똥똥한 실레노스 같은 네덜란드인은 아무래도 불안한 기분이 가시지 않는 말만 해 대는 것 같았다. 리마에서 '버지니아호'에 오른 이후 로빈슨은 해괴한 지성과 그가 떠벌리는 시니컬한 에피큐리즘에 충격을 받은 바 있는 터이므로 이 괴상한 인물과는 일절 대면하지 않도록 피해 왔더랬다. 그가, 이를테면 선실에 갇힌 수인 꼴이 된 것은 이놈의 태풍 때문이었다. 이런 판국에 그나마 좀 편안한 곳은 이 선실뿐이었던 것이다. 네덜란드인은 이 기회를 백분 활용하여 그의 순진한 승객을 놀림감으로 삼기로 아주 단단히 마음먹은 눈치였다. 로빈슨이 술 마시기를 거절하자 테이블 서랍에서 타로 카드가 꺼내져 나왔고, 판데이설이 마음 놓고 점쟁이 장광설을 늘어놓는 가운데, 한편으로는 로빈슨이 자신도 모르게 말려든 이 재수 없는 놀이에 요란한 폭풍이 무당들의 야단법석처럼 반주를 하며 우르르 쾅쾅 로빈슨의 귀를 때리는 것이었다.

"드디어 은자를 그의 굴속에서 꺼내 주는 자가 나타났군! 금성(베누스)이 몸소 물에서 나와 당신의 평온한 화단에 첫발을 내딛었어요. 카드를 한 장 더 뽑으시지요. 됐어요. 6번 비방인 사수좌라. 날개 달린 천사로 둔갑한 금성이 해를 향해서 화살을 날려 보내는군요. 또 다른 카드를 한 장 뽑아요. 됐어요. 맙소사! 이제 막 뒤집은 카드는 21번 비방, 혼돈의 비방이에요! 대지의 짐승이 불의 괴물과 싸우고 있어요. 여기 보이는, 서로 상극인 힘에 걸려든 남자는 그의 방망이를 보면 알 수 있듯이 미친 사람입니다. 그보다 덜한 일로도 미쳐 버릴 수 있지요. 또 다른 카드를 한 장 더 뽑아요. 좋아요. 그럴 줄 알았다니까. 토성입니다. 12번 비방으로, 매달린 자의 그림이군요. 그렇지. 이것 봐요. 이 인물에서 가장 의미심장한 것은 발이 묶여 거꾸로 매달려 있다는 점입니다. 당신은 마침내 머리를 땅으로 향하고 매달렸군요. 불쌍한 크루소! 어서 다음 카드를 줘 봐요. 그렇지. 15번 비방, 쌍둥이좌로군요. 활 쏘는 사람으로 둔갑한 우리 금성이 다시 무엇으로 변신할까 궁금했는데, 금성이 당신의 쌍둥이 형제가 되었군요. 쌍둥이는 양성(兩性) 천사의 두 발에 각각 목이 비끄러매여 있는 모습으로 그려져 있어요. 똑똑히 기억해 두십시오!"

로빈슨은 딴 데 정신이 팔려 있었다. 그렇다고 밀어닥치는 파도 더미 아래서 선체가 내는 신음 소리가 견디기 어려울 만큼 불안하게 느껴지는 것은 아니었다. 선장의 머리 위에 나 있는 현창 너머로 별들이 춤추듯이 밀려다니는 것도 그렇게 불안하지는 않았다. '버지니아호'는 (날씨가 좋을 때면 그토록이나 보잘것없어 보이는 범선이지만) 일단 심한 풍랑이 일어났다 하면 어떤 위험이든지 다 훌륭히 이겨 내는 선체의 역량을 입증해 보였다. 나지막하고 대단찮아 보이는 돛대며, 배수량 250톤을 헤아리는 짧고 불룩 튀어나온 선복(船腹)을 가진 이 배는 바다에 떠다니는 운송선이라기보다는 오히려 가마솥이나 나무통에 더 가까웠으며, 어찌나 느릿느릿 달리는지 짐을 부리는 항구마다 즐거운 화젯거리가 되었다. 그러나 가장 가까운 해안 쪽만 위협하지 않는다면 선원들은 아무리 풍랑이 심한 때라도 편안히 잠을 잘 수 있었다. 게다가 배의 선장은 바람과 파도와 싸우며 항해한다거나, 길을 돌아가지 않기 위해 위험을 무릅쓰는 일 따위와는 인연이 먼 천성의 소유자였다.

1759년 9월 29일 그 늦은 오후, '버지니아호'는 남위 32도선 근처를 항해하고 있었는데, 수은주는 급강하했고 돛대와 활대 끝에서는 생텔름의 불이 깃털 모양의 불꽃을 일으키면서 보기 드문 위력의 폭풍을 예고하고 있었다. 이 연안 운송선이 나른하게 항해하고 있는 방향인 남쪽 지평선 부근은 어찌나 시커멓게 보였는지 첫 빗방울들이 갑판을 후려칠 때 로빈슨은 그것이 검은 물이 아닌 것이 놀랍게 여겨질 정도였다. 유황빛 밤이 배 위를 덮을 무렵 나침반 5 내지 6에 해당하는 각 거리 사이를 맴도는 불규칙하고 유동적인 북서풍이 태풍으로 변해 일어났다. 평화롭던 '버지니아호'가 그 보잘것없는 수단을 다해, 후려칠 때마다 코방아를 찧게 하는 길고 깊은 물결에 대항해 용감하게 싸우고, 더할 수 없이 성실한 인내력으로 길을 뚫어 나가는 것을 보자, 판데이설 선장의 조롱기 섞인 눈에 감격의 눈물이 고였다. 그러나 두 시간 후 찢어지는 듯한 폭발 소리를 듣고 갑판 위로 뛰어 올라간 선장은 풍선처럼 터진 앞돛대가 갈기갈기 찢어진 천 조각만을 겨우 달고 있는 것을 보자, 이 정도면 명예는 충분히 건진 셈이니 더 이상 고집을 부리는 것은 신중하지 못한 일이라고 판단해 버렸다. 그는 돛을 줄이도록 하고 키잡이에게는 되는대로 놔두라고 명령했다. 그때부터는 마치 바람이 '버지니아호'의 그 고분고분한 태도를 좋게 보기라도 한 듯했다. 배는 뒤끓는 바다 위로 부딪치지 않고 나아갔고, 노호하는 바다는 갑자기 그 배에 전혀 관심이 없어진 듯했다. 갑판 승강구를 철저히 닫도록 한 뒤에 판데이설은 선원 한 사람과 갑판견(甲板犬) 텐만 당직 자리에 남겨 놓고 선원 전부가 중갑판에 들어가 있도록 명령했다. 그러고 나서 그는 진 술병, 쿠민을 넣은 치즈, 검정 호밀빵, 벽돌장처럼 무거운 찻주전자, 담배, 파이프 등 네덜란드 철학이 점지하는 모든 위안물들을 주위에 갖다 놓고 선실 속 깊숙이 파묻혔다. 열흘 전에 배의 좌현 쪽 수평선에 초록색 띠가 드리우는 것을 보고 선원들은 이제 남회귀선을 지나 데스벤투라도스 제도를 지나고 있음을 알았다. 남쪽으로 항해 중이었으므로 배는 그 이튿날 페르난데스 제도의 바다로 들어가야 마땅했는데 파도로 인해 서쪽인 칠레 해안으로 밀려갔다. 지도를 보고 판단하건대 해안과의 사이에는 섬도 암초도 없는 170마일의 바다가 가로놓여 있었다. 그러니 불안해할 이유는 하나도 없었다.

요란한 파도 소리에 잠시 가렸던 선장의 목소리가 다시 들렸다.

"이제 우리는 19번 비방인 사자 비방에서 쌍둥이를 다시 만나게 되었군요. 두 어린아이가 태양의 도시를 상징하는 어떤 벽 앞에서 손을 마주 잡고 있습니다. 태양신이 그에게 바쳐진 이 칼날 꼭대기에 자리 잡고 있지요. 시간과 영원, 삶과 죽음 사이에 떠 있는 그 태양의 도시에서는 주민들이 남녀 양성을 겸한 것보다 더한 순환적 성질을 가진 태양의 성(性)에 도달한 까닭에 어린아이 같은 순진성을 지니고 있지요. 자신의 꼬리를 물고 있는 뱀은 곧 그 자체로 닫혀 있는, 빠진 데도 이은 데도 없는 그 성(性)의 형상입니다. 그것은 획득하기에 한없이 어렵고 간직하기는 더욱 어려운 완벽한 인간성의 극치지요. 당신은 바로 그러한 경지에 이르도록 운명 지어진 것 같습니다. 적어도 이 이집트 타로 카드는 그렇게 점지하고 있다 이 말입니다. 경의를 표하는 바입니다, 젊은 양반!" 선장은 쿠션 위로 몸을 일으키고 농담과 진담이 한데 섞인 몸짓으로 로빈슨을 향해 머리를 숙였다. "그렇지만 아직 카드를 한 장 더 뽑아 주셔야 되겠는데요. 좋아요. 아, 마갈궁이 나왔군요! 이건 영혼이 나가는 문, 죽음이나 마찬가지지요. 손과 발과 머리가 잔뜩 널려 있는 초원의 풀을 싹둑싹둑 베고 있는 이 해골은 이 칼날에 결부된 불길한 의미를 충분히 말해 주고 있거든요. 태양의 도시 높은 곳에서 떨어진 당신은 엄청난 죽음의 위협에 처해 있습니다. 이제 다음에 무슨 카드가 당신에게 떨어질지 어서 알고 싶으면서도 겁이 나는군요. 만약 그것이 약한 그림이라면 당신의 문제는 끝이 나는 겁니다만……."

로빈슨은 귀를 기울였다. 어떤 사람 소리와 개 짖는 소리가 날뛰는 바다와 바람의 요란한 소리에 섞여 들리지 않았던가? 확실히 그렇다고 장담할 수는 없었다. 아마도 그는 저 위에 그 비인간적인 지옥 한가운데서 보잘것없는 비막이 덮개 밑에 간신히 매달려 있는 그 선원에 관한 생각에 지나치게 사로잡혀 있었는지도 모른다. 그 선원은 닻 감아올리는 기계에 어찌나 단단하게 몸을 바싹 비끄러매었는지 무슨 일이 있다고 알리려 해도 스스로 몸을 빼낼 수도 없게 되어 있었다. 그러니 그가 부르는 소리가 과연 들릴 것인가? 바로 조금 전에 그가 부르며 소리친 것은 아니었을까?

"목성이라!" 선장이 소리쳤다. "로빈슨, 당신은 이제 구원받았어요. 그런데 도대체 당신은 얼마나 먼 곳에서 오는 것인가요! 당신은 곧장 거꾸로 떨어져 내릴 판인데 하늘의 신이 놀랍게도 적시에 나타나 구해 주는군요. 그는 황금으로 된 어린아이의 모습으로(광산에서 꺼낸 천연 금괴처럼 말입니다.) 나타나서 당신에게 태양의 열쇠를 건네줍니다."

목성? 노호하는 폭풍 소리를 뚫고 들리던 소리는 바로 그 말이 아니었던가? 목성? 아니다! 그게 아니라 육지다!

당직을 서고 있던 사내는 "육지다!"라고 소리쳤더랬다. 과연 주인도 없는 이 배 위에서 다급하게 소리쳐 알려야 할 것이 있다면 모래와 암초로 덮인 낯선 해안이 가까워지고 있다는 것 외에 또 무엇이 있겠는가?

"이 모든 이야기들이 당신에게는 알아들을 수 없는 횡설수설로 들릴지도 몰라요." 판데이설이 말했다. "그렇지만 우리의 장래에 관해 결코 분명한 말로 알려 주지 않는 것이 타로 점의 예지랍니다. 미래를 정확하게 예언할 경우 그것이 초래할 무질서를 한번 상상해 보실 수 있겠어요? 안 되지요. 기껏해야 이 점은 우리로 하여금 우리의 미래를 예감하게 해 줄 뿐입니다. 내가 지금 늘어놓은 이야기들은 이를테면 일종의 암호 같은 것이지요. 이 암호의 해석은 당신의 미래 그 자체이거든요. 당신의 장래에 일어날 사건들 하나하나는 그것이 일어날 때마다 내 예언의 어떠어떠한 진실을 드러내 보이게 되는 것이랍니다. 이런 종류의 예언은 처음 접할 때 받는 인상처럼 터무니없는 것은 절대로 아닙니다."

선장은 말없이 그의 알자스산 파이프의 구부러진 물부리를 빨았다. 파이프는 꺼져 있었다. 그는 주머니에서 손칼 하나를 꺼내더니 뾰족한 송곳을 펴서 그것으로 도자기 담뱃대 속에 든 것을 탁자 위에 놓인 조개껍데기 속에 비우기 시작했다. 폭풍의 사나운 소리 가운데서 이제 로빈슨은 특별히 이상한 소리를 분간해 낼 수는 없었다. 선장은 둥근 나무 뚜껑 끝에 달린 가죽 손잡이를 당겨서 담배통을 열었다. 아주 부드러운 손길로 조심스럽게 그는 통을 가득 채우고 있는 담배 속의 굴뚝 모양으로 만들어진 홈 안에 커다란 파이프를 밀어 넣었다.

"이렇게 하면 담뱃대가 충격을 받지 않게 되고 내 암스테르다머 담배의 꿀 같은 냄새가 이 속에 푹 배어들게 되지요." 그가 설명했다.

그러고 나서 그는 갑자기 매서운 표정으로 로빈슨을 노려보았다.

"크루소." 그가 말했다. "내 말 똑똑히 들어요. 순수함에 대해서 경계하십시오. 그건 영혼의 황산염 같은 것입니다."

바로 그때 천장의 현등이 줄 끝에서 갑자기 반원을 그리면서 흔들리더니 선실 천장에 가 부딪쳐 깨졌고 선장은 머리를 탁자 위로 향한 채 꼬꾸라졌다. 주위에서 부서지는 소리가 연이어 들리는 어둠 속에서 로빈슨은 문의 손잡이를 찾아서 더듬거렸다. 그는 아무것도 찾을 수 없었다. 거센 바람이 몰아쳐 들어오는 것으로 보아 이제는 문 같은 것은 있지도 않다는 것을 알 수 있었고 그는 벌써 통로에 나와 있었다. 선체가 크게 요동한 직후에 뒤따르는 저 끔찍한 정지 상태를 발밑에 느끼는 순간, 엄습하는 고통 때문에 전신이 아파 왔다. 만월의 비극적인 빛이 어렴풋이 비치는 갑판 위에서 그는 한 무리의 선원들이 보트 걸이에서 구명정을 벗겨 내리는 모습을 알아볼 수 있었다. 그가 그들 쪽으로 몸을 향하려는데 발밑이 내려앉았다. 마치 수천 마리의 숫양 떼가 전속력으로 달려와서 이 운송선의 좌현 허리에 부딪치는 것만 같았다. 잇달아서 검은 물의 성벽이 갑판 위에 와서 무너지면서 모든 것을 송두리째 휩쓸고 사람과 물건들을 한꺼번에 다 앗아 가 버렸다.

1장

파도가 한 줄기 밀려와 젖은 모래톱 위로 흐르면서 모래에 얼굴을 묻은 채 늘어져 누운 로빈슨의 두 발을 핥았다. 아직 반쯤 무의식 상태인 채 그는 몸을 일으켜 세워 해변 쪽으로 몇 미터를 기어갔다. 그러고는 몸을 등 쪽으로 돌려 누웠다. 검고 흰 갈매기들이 신음 소리를 내면서 푸르스름한 하늘을 빙빙 돌며 날고 있었다. 하늘에 실처럼 풀리면서 동쪽으로 늘어져 퍼지는 희끄무레한 구름 한 점이 지난밤의 폭풍 후에 남은 전부였다. 로빈슨이 일어나 앉으려고 힘을 쓰자 곧 왼쪽 어깨에 찌르는 듯한 통증이 느껴졌다. 모래톱에는 배가 터진 물고기들과 깨진 조개들, 상당히 깊은 바닷속에만 사는 갈색의 해초 더미들이 잔뜩 널려 있었다. 북쪽과 동쪽으로는 수평선이 시원하게 난바다로 트여 있었지만 서쪽으로는 바다 쪽으로 뻗어 나가다가 일련의 암초들을 형성하며 물속에 잠겨 들어가는 듯한 암벽이 가로막고 있었다. 400미터쯤 떨어져 있는 바로 거기 부서지는 파도들 한가운데, '버지니아호'의 비극적이며 우스꽝스러운 실루엣이 솟아난 채, 부서진 돛대와 바람에 흩날리는 밧줄들만이 말없이 재난을 호소하고 있었다.

태풍이 일어났을 때 판데이설 선장의 운송선은 후안페르난데스 제도의 북동쪽에(그가 생각했던 것처럼 북쪽이 아니라) 와 있었다. 그때부터 배는 마스아티에라섬과 칠레 해안 사이에 걸쳐 있는 텅 빈 바다 170마일 사이를 자유로이 떠돈 것이 아니라 바람이 불자 그 섬의 육지 근접 지역으로 밀려간 모양이었다. 적어도 로빈슨이 추측할 수 있는 가장 그럴듯한 가설은 그러한 것이었다. 왜냐하면 윌리엄 댐피어[1]가 기술한 바 있는 마스아티에라섬은 열대 밀림과 초원으로 덮인 95평방킬로미터 공간에 드문드문 흩어져 있는 스페인 출신 주민들을 먹여 살리는 섬이었기 때문이다. 그러나 선장의 방향 추정에는 아무런 착오도 없었으며, '버지니아호'가 후안페르난데스와 아메리카 대륙 사이 어디엔가 위치하고 있는 이름 모를 섬에 가서 난파했으리라는 추정 역시 가능했다. 하여간 지금으로서는 난파한 배에서 혹시 살아남았을지도 모를 사람들과 이 섬 사람들(섬에 사람들이 살고 있다면)을 찾아 나서는 것이 합당할 것 같았다.

---

1) William Dampier(1651~1715). 영국의 모험가. 본래 해적이었으나 나중에 영국 해군성을 위해 세계 곳곳을 탐험했다.

로빈슨은 자리에서 일어났다. 그의 몸에 다친 곳은 아무 데도 없었지만 왼쪽 어깨에 커다란 멍이 들어 있었다. 벌써 하늘 높이 솟아올라 있는 태양이 두려워서 그는 모래밭과 밀림 사이에 잔뜩 돋아나 있는 고사리 하나를 원추 모양으로 말아서 머리를 덮었다. 그러고 나서 그는 나뭇가지 하나를 꺾어 지팡이 삼아 들고 화산의 곶 밑을 뒤덮고 있는 가시덤불 속으로 들어갔다. 그는 그 곳의 꼭대기로부터 방향을 추정해 볼 심산이었다.

차츰차츰 밀림은 빽빽해져 갔다. 가시덤불 다음에는 향기가 짙은 월계수들과 붉은삼나무들 그리고 소나무들이 나타났다. 죽어서 썩은 나무줄기들이 서로 이만저만 뒤엉킨 것이 아니어서 로빈슨은 식물군으로 이루어진 터널 속을 지나기도 했고 때로는 마치 자연적으로 이루어진 가교를 건너듯이 땅에서 몇 미터씩이나 높이 떨어져 있는 곳을 걸어 지나갔다. 넝쿨과 가지 들이 뒤엉켜서 엄청난 그물 모양을 이루면서 그를 둘러쌌다. 밀림의 그 섬뜩한 침묵 속에서 그가 앞으로 나아가면서 내는 소리는 무시무시한 반향을 일으켰다. 그곳에는 사람의 자취만 찾아볼 수 없는 것이 아니라 그의 발걸음 앞에 연이어 전개되는 식물들의 대사원 속에는 짐승들마저도 살지 않는 것 같았다. 그런데 그의 눈앞에 다른 것과 별로 다를 바 없어 보이는 나무뿌리 하나가 나타나는가 싶더니 문득 그의 앞 약 백 보 지점에 양 아니면 커다란 염소 같아 보이는 실루엣이 하나 나타났다. 그러나 그것은 차츰차츰 초록색의 희미한 그늘 속에서 털이 긴 일종의 숫염소 모양으로 변했다. 그놈은 광물처럼 꼼짝하지 않은 채 머리를 높이 쳐들고 두 귀를 앞으로 내밀며 그를 노려보고 있었다. 로빈슨은 되돌아가지 않는 한 이 당돌한 짐승 곁을 지나가지 않으면 안 되겠다는 생각을 하며 미신적인 공포감에 몸을 떨었다. 그는 혹시 이놈이 달려들 경우 후려치기 위해 너무 가볍게 느껴지는 지팡이를 버리고 시커멓고 울퉁불퉁한 나무뿌리 하나를 주워 꽉 움켜쥐었다.

그는 짐승에게서 두어 발자국 떨어진 곳에 멈추었다. 몸뚱이를 뒤덮은 털 속에서 초록색의 커다란 눈이 어둡고 둥근 눈동자로 그를 겨누어 보고 있었다. 그때 로빈슨은 대부분의 네발짐승들이 눈이 붙어 있는 위치 때문에 대상을 기껏해야 사팔뜨기처럼밖에 바라볼 수 없으며, 달려드는 투우도 공격 목표인 상대방을 정면으로 바라보지는 못한다는 것을 상기했다. 오솔길을 가로막고 있는 이 석상 같은 털북숭이 짐승은 마치 배때기로 껄껄거리고 웃는 것만 같았다. 지극히 피로한 상태에다가 공포감마저 겹쳐 로빈슨은 갑작스럽게 노여움이 치밀어 오르는 것을 느꼈다. 그는 몽둥이를 쳐들고 있는 힘을 다해 숫염소의 두 뿔 사이를 후려갈겼다. 쿵! 하고 부서지는 소리가 나면서 짐승은 두 무릎을 꿇으며 옆으로 쓰러졌다. 그것은 로빈슨이 이 섬에서 마주친 첫 번째 생명이었다. 그는 그것을 죽인 것이다.

여러 시간 동안 비탈을 기어오른 결과 그는 어떤 거대한 바위 아래 이르렀다. 그 바위 바닥에서 어떤 동굴의 시커먼 입구가 나타났다. 그는 동굴로 들어섰다. 그러자 동굴이 엄청나게 크다는 것을 알 수 있었고, 어찌나 깊은지 당장 그 속을 둘러보는 것은 엄두도 낼 수 없는 일인 것 같았다. 그는 다시 밖으로 나와서 이 땅의 정점처럼 보이는 혼돈의 꼭대기로 기어 올라가려고 시도해 보았다. 과연 그곳으로부터 주위를 둘러싼 수평선을 한눈에 바라볼 수 있었다. 사방이 바다였다. 따라서 그가 와 있는 곳은 사람이 사는 자취라고는 찾아볼 수도 없으며, 마스아티에라섬보다도 훨씬 더 작은 어느 섬이었던 것이다. 그제야 그는 자신이 이제 막 때려죽인 숫염소의 행동이 왜 그리도 이상했던가를 이해할 수 있었다. 그 짐승은 한 번도 사람을 본 일이 없어 신기했으므로 호기심 때문에 선 자리에 꼼짝도 하지 않은 채 버티고 있었던 것이다. 로빈슨은 너무나 기진맥진해 자기가 얼마나 엄청난 불행 속에 빠져 있는지를 헤아릴 기력마저 없었다……. "이것이 마스아티에라섬이 아니라면 탄식의 섬일 거야."라고 즉흥적인 이름을 붙임으로써 자신의 처지를 요약할 뿐이었다. 그러나 해가 저물고 있었다. 배고픔 때문에 그의 배 속에서는 헛구역질이 치밀어 올랐다. 절망감은 최소한의 휴식을 전제로 하는 법이다. 산꼭대기를 이리저리 헤매고 다니다가 그는 캘리포니아산보다는 좀 작은 야생 파인애플을 발견했다. 그는 그것을 주머니칼로 토막 내어 끼니를 때웠다. 그리고 나서 그는 어떤 바위 밑으로 기어 들어가서 꿈도 없는 잠 속에 빠져들었다.

*

동굴 근처에 뿌리를 박고 있는 어마어마한 삼나무 한 그루가 바위들이 혼란스럽게 솟은 산등성이 훨씬 위까지 마치 섬을 지키는 신령처럼 뻗어 서 있었다. 로빈슨이 잠에서 깨자 가벼운 북서풍이 그 가지들을 나른하게 흔들고 있었다. 이 식물의 존재가 그에게 다소 힘을 북돋워 주었다. 만약 그의 주의력이 바다 쪽으로 쏠리지만 않았다면 그 나무는 그에게 섬이 장차 어떤 존재로 느껴지게 될지 예감하도록 해 주었을지도 모른다. 이 섬이 마스아티에라가 아니고 보면 그것은 분명 그 큰 섬과 칠레 해안 사이 어디쯤엔가 위치하고 있는, 지도에 명시되어 있지 않은 어떤 작은 섬임에 틀림없을 것이었다. 서쪽에는 후안페르난데스 제도가, 동쪽에는 남아메리카 대륙이 있지만 그곳까지의 거리는 확실히 알 수 없고 다만 뗏목이나 임시변통의 카누를 타고 한 사람이 단신으로 갈 수 있는 가능성을 훨씬 넘어서는 것임은 확실했다. 게다가 이 섬을 아무도 알지 못하는 것으로 보아 선박의 정기 항로 밖에 위치한 것 같았다.

로빈슨은 이런 한심한 추리를 해 가면서 섬의 생김생김을 살펴보았다. 섬의 서쪽 지역 전체는 열대 밀림의 빽빽한 숲으로 뒤덮여 있고 깎아지른 듯한 바위 절벽이 바다 위에서 끝나는 것 같았다. 반대로 동쪽으로는 매우 물기가 많은 초원이 넘실거리다가 평평하고 모래언덕이 많은 해안 근처에 가까워지면서 늪으로 변해 있었다. 오직 섬의 북쪽만이 접근 가능해 보였다. 그쪽 지역은 모래밭으로 된 광대한 해변이었고 북동쪽은 금빛 모래언덕에 둘러싸여 있으며 북서쪽은 암초들에

가로막혀 있었는데, 그곳에 불룩한 배를 처박고 있는 '버지니아호'의 선체가 드러나 보였다.

전날 출발했던 바닷가 쪽으로 다시 내려가기 시작할 무렵 로빈슨은 우선 첫째 변화를 실감했다. 어쩌면 오랫동안 그의 운명이 되려고 하는 고독을 충분히 인식하고 그 엄청남을 헤아리고 나자 그는 더욱 심각해진 것이다. 다시 말해서 마음이 더 무거워지고 슬퍼졌다.

그가 전날 올라갔던 오솔길 한가운데서 숫염소를 발견했을 때 그는 그 짐승을 죽인 일은 벌써 까맣게 잊어버리고 있었다. 거의 우연이다 싶게 그곳에서 몇 발자국 떨어진 곳에 던져 놓았던 나무뿌리를 다시 손안에 거머쥐게 된 것을 그는 천만다행으로 생각했다. 왜냐하면 대여섯 마리의 독수리들이 어깨에 머리를 파묻은 채 작고 발그레한 눈으로 그가 다가가는 것을 노려보고 있었기 때문이다. 숫염소는 배가 갈라진 채 돌들 위에 쓰러져 있었다. 시체를 파먹는 이 새들의 털 앞으로 불룩 튀어나온 맨살의 새빨간 배때기를 보기만 해도 벌써 화려한 식사가 시작된 것을 알 수 있었다.

로빈슨은 자신의 무거운 몽둥이를 휘두르면서 앞으로 다가갔다. 새들은 구부러진 발을 딛고 무거운 몸으로 뛰면서 흩어지더니 마침내 한 마리씩 한 마리씩 차례차례 날아올랐다. 그 중 한 마리는 공중에 떠서 빙빙 돌다가 되돌아와서는 시퍼런 똥을 싸 갈겼고, 그것은 로빈슨 곁에 있는 어떤 나무토막 위에 떨어져 으깨졌다. 그렇지만 새들은 매우 깨끗하게 파먹은 것 같았다. 오직 숫염소의 내장과 창자, 생식기만이 없어졌을 뿐

나머지 부분은 오랫동안 햇볕에 익은 후에야 비로소 그 새들의 먹이가 될 것 같았다. 로빈슨은 숫염소의 시체를 어깨에 메고 길을 계속 걸어갔다.

*

바닷가로 다시 돌아와서 그는 숫염소의 한쪽 부분을 떼어낸 다음 유칼리나무로 불을 피우고 막대기 세 개를 한곳에 묶어 세운 뒤 거기에 고기를 매달아 구웠다. 수평선을 뚫어지게 바라보며 사향 냄새가 나는 질긴 고기를 씹어 먹는 것보다 불꽃을 튀기면서 피어나는 불이 훨씬 마음을 흐뭇하게 해주었다. 마음을 따뜻하게 덥히기 위해서뿐만 아니라 그의 주머니에서 발견된 부싯돌을 아끼고 혹시 구하러 올지도 모르는 사람들에게 신호를 하기 위해 그는 불을 항상 살려 두기로 작정했다. 사실 섬 근처의 난바다로 지나가는 어떤 배의 선원들에게는 암초 덩어리 위에 여전히 균형을 유지한 채 눈에 띄게 처절한 모습으로, 부러진 돛대에 밧줄들을 늘어뜨리고 세상의 그 어떤 탐험가가 보더라도 탐욕스러운 호기심이 일기에 적당한 모습으로 난파되어 서 있는 '버지니아호'만큼 관심이 가는 것도 없을 것이다. 로빈슨은 그 배 안에 실려 있는 각종 무기와 식량 생각이 났다. 또 다른 폭풍이 일어나서 난파한 배를 완전히 휩쓸어 가기 전에 그것들을 꺼내 놓아야 할 것 같았다. 만약 그가 섬에 체류해야 하는 기간이 길어진다면 이제는 모두 죽었음에 틀림없다고 여겨지는 그의 동료들이 남겨 준 이 유품만이 그의 생명을 부지하게 해 줄 것이었다. 그러니 비록 혼자 힘으로는 말할 수 없는 어려움이 있겠지만 지체하지 말고 짐을 내리는 작업을 시작하는 것이 현명하리라. 그런 줄 알면서도 그는 손도 대지 않고 있었다. '버지니아호'에 실린 물건들을 모두 비워 내리는 것은 그것이 바람에 버틸 수 있는 힘을 약하게 하고 그럼으로써 구원받을 수 있는 가장 좋은 기회를 잃게 만드는 일이라는 것이 스스로의 변명이었다. 사실 그는 섬에 아주 정착하기 위한 작업 비슷한 것이라면 무엇에든 견딜 수 없는 혐오감을 느꼈던 것이다. 그는 이 섬에 장기간 머무를 리 없다고 애써 믿으려 할 뿐만 아니라 어떤 미신적인 두려움으로 인해 이 섬 안에서 생활을 설계하기 위해 무슨 일이든 하게 되면 그것은 곧 빠른 시간 안에 구조될 수 있는 기회를 포기하는 일이라고만 여겼다. 섬 안의 땅 쪽으로는 고집스럽게 등을 돌린 채 그는 머지않아 구원이 찾아올 저 불룩하고 쇠붙이 같은 바다의 수면만을 뚫어지게 바라보고 있었다.

그 후 며칠 동안 그는 머릿속에 떠오르는 모든 수단과 방법을 동원해 자기가 그곳에 있다는 신호를 보내는 데 시간을 바쳤다. 바닷가에 항상 살려 놓은 불 옆에, 그는 수평선 위로 돛배 한 척이 나타나기만 하면 곧 불 연기를 살려 올릴 수 있을 만한 나뭇가지들과 표류물 더미를 잔뜩 쌓아 놓았다. 그러다가 그는 가장 긴 쪽 끝이 땅에 닿는 장대가 걸쳐 놓인 돛대에 생각이 미치게 되었다. 급히 신호를 해야 할 때 그 끝에 불붙은 장작을 매달고 칡덩굴을 이용해 한쪽 끝을 잡아당기면 장대를 기울여서 급조한 신호등을 하늘 높이 올릴 수 있을 것 같았다. 그러나 그는 곧 이러한 작전을 포기해 버렸다. 서쪽 해안을 굽어보는 절벽 위에서 그는 높이가 200피트나 되며 하늘로 열린 긴 굴뚝 모양으로 서 있는 속 빈 유칼리나무의 죽은 줄기 하나를 발견했다. 그곳에 자잘한 나뭇가지들과 불쏘시개들을 쌓아 놓음으로써 그는 그 나무를 짧은 시간 안에 반경 수마일 되는 지역에서도 눈에 띄는 거대한 횃불로 변하게 할 수 있으리라고 생각했다. 자기가 그곳에 있지 않은 동안 눈에 띄도록 하는 신호등을 세우는 일은 생각하지 않았다. 왜냐하면 어떤 배가 나타나서 닻을 내리게 될 몇 시간 동안, 아니면 내일 혹은 아무리 늦어도 모레까지는 이 바닷가에서 멀리 가지 않을 생각이었기 때문이다.

그는 먹을 것을 얻기 위한 노력은 아무것도 하지 않았다. 조개, 쇠비름 잎사귀, 고사리 뿌리, 코코아 씨, 양배추, 야자순, 장과, 새알이나 거북알 등 손에 들어오는 것이면 아무 때나 먹었다. 사흘째 되는 날 그는 더 이상 견딜 수 없게 냄새가 나는 숫염소 뼈다귀들을 멀리 던져서 독수리들에게 양보했다. 그러나 곧 그는 결과적으로 음침한 새들의 대단한 관심을 자신에게로 집중시키게 만든 그 행동을 후회했다. 이제는 그가 어디에 가서 무엇을 하든 허옇게 머리가 세고 목에 털이 빠진 새의 대가리들이 반드시 멀지 않은 근처에 모여드는 것이었다. 때때로 화가 치밀어 견딜 수 없게 된 그가 돌이나 나뭇가지 들을 집어 던지면 죽음의 사자 같은 그놈들은 자신은 아예 죽음과 무관하다는 듯이 나른하게 몸을 비켜 피했다.

그는 흘러가는 날수를 헤아리는 일을 게을리했다. '버지니아호'가 침몰한 이후 얼마가 지났는지는 그를 구해 줄 사람들의 입을 통해서 직접 알 수 있을 테니까 말이다. 이렇게 하여 그는 며칠, 몇 주일 혹은 몇 달 동안 아무 일도 하지 않았다. 그래서 수동적으로 수평선만을 지켜보는 행위가 언제부터 지겹게 느껴지기 시작했는지를 확실히 알지 못하게 되고 말았다. 약간 불룩하게 튀어나온 모습으로 거울처럼 빛을 반사하며 고여 있는 광대한 대양의 공간이 그를 사로잡는 듯 매혹하여 혹시나 자신이 환각에 사로잡히지나 않을까 겁이 났다. 우선 그는 자신의 발밑에 있는 것이라고는 항상 움직이고 있는 거대한 물의 더미뿐이라는 것을 잊어버렸다. 그에게는 그것이 단단하고 탄력 있는 표면으로 되어 있으며 그 위에 몸을 던지면 위로 튕겨 오를 것같이 보였다. 그리고 한 걸음 더 나아가 그는 그것이 수평선 저 반대편에 머리를 두고 있는 어떤 공상적인 동물의 등일 거라고 생각해 보았다. 마침내 갑자기 섬과 바위들과 숲들은 깊은 하늘을 바라보고 있는 어떤 물기 있는 거대한 푸른색 눈의 눈꺼풀과 눈썹에 지나지 않는 것으로 보이기 시작했다. 이 마지막 이미지가 그를 어찌나 강하게 사로잡았는지 바다 쪽을 바라보며 기다리는 일을 포기하지 않을 수 없었다. 그는 고개를 저으면서 무슨 일이든 해야겠다고 생각했다. 처음으로 정신을 잃을지도 모른다는 공포감이 날개처럼 스쳐 지나갔다. 그 이후 공포감은 그를 떠나지 않았다.

*

무슨 일을 한다는 것은 단 한 가지 의미밖에 없었다. 즉 칠레의 서쪽 해안에까지 가 닿을 수 있는 큰 배를 만드는 것이 그것이었다.

그날에야 비로소 로빈슨은 마음속의 거부감을 억제하기로 결심하고 '버지니아호'의 난파물 속으로 들어가서 그의 목적을 실현하는 데 필요한 도구들과 재료들을 가져올 계획을 세웠다. 그는 여남은 개의 통나무를 칡덩굴로 묶어서 조잡하지만 잔잔한 물결 위에서는 충분히 사용할 수 있는 통나무 뗏목을 만들었다. 든든한 장대 하나로 그는 배를 밀 수 있었다. 썰물일 때는 처음 바위들이 나타나는 곳까지 바다의 깊이가 비교적 얕았고 그곳에서는 바위에 의지할 수 있었기 때문이다. 난파물의 엄청난 그림자 가까이에 이르자 그는 뗏목을 세우고 나서 배에 접근하는 방법을 찾기 위해 헤엄을 쳐서 선체를 한 바퀴 돌아보았다. 겉보기에는 아무 데도 상처를 입은 것 같지 않은 선체는 배를 끊임없이 받침대처럼 떠받들면서 물 밖으로 솟아나 보이는 뾰족한 암초 위에 걸려서 버티고 서 있었다. 요컨대 만약 모든 선원이 큰 파도가 휘몰아치는 갑판 위로 올라오는 대신 이 용감한 '버지니아호'를 완전히 믿고서 중갑판 속에 들어앉았더라면 어쩌면 모두들 생명을 구했을지도 모른다. 닻줄 구멍에 늘어져 달려 있는 닻줄을 잡고 기어오르면서 로빈슨은 비록 상처를 입기는 했지만 그의 선실 속 안전한 곳에 살아 있는 것을 마지막으로 보고 헤어졌던 선장 판데이설이 아직 배 안에 남아 있을지도 모른다는 생각을 해 보기도 했다. 돛이며 활대며 닻줄, 시라우드 밧줄들이 끊어져 뒤엉켜서 발 들여놓을 자리를 찾기도 어려운 뒷갑판 위에 몸을 던지자 곧 그는 당직을 서고 있던 선원의 시체가 마치 말뚝에 매인 사형수처럼 여전히 닻 감아올리는 기계에 단단히 비끄러매여 있는 것을 보았다. 안전한 곳에 숨을 겨를도 없이 끔찍한 충격을 받아 몸이 으깨어진 그 불쌍한 사람은 위험을 알리는 고함만 헛되이 지르다가 당직선에서 죽임을 당한 것이었다.

화물창도 마찬가지로 난장판이었다. 적어도 거기에는 물이 새어 들지는 않았으므로 그는 상자통 속에 꼭꼭 담겨 있는 비스킷과 말린 고기 등을 찾아내어 마실 물 없이도 먹을 수 있는 한 실컷 먹었다. 물론 그곳에는 포도주와 즈니에브르 병들도 남아 있었지만 오랫동안 절제해 온 습관 때문에 발효된 음료에 신체 조직이 자연적으로 느끼는 거부 반응이 고스란히 되살아났다. 선실은 텅 비어 있었다. 그는 선장이 한구석에 쓰러져 있는 것을 발견했다. 자기를 부르는 소리를 듣고 몸을 일으키려는 듯이 그 뚱뚱한 남자가 안간힘을 쓰는 것을 보자 그는 기쁨에 몸을 떨었다. 그렇다면 그 재난을 겪고 살아남은 사람은 두 명이었다! 그런데 사실 판데이설의 머리는 전신을 뒤흔드는 기이한 경련 때문에 이따금씩 움직일 뿐인 털이 나고 피로 뒤덮인 덩어리에 지나지 않았다. 로빈슨의 실루엣이 전에 통로의 문이 있던 곳에 나타나자 더러워진 선장의 재킷이 풀리면서 엄청나게 큰 쥐 한 마리가 튀어나오고 연이어 그보다 작은 두 마리가 기어 나왔다. 로빈슨은 몸을 비틀거리며 밖으로 나와서 바닥 위에 잔뜩 널려 있는 잡동사니 물건들 가운데서 토하기 시작했다.

그는 '버지니아호'가 운송하는 짐이 어떤 것들인지에 특별히 관심을 가져 본 적이 한 번도 없었다. 물론 그는 배에 탄 지 얼마 되지 않아서 판데이설에게 그 점에 대해 한번 질문해 보기도 했지만 선장이 불쾌한 농담으로 대답하자 더 이상 캐묻지 않았더랬다. 그 뚱뚱한 사내는 네덜란드산 치즈와 구아노 운송이 전문이라고 말하면서 구아노는 끈적끈적한 질감이라든지 누리끼리한 색깔이라든지 고린내로 인해 치즈와 상통하는 바가 있다는 것이었다. 그래서 로빈슨은 선창의 한가운데 차곡차곡 쌓인 꺼먼 가루들을 담은 사십 통의 상자를 발견하자 여간 놀라지 않았다.

이 폭발물들을 뗏목에 실어서 땅 위로 옮기는 데 그는 여러 날을 소비하지 않으면 안 되었다. 왜냐하면 그중 반이나 되는 시간을 밀물 때문에 중단할 수밖에 없었기 때문이다. 그 중단 기간을 이용해 그는 야자나무 잎사귀들을 돌로 고여 고정한 덮개 밑에 그 짐들을 비 맞지 않도록 치워 두었다. 그는 또 건진 물건들 중에서 비스킷 두 상자, 쌍안경 하나, 두 자루의 구식 보병총, 총선이 두 개 달린 피스톨 한 자루, 도끼 두 개, 손도끼 하나, 망치 하나, 양손잡이 대패, 고리짝 하나, 싸구려지만 혹 어떤 원주민을 만나면 물물 교환을 할 수 있을까 하여 실은 널찍한 삼베 천 등을 가져갔다. 그는 선장의 선실 안에서 문제의 암스테르다머 담배통과 그 안에 들어 있는 도자기 파이프(부리 허리가 그토록 약한데도 상처 하나 없이 고스란히 남아 있는)를 다시 찾아냈다. 그는 또한 갑판의 벽에서 뜯어낸 매우 많은 판자들을 뗏목에 실었다. 끝으로 그는 부선장의 선실에서 상당히 쓸 만한 상태의 성서 한 권을 발견해 찢어진 돛으로 잘 싸 가지고 왔다.

그 이튿날부터 그는 즉시 소형 보트 한 대를 제작하기 시작했다. 그는 미리부터 그 배를 '탈출호'라고 명명해 두었다.

2장

섬의 북서쪽에는 가는 모래로 이루어진 내포(內浦) 위로 절벽이 무너져 내리고 있었는데 보잘것없는 히스들이 드문드문 돋아난 무너진 바위 더미를 통해 쉽사리 그곳에 접근할 수 있었다. 크게 휜 모양의 해안가에는 완전한 평지인 1에이커 반 정도 넓이의 초원이 펼쳐진 채 우뚝 솟아 있었다. 그 초원에서 로빈슨은 풀에 뒤덮인 채 말끔하게 자란 140피트도 넘는 길이의 도금양나무 줄기 하나를 발견해 '탈출호'의 근간으로 삼을 생각을 했다. 그는 그곳에다가 '버지니아호'에서 가져온 모든 재료들을 옮겨 놓고 그 조그만 언덕 위에 작업장을 설치하기로 작정했다. 그 장소는 혹시 구조선이 나타날지도 모르는 수평선을 굽어볼 수 있다는 장점이 있어서 좋았다. 게다가 유칼리나무 줄기도 그 근처에 있어서 여차하면 지체 없이 불을 피워 올릴 수 있게 되어 있었다.

작업을 시작하기 전에 로빈슨은 높은 목소리로 성서 몇 페이지를 읽었다. 어머니의 영향으로 퀘이커교도들의 정신에 따라 성장했지만 그는 성서를 열심히 읽는 사람은 결코 아니었다. 그러나 이 예외적인 처지와 우연, 마치 신의 섭리에 따른 지시와도 흡사한 이 우연 덕분에 책 중의 책인 성서가 유일한 정신적 양식으로 주어졌으니 그는 거룩한 페이지들 속에서 그토록 그에게 필요한 정신적 구원을 찾게 된 것이었다. 그날 그는 「창세기」 4장(홍수와 노아의 방주 이야기가 나오는)을 읽으면서 마치 이제 그 자신의 손끝에서 만들어져 나올 구원의 배에 대한 암시를 찾는 듯한 심정이었다.

길게 자란 풀들과 덤불들을 걷어 내어 충분한 작업 공간을 만들고 나자 그는 도금양나무 줄기를 그 위에 쓰러뜨리고 가지를 쳐 내기 시작했다. 그러고 나서 도끼로 그 껍질을 벗겨서 사각의 대들보 모양이 되도록 만들었다.

그는 천천히, 마치 더듬거려 어루만지듯 일을 했다. 유일한 길잡이라고는 어릴 때 요크시에 있는 우즈 연안 어선 제조창으로 견습 갔던 기억 그리고 형제들과 함께 만들려다가 결국은 포기하고 말았던 유람선의 기억이 전부였다. 그러나 그에게는 무한한 시간이 남아 있었고 거부할 수 없는 필요성으로 인해 그 일을 할 수밖에 없는 처지였다. 혹 절망감에 사로잡힐 때면 우연히 손에 넣은 도구로 철창살을 갈아 끊거나 손톱으로 감방의 벽을 긁어서 구멍을 뚫는 죄수를 상상해 보면서 불행 속에서나마 자신은 유리한 입장이라고 자위했다. 조난당한 날 이래 한 번도 일력을 세어 본 일이 없었으므로 흘러가는 시간에 대해서는 아주 막연하게밖에 의식할 수 없다는 사실도 지적해야 마땅하다. 그의 기억 속에서의 날들은 모두가 똑같은 모습으로 서로 겹쳐지고 있어서 매일 아침마다 그 전날의 하루를 다시 시작하는 듯한 느낌뿐이었다.

그는 물론 우즈의 목공들이 장차 만들 배의 각 부분들의 재목에 수증기를 쏘이는 모습을 기억하고 있었지만 계속 가마솥에 불을 때게 되어 있는 건조실을 건설하는 것은 불가능했고 다만 도끼로 다듬은 각 부분들을 조심스럽고 힘겹게 맞추는 도리밖에 없었다. 선수와 선미의 재목 모양을 다듬는 것은 너무나 어려운 일이어서 결국은 도끼도 버리고 주머니칼로 나무 끝을 깎아 낼 수밖에 없었다. 무엇보다도 '탈출호'의 근간으로 사용하려고 용케 구한 도금양나무를 혹시나 못 쓰게 만들지나 않을까 하는 생각이 그의 머리를 떠나지 않았다.

시체 파먹는 새들이 '버지니아호'의 난파물 위를 빙빙 돌고 있는 것을 보자 선장과 선원의 시체를 관도 없이 버려두고 온 것이 여간 마음에 걸리지 않았다. 그는 그 무거운 썩어 가는 시체들을 거둬서 땅으로 운반해 오는 일이 혼자뿐인 자신에게 얼마나 끔찍한 노역인지를 상상하면서 그 일을 자꾸만 뒤로 미루어 왔더랬다. 그렇다고 시체를 바다에 버린다면 그 해안에 틀림없이 상어들이 모여들 터이고 상어들은 또 다른 먹이가 생길까 하고 아예 그곳에 남아서 우글거릴 것이다. 처음 부주의로 먹이를 던져 준 이후 끊임없이 그의 주위를 빙빙 도는 독수리 떼만 해도 지긋지긋했다. 마침내 그는 새들과 쥐들이 시체를 깨끗이 청소한 뒤라도 깨끗하게 마른 뼈들을 거둬서 무덤을 만들어 주면 그들도 서운하지 않으리라 생각했다. 그는 심지어 두 고인들의 영혼을 향해 그들을 위해 조그만 기도실을 하나 세우고 매일같이 찾아가 기도를 드리겠다는 맹세도 했다. 그의 유일한 동반자가 그 죽은 사람들뿐이고 보면 그가 자기 생활 속에 그들을 위해 특별한 자리를 할애하는 것은 온당한 일이었다.

'버지니아호'를 샅샅이 살펴보았지만 그는 나사 하나, 못 하나도 찾아낼 수 없었다. 그에게 크랭크축이 있는 것도 아니니 각 부분들을 나무 못으로 한데 잇는 것도 불가능했다. 그는 마침내 각 부분들을 장부 맞춤하고 더 단단하게 이어지도록 장부는 열장이음이 되도록 했다. 심지어 그는 열장을 장붓구멍 속으로 집어넣기 전에 불에 그슬려 단단하게 한 다음 바닷물을 부어 부풀게 해 속에 들어간 후 단단하게 걸리도록 하는 아이디어까지 고안해 냈다. 불에 그슬리거나 물에 적시는 과정에서 나무는 백 번도 더 갈라져 버리곤 했지만 그는 피로와 초조를 넘어선 일종의 몽유병 환자와도 같은 무감각 상태에 있어서 지칠 줄 모르고 다시 시작하곤 했다.

*

갑작스러운 소나기와 수평선 위에 걸린 흰 구름들은 일기의 변화를 예고했다. 어느 날 아침 평소와 마찬가지로 맑아 보이는 하늘이 불안스러운 쇠붙이 빛을 띠었다. 전날까지 계속되던 그 투명한 푸른빛이 윤기 없고 납덩이 같은 푸른빛으로 변해 갔다. 이내 골고루 퍼진 구름 장막이 한쪽 수평선에서 다른 쪽 끝까지 뚜껑처럼 무겁게 뒤덮었다. 그리고 첫 빗방울들이 '탈출호'의 선체를 후려쳤다. 로빈슨은 처음에는 이 예기치 않은 날씨를 대단치 않게 여겼지만 곧 그의 옷이 행동을 불편하게 할 만큼 물에 젖어 무거워지자 옷을 벗어서 선체의 완성된 부분 속에 치워 놓았다. 그는 잠시 동안 흙과 때로 뒤덮인 자기의 몸 위에 빗물이 흘러서 흙과 때를 진창처럼 녹이는 것을 바라보았다. 번쩍거리는 쇠판때기처럼 납작하게 눌려 있던 붉은색의 가슴팍 털들이 본래의 방향으로 고개를 들고 일어나서 그의 동물적인 모습을 북돋워 주고 있었다. '황금 바다표범 같군.' 그는 희미한 미소를 지으며 생각했다. 그러고 나서 그는 자기 주위를 뒤덮는 대홍수에 보잘것없지만 자신의 몫을 보태는 것이 재미있다고 여기면서 오줌을 누었다. 그는 문득 휴가를 얻은 기분이 되어 갑작스럽게 치밀어 오르는 기쁨을 가누지 못한 채 마치 춤을 추듯 덩실거리다가 앞을 분간할 수 없게 몰아치는 빗물을 뚫고 달려가서 나무들 밑으로 몸을 피했다.

비는 아직 무성하게 돋아난 무수한 나뭇잎들의 지붕을 뚫지 못한 채 귀가 멍멍해질 정도로 시끄럽게 북 치듯 두드려 대고 있었다. 건조실의 수증기 같은 김이 땅에서 피어올라 나뭇잎들의 궁륭 속으로 사라져 갔다. 마침내 물이 잎사귀들을 뚫고 나와 금방이라도 그의 몸을 휘적시고 말 것만 같았다. 그러나 땅바닥은 점점 그의 발밑에서 진흙투성이로 변하는데 단한 방울의 물도 그의 머리나 어깨 위에 떨어지는 일이 없었다. 그제서야 그는 조그만 물길이 나무줄기들마다 마치 그런 용도에 쓰려고 파놓기라도 한 듯 나 있는 홈을 따라 흘러내리는 것을 보고는 그 까닭을 알았다. 몇 시간이 지나자 수평선과 구름 천장 내벽 사이에 나타난 석양이 섬을 불타는 듯한 빛으로 뒤덮었지만 거센 비는 멈추지 않았다.

로빈슨을 사로잡던 저 유치한 기쁨은 그가 작업을 열중해 계속하게 해 주던 대단한 흥분이 가시면서 동시에 가라앉아 버렸다. 그는 자신이 벌거벗은 몸으로 묵시록 같은 풍경 속에서 홀로 철저한 고독의 심연에 빠져 있다는 것을 자각했다. 동반자라고는 오직 난파선의 갑판 위에서 썩어 가는 두 시체뿐이었다. 그는 훗날에야 비로소 자기가 겪었던 그 벌거벗은 상태의 경험이 얼마나 엄청난 것이었는지를 이해하게 될 것이다. 물론 기온이나 어떤 부끄러운 감정 때문에 그가 문명인의 의복을 입고 있었던 것은 아니었다. 그러나 지금까지 그 옷들을 입고 있었던 것은 단지 습관 때문이기는 했지만 그는 절망감을 통해, 인간 사회가 조금 전까지만 해도 그의 몸에 덮어 주고 있었던 그 양털과 리넨의 갑옷이 어떠한 가치를 가진 것인지를 느낄 수 있었다. 나체로 지낸다는 것은 수없이 많은 동류의 인간들에게 따뜻하게 둘러싸여 있는 인간만이 위험 없이 향락할 수 있는 사치이다. 영혼을 팔아 버리지 않는 한 로빈슨에게 그것은 오랫동안 극히 위험하고 무모한 시련이었다. 보잘것없는 누더기(낡고 실이 터지고 얼룩졌지만 수천 년 문명으로부터 생겨나고 인간적인 특성으로 물든)를 벗어 버린 그의 살은 날 것 그대로의 자연 요소들과 빛에 상처받기 쉬운 허연 모습으로 노출된 것이었다. 바람, 선인장, 돌, 심지어는 저 가차 없는 햇볕이 이 방비할 길 없는 먹이를 후려쳤다. 로빈슨은 자신이 멸망해 가는 것을 느꼈다. 인간이라는 한 피조물이 이처럼 잔혹한 시련 속에 놓였던 일이 한 번이라도 있었던가? 조난당한 이후 처음으로 신의 뜻에 대한 반항의 말이 그의 입술 사이에서 흘러나왔다. "하느님, 당신의 피조물을 완전히 외면해 버릴 것이 아니시라면, 당신이 가하는 저 참담한 형벌의 무게에 눌려 그 피조물이 즉각 쓰러져 버리기를 원하는 것이 아니시라면, 하느님 모습을 나타내어 주십시오. 제 곁에 당신이 계신다는 것을 증거하는 증표를 한 가지라도 보여 주십시오!" 그가 중얼거렸다. 그러고 나서 그는 입술을 굳게 다물고 마치 대홍수의 물이 빠져나간 후 아직 대지 전체가 무르고 물기 있을 때 지혜의 나무 아래 서 있는 최초의 인간처럼 기다렸다. 그때 으르렁거리는 빗소리가 나뭇잎들 위에서 점점 더 거세지고 땅에서 올라오는 수증기 속으로 모든 것이 녹아들려는 듯할 때, 그는 수평선 위에 오직 자연만이 창조할 수 있는 것보다 더 광대하고 더 찬란한 무지개가 솟는 것을 보았다. 그것은 무지개라기보다는 오직 아래쪽 반원만을 물결 속으로 감추고 신기할 만큼 싱싱한 색깔로 일곱 가지 빛살을 펼치는 거의 완벽한 후광과도 같았다.

소나기는 내리기 시작할 때만큼이나 돌연히 그쳤다. 로빈슨은 옷을 되찾는 것과 동시에 작업의 센스와 열정을 다시 찾았다. 그는 이내 그 잠시 동안의 뜻 있는 쇠약 상태를 극복할 수 있었다.

*

온몸의 무게를 다해 배의 늑재를 네모진 구멍 속에 밀어 박는 데 골몰하던 로빈슨은 무엇인가가 자기를 지켜보는 것 같다는 막연한 느낌을 받았다. 그가 머리를 들자, 배가 난파할 때 당직을 서던 선원과 함께 갑판에 남아 있던 흔한 세터종의 개 텐과 눈길이 마주쳤다. 짐승은 두 귀를 곤두세우고 왼쪽 앞발을 접은 채 열 발자국쯤 떨어진 곳에 문득 멈추어 서 있었다. 로빈슨은 가슴이 뜨거워지는 듯한 감동을 받았다. 그는 몇 번이나 그의 이름을 부르면서 개에게로 몇 걸음 다가갔다. 텐은 인간의 목소리와 손길과 존재에 대한 억누르지 못할 욕구를 본능적으로 나타내는 종류의 개였다. 그런데 그 개가 끙끙거리면서 등을 비꼬고 정신 없이 꼬리를 흔들며 로빈슨에게 다가오지 않는 것은 이상한 일이었다. 로빈슨이 그에게서 불과 몇 발자국 되지 않는 곳까지 다가가자 개는 돌연 두 입술을 말아 올리고 증오하는 듯 으르렁거리는 소리를 내며 뒤로 물러서기 시작했다. 그러고는 뒤로 돌아서서 뱃가죽을 늘어뜨린 채 잡목림 속으로 도망쳐 버렸다. 로빈슨은 실망했지만 이 뜻하지 않은 해후로부터 남아 있는 기쁨의 여운을 간직하게 되어서 여러 날 동안 생활하는 데 도움이 되었다. 더군다나 텐의 이해할 수 없는 그 행동은 그에게 새로운 생각거리를 장만해 주어 '탈출호'에 대한 집념을 잠시 잊게 해 주었다. 조난의 공포와 아픔이 이 불쌍한 짐승을 미치게 만들었다고 생각해야 옳을까? 혹은 선장의 죽음에 대한 슬픔이 너무나 커서 다른 사람이 자기 곁에 다가오는 것을 견딜 수 없게 된 것일까? 그러나 또 다른 하나의 가설이 머리에 떠올라 그의 마음을 괴롭혔다. 어쩌면 그 개가 섬에 와서 살기 시작한 지 너무나 오래된 나머지 야성의 상태로 되돌아가게 된 것은 당연한 일일지도 모른다. '버지니아호'가 난파한 지 며칠, 몇 주일, 몇 달, 몇 년이 지난 것일까? 이런 질문을 해 보자 눈앞이 어지러웠다. 깊은 샘 속에 돌을 던져 놓고 그것이 바닥에 떨어지는 소리가 울리기를 기다리는 듯한 느낌이었다. 이제부터는 매일 섬의 어떤 나무줄기에 금을 하나씩 그어 놓고 삼십 일마다 십자가를 하나씩 새겨 놓으리라고 굳게 다짐했다. 그러고는 다시 '탈출호'의 제작에 열중하느라 그 생각은 까맣게 잊어버렸다.

배는 천천히 모습을 갖추어 갔다. 선수는 별로 쳐들리지 않고 약간 무거우며 적재량은 4.5톤 정도 되는 넓은 쾌속정이었다. 칠레 해안을 가로질러 갈 수 있으려면 그 정도는 되어야만 했다. 로빈슨은, 넓은 면적의 돛폭을 지지할 수 있으면서 선원이 단 한 사람뿐일 때도 다루기 쉽고 동쪽으로 항해할 경우 주로 심하게 일어날 것으로 예상되는 마파람에 잘 버티는 라틴식 삼각돛이 달린 돛대 한 개만을 세우기로 결정했다. 돛대는 선실을 꿰뚫고 지나가서 선체에 완전히 밀착되도록 받침 막대에 걸리게 만들었다. 갑판을 덮기 전에 마지막으로 로빈슨은 배의 안쪽 벽면(통나무가 반들반들하게 꼭꼭 이어진)을 손으로 쓰다듬어 보면서 처음으로 배를 물 위에 띄울 경우 자연히 하나하나의 이음 자리마다 배어들어서 맺히게 될 물방울들을 흐뭇한 마음으로 상상해 보았다. 나무가 부풀어서 선체의 벽이 완전히 방수되기까지는 물에 잠기게 해 놓고 여러 날을 기다려야 할 것이다. 선체의 벽 양쪽을 동시에 이어 주는 대들보들에 떠받쳐진 갑판 설비만으로도 여러 주일 동안 부지런히 일해야 했다. 그러나 날씨가 좋지 못할 경우에는 배에 짐을 실을 수 없으므로 그 일을 포기할 수는 없었다. 그리고 항해하는 동안 생명을 부지하기 위해서 배에 탄 사람에게 반드시 필요한 식량을 젖지 않는 곳에 잘 보관하는 것은 필수 불가결한 일이었던 것이다.

로빈슨은 톱이 없었기 때문에 모든 작업을 하며 모진 고생을 했다. 임시변통으로 만들어 낼 수 없는 것이긴 하지만 만약에 이 연장만 있었다면 도끼와 손칼을 써서 하는 여러 달에 걸친 작업의 수고를 덜 수 있었을 것이다. 어느 날 아침 잠에서 깼을 때 톱질하는 소리라고밖에 해석할 수 없는 어떤 소리가 들리자 그는 혹시 자기가 홀린 것은 아닐까 하고 생각했다. 그 소리는 톱질하는 사람이 서 있는 위치를 바꿀 때처럼 때때로 멈추었다가는 다시 단조롭고 규칙적으로 계속되곤 했다. 로빈슨은 잠자리로 삼고 있는 바위 구멍으로부터 몸을 빼내어 그가 어떤 인간 존재와 마주칠 경우 느끼게 될 감동에 미리부터 마음의 준비를 하려고 애쓰면서 그 소리가 들리는 쪽으로 살금살금 나아갔다. 그는 마침내 어떤 종려수 아래에서 두 다리 사이에 코코아 열매를 끼고서 톱질을 하고 있는 엄청나게 큰 게 한 마리를 발견했다. 높이가 20피트는 되어 보이는 나뭇가지들 사이에서 또 한 마리의 게가 열매들을 떨어뜨리기 위해 꼭지 쪽을 공격하고 있었다. 이 두 마리의 갑각류는 난파에서 살아난 그가 갑작스레 나타난 것 따위에는 전혀 아랑곳하지도 않은 채 한가하게 그 요란스러운 작업을 계속하고 있었다.

이 광경을 보자 로빈슨은 가슴 깊은 곳에서 구토가 치밀어 오르는 것을 느꼈다. 그는 '탈출호'의 작업장인 숲속의 빈터로 되돌아오면서 자신이 이 땅에서 소외된 존재라는 느낌과 이 섬은 악의로 가득 차 있으며 금작화들 사이로 커다랗고 다정한 실루엣이 보이는 그의 배 안이 그를 삶과 연결시켜 주는 전부라는 느낌을 재확인했다.

선체의 벽에 바를 니스는 물론이고 콜타르조차 구할 수 없었으므로 그는 우즈의 조선창에서 본 적 있는 방식에 따라 끈끈이를 제조하기로 했다. 그러기 위해 그는 동쪽의 돛대 곁에서 작업을 시작할 때부터 눈여겨보아 둔 조그마한 호랑가시나무 숲을 거의 다 통째로 깎아 내지 않으면 안 되었다. 사십오 일 동안 그는 그 나무들의 겉껍질을 벗겨 내고 속껍질을 실처럼 잘게 끊어 냈다. 그러고 나서 그는 이 허여스레한 섬유질 덩어리를 오랫동안 가마솥에 끓여 차츰차츰 빽빽하고 끈적끈적한 액체로 용해시켰다. 다음에는 그것을 또다시 불에 데워 뜨거운 상태에서 배의 벽에 발랐다.

'탈출호'는 완성되었다. 그러나 그 배를 건조한 기나긴 역사는 로빈슨의 살 속에 영원히 새겨진 채 남았다. 베인 자리, 덴

자리, 찔린 상처, 못 박인 살, 얼룩, 찢어지고 부어오른 상처는 날개가 달린 듯한 이 작고 다부진 배를 만들기까지 그토록 오랫동안 그가 벌여 온 인내의 투쟁을 이야기해 주고 있었다. 항해 일지는 없었지만 지난날을 돌이켜 보고자 할 때면 그는 자신의 몸을 바라보는 것이었다.

그는 자신이 배에 탈 때 함께 실을 식량들을 한데 모으기 시작했다. 그러나 그 배가 바다 위에서 어떻게 떠 있으며 물이 새지나 않는지 시험해 보기 위해 그것을 먼저 물에 띄워 볼 필요가 있다는 생각이 들어서 짐 싣는 일은 곧 포기했다. 사실은 남모르는 걱정이 그를 괴롭히고 있었던 것이다. 혹시 실패하지는 않을까, 어떤 뜻하지 않은 일로 그가 목숨을 걸고 진행해 온 계획을 성공시킬 수 있는 기회가 완전히 수포로 돌아가지나 않을까 하는 걱정이 그것이었다. 그는 '탈출호'가 처음 시운전 때부터 어떤 결정적인 결함을 갖고 있지는 않을까, 가령 흘수(吃水)가 지나쳐 조작이 거의 불가능해지고 웬만한 파도만 쳐도 뒤집혀 버리거나, 반대로 흘수가 부족해 약간만 기울어도 쓰러져 버리지나 않을까 걱정이었다. 극도에 달한 악몽들 속에서 그는 배가 수면에 닿자마자 납덩이처럼 똑바로 가라앉고 그 자신은 물속에 얼굴을 처박은 채 점점 컴컴해지는 심연 속으로 뒤뚱거리며 가라앉는 모습을 보곤 했다.

어렴풋한 예감들 때문에 실천에 옮기지 못한 채 오래전부터 미루어 왔던 배의 진수를 마침내 실시해 보기로 작정했다. 그는 천 파운드도 넘을 선체를 모래 위로 끌어서 바닷물까지 가져가는 일이 완전히 불가능하다는 사실에는 별로 놀라지 않았다. 그렇지만 그 첫 실패는 전에 한 번도 심각하게 고려해 본 적 없는 심각한 문제를 드러내 주었다. 그에게 이것은 고독한 삶의 영향으로 그의 정신이 겪고 있는 변화의 중요한 국면을 발견하게 된 기회였다. 주의력의 한계는 점점 깊어지는 동시에 좁아졌다. 이제 한꺼번에 여러 가지 일을 생각하거나 심지어는 골몰한 한 가지 주제에서 다른 주제로 옮겨 가는 일마저 점점 더 어려워졌던 것이다. 이리하여 그는 타인이란 우리에게 강력한 주의력 전환 요인이라는 것을 깨달았다. 왜냐하면 타인이 끊임없이 우리의 주의력을 방해하고 현재 하고 있는 생각으로부터 딴 곳으로 주의력을 분산시키기 때문만이 아니라, 타인이 나타날 수 있다는 가능성만으로도 당장은 우리 주의력의 변두리에 위치하고 있지만 언제든 그 중심이 될 가능성이 있는 사물들의 세계 속에 희미한 빛을 던져 주기 때문이다. 가장자리로 밀려난 나머지 당장은 그가 신경도 쓰지 않는 그러한 사물들의 어렴풋한 존재는 이리하여 차츰차츰 로빈슨의 정신으로부터 지워져 버렸던 것이다. 이제 그는 이같이 해서 전체 아니면 무(無)라는 식의 초보적 법칙에 따르는 사물들에 에워싸이게 되었다. 이리하여 그는 '탈출호'의 제작에만 골몰한 나머지 그 배를 물 위에 진수시키는 문제는 까맣게 잊어버리고 있었던 것이다. 그에게는 마치 '탈출호'의 원형과도 같아져 버린 노아의 방주라는 모범으로 인해 그의 정신이 커다란 혼란을 일으켰다는 사실도 지적할 필요가 있다. 기슭에서 멀리 떨어진 육지에 건조한 노아의 방주는 하늘에서 떨어지거나 산꼭대기에서 쏟아져 내린 물이 그쪽으로 흘러오기를 기다리고만 있었던 것이다.

그는 요크의 대사원 복원 공사에서 보았던 큰 기둥들의 꼭대기를 맞추는 작업에서처럼 배를 굴려 움직이기 위해 용골 밑에 둥근 막대기를 끼워 넣으려다가 그 일 역시 실패하자 처음에는 당황한 마음을 일단 진정시켰지만 곧 걷잡을 수 없는 공황 상태에 빠지고 말았다. 선체는 꼼짝달싹도 하지 않았다. 나무토막 위에 괴어져서 지렛대처럼 기울어지게 만든 받침대로 선체를 짓누르다가 그만 한쪽 늑재에 구멍을 내 버린 것이 고작이었다. 사흘 동안 갖은 노력을 다 한 끝에 피로와 분노로 인해 눈앞이 흐려졌다. 그러자 그는 배를 물에 띄우기 위한 마지막 방법을 생각하게 되었다. '탈출호'를 바다에까지 끌고 가는 것이 불가능한 이상 바닷물을 배에까지 끌어 올리는 수밖에 없을 것 같았다. 그러기 위해서는 기슭에서 시작해 배를 만들어 놓은 지역까지 점차적으로 깊어지는 일종의 운하를 파기만 하면 될 것 같았다. 그러면 매일같이 밀물이 소용돌이쳐 들어오는 운하 속으로 배가 기울어질 것이다. 그는 곧 작업에 착수했다. 그리고 일단 마음이 가라앉자 그는 배에서 바다 기슭까지의 거리 그리고 특히 바닷물보다 더 위에 위치하는 배까지의 높이를 재 보았다. 길이가 120야드에 깊이가 100피트도 더 되는 운하를 파야만 했다. 그것은 그의 앞에 남은 삶의 모든 세월을 다 바쳐도 모자랄 엄청난 작업이었다. 그는 포기하고 말았다.

*

구름 떼 같은 모기들이 춤을 추는 물웅덩이에 끈적거리는 소용돌이가 지나간다 싶더니 그때 얼룩덜룩한 코만 내밀고 있던 멧돼지 새끼 한 마리가 달려와 어미의 배에 바싹 붙었다. 수많은 멧돼지 떼가 섬의 동쪽 해안 늪 속에 진창을 만들어 놓고 하루 중 가장 뜨거운 시간 동안 그 속에 파묻혀서 지내곤 했다. 그러나 암멧돼지는 잠이 들어 식물처럼 꼼짝하지 않을 때면 진창과 완전히 구별할 수 없는 상태가 되는 반면에 새끼들은 날카로운 소리를 내지르고 끊임없이 소란을 피우면서 서로 싸워 댔다. 해가 기울기 시작하자 암멧돼지는 갑자기 무기력 상태에서 깨어나 진흙물이 줄줄 흐르는 몸뚱이를 마른 땅 위로 억세게 치켜세웠고 새끼들은 진창에 빠지지 않으려고 귀청이 찢어지게 소리를 지르며 요란스럽게 다리를 뒤뚱거렸다. 그러고 나서 그 짐승 떼는 나뭇가지를 꺾고 짓밟는 소리를 내며 한 줄로 걸어 사라지는 것이었다.

바로 그때 이번에는 진흙의 석상 하나가 골풀들 한가운데서 꿈틀거리며 기어 나왔다. 로빈슨은 언제부터 자기가 마지막 남은 헌 누더기를 가시덤불 위에 벗어 던졌는지 알 수 없었다. 그는 더 이상 작열하는 햇볕을 무서워하지도 않았다. 배설물들이 말라 딱지가 앉은 채 그의 등과 배와 넓적다리를 뒤덮고 있었기 때문이다. 그의 수염과 머리털은 한데 뒤섞여 얼굴이 온통 털북숭이 속에 파묻혀 버렸다. 아예 구부러진 나무 그루터기처럼 변한 두 손은 기어 다니는 데밖에 소용되지 않았다. 그는 몸을 일으켜 세우기만 하면 현기증이 나서 견딜 수 없었다. 허약해진 몸, 부드러운 모래 그리고 섬의 수렁들, 특히 용수철이 부러진 듯한 그의 정신으로 인해 그는 배를 땅에 깔고 몸을 질질 끌면서 움직이는 것이 고작이었다. 그는 이제 인간이란 소요나 동란 중에 상처를 입고 군중에 밀리면서 떠받쳐 있는 동안은 서 있다가 군중이 흩어지는 즉시 땅바닥에 쓰러져 버리는 부상자와 비슷하다는 것을 알고 있었다. 그를 인간성 속에 지탱시켜 주고 있던 그의 형제들인 군중이 알지도 못하는 사이에 갑자기 물러가 버리자 이제 그는 자신이 두 다리에 의지해 혼자 서 있을 힘마저 없어졌음을 느낄 수 있었다. 그는 땅바닥에 코를 처박은 채 닥치는 대로 아무것이나 먹었다. 그는 엎드린 채 변을 보고, 자신의 따뜻하고 물렁물렁한 배설물 속에서 뒹굴었다. 그는 점점 자리를 옮기는 일이 드물어졌고 몸을 움직였다가는 곧 진창 속으로 되돌아오곤 했다. 그곳에서 그는 육체를 잊어버렸고 진창의 물기와 따뜻함에 싸인 채 중력으로부터 해방되었다. 한편 고여서 썩은 물에서 발산되는 독 때문에 그의 정신은 몽롱해졌다. 오직 눈과 코와 입만이 고여 있는 수면과 두꺼비 알들 밖으로 나와 있었다. 지상의 모든 것에 대한 애착으로부터 벗어난 그는 혼수상태와 같은 몽상에 빠진 채 자신의 과거를 거슬러 요동도 하지 않는 나뭇잎들 사이의 하늘에서 춤추고 있는 추억의 편린들을 좇고 있었다. 그는 어릴 때 아버지가 경영하는 양털과 목화 도매상점의 어두운 구석에서 웅크리고 보낸 아늑한 시절을 되찾았다. 잔뜩 쌓여 있는 옷감 두루마리들이 소리와 빛과 충격과 바람을 가리지 않고 삼켜 버리는 폭신한 성벽을 그의 주위에 쌓아 올려 놓은 것이었다. 그 밀폐된 분위기 속에서는 기름과 먼지와 니스 냄새가 떠돌고 크루소의 아버지가 사시사철 떠나지 않는 감기를 치료하기 위해 사용하는 안식향 냄새가 그 위에 섞였다. 수줍고 키 작고 추위를 잘 타는 남자, 매우 높은 책상 앞에 올라앉아 항상 장부 위로 외알 안경을 기울이며 몸을 숙이고 있던 그 남자에게서 로빈슨이 물려받은 것이라고는 붉은 머리털뿐이었고, 그 나머지는 애교 많은 여자였던 그의 어머니에게서 물려받은 것이었다. 진창은 그가 지닌 자기 내부로 침잠하는 경향과 외부 세계를 기피하는 특성을 드러내 줌으로써 자기가 생각했던 것보다 훨씬 많이 그가 요크의 필목 도매상의 아들이라는 것을 알려 주었다.

안개에 덮인 듯한 명상 속에서 보낸 오랜 시간 동안 그는 그 존재 없는 아버지의 철학일 수도 있었을 하나의 철학을 발전시켰다. 오직 과거만이 중요한 존재와 가치를 가지는 것이었다. 현재는 추억의 샘, 과거의 생산 공장 정도의 가치밖에 없었다. 산다는 것은 오직 그 값진 과거의 자산을 늘리기 위해서만 중요한 것이었다. 그러고는 마침내 죽음이 오는 것이었다. 죽음은 그 축적된 금광을 향유할 수 있는 순간에만 진정한 죽음이었다. 우리가 소란스러운 현재 속에서 보다 깊이 있게, 주의 깊게, 현명하게, 감각적으로 삶을 음미할 수 있도록, 우리에게 영원이라는 것이 주어진 것이다.

*

강물이 땅속으로 흘러드는 곳에서 그가 물냉이를 뜯어 먹고 있자니까 문득 음악 소리가 들렸다. 현실 같지 않지만 분명히 들려오는 그 음악은 하프와 비올라의 반주에 맞춘 수정 같은 목소리의 합창과 천상의 교향곡이었다. 로빈슨은 천상의 음악임에 틀림없다고 생각했다. 자신이 벌써 죽었거나 앞으로 살날이 얼마 남지 않았다는 생각이 들었다. 그런데 머리를 들자 동쪽 수평선에 하얀 돛단배가 떠 있는 것이 보였다. 그는 단숨에 '탈출호'의 작업장까지 갔다. 연장들이 흩어져 있는 가운데서 그는 요행으로 곧 부싯돌을 찾아냈다. 속이 비어 있는 유칼리나무 쪽으로 가서 그는 마른 나뭇가지 더미에 불을 붙여 나뭇등걸의 땅바닥 쪽에 크게 열린 구멍으로 밀어 넣었다. 곧 매캐한 연기가 용솟음치며 솟아 나왔지만 그가 예측했던 거대한 불길은 당장에 일어나지 않았다.

그러나 무슨 소용이 있겠는가? 배는 섬 쪽으로 선수를 돌리고 구원만 쪽으로 곧장 달려가고 있었다. 그 배가 해변 가까운 곳에 닻을 내리고 곧 대형 보트 한 척이 그 속에서 풀려 나올 것이 틀림없었다. 그는 미친 사람처럼 낄낄거리면서 사방으로 뛰어다니며 바지와 셔츠를 찾다가 마침내 '탈출호'의 선체 밑에서 그것을 꺼냈다. 그리고 그는 전신을 뒤덮고 있는 텁수룩한 머리털을 헤쳐서 얼굴을 드러내기 위해 마구 살갗을 긁어 대며 해변 쪽으로 내달았다. 가벼운 북동풍을 받으며 배는 거품이 이는 파도 쪽으로 돛을 기울이고 우아하게 멈추었다. 그것은 멕시코에서 귀금속을 모국으로 실어 나르는 데 쓰던 옛날 스페인 범선들 중의 하나였다. 이제 흘수선(吃水線) 밑에까지 물결이 깊이 팰 때마다 잘 보이는 배의 옆 부분은 과연 금빛인 것 같았다. 배에는 커다란 현창이 달려 있고 큰 돛대 끝에는 황색과 검은색으로 두 갈래 난 깃발이 휘날리고 있었다. 그가 가까이 다가가면 갈수록 갑판과 선수 쪽 구조물과 상갑판 위에까지 화려하게 빛나는 군중을 더 잘 볼 수 있었다. 그곳에서 요란한 축제가 벌어지고 있는 모양이었다. 음악은 조그마한 현악단과 상갑판 뒤쪽에 흰옷을 입고 늘어선 어린이 합창단으로부터 흘러나오는 것이었다. 금과 수정 그릇들이 늘어놓인 어떤 테이블 주위로 한 쌍의 남녀가 고상하게 춤을 추고 있었다. 이 조난당한 사람을, 심지어 이제는 그 배가 방향을 바꾸어 끼고 돌고 있는 불과 300여 미터도 안 되는 섬의 해변 쪽조차도 바라보는 사람이 아무도 없는 것 같았다. 로빈슨은 모래밭 위를 뛰어서 배를 따라갔다. 그는 고함을 지르고 손을 흔들고 걸음을 멈추고 조약돌을 집어서 배 쪽으로 던졌다. 그는 넘어지고 다시 일어나고 또 넘어졌다. 범선은 이제 첫째 모래언덕들 높이에까지 왔다. 로빈슨은 모래사장에 이어 나타난 함수호 앞에서 더 가지 못하고 발을 멈추게 될 참이었다. 그는 물속으로 몸을 던져 이제는 수단으로 휘장을 두른 뒤쪽의 퉁퉁한 엉덩이만 보이는 배를 향해 있는 힘을 다해 헤엄쳐 갔다. 뱃전의 돌출부에 난 어느 현창에 한 처녀가 팔꿈치를 기대고 서 있었다. 로빈슨은 꿈인가 싶을 만큼 확실하게 그녀의 얼굴을 볼 수 있었다. 매우 젊고 부드럽고 연약하며 벌써 야윈 듯한 얼굴에는 창백하고 비관적이며 포기한 듯한 웃음이 감돌고 있었다. 로빈슨은 이 아가씨를 알아보았다. 그는 확신할 수 있었다. 그렇지만 그녀가 누구란 말인가? 그는 그 여자를 부르기 위해 입을 벌렸다. 짠물이 목구멍 가득 밀려 들어왔다. 그를 둘러싸고 있는 흐릿한 석양 속에서 그는 뒤로 물러가는 작은 빛살 때문에 얼굴을 찡그리고 있는 그 여자를 잠시 볼 여유가 아직은 있었다.

*

치솟아 오르는 어떤 불길 때문에 그는 문득 마비 상태에서 깨어났다. 어쩌면 이렇게 추울까! 바다가 다시 한번 그를 모래밭 위로 밀어 올렸단 말인가? 저 위에 있는 서쪽 절벽에서 유칼리나무가 어둠 속에 횃불처럼 타오르고 있었다. 로빈슨은 몸을 비틀거리며 그 빛과 열기가 흘러나오는 쪽으로 다가갔다.

이리하여 대양을 휩쓸면서 모든 인류에게 기별을 전해야 할 신호가 기껏 이끌어 들인 것이 그 자신, 오직 그 자신뿐이었다니 얼마나 어이없는 일인가!

그는 나무의 밑둥치 쪽으로 입을 벌리고 있는 번쩍이는 동굴, 엄청난 빛이 춤추고 있는 동굴 쪽으로 얼굴을 돌린 채 풀 속에 몸을 웅크리고 밤을 보냈다. 열기가 식어 감에 따라 그는 점점 더 불 가까이로 다가갔다. 첫새벽이 되어서야 비로소 그는 범선에 타고 있던 젊은 여자의 이름을 생각해 낼 수 있었다. 그것은 벌써 십 년 전 어린 나이에 죽은 그의 누이동생 루시였다. 이리하여 그는 지난 세기에나 볼 수 있었을 법한 그 배가 당치 않은 상상의 산물이었다는 것을 확인할 수 있었다.

그는 자리에서 일어나 바다를 바라보았다. 벌써부터 태양의 첫 빛살들이 못처럼 꽂혀 있는 저 쇠붙이 같은 벌판은 유혹이요, 함정이요, 아편이었다. 까딱만 하면 그 바다는 그를 더럽히고 나서 광기의 심연 속에 밀어 던지는 것이었다. 죽지 않으려면 그것에서 헤어날 수 있는 힘을 되찾지 않으면 안 되었다. 섬은 그의 등 뒤에 제한된 약속들과 준엄한 교훈들로 가득 찬 채 광대하고 순수하게 펼쳐져 있었다. 그는 자신의 운명을 손안에 거머쥘 것이다. 그는 일할 것이다. 더 이상 꿈꾸지 않고 저 거부할 길 없는 자신의 아내인 고독과 한 몸이 될 것이다.

대양 쪽으로 등을 돌린 채 그는 섬의 한가운데로 인도하는, 은빛 엉겅퀴들이 여기저기 돋아난 무너진 흙더미 속으로 깊이 깊이 걸어 들어갔다.

3장

로빈슨은 그 뒤 몇 주일의 시간을 계속하여 섬을 조직적으로 답사하고 섬의 재원을 조사하는 데 바쳤다. 그는 먹을 수 있는 식물들, 도움이 될 만한 동물들, 물 나오는 곳 그리고 자연적인 피신처들을 점검했다. 다행히 '버지니아호'의 난파물은 선체와 갑판의 몇몇 조각들이 통째로 사라지기는 했지만 몇 달 동안 계속된 거센 악천후에도 아직은 완전히 무너지지 않고 있었다. 선장과 선원의 시체도 바닷물에 실려 가 버렸다. 로빈슨은 그것이 몹시 마음에 걸리면서도 동시에 잘됐다고 생각했다. 그는 그들에게 무덤을 만들어 주마고 약속했더랬다. 그러나 기념비를 하나 세우면 빚을 갚을 수 있을 것이다. 그는 섬의 한가운데 있는 거대한 바위 속 아가리를 벌린 동굴 안에 큰 창고를 정했다. 그곳에 그는 난파물로부터 떼어 낼 수 있는 모든 것들을 옮겨다 놓았다. 극히 무용한 물건도 그에게는 자신이 유형당해 온 인간 사회의 유물적 가치를 지닌 것이었으므로 옮겨 올 수 있는 것이면 무엇 하나 버리지 않았다. 검은 화약 마흔 통을 동굴 가장 깊은 곳에 쌓아 놓은 다음에 의복 세 상자, 곡식 다섯 자루, 식기와 은그릇 들, 두 상자나 되는 잡동사니 물건들(촛대, 박차, 보석, 확대경, 안경, 칼, 해양 지도, 거울, 주사위, 지팡이 등등)과 여러 가지 액체를 담은 그릇들, 한 통의 연장들(닻줄, 도르래, 각등, 쇠바늘, 줄, 부표 등)과 끝으로 금전과 은전, 동전 한 통을 쌓아 놓았다. 선실들 안에 여기저기 흩어진 것을 보고 주워 온 책들은 바닷물과 빗물로 인해 인쇄된 글자가 다 지워져 버렸지만, 그 흰 책장들을 햇볕에 말리고, 잉크 대용으로 쓸 수 있는 액체를 구할 수만 있다면 일기장으로 쓸 수 있으리라고 그는 생각했다. 뜻밖에도 그는 동쪽 절벽 해안에 많이 살고 있는 물고기들로부터 그 액체를 얻어 낼 수 있었다. 이빨이 잔뜩 돋은 억센 턱과 유사시에는 전신에서 솟아나는 따끔따끔한 침으로 공포의 대상이 되고 있는 디오돈이라는 이 물고기는 마음대로 공기와 물을 흡수해 공처럼 둥근 모양이 되곤 하는 기이한 특성이 있었다. 그놈은 배 속에 공기를 잔뜩 빨아들이고 나서는 별로 불편한 기색도 없이 반듯이 누워서 헤엄을 친다. 모래 위까지 밀려온 그 물고기를 막대기로 건드려 본 로빈슨은 그 뚱뚱하고 늘어진 배때기와 닿는 것이면 무엇이나 대단히 진한 붉은색으로 물드는 것을 알아차렸다. 로빈슨은 닭고기처럼 단단하고 미묘한 맛이 나는 그 물고기를 대량으로 잡아 그 피부에서 나오는 섬유질을 수건에 싸서 짠 결과, 냄새는 역하지만 대단히 아름다운 붉은색이 나는 염료를 얻게 되었다. 그는 곧 독수리 털 하나를 적당하게 다듬었다. 이리하여 종이 위에 첫 글을 쓰게 되자 그는 기뻐서 눈물이 나올 것 같았다. 글을 쓴다는 이 성스러운 행위에 성공함으로써 그는 갑자기 지금까지 빠져 있었던 동물성의 심연으로부터 반쯤 헤어 나와 정신세계로 진입한 느낌이었다. 이때부터 그는 거의 매일 항해 일지를 펴고 그 속에 그의 물질생활의 크고 작은 사건들이 아니라(그는 그런 것은 개의치도 않았다.) 그의 내적생활의 명상과 발전, 나아가서는 그의 과거로부터 되살아나는 추억들이며 그곳에서 시작된 반성의 내용들을 적어 놓았다.

그에게 새로운 시대가 시작되었다. 아니, 더 정확히 말해서 그가 수치스럽게 여기고 잊어버리고자 하는 실수의 시절이 지나간 다음 이 섬에서의 진정한 생활이 시작되었다. 바로 그런 이유 때문에 마침내 새로운 기원을 시작하기로 결정했으므로 '버지니아호'가 조난당한 이후 흘러간 시간이 얼마나 되는지를 측정할 수 없게 된 것 따위는 전혀 중요하지 않았다. 그 배가 난파한 것은 1759년 9월 30일 밤 2시였다. 그 날짜와 그가 죽은 소나무 꼭대기에 금을 새겨 놓기 시작한 첫날 사이에는 암흑과 흐느낌으로 가득한 측정할 길 없는 시간들이 가로놓여 있었다. 로빈슨은 대양을 사이에 놓고 인간들과 격리되었듯이 인간의 달력으로부터도 단절된 채 지내고 있었던 것이다.

그는 여러 날 동안 섬의 지도를 만들고 그의 답사가 진척되어 감에 따라 그 지도를 보충하고 완성했다. 그는 첫날 치욕스러운 '탄식의 섬'이라고 무거운 이름을 붙였던 이 땅을 다시 명명하기로 결심했다. 성서를 읽으면서 종교적으로는 절망이 더할 수 없는 죄악이며 희망이 신앙의 세 가지 미덕 중의 하나라는 신기한 패러독스를 알게 되고 깊은 인상을 받자 그는 이제부터 그 섬을 스페란차라고 부르기로 결정했다. 그것은 음악적이고 밝은 이름이었으며 더군다나 그 옛날 그가 요크 대학교 학생이던 시절 사귀었던 어떤 정열적인 이탈리아 여자와의 추억을 상기시켰다. 보다 피상적인 사람에게는 신성모독이라고 여겨졌을 이 두 가지 의미의 접근을 그의 단순하고 깊은 신앙심은 적당히 용납하는 것이었다. 사실 그가 대략적으로 그린 섬의 지도를 바라보고 있노라면 섬은 어떤 머리 없는 여자의 몸, 복종과 공포 혹은 단순한 포기의 태도가 서로 분간할 수 없을 만큼 뒤섞인 자세로 두 다리를 접고 앉아 있는 여자의 모습처럼 보이기도 했다. 그 생각은 머릿속을 잠시 스쳤다가 사라졌다. 그는 그 문제를 두고두고 생각해 보기로 했다.

'버지니아호'에서 가져온 쌀과 밀, 보리, 옥수수 자루들을 자세히 조사해 본 결과 그는 몹시 실망했다. 쥐와 바구미가 곡식을 파먹어서 남은 것은 한데 뒤섞인 껍질과 똥뿐이었다. 다른 일부분은 바닷물과 빗물로 못 쓰게 되고 곰팡이가 피어 있었다. 한 알 한 알 힘들게 골라낸 결과 그는 마침내 쌀(상하지 않았지만 땅에 뿌릴 수는 없는) 말고도 밀 열 통, 보리 여섯 통, 옥수수 네 통을 건질 수 있었다. 그는 밀은 단 한 알도 먹지 않기로 작정했다. 그는 그것을 땅에 심고 싶었다. 왜냐하면 그는 자신을 아직도 인간 사회에 연결시켜 줄 수 있는 모든 것들과 마찬가지로 하느님이 유일한 식량으로 점지해 주신 생명의 상징인 빵을 한없이 귀하게 생각하고 있었기 때문이다. 또한 우연에 의해 닿게 된 이 이름 없는 섬을 그가 거두어들였듯이 스페란차의 땅이 그에게 주게 될 빵은 섬이 자신을 거두어 준다는 확실한 증거가 될 것으로 여겨졌던 것이다.

그는 바람이 서쪽에서 부는 어느 날 섬의 동쪽 해안에 있는 몇 에이커의 초원에 불을 놓았다. 그리고 '버지니아호'에서 주워 온 철판에 구멍을 뚫고 자루를 박아 만든 괭이로 땅을 갈고 세 가지 곡식의 씨를 뿌려 심기로 했다. 그는 자신의 손으로 직접 실천한 노동에 대해 대자연이, 다시 말해 신이 내린 심판의 의미를 그 첫 수확에 부여하기로 맹세했다.

섬에 사는 동물들 중에서 가장 유용한 것은 분명 그 수효가 많은 염소들과 새끼 염소들일 것이다. 그 짐승들을 길들이는 데 성공하기만 한다면 말이다. 그런데 암염소들은 접근하기는 쉬웠지만 젖을 짜기 위해 손을 대려 하면 곧 성을 내며 피했다. 그래서 그는 말뚝에 긴 장대들을 가로로 연결하고 칡덩굴을 엮어 입힌 우리를 하나 만들었다. 그곳에 어린 염소들을 가두어 놓자 그놈들이 우는 소리에 이끌려 어미들도 따라왔다. 그런 다음에 로빈슨은 새끼들을 내보내고 어미 염소들의 젖이 너무 부르터서 젖을 짜도 고분고분 말을 들을 때까지 며칠을 기다렸다. 이와 같이 하여 그는 섬에 곡식의 씨앗들을 뿌린 후 처음으로 가축 기르기를 시작했다. 마치 옛날의 인류처럼 야생 식물을 따고 사냥을 해 먹는 시기로부터 목축과 농경의 시대로 옮겨 갔다.

그러나 그 섬은 그가 지배하고 다스려서 인간이 살 만한 곳으로 만들 수 있는 황야처럼 보이기에는 아직 요원했다. 하루가 멀다 하고 어떤 돌발 사고나 재난이 일어나, 조난으로부터 홀로 살아남았다는 것을 깨달은 그가 자신이 인류의 고아라고 느꼈던 순간 마음속에서 치밀어 오르던 고통을 쓰리게 되살려 놓는 것이었다. 갈아 놓은 들과 염소 우리와 잘 정돈된 창고와 빈틈없이 갖추어진 작업장의 모습을 보고 다스려졌던 철저한 고독의 감정이 다시 솟아나 목을 메게 한 것은, 한 마리의 흡혈조가 어떤 새끼 염소의 골통 위에 올라앉아 피를 빨아 속을 비우고 있는 장면을 보던 날이었다. 날카로운 발톱이 달린 그 괴물의 두 날개가 마치 죽음의 외투처럼 허약하게 비틀거리는 짐승을 뒤덮고 있었다. 또 한번은 반쯤 밖으로 솟아난 바위들 위에서 조개를 잡는 중에 얼굴에 뿜어 오는 물총을 맞았을 때였다. 그 충격에 약간 얼얼한 상태로 몇 발자국을 떼어 놓으려니까 이번에는 귀신처럼 정확하게 그의 얼굴에 뿜어진 두 번째 물총을 맞고 발을 멈췄다. 이내 그 익숙하고 오래된 그리고 그토록 두려워했던 고통이 간을 찌르는 듯했다. 뾰족뾰족 솟아난 바위 속에서 자유자재로 조준 방향을 바꿀 수 있는 분무기 같은 기관으로 물을 뿜어 보낼 수 있는 놀라운 특성을 가진 조그만 회색빛 문어 한 마리를 발견하고 나서도 고통은 반밖에 가시지 않았다.

그는 스스로 '이사회'라고 부르는 존재들, 즉 그에 대한 관심을 조금도 늦추지 않는 독수리 떼의 빈틈없는 감시를 이제는 마침내 감수하기 시작했다. 그가 어디를 가든, 무엇을 하든, 이놈들은 꼽추에다 피부병 환자처럼 털이 빠진 몰골로 가까운 곳에 와서 (그가 극도로 절망 상태에 빠졌을 때 생각했던 것처럼 그의 죽음이 아니라) 하루 종일 그가 이곳저곳에 던지는 음식 찌꺼기를 기다리는 것이었다. 그렇지만 비록 그놈들이 근처에 모여드는 것은 그럭저럭 견딜 수 있다 치더라도 잔인하고 지긋지긋한 그들의 행동이 보여 주는 광경은 견디기 어려울 만큼 고통스러웠다. 음탕한 늙은이들 같은 그들의 사랑은 그의 불가피한 순결에 대한 모욕이었다. 수놈이 흉측한 모습으로 펄쩍펄쩍 뛴 다음 암놈을 콱콱 짓밟고 나서 제 짝의 털 빠지고 피멍 든 목 위에 꼬부라진 부리를 처박으면 한편에서는 꽁무니들이 음탕한 사랑의 자세로 벌어졌다. 그 꼴을 볼 때면 그의 가슴은 분노 섞인 슬픔으로 가득 찼다. 어느 날 그는 보다 작고 아마도 보다 어린 듯한 독수리 한 마리가 다른 놈들에게 쫓기고 혹사당하는 것을 보았다. 그놈들은 어린 놈을 부리로 쪼고 날개로 치고 떠밀어 내더니 마침내 어떤 바위 위로 몰고 갔다. 그러더니 돌연 피해자가 용서를 빌었거나 가해자들의 요구를 들어주기로 했다는 듯이 그 난폭한 행동을 멈추었다. 그러자 작은 독수리는 땅바닥으로 목을 뻣뻣이 내밀고 기계적으로 몇 걸음을 옮기더니 경련을 일으키며 우뚝 서서 부패하고 반쯤 소화된 고깃덩어리를 자갈돌 위에 토해 냈다. 아마 몰래 실컷 먹어 대다가 불행히도 동료들에게 들켜 버린 고독한 진수성찬인 모양이었다. 독수리들은 이 쓰레기들 위에 몸을 던져 서로 밀치면서 파먹어 대기 시작했다.

그날 아침 로빈슨은 괭이를 부러뜨렸고 그의 가장 실한 젖짜는 염소를 잃어버렸다. 이 광경은 그를 완전히 녹초로 만들어 버렸다. 몇 달 이래 처음으로 그는 의지력을 상실했고 진창의 유혹에 지고 말았다. 그는 동쪽 해안의 늪 쪽으로 인도하는 멧돼지들의 오솔길을 따라가서 그의 이성이 그토록 여러 번이나 상실되었던 진창의 늪에 이르렀다. 그는 옷을 벗어 던지고 축축한 진흙 속으로 미끄러져 들어갔다.

구름 떼 같은 모기들이 우글거리는, 악취 나는 김 속에 빠져들자 그를 사로잡았던 문어들과 흡혈조들과 독수리들의 굴레가 차츰차츰 풀어져 나갔다. 시간과 공간이 녹아내리고 오직 눈에 보이는 것은 모기들의 윙윙거리는 소리에 에워싸인 몽롱한 하늘뿐인데, 그 속에서 어떤 얼굴이 드러났다. 모슬린 천장 덮개가 달린 흔들리는 요람 속에 그 얼굴은 뉘어 있었다. 머리끝에서 발끝까지 감싸고 있는 백합꽃처럼 하얀 배내옷에서 오직 그의 조그만 두 손만이 밖으로 드러나 보였다. 그의 주위에는 말소리와 집 안의 웅성거리는 소리가 그의 생가의 낯익은 분위기를 만들고 있었다. 또록또록하고 모진 어머니의 목소리와 항상 불평하는 듯한 아버지의 가성, 형제자매들의 웃음소리가 번갈아 들렸다. 그는 무슨 이야기가 오가는지 알아들을 수 없었고 알아들으려고 애쓰지도 않았다. 그러자 그때 수를 놓은 가장자리 장식이 벌어지더니 루시의 고운 얼굴이 나타났다. 덮개천 위로 한쪽이 말려 올라간 두 갈래의 검은 머리털로 인해 더욱 가냘파 보이는 얼굴이었다. 기운 없고 가슴을 치는 듯한 부드러움이 로빈슨을 사로잡았다. 썩어가는 풀들과 연꽃 잎사귀 사이에 떠 있는 그의 입가에 미소가 떠올랐다. 그의 입술 한구석에는 갈색 몸뚱이의 조그만 거머리 한 마리가 찰싹 달라붙어 있었다.

*

항해 일지: 사람은 저마다 자기 특유의 음산한 성향을 가지고 있는 법이다. 내 성향은 진창 쪽으로 쏠린다. 바로 거기에서 스페란차는 나쁜 존재가 되고 그의 험악한 얼굴을 드러내면서 나를 추방하는 것이다. 진창은 나의 패배이며 나의 악덕이다. 나의 승리는 절대적인 무질서의 다른 이름에 불과한 자연적 질서에 항거해 내가 스페란차에 강요해야 마땅한 도덕적 질서이다. 여기서 중요한 점은 단지 생명을 부지하는 것만이 아님을 이제 나는 안다. 생명을 부지해 살아남는다는 것은 곧 죽음을 의미한다. 인내력을 가지고 잠시도 쉬지 않고 건설하고 조직하고 정돈해야 한다. 일체의 중지는 일보 후퇴이며 진창을 향한 한 걸음이다.

지금 내가 처해 있는 예외적인 상황들은 특히 도덕적이며 종교적인 것들에 대한 숱한 관점의 변화를 정당화해 준다고 믿는다. 나는 매일 성서를 읽는다. 그리고 나는 매일 모든 인간의 마음속에서처럼 나의 내부에서 울려 나오는 지혜의 샘에 경건하게 귀를 기울인다. 나는 때때로 내가 발견하고, 그러면서 또한 받아들이는 것의 새로움에 깜짝 놀라곤 한다. 왜냐하면 그 어느 전통도 우리 속에 내재한 성령의 목소리에 우선할 수는 없기 때문이다.

악덕과 미덕도 마찬가지이다. 내가 받은 교육은 악덕 속에 담긴 지나침과 호사스러움과 방탕한 교만을 보여 주었고 미덕은 겸양과 자기희생을 그것들에 대립시킨다는 것을 가르쳐 주었다. 그런데 이런 종류의 도덕은 내가 그에 순종하려 했다가는 나를 죽이고 말 사치라는 것을 나는 잘 알고 있다. 나의 상황은 미덕에 최대를, 악덕에 최소를 걸며 용기와 힘과 자기 긍정과 사물들에 대한 지배를 미덕이라고 부르기를 요구한다. 악덕은 포기와 체념, 즉 진창이다. 그것은 아마 기독교 저 너머 인간적 지혜의 고대적 비전으로 되돌아가서 오늘의 미덕(Vertu)에 고대의 덕성(Virtus)을 대체하는 것이리라. 그러나 어떤 기독교의 심저에는 자연과 사물에 대한 근원적 거부가 도사리고 있다. 나는 스페란차에 대해 그 거부를 지나치게 실천에 옮겼던 것인데 그것은 나의 멸망을 초래할 뻔했다. 반대로 나는 오직 이 섬을 받아들이고 이 섬이 나를 받아들이도록 함으로써 타락을 정복하게 될 것이다.

*

'탈출호'의 실패로 인해 생긴 원망스러운 마음이 지워져 감에 따라 로빈슨은 점점 더 어떤 소박한 나룻배 한 척을 가질 경우 얻을 수 있는 이점을 생각하게 되었다. 그것이 있으면 특히 섬의 내부에서는 접근할 수 없는 기슭들을 답사해 볼 수 있을 것이다. 그래서 그는 소나무 줄기로 통나무배 하나를 파기 시작했다. 도끼로 하는 느리고 단조로운 작업이었지만 그는 '탈출호'를 건조할 때처럼 열을 올리지 않고 하루 중 정해진 시간에 일정하게 조직적으로 해 나갔다. 그는 처음에는 나무줄기의 밑부분에 불을 피워 공격할 생각을 했지만 통째로 다 태워 버릴까 봐 걱정되어 이미 파내기 시작한 부분에만 불등걸을 피워 담는 정도로 그쳤다. 그러나 마침내 그는 일체의 불의 도움을 포기했다. 적당하게 속을 파내고 깎아 내고 모양을 갖춘 후 모래에 문질러 윤을 내고 나니까 그의 머리 위로 두 팔을 쳐들어 올려서 넓은 나무 뚜껑처럼 어깨 위에 걸친 채 운반할 수 있을 만큼 가벼운 것이 되었다. 들판에 뛰노는 망아지처럼 그 배가 처음으로 파도 위에서 춤추는 것을 보자 그는 축제라도 만난 듯 기뻐했다. 그는 지나치게 욕심을 부려 만들려고 했던 '탈출호'의 기억에서 생긴 제약의 편견 때문에 돛을 완전히 포기하고 한 쌍의 간단한 노를 다듬었다. 그때부터 그는 섬의 변두리를 답사하기 시작했다. 덕분에 그는 자기의 영역을 완전히 알 수 있게 되었지만 그 전의 모든 경험들 이상으로 더 절실하게 조여드는 절대적 고독을 실감하게 되었다.

*

항해 일지: 고독은 '버지니아호'의 침몰 이후 내가 빠져 있었던 요지부동의 상황은 아니다. 그것은 천천히 그러나 끊임없이, 순전히 파괴적인 방향으로 내게 영향을 미치는 부식성의 세계이다. 첫날 나는 마찬가지로 상상일 뿐인 두 개의 인간 사회,

즉 사라져 버린 선원들과 섬의 주민들 사이를 옮겨 다녔다. 나는 섬에 사람들이 살고 있는 줄 알았던 것이다. 그때 나는 내 항해 동반자들과의 접촉감을 생생하게 지니고 있었다. 나는 재난에 의해 끊어진 대화를 마음속으로 계속하고 있었다. 그 후 섬이 무인도라는 것이 밝혀졌다. 나는 살아 있는 영혼이라고는 하나도 없는 풍경 속으로 들어갔다. 나의 등 뒤에서는 내 불행한 동료 무리가 어둠 속으로 가라앉고 있었다. 그들의 목소리가 잠잠해진 지 오래되었을 때 나의 목소리는 독백에 지치기 시작했다. 그때부터 나는 끔찍스러운 매혹을 느끼면서 나의 내부에서 착착 진행되고 있는 것이 느껴지는 비인간화 과정을 거치고 있었다.

인간은 저마다 내부에(그리고 그의 외부에) 습관 반응, 반사 작용, 메커니즘, 골몰한 생각, 꿈 등으로 이루어진 복잡하고 깨지기 쉬운 장치를 가지고 있으며 그것은 그의 동류들과 항구적인 접촉을 통해 형성되고 계속 변모한다는 사실을 이제 나는 알겠다. 수액이 없어지면 이 섬세한 화초는 잎이 떨어지고 시들어 버린다. 내 세계의 가장 중요한 부품인 타인……. 그에게서 얼마나 대단한 덕을 보고 있었던지를 나는 내 개인이라는 건물 속에 새로운 균열이 생기는 것을 보면서 매일같이 헤아려 보게 된다. 나는 말의 용법을 잃어버릴 경우 내가 어떤 위험에 직면하게 되는지 알고 있다. 그러므로 나는 내 뜨거운 고통의 힘을 다해 그 극단적인 타락을 물리친다. 그러나 사물에 대한 나의 관계 자체가 나의 고독으로 인해 변질되어 버린다. 어떤 화가나 판화가가 풍경 속에 혹은 어떤 기념비 근처에 인물들을 놓고 구도를 잡는 것은 액세서리에 대한 취향 때문이 아니다. 인물들은 척도를 제공한다. 그 인물들은 한 걸음 더 나아가서 감상자의 실제적인 관점에 필수 불가결한 잠재성을 추가하는 가능적인 관점들을 형성한다.

스페란차에는 오직 하나의 관점, 일체의 잠재성이 배제된 나의 관점이 있을 뿐이다. 이 철저한 헐벗음은 하루아침에 이루어진 것이 아니다. 처음에는 무의식적인 자동성에 의해 나는 언덕의 꼭대기에, 어떤 바위 뒤에 혹은 어떤 나무의 가지들 속에 가능한 관찰자들을(매개 변수들을) 투영해 보곤 했다. 이리하여 섬은 내삽법과 외삽법의 망에 의해 종횡무진으로 누벼지고 그로 인해 모습이 바뀌며 어떤 인식 능력을 갖추는 것이었다. 정상적인 사람은 누구나 정상적인 상황 속에서 이와 같이 형성되는 것이다. 나는 다른 많은 것들이 그랬듯이 이 기능이 나의 내부에서 쇠퇴함에 따라 그 기능을 의식하게 되었다. 이제 그것은 완전히 감퇴되고 말았다. 섬에 대한 나의 비전은 섬 그 자체로 축소되었다. 내 눈으로 보지 못하는 것은 절대적인 미지의 세계일 뿐이다. 내가 지금 있지 않은 모든 곳에는 측정할 길 없는 어둠이 덮여 있다. 사실 이 글을 쓰면서 나는 이 글이 재생시켜 주고자 하는 경험이 전례가 없는 것일 뿐만 아니라 내가 사용하고 있는 말들을 본질적으로 거역하고 있음을 확인한다. 근본적으로 언어란 과연 그 내부의 모든 것이 이미 알려져 있거나 적어도 알 수 있을 터인 어떤 빛의 섬을 그 주위에 만들고 있는 등대들처럼 수많은 타인들이 가득히 들어 살고 있는 세계에 속하는 것이다. 그런데 나의 영역으로부터는 그 등대들이 사라져 버린 것이다. 나의 환상에 힘입어 그들의 빛은 오랫동안 나에게까지 이르고 있었다. 이제는 마침내 암흑이 나를 둘러싼다.

나의 고독은 사물들에 대한 감각 능력만을 침해하는 것이 아니다. 그것은 사물들 존재의 바탕 자체를 파괴한다. 점점 더 나는 내 감각이 증거해 주는 것에 대한 의혹에 시달린다. 내 두 발이 딛고 있는 땅은 그 땅이 무너지지 않기 위해서는 나 이외의 다른 사람들이 그것을 밟는 것을 필요로 함을 이제 나는 알 수 있다. 시각적 환상, 허깨비, 착란, 눈 뜨고 꾸는 꿈, 몽환, 광기, 청각의 교란 등에 대항하는 가장 확실한 성벽은 우리의 형제, 우리의 이웃, 우리의 친구 혹은 원수, 하여간 그 누구, 오 하느님, 그 누구인 것이다!

추기: 어제 남동쪽 해안 초원에 못 미쳐 있는 작은 숲을 지나다가 나는 얼굴에 훅 끼쳐 오는 어떤 냄새에 큰 충격을 받았다. 그 냄새는 갑자기 (거의 고통스러울 만큼) 나를 집으로, 내 아버지가 손님들을 맞이하는 현관으로 데리고 가는 것이었다. 그러나 그것은 월요일 아침, 즉 아버지가 손님을 받지 않는 바로 그날, 어머니가 그 기회를 이용해 이웃집 여자의 도움을 받아 마룻바닥을 윤내는 날이었다. 그 환기 작용이 어찌나 강력하고 엉뚱했는지 나는 다시 한번 내 이성에 대한 의혹에 사로잡혔다. 나는 잠시 걷잡을 수 없이 감미롭게 밀려오는 추억과 싸우다가 나의 과거, 저 아무도 살지 않는 박물관, 그토록 매혹적인 부드러움으로 나를 부르는 석관(石棺)처럼 니스가 칠해진 그 죽음 속으로 빠져 들어가 버렸다. 마침내 환각이 죄었던 사슬을 늦추었다. 숲속을 이리저리 거닐다가 나는 침엽수인 테레

빈나무들을 발견했다. 그 나무껍질들이 열기에 터져서 향내 나는 진이 스며 나오고 그것의 강력한 냄새는 내 어린 시절의 모든 월요일 아침을 가득히 담고 있었던 것이다.

*

화요일이었으므로(계획표에 써 있는 대로) 로빈슨은 그날 아침 썰물에 막 드러난 모래톱을 거닐다가 약간 질기지만 맛이 좋은 대합조개들을 발견했다. 바닷물을 가득 채운 항아리 속에 담가 두면 일주일 동안 보관할 수 있었다. 영국 선원들이 쓰는 둥근 모자로 머리를 덮고 역시 그것에 어울리는 나막신을 신은 그는 발목이 드러나 보이는 짧은 바지와 품이 큰 리넨 셔츠를 입고 있었다. 그의 흰 피부가 견뎌 내지 못할 만큼 내리쪼이는 햇볕은 아스트라한 양모처럼 곱실거리는 구름층에 가려져 있었으므로 거의 두고 다니는 일이 없었던 종려 나뭇잎 양산을 굴속에 두고 나올 수 있었다. 바닷물이 얕아졌으므로 그는 규칙적으로 흩어져 있는 오목한 조가비들과 진흙의 늪과 별로 깊지 않은 수렁들을 건너갔다. 그리하여 그는 스페란차의 푸르고 노랗고 검은 덩어리들을 한눈에 담을 수 있었다. 이야기를 나눌 상대라고는 아무도 없었으므로 그 섬과 길고 느리고 심오한 대화를 이어 나갔다. 그의 몸짓과 행동과 작업은 바로 질문이었으며, 그에 대해 섬은 합당한 요행과 실패를 통해 응답하는 것이었다. 이제 그는 모든 것이 그와 섬의 관계 그리고 그 조직의 성공 여부에 달려 있다는 것을 더 이상 의심하지 않았다. 그는 때로는 암호로, 때로는 상징적인 수천 가지 형태로 그 섬에서 끊임없이 흘러나오는 메시지 쪽에 항상 귀를 세우고 있었다.

그는 맑은 물거울로 둘러싸인 채 해초들에 덮인 어떤 바위 쪽으로 다가갔다. 그는 마치 긴 칼과 단검을 쳐든 자객처럼 자신을 향해 길이가 다른 두 집게발을 무모하게 쳐들어 올리는 작은 게 한 마리를 재미있게 바라보다가 어떤 맨발의 발자국을 발견하고 벼락을 맞은 듯 깜짝 놀랐다. 그는 매우 오래전부터 반드시 나막신을 신고 걸어 다니는 터였으므로 모래나 진흙 바닥 속에서 자신의 발자국을 다시 발견했다 하더라도 그에 못지않게 놀랐을 것이다. 그러나 그의 눈앞에 보이는 발자국은 바위 자체에 파여 있었다. 그것은 어떤 다른 사람의 발자국일까? 아니면 그가 섬에 온 지 오래되어서 진흙 바닥에 찍힌 그 자신의 발자국이 석회질 응고 작용에 의해 굳어질 만큼 시간이 흐른 것일까? 그는 오른쪽 나막신을 벗고 바닷물이 반쯤 고여 있는 오목한 구멍 속에 자신의 맨발을 넣어 보았다. 발은 꼭 맞았다. 그의 발은 마치 낡고 익숙한 편상화 속에 들어가듯이 돌의 모형 속으로 쏙 들어갔다. 더 이상 혼동할 여지가 없었다. 수천 년 역사를 거슬러 익히 알려진 이 도장은(낙원을 소유하는 아담의 발 도장, 물에서 나온 베누스의 발 도장) 동시에 바위 자체에 대고 찍힌, 따라서 지울 수 없고 영원한 로빈슨의 모방할 수 없는 개인적 서명이었던 것이다. 스페란차는 아직도 반쯤 야성 그대로이지만 벌겋게 달군 쇠도장이 찍힌 아르헨티나 초원의 소처럼 이제부터 그의 지배자요, 주인인 로빈슨의 도장이 찍힌 것이다.

*

옥수수는 완전히 썩어 버리고 로빈슨이 씨 뿌린 땅은 옛날 모습 그대로의 황무지로 되돌아갔다. 그러나 보리와 밀은 매우 잘 자랐다. 로빈슨은 푸른빛 도는 초록색의 아직 어린 줄기들을 손으로 쓰다듬으면서 스페란차가(그러나 얼마나 부드럽고 심오한 섬인가!) 그에게 주어졌다는 사실에 첫 기쁨을 맛보았다. 곡식의 양탄자 같은 들판 여기저기에 해롭게 돋아난 기생 식물들을 뽑지 않으려고 마음을 억제하기까지는 대단한 인내력이 필요했다. 그러나 추수하기 전까지는 좋은 씨알과 해로운 씨알을 가르지 말라고 하신 복음서의 말씀을 거역할 수는 없었다. 그는 굴의 동쪽편 벽의 부서져 내리는 바위에 파놓은 굴 모양의 화덕 속에 머지않아 집어넣게 될 황금빛 둥근 빵을 꿈꾸면서 스스로의 마음을 위로했다. 짧은 우기가 닥치자 물을 잔뜩 먹고 무거워져서 한쪽으로 넘어지는 이삭들을 보고 그는 며칠 동안 몸을 떨었다. 그러나 다시 햇빛이 비쳤고 이삭들은 마치 뒷발을 들고 일어서서 머리 위의 깃털을 흩날리는 작은 말 떼처럼 바람 속에 그들의 깃털을 나부끼고 있었다.

수확 때가 되자 그는 자신이 가지고 있는 몇 가지 연장들 중에서 그래도 낫의 대용품 노릇을 할 만한 것이라고는 선장의 선실을 장식하고 있던 그 낡은 긴 칼, 그가 다른 난파물들과 함께 이곳으로 가져다 놓은 그 칼뿐이라는 것을 알게 되었다. 처음에 그는 구부러진 나무 막대기로 줄기를 한 줌씩 거머쥐고 칼로 쳐서 베어야겠다고 생각했다. 그러나 이 영웅적인 무기를 휘두르다 보니 기이한 신바람이 일어나 일체의 규칙을 무시한 채 미친 듯 윙윙거리는 소리가 나도록 칼을 휘두르며 그는 앞으로 나아갔다. 이런 식으로 베인 이삭들은 별로 상하지는 않았지만 밀짚을 어딘가에 쓰겠다는 생각은 포기하지 않으면 안 되었다.

*

항해 일지: 내 노동과 기름진 땅 스페란차의 첫 결실을 빛내 주었어야 할 이 이삭 베기의 하루는 허공과 겨루는 어떤 미치광이의 결투를 더 많이 연상시키는 것이었다. 아! 하나하나의 행동이 경제와 조화의 법칙에 따라 조절되는 저 완전한 삶으로부터 나는 아직 얼마나 멀리 떨어져 있단 말인가! 나는 마치 어린아이처럼 무질서한 광기에 정신을 잃은 채 행동했으니 내가 지난날 웨스트라이딩의 아름다운 들판에서 참가했던 건초 베기에서 맛본 흥겨운 만족을 이 작업에서는 전혀 찾아볼 수 없었다. 리듬의 특수한 맛, 오른쪽, 왼쪽으로 오가는 두 팔의 흔들림,(그리고 몸은 왼쪽에서 오른쪽으로 반대 방향의 움직임을 통해서 균형을 맞추어 준다.) 꽃과 잎사귀와 줄기의 묶음에 가서 박히고 식물질의 질료를 싹둑 끊어서 내 왼쪽에 깨끗이 쌓아 놓는 칼날, 뿜어 나오는 수액과 진의 강한 신선함, 이 모든

것은 후회 없는 도취에 젖게 하는 단순한 행복을 이루는 것이었다. 핑크빛 숫돌에 간 날은 실처럼 끝이 이쪽저쪽으로 휘는 것이 눈에 보일 만큼 예리했다. 초원은 공격하고 베어 먹고 그 주위를 한 걸음 한 걸음 돌면서 조직적으로 줄여 가야 하는 하나의 덩어리였다. 그러나 그 덩어리는 질료가 형상에 의해 완전히 소진된 식물적 세계, 살아 있는 미시적인 세계의 더미로 섬세하게 구성되어 있었다. 이와 같이 섬세한 유럽 초원의 구성은 내가 여기서 흔들고 있는 무정형적이고 차별 없는 자연과는 정반대이다. 열대 지방의 자연은 마치 그 하늘처럼 억세지만 거칠고 단순하며 헐벗은 것이다. 아아, 언제쯤이면 나는 우리의 창백한 하늘의 흐릿한 매력을, 우즈강의 갯벌 위로 기어가듯 흐르는 안개의 저 회색빛이 지닌 유별난 뉘앙스를 다시 찾을 수 있을까?

*

둘로 접은 돛을 펴 놓고 이삭을 도리깨로 쳐서 낟알을 골라낸 다음, 그는 바람이 세차게 부는 날 야외에서 그것들을 한 호리병에서 다른 병으로 부으며 체를 쳤다. 그는 그것이 상기시키는 정신적인 상징 때문에 단순하지만 싫증 나지 않는 그 정화 작업을 좋아했다. 그의 영혼이 솟아올라 신에게 이르고, 그의 머릿속에 가득한 경박한 생각들은 멀리 날려 보내고, 오직 지혜의 말씀의 무거운 씨앗들만이 그의 속에 남게 해 달라고 빌었다. 그 일을 끝내자 그는 추수가 삼십 통의 밀과 이십 통의 보리에 이른다는 것을 자랑스럽게 확인했다. 그는 밀가루를 만들기 위해 음식물 가는 그릇 하나와 절굿공이(속이 빈 나무토막과 중간 높이에서 잘라 낸 단단한 나뭇가지 하나)를 마련했고, 화덕에는 첫 번째 빵을 굽기 위한 준비를 마쳐 놓았다. 바로 그때 그는 돌연한 영감을 받은 듯이 첫 수확물을 한 톨도 먹어 없애지 않기로 결정했다.

*

항해 일지: 스페란차의 대지와 내 화덕과 내 손에서 나올 빵으로 나는 기쁨에 가득 찼다. 후일을 위해 남겨 두리라. 후일을 위해……. 이 단순한 두 마디 말에는 얼마나 많은 약속들이 담겨 있는가! 갑자기 나에게 너무나도 자명하게 나타나 보이는 것은 시간과 싸워야 한다는, 다시 말해서 시간을 포로처럼 사로잡아야 한다는 필요성이다. 내가 그날그날 목적 없이 살고 되는대로 내버려 두면 시간은 손가락 사이로 새어 나가고 나는 내 시간을 잃는다. 나 자신을 잃는다. 결국 이 섬 안에서의 모든 문제는 시간의 문제로 해석될 수 있을 것이다. 맨 밑바닥부터 생각해 본다면 내가 이곳에서 마치 시간의 밖에서처럼 살기 시작한 것은 우연이 아니다. 내 달력을 재정립함으로써 나는 나 자신을 되찾은 것이다. 이제부터는 한 걸음 더 나아가야 한다. 이 처음 추수한 밀과 보리의 어느 한 알도 현재 속에 탕진되어서는 안 된다. 그것은 송두리째 마치 미래를 향한 용수철과 같이 되어야 한다. 그러므로 나는 그것을 두 가지 몫으로 나

누리라. 그 첫째 몫은 내일 당장 땅에 뿌려질 것이고 둘째 몫은 안전을 위해 비축될 것이다. 왜냐하면 땅속에 뿌린 씨앗의 약속이 허사가 되는 일에도 대비해야 하기 때문이다.

이제부터 다음의 규칙을 준수하겠다. 일체의 생산은 창조이며 따라서 좋은 것이다. 일체의 소비는 파괴이며 따라서 나쁜 것이다. 사실 여기서의 내 상황은 매일같이 배 가득히 타고 신세계의 해안에 발을 내려딛는 내 동포들의 상황과 상당히 유사하다. 그들 역시 부의 축적이라는 윤리에 순응해야 한다. 그들에게도 시간을 잃는 것은 범죄이며 시간의 재산을 축적하는 것은 근본적인 미덕이다. 축재하라! 그런데 바로 여기서 다시금 나의 비참한 고독이 상기된다! 나에게 있어 씨를 뿌린다는 것은 좋은 일이며 추수한다는 것은 좋은 일이다. 그러나 내가 곡식을 찧고 반죽을 익힐 때 괴로움은 시작된다. 왜냐하면 그때 나는 오직 나만을 위해 일하는 것이기 때문이다. 아메리카의 식민은 끝까지 계획된 과정을 후회 없이 추진할 수 있다. 왜냐하면 그는 그의 빵을 팔 것이고 그가 금고 속에 쌓아 두게 되는 돈은 축재한 시간이요, 노동일 것이기 때문이다. 그러나 불행하게도 나의 경우 내 비참한 고독은 내게도 부족하지 않은 돈의 혜택을 박탈해 간다!

나는 오늘날 돈이라고 하는 이 거룩한 제도를 비방하는 자들이 얼마나 미쳤으며 그것이 얼마나 못된 짓인지를 헤아릴 수 있다. 돈은 합리적인(계량할 수 있으므로) 동시에 보편적인(돈으로 치환된 부는 만인에게 접근 가능한 잠재력을 지니므로) 차원을 제공함으로써 그것이 접촉하는 모든 것을 정신적인 것으로 만든다. 매매 가능성은 근원적인 미덕이다. 돈으로 움직이는 인간은 명예심, 자존심, 애국심, 정치적 야망, 광신, 인종 차별 등 살인적이며 비사회적인 본능을 억누르고 협동을 위한 경향과 보람 있는 교환의 취미, 인간적 유대의 센스만을 남길 줄 안다. 황금시대라는 표현은 문자 그대로 이해해야 한다. 만약 인류가 돈으로 매수될 수 있는 인간들에 의해서만 이끌어졌더라면 재빨리 그에 도달할 수 있었으리라는 것을 나는 잘 알고 있다. 불행하게도 역사를 만드는 사람들은 거의 언제나 물욕이 없는 사람들이었으므로 모든 것이 불에 파괴되고 피가 물결쳐 흘렀다. 기름진 베네치아의 상인들은 오직 이익의 법칙에 의해서만 이끌어진 국가가 경험할 수 있는 찬란한 행복의 예를 보여 주는 반면, 스페인 종교 재판소의 야윈 늑대들은 물질적 부의 맛을 상실한 인간들이 얼마나 엄청난 추행을 범할 수 있는지를 증명해 준다. 훈족은 만약 그들이 획득한 부를 누릴 줄만 알았던들 파도처럼 휘몰려 다니기를 그쳤을 것이다. 그들은 그것을 보다 잘 즐기기 위해 정착했을 것이고 만사는 자연적인 흐름을 되찾았을 것이다. 그러나 그들은 물욕이 없는 야만인들이었다. 그들은 황금을 멸시했다. 그래서 그들은 지나가는 발길 아래 모든 것을 불태우며 우르르 앞으로 몰려 나갔다.

*

그때부터 로빈슨은 섬의 자원들을 집중 개발하기 위해 일을 하면서도 보잘것없는 것을 먹고 살 수 있도록 최선을 다했다. 그는 여러 헥타르의 초원과 숲을 개간하고 섬의 남쪽에 자생하는 무와 수영 밭을 곡괭이로 파내고 배추 종려수 개간지에 새들과 벌레들이 달려들지 않도록 막아 주었고, 스무 개의 벌통을 놓아 첫 벌 떼가 모여드는 것을 보았고, 해안가에 민물과 바닷물의 양어장을 파서 잉어, 전자리상어, 심지어 갯가재들까지 키웠다. 그는 마른 과일, 훈제 고기, 소금에 절인 생선, 단단하지만 분필처럼 가루로 만들 수 있고 한없이 오래 저장할 수 있는 치즈 등 막대한 저장 식품을 만들었다. 마침내 그는 일종의 설탕을 만들어 내는 방법을 발견해 그것으로 잼과 과일 조림을 만들 수 있었다. 그것은 다름이 아니라 밑둥치나 꼭대기보다 가운데가 더 굵은 줄기에서 단물이 엄청나게 많이 솟아 나오는 종려수였다. 그는 그 나무 하나를 베어 눕히고 잎사귀들을 잘라 냈다. 그러자 곧 위쪽 끝부분에서 즙이 흘러나오기 시작했다. 즙은 몇 달 동안 줄곧 흘렀다. 그러나 줄기의 구멍이 막히는 경향이 있으므로 로빈슨은 아침마다 줄기의 새로운 토막을 잘라 내지 않으면 안 되었다. 그 한 나무에서만도 구십 통의 당밀을 얻어 낼 수 있었고 그것은 차츰차츰 엄청나게 큰 과자 모양으로 굳어졌다.

'버지니아호'의 세터종 개인 텐이 우정과 사랑을 이기지 못한 채 덤불 속에서 튀어나와 그에게로 달려온 것은 바로 그 무렵이었다.

*

항해 일지: 내 항해의 충실한 동반자인 텐이 내게 돌아왔다. 이 간단한 한 문장이 포함하고 있는 기쁨을 표현할 길이 없다. 난파 이후 그가 어디에서 어떻게 살아왔는지 나는 결코 알지 못하지만 적어도 무엇 때문에 그가 나에게서 멀어져 갔는지는 이해할 것 같다. 내가 미친 사람처럼 '탈출호'를 만들고 있을 때 그는 문득 내 앞에 나타났다가는 곧 성난 듯 짖어 대며 도망쳐 버렸다. 나는 저 끔찍한 조난 이후 기나긴 시간 동안 적의에 찬 자연 속에서 살다 보니 그 개가 그만 야생적인 상태로 되돌아가 버린 것은 아닌지 맹목적으로 자문해 보았다. 얼마나 터무니없는 생각이었던가! 우리 둘 중에서 야만적인 쪽은 나였다. 나보다도 훨씬 근본적으로 문명화된 상태로 남아 있던 저 불쌍한 짐승에게 불쾌감을 준 것이 내 사나운 표정과 어리둥절한 얼굴이었던 것은 의심할 여지가 없다. 악덕과 타락 혹은 광기 속에 빠져 버린 주인을 거의 본의 아니게 저버릴 수밖에 없었던 개들의 예는 없지 않으나 그들의 주인이 그들과 같은 밥그릇에 밥을 먹는 것을 용납할 개의 예는 찾아볼 수 없을 것이다. 텐이 돌아온 것은 내 마음을 몹시도 흡족하게 한다. 왜냐하면 그것은 나를 심연으로 이끌던 저 파괴적인 힘에 대한 나의 승리를 증명하고 보상해 주기 때문이다. 개는 불행으로 인해 인간성을 상실해 버린 타락하고 구역질 나는 존재의 동반자가 아니라 인간의 자연스러운 동반자이다. 이제부터 나는 나를 땅바닥으로 쓰러뜨리는 끔찍한 운명에도 불구하고 내가 인간의 존엄성에 합당한 높이에 있는 것인지 아닌지를 그의 개암 같은 두 눈 속에서 읽게 될 것이다.

*

그러나 로빈슨이 그의 인간성을 충분하게 회복하자면 깊숙한 굴속이나 나뭇잎들의 차양 밑과는 다른 어떤 거처를 마련하지 않으면 안 될 것이다. 동물들 중에서도 가장 가족적인 동반자를 얻은 그는 이제 집을 한 채 지을 필요가 있었다.

그는 자기의 모든 재산을 담고 있으며 섬에서 가장 높은 지점에 있는 굴의 입구에 집터를 잡았다. 그는 우선 3피트 정도의 깊이로 사각형의 구덩이를 판 다음 조약돌로 바닥을 덮고 그 위에는 흰 모래를 깔았다. 완전히 마르고 물이 잘 빠지는 이 토대 위에 종려수 줄기들을 쌓고 네모난 구멍들을 파서 한데 고정시켜 칸막이를 세웠다. 나무껍질과 식물 섬유로 나무줄기들 사이의 틈을 막았다. 양쪽으로 경사진 가볍고 긴 대들보 위에 갈댓잎을 엮어 덮고 그 위에 슬레이트 기와처럼 비늘 모양으로 고무나무 잎사귀를 덮었다. 벽의 겉면에는 묽게 갠 진흙과 짧게 썬 짚을 섞어 입혔다. 모랫바닥에는 편편하고 불규칙적인 돌들을 퍼즐 조각처럼 맞추어 깔았다. 염소 가죽과 골풀자리, 버드나무로 짠 몇 가지 가구, 식기 그리고 '버지니아호'에서 건져 온 각등들, 망원경, 긴 칼 그리고 벽에 걸어 놓은 소총은 안락하고 아기자기하기까지 한 분위기를 자아내 로빈슨은 그 분위기를 맛보느라 시간 가는 줄을 몰랐다. 밖에서 보면 이 첫 거처는 거친 동시에 말끔하고 지붕을 보면 약해 보이지만 벽을 보면 우람한 열대 지방의 이즈바 같았다. 로빈슨은 이 집에서 바로 자신의 상황이 지닌 모순을 보는 것 같은 즐거움을 느꼈다. 게다가 그는 이 집의 실질적인 무용성, 자신이 이 집에 부여하는 근본적인, 아니 무엇보다도 상징적인 기능에 민감했다. 그는 곧, 이곳에서는 실용적인 일(심지어 식사 준비까지도)은 일절 하지 않고 아주 세심하게 인내심을 가지고 그 안을 장식하며 오직 토요일에만 들어가 자기로 결정했다. 다른 날은 굴 안의 바위벽 속 우묵한 곳에 가득히 채워 놓은 새털과 짐승털 침대를 사용하기로 했다. 차츰차츰 그 집은 그에게 이를테면 인간박물관 같은 곳으로 변했고 그는 그곳에 들어갈 때마다 마치 엄숙한 행위를 하는 것 같은 기분을 느꼈다. 그는 '버지니아호'의 선체 안에 들어 있던 옷들을 모조리 가져왔으므로(그중 어떤 것들은 상당히 멋있었다.) 마치 자신의 가장 훌륭한 부분을 방문이라도 하는 기분으로 옛날식 짧은 바지에 긴 양말, 구두를 화려하게 갖추어 신은 다음에만 그 안으로 들어가는 것이었다.

나중에 그는 별장 안에서 해가 보이는 때는 어떤 정해진 시각뿐이므로 그 안에 시계나 항상 시간을 잴 수 있는 기구를 설치하는 것이 적당하다고 생각했다. 이리저리 궁리한 결과 그는 매우 원시적인, 일종의 물시계 같은 것을 만들어 놓기로 했다. 그것은 단순히 유리통 밑바닥에 구멍을 뚫어 그곳으로 한 방울 한 방울 떨어진 물이 땅바닥에 놓아둔 구리 함지 속으로 떨어지도록 만든 장치였다. 유리통이 완전히 비는 데는 정확하게 스물네 시간이 걸렸으므로 로빈슨은 통의 겉면에 평행으로 스물네 개의 원을 그려 놓고 그 하나하나에 로마 숫자를 표시해 놓았다. 이리하여 물이 고여 있는 높이는 항상 시간을 알려 주었다. 이 물시계는 로빈슨에게 엄청난 위안을 주었다. 그가 밤이건 낮이건 함지 속으로 떨어지는 이 규칙적인 물방울 소리를 들을 때면 시간은 그의 의지와는 관계없이 어두운 심연 속으로 미끄러져 나가는 것이 아니라 이제부터는 규칙화되고 지배되고 장차 섬 전체가 그렇게 되려 하듯이 오직 한 인간의 정신력에 의해 길들게 된다는 자랑스러운 기분을 느꼈던 것이다.

*

항해 일지: 이제부터는 내가 깨어 있건, 잠을 자건, 글을 쓰건, 요리를 하건 나의 시간은 기계적으로, 객관적으로, 거부할 길 없이 완벽하고 정확하게, 통제 가능한 방식으로 똑딱거리는 소리에 의해 논리화된다. 악의 힘에 대한 나의 승리를 정의해 주는 이 형용사들에 나는 얼마나 굶주려 왔던가! 나는 내 주위의 모든 것이 이제부터는 측정, 증명, 확인되고 수학적이고 합리적으로 되기를 요구한다. 섬을 측량하고 이 땅 전부의 평면을 축소한 지도를 만들고 그것을 토지 대장에 기록해야 한다. 풀포기 하나하나에 꼬리표를 붙이고 새 한 마리마다 발고리를 끼우고 젖먹이 동물 한 마리마다 불로 지져 도장을 찍고 싶다. 이해할 길 없고 헤아릴 길 없으며 무엇인가가 속에서 부글거리며 끓고 해로운 소용돌이로 가득 찬 이 섬이 추상적이고 투명하며 뼛속 깊이까지 들여다보이는 구조로 변모할 때까지 나는 끊임없이 노력하리라!

그러나 내게 이 엄청난 과업을 완수할 힘이 있을까? 스페란차에 부과하고자 하는 이 막대한 양의 합리성의 원천을 나는 과연 나의 내부에서 찾아낼 수 있을까? 조금 전까지도 마치 메트로놈의 음악처럼 부지런하고 포근한 소리로 내 마음을 보듬어 주던 물시계의 규칙적인 소리는 갑자기 정반대되는 섬뜩한 이미지를 생각나게 한다. 끝없이 끝없이 떨어지는 물방울로 인해 마침내 어쩔 수 없이 닳아 없어지고 마는 가장 단단한 돌의 이미지를, 내 두뇌의 구조 전체가 송두리째 무너지고 있다는 것을 굳이 감출 필요가 없다. 내 언어가 점점 황폐해져 가는 것은 이 붕괴의 가장 확실한 증거다.

끊임없이 소리 높여 말하고, 어떤 생각, 어떤 명상도 지나쳐 흘려 버리지 않으며 그것을 곧 나무들과 구름들에게 전달해 보아야 아무 소용이 없다. 날이 갈수록 하루하루, 땅굴 속의 두꺼비처럼 우리의 사고가 몸을 숨기고 친숙하게 돌아다니는 언어의 성벽이 무너져 내리는 것을 나는 알고 있다. 마치 시냇물 위로 솟아 나온 돌들을 딛고 물을 건너듯이 우리의 사고가 의지하면서 진전되는 바탕돌이 바삭바삭 부서지고 가라앉는다. 나는 구체적인 사물을 가리키지 않는 단어들을 만나면 그 의미에 대해서 자신이 없어진다. 나는 문자 그대로의 의미로밖에는 말을 할 수 없다. 비유니 완곡법이니 과장법이니 하는 것들은 내게 이루 말할 수 없는 주의력을 요구하며 그 결과 엉뚱하게도 이런 수사학적 표현에 담겨 있는 부조리하고 상투적인 면을 두드러지게 할 뿐이다. 내 머릿속의 무대 위에서 일어나는 이런 현상들은 인간 사회 속에 살고 있는 문법학자나 문헌학자들이 일상적으로 겪는 경험일 것으로 짐작된다. 그러나 내게는 무용하고도 고통스러운 사치에 지나지 않는다. 가령 사람들이 흔히 사용하지만 나는 한 번도 어떤 의미에서 쓰는지 깊이 생각해 본 일이 없는 '심오한 정신', '깊은 사랑' 같은 표현에서 깊이의 개념 같은 것이 바로 그런 것이다……. 맹목적으로 표면적을 무시하고 깊이만을 중요시하며 '피상적'이란 말은 '광대한 넓이'가 아니라 '별로 깊지 못한'의 뜻으로 쓰고, 한편 '깊은'은 반대로 '매우 깊이가 있다'라는 뜻이지 '면적이 좁다'라는 뜻으로 쓰지 않는다는 것은 사실 이상한 편견이다. 그렇지만 내 생각으로는 사랑이란(만약 그것이 잴 수 있는 것이라면) 그 깊은 정도보다는 면적의 중요성으로 훨씬 잘 측정될 수 있을 것 같다. 왜냐하면 내가 어떤 여자에 대해 느끼는 사랑은 내가 동시에 그녀의 손, 눈, 거동, 흔히 입는 옷, 늘 지니는 물건, 그 여자가 접촉했을 뿐인 사람들, 그녀가 몸담아 움직인 풍경, 그 여자가 수영한 바다 등을 사랑한다는 사실에서 측정될 수 있다……. 내가 보기에는 그 모든 것이 다 넓이인 것 같다! 진부한 감정이 직접적으로(깊이로) 섹스 자체만을 목표로 삼고 그 밖에 모든 것은 그저 무심한 그늘 속에 묻어 두는 것과는 전연 다른 것이다.

그와 비슷한 또 하나의 메커니즘은(그것은 요즘에 와서 내가 사용하려고 들면 삐걱거리기만 한다.) 외면성을 무시하고 내면성에만 가치를 부여하려는 경향을 보인다. 그에 따르면 존재들은 아무런 가치도 없는 껍질 속에 담겨 있는 보화이며 그들 속으로 깊이 파고 들어갈수록 우리가 접할 수 있는 풍부함은 증가한다는 것이다. 그런데 만약 그 속에 보물이 하나도 없다면 어쩌겠는가? 그리고 그 조상(彫像)이 톱밥을 넣어 만든 인형들처럼 단조롭고 똑같은 것들로 가득 차 있다면 어쩌겠는가? 어느 누구 하나 찾아와서 얼굴과 비밀을 부여해 주는 이 없는 나라는 존재는 스페란차섬 한가운데 있는 꺼먼 구멍, 스페란차에 던져지는 하나의 관점, 하나의 점, 즉 아무것도 아니라는 것을 잘 알고 있다. 영혼이란 오직 안과 밖을 구별 지어 주는 피부의 장막을 초월해야만 눈에 띌 만한 하나의 내용을 지니는 것이며, 그것은 하나의 점인 자아 주위에 훨씬 더 넓은 동심원들을 스스로에 예속시킴에 따라 끝없이 풍부해지는 것이라고 나는 생각한다. 로빈슨은 스페란차섬 전체와 일치할 때만 한없이 풍부해지는 것이다.

*

그 이튿날로 당장 로빈슨은 도량형기 표준국의 기초를 닦기 시작했다. 그는 화강암 덩어리와 홍토로 된 이음돌 등 가장 내화력이 강한 재료들을 써서 정자 모양의 뾰족한 집을 지었다. 그 속에 그는 마치 재단 같은 대를 세우고 마치 이성(理性)의 무기들처럼 자의 표준형 원기, 피트, 야드, 지척, 연, 파인트, 되, 부아소,[2] 갤런, 그레인,[3] 드라크마,[4] 온스, 파운드 등의 도량형 원기들을 벽에 기대어 진열해 놓았다.

---

2) 곡물을 재는 단위로 약 13리터에 해당한다.

3) 0.053그램에 해당한다.

4) 고대 그리스의 무게 단위로 약 3.24그램에 해당한다.

4장

그의 달력에 따라 1000일째 되는 날, 로빈슨은 예복으로 갈아입고 그의 별장 안에 문을 닫고 들어앉았다. 그는 경건하면서도 세심한 주의를 기울일 수 있는 자세로 서서 글을 쓰도록 고안하여 만든 책상 앞에 가 섰다. 그러고 나서 그는 '버지니아호'에서 찾아낸, 물에 씻겨 글자가 지워진 책들 중에서 가장 큰 것을 펼치고 쓰기 시작했다.

스페란차섬의 헌장

당 지역 월력 1000일부터 시행

1조: 조지 2세 폐하의 신민인 존경하는 친우 조지 폭스[5]에게서 받은 교육에 의거하여 인지하고 복종하게 된 성령의 가르침에 따라 1737년 12월 19일 요크시에서 출생한 로빈슨 크루소는 후안페르난데스 제도와 칠레의 서해 연안 사이의 태평양상에 위치한 스페란차섬의 총독으로 임명되다. 그 자격으로 그는 섬 전역과 그 영해 일원에 대해 내적인 빛이 지시하는 의미와 방향으로 법을 제정하고 시행하는 전권을 수임받는다.

2조: 섬에 거주하는 모든 주민들은 할 수 있는 한 일체의 생각을 알아들을 수 있도록 크게 높은 소리로 말할 의무가 있다.

주석: 말을 사용하지 않기 때문에 말하는 기능을 상실하는 것은 나를 위협하는 가장 굴욕적 재난 중의 하나이다. 벌써부터 나는 높은 목소리로 말해 보려고 할 때면 마치 과음한 뒤처럼 어떤 언어적 당혹감을 느낀다. 이제부터는 우리가 의식을 가누고 있는 한 우리가 마음속에서 진행시키는 내적인 생각들이 입술 밖으로 흘러나와서 끊임없이 소리로 형상화되도록 하는 것이 중요하다. 사실 그것은 자연스러운 경향이다. 정신이 허약해짐으로 인해 혼잣말을 하는 어린아이들이나 노인들의 예가 보여 주는 바와 같이 말이 표현되기 전에 그것을 포착하기 위해서는 특별한 주의가 요구된다.

3조: 본래의 용도를 위해 미리 정해 놓은 장소 이외에서 용변을 보는 행위를 금지한다.

주석: 헌장의 3조에 이러한 조치가 취해지는 것은 분명히 뜻밖이라고 느껴질 것이다. 그러나 총독은 어떠어떠한 필요가 느

---

5) George Fox(1624~1691). 퀘이커교 창시자. 퀘이커교도를 일명 '조지 폭스 친구들의 회'라고도 한다.

껴질 때마다 법을 정하기 때문에 그러한 것이며 섬의 주민들은 자칫하면 해이해지기 쉬우므로 그들을 가장 동물적인 상태와 근접시키는 문제들 중의 하나에 어느 정도 규율을 부과하는 것은 시급한 일이다.

4조: 금요일은 금식일로 정한다.

5조: 일요일은 휴일로 정한다. 토요일 19시를 기하여 섬 안에서는 일체의 노동이 중지되어야 하며 주민들은 식사를 위해 가장 좋은 의복을 착용해야 한다. 일요일 아침 10시에는 성서에 대한 종교적 명상을 위해 주민들은 사원 안에 집합해야 한다.

6조: 오직 총독만이 담배를 피울 권리를 가진다. 그러나 총독 역시 이달에는 매주 일요일 오후, 다음 달에는 이 주일에 한 번, 그다음 달에는 삼 주일에 한 번, 그다음 달에는 단 한 번, 그 후에는 두 달에 한 번만 흡연할 수 있다.

주석: 나는 판데이설의 도자기 파이프의 사용법과 맛을 발견한 지 얼마 되지 않는다. 불행하게도 담배통에 담긴 담배의 양은 얼마 동안 소비할 분량밖에 되지 않는다. 따라서 그것을 사용할 수 있는 기간을 최대한 늘이고 불만족 때문에 후일 괴로움을 받을 가능성이 있는 습관성에 매이지 않는 것이 중요하다.

로빈슨은 잠시 고요히 명상에 잠겼다. 그러고는 헌장을 쓴 책을 덮고 마찬가지로 백지 상태인 다른 책 하나를 펴서 첫 페이지에 대문자로 썼다.

스페란차섬의 형법

당 지역 월력 1000일부터 시행

그는 페이지를 넘기고 한참 동안 깊이 생각하더니 마침내 써 내려갔다.

1조: 헌장의 위반은 여러 날 동안 금식하는 것과 여러 날 동안 구덩이 속에 감금하는 두 가지 형에 해당한다.

주석: 체형과 사형은 섬 인구의 증가를 전제로 하는 것이므로 현재 적용할 수 있는 형은 이 두 가지뿐이다. 구덩이는 암벽들과 처음 수렁들 사이에 있는 초원에 위치하고 있다. 구덩이는 햇볕에 노출되어 하루 중 가장 뜨거운 여섯 시간 동안 햇살이 침처럼 와서 꽂히도록 되어 있다.

2조: 진창 속에 들어가 있는 것은 엄금한다. 이를 어기는 자는 그것의 두 배 되는 기간 동안 구덩이 속에 감금하는 형에 처한다.

주석: 구덩이는 이리하여 진창의 반대항(따라서 어느 의미에서는 해독제)처럼 보인다. 형법의 2조는 죄를 지은 자는 바로 죄 지은 곳으로 벌을 받는다는 원칙을 미묘하게 설명해 준다.

3조: 섬을 자신의 변으로 더럽힌 자는 누구나 하루의 금식으로 처벌받는다.

주석: 죄와 벌 사이의 미묘한 상응 관계 법칙을 잘 설명해 주는 새로운 예.

4조: …….

로빈슨은 한동안 명상에 잠겨 있다가 섬의 일원과 그 영해 내에서 풍기문란죄에 대한 형벌을 확정했다. 그는 문 쪽으로 몇 발자국 걸어가서 마치 그의 신민들에게 모습을 나타내려는 듯한 태도로 문을 열었다. 거대한 열대림의 나뭇잎 무리가 양 떼처럼 바다 쪽으로 굽이쳐 가고 바다는 더 먼 곳에 하늘과 구분할 수 없도록 맞붙어 있었다. 여우처럼 불그레한 그의 머리털 때문에 어릴 적부터 어머니는 그에게 초록색 옷만 입혔고, 붉은 머리털과도 그의 옷 색깔과도 어울리지 않는 푸른색을 조심하라고 말하곤 했다. 그런데 하늘에까지 펼쳐져 있는 저 대양을 배경으로 전개된 저 잎사귀들의 바다보다 더 조화로워 보이는 것은 없었다. 태양과 바다와 밀림과 창공, 이 세계 전체가 어찌나 엄청난 고요 속에 묻혀서 꼼짝 않고 있는지 물시계의 똑딱거리는 젖은 소리가 없었더라면 마치 시간의 흐름이 정지되어 버린 것같이 느껴질 정도였다. '성령이 스페란차의 입법자인 내 속으로 강림하는 특별한 상황이 따로 있는 것이라면 그것은 바로 오늘 같은 어느 날일 것이며 지금 같은 어느 순간이리라. 내 머리 위에 춤추는 불의 혀나 충천하듯 똑바로 솟아오르는 연기 기둥은 바로 내가 신의 사원(寺院)임을 증거해 주는 것이 아닌가?' 로빈슨은 생각했다.

그가 헌장 2조에 따라 이 말들을 소리 내어 말하고 있으려니까 숲의 장막 저 뒤에서 구원만으로부터 솟아오르는 듯한 가는 한 줄의 연기가 피어오르는 것이 보였다. 자기의 기도가 효험을 보이는 것이라 생각한 그는 열렬한 목소리로 기도문을 외우며 무릎을 꿇었다. 그러자 머릿속에서 의혹이 생겼다. 그는 자리에서 일어나 벽에 걸린 구식 보병총과 화약통, 탄환 자루 그리고 망원경을 벗겨 들었다. 그리고 그는 휘파람을 불어 텐을 부른 다음 바닷가에서 동굴까지 닦아 놓은 곧바른 길을 피해 빽빽한 잡목림 속으로 들어갔다.

그들은 마흔 명 정도로 불가에 둥그렇게 둘러서 있었다. 불에서는 무겁고 빽빽하고 우윳빛 나며 비정상적으로 짙은 연기가 소용돌이치며 솟아오르고 있었다. 부표와 외현부재가 달린 세 척의 카누가 모래 위에 올려 놓여 있었다. 그것은 매우 좁고 물을 차는 힘이 약함에도 불구하고 바다를 타는 데 있어서 뛰어난, 태평양의 어디서나 흔히 사용하는 종류의 배들이었다. 불가에 둘러선 사람들로 말할 것 같으면 로빈슨은 망원경을 통해 저 무서운 아라우칸 종족인 코스티노스 인디언들임을 알아볼 수 있었다. 그 종족은 칠레의 중부와 남부에 살면서 잉카족의 침범을 물리치고 스페인 정복자들에게 패전의 쓴맛을 안겨 준 종족이었다. 키가 작고 어깨가 딱 벌어진 이 사내들은 거친 가죽 치마를 두르고 있었다. 유별나게 양미간이 벌어진 그들의 넓은 얼굴은 눈썹을 완전히 밀어 버리는 습관과 검고 곱실거리며 숱이 많고 화려하게 가꾼 머리털을 툭하면 자랑스럽게 흔들어 대는 태도로 인해 더욱 이상하게 보였다. 로빈슨은 칠레에 있는 그들의 수도인 테무코에 여러 번 여행 간 적이 있어서 그들을 잘 알고 있었다. 만약 스페인 사람들과 또다시 충돌이 일어난다면 그 어떤 백인도 그들의 눈에 좋게 보일 수는 없으리라는 것을 그는 잘 알고 있었다.

그들이 칠레 해안에서 스페란차까지 그 엄청난 거리를 항해해 왔단 말인가? 코스티노스 항해자들의 전통적인 능력을 생각해 볼 때 가능할 것도 같았지만 후안페르난데스 제도 중 어떤 섬이 그들의 손아귀에 들어갔다고 보는 것이 더 그럴듯했다. 그러고 보면 로빈슨이 그들의 손에 붙잡히지 않은 것은 천만다행이었다. 왜냐하면 십중팔구 학살당했거나 적어도 노예가 되었을 것이기 때문이다.

아라우카니아에서 그가 들은 이야기들 덕분에 그는 지금 바닷가에서 벌어지고 있는 의식의 의미를 눈치챌 수 있었다. 남자들이 원을 그리며 둘러싸고 있는 한가운데서 산발을 한 야윈 여자 하나가 비틀거리며 불 쪽으로 다가가서는 한 줌의 가루를 던지고 곧 거기서 솟아오르는 희고 검은 연기를 들이마셨다. 그러고는 마치 그 들이마신 연기로 몸이 쳐들린 듯 그 여자는 꼼짝도 하지 않고 있는 인디언들 쪽으로 얼굴을 돌리고 한 걸음 한 걸음 나아가며 그들을 찬찬히 검사하는 듯하더니 이 사람 혹은 저 사람 앞에서 갑자기 발을 멈추곤 했다. 그러고 나서 그 여자는 불가로 되돌아와 아까와 같은 행동을 되풀이했다. 로빈슨은 저 여자 무당이 의식을 끝내기도 전에 질식해 쓰러지지나 않을까 하고 생각했다. 그러나 그러기는커녕 극적인 결말이 갑자기 일어났다. 그 헌 누더기 같은 실루엣이 사내들 중 한 사람에게 팔을 벌렸다. 크게 벌린 그의 입에서 저주의 말이 흘러나왔지만 로빈슨에게는 들리지 않았다. 전염병이나 가뭄처럼 전 주민에게 고통을 주는 어떤 재앙에 대해 책임이 있는 것으로 무당에게 손가락질받은 인디언은 땅바닥에 배를 깔고 엎드려 전신을 크게 부들부들 떨었다. 인디언 중의 하나가 그에게로 다가갔다. 그의 큰 칼이 우선 그 불쌍한 사람의 앞이마를 베어 날리고 규칙적으로 그의 몸 위를 후려치더니 머리와 두 팔과 두 다리를 잘라 냈다. 마침내 희생자의 여섯 토막 난 몸뚱이가 불길 속에 던져졌고 무당은 모래 위에 쭈그리고 엎드려 기도하고 졸고 토하고 오줌을 쌌다.

인디언들은 둥근 원을 풀고 검은 연기가 피어오르는 불은 그냥 놔두었다. 그들은 카누를 둘러싸고 그들 중 여섯 사람이 거기서 큰 가죽 부대들을 꺼내더니 숲속을 향해 걸어갔다. 로빈슨은 급히 뒤로 물러났지만 그의 영역을 침범해 오는 사내들에게서 눈을 떼지 않았다. 만약 그들이 와서 그가 섬 안에 차려 놓은 것들의 흔적을 발견하게 되면 그들은 그를 찾아 나설 것이고 그는 여간해서는 올가미에서 벗어나지 못할 것이다. 그러나 다행히도 물이 나오는 첫 장소는 숲가에 있어서 인디언들이 섬 깊숙이 들어올 필요가 없었다. 그들은 가죽 부대에 물을 가득 채운 다음 긴 장대에 매달아 둘이서 메더니 동료들이 벌써 올라타 자리를 잡고 있는 카누 쪽으로 걸어갔다. 무당은 그중 한 배의 뒷자리에 마련된 특별석에 엎드려 있었다.

그들이 해안의 서쪽 절벽 뒤로 사라진 뒤 로빈슨은 모닥불 쪽으로 다가갔다. 아직도 제물이 된 희생자의 타다 남은 부분들이 보였다. 이리하여 저 거친 사람들은 타고난 잔혹성을 무의식적으로 발휘해 복음서의 말씀을 실천하고 있구나 하고 그는 생각했다. '그대의 오른쪽 눈이 그대를 타락으로 인도할 것 같거든 그것을 빼어 먼 곳으로 던져 버리라. 왜냐하면 그대 육신의 단 한 부분만이 멸망하고 그대의 온몸이 송두리째 지옥 속으로 떨어지지 않는 것이 그대를 위해 더 좋으니라. 그대의 오른쪽 손이 그대를 타락으로 인도할 것 같거든 그것을 베어 내어 먼 곳으로 던져 버리라…….' 그러나 자비란 병든 눈을 치료하고 모든 사람들에게 치욕의 원인이 되어 버린 공동 사회의 일원을 순화시키도록 권유하기 위한 조직과 일치하는 것이 아니던가?

스페란차의 총독이 그의 관사로 돌아올 때는 바로 이러한 의혹에 가득 차 있었다.

*

7조: 스페란차섬은 성벽으로 방비된 곳임을 선포한다. 섬은 장군의 계급을 지닌 총독의 지휘권 아래 놓인다. 일몰 한 시간 후부터는 의무적으로 소등해야 한다.

8조: 주일 예배는 평일까지 확대된다.

주석: 야만적인 사건의 압력이 증가할 때마다 그에 상당하게 예의범절을 강화해야 한다. 그것은 길게 부연할 필요도 없는 사실이다.

로빈슨은 글씨를 쓰던 독수리 깃털을 내려놓고 주위를 둘러보았다. 그의 저택과 도량형기 표준국, 법원 그리고 사원의 건물 앞에는 이제 광대한 반원을 이루며 동굴의 양쪽 벽을 잇는 깊이 20피트, 넓이 10피트의 구덩이가 파진 총안 장치가 된 성벽이 솟아 있었다. 가운데 있는 세 개의 총안 가장자리 위에는 두 개의 보병총과 총신이 두 개 달린 피스톨이 장전

되어 놓여 있었다. 공격을 받을 경우 방어하는 사람이 그 혼자만이 아니라는 것을 침범자들에게 믿게 할 수 있을 것이다. 긴 칼과 도끼도 곧 사용할 수 있는 자리에 있었지만 육박전을 벌이게 될 가능성은 거의 없었다. 왜냐하면 성벽 부근의 도처에 함정을 파 놓았기 때문이다. 그것은 사실상 5점형으로 배치된 웅덩이들로, 그 깊숙한 밑바닥에는 불에 달구어 단단하고 뾰족하게 만든 쇠 말뚝을 박아 놓고 골풀발로 씌운 후 풀잎들로 덮어 만든 것이었다. 그다음에 로빈슨은 바닷가에서 오는 오솔길의 끝 지점 땅에(외적이 침범해 올 경우 그들이 전진하기 전에 우선 서로 작전을 짜기 위해 집합하게 될 곳에) 화약통을 묻어 놓고 먼 곳에서 줄을 잡아당겨 폭발할 수 있는 장치를 해 놓았다. 끝으로 웅덩이를 건너는 가교는 물론 성벽 안쪽에서 들어올려 차단할 수 있게 했다.

이 축성 작업과 아라우칸족이 다시 나타날지도 모르는 공포 때문에 생긴 비상사태는 로빈슨에게 강력한 흥분 상태를 가져왔고 그는 그것의 정신적·육체적 이점을 느낄 수 있었다. 그는 타인이 부재한다는 그 파괴적인 영향에 대항해 건축하고 조직하고 입법하는 것이 최고의 방책임을 다시 한번 느꼈다. 이때처럼 그가 진창으로부터 멀리 있다고 느껴진 적은 없었다. 저녁마다 소등 시간 직전에 그는 이 위협적인 상황이 어떤 종류의 것인지를 깨닫고 있는 듯한 텐을 동반하고 순찰에 나섰다. 그러고는 성벽의 '폐문'을 실시했다. 혹시 침범해 올지도 모르는 외적들이 함정 구덩이 쪽으로 돌아갈 수밖에 없도록 하기 위해 큰 돌덩어리들을 계산된 장소에 굴려다 놓았다.

'부교'는 들어 올려지고 모든 굴 입구에는 바리케이드가 쳐지고 소등 시간의 종이 울렸다. 그리고 로빈슨은 저녁을 준비하고 상을 차리고 나서 동굴 속으로 물러났다. 잠시 후 그는 몸을 씻고 향수를 바르고 머리를 빗고 수염을 깎고 예복으로 갈아입은 다음 밖으로 나왔다. 마침내 송진을 바른 나뭇가지가 불타는 등불 아래서 그는 텐의 공손하고 열의에 넘치는 시선을 받으며 천천히 식사했다.

이 집중적인 군사 행동의 시기에 뒤이어 억수같이 비가 쏟아지는 비의 계절이 잠시 온 탓에 로빈슨은 시설의 보완과 보수를 위해 힘들게 작업하지 않을 수 없었다. 그러고는 다시 곡식의 추수였다. 수확이 어찌나 풍성했는지 부속 동굴 하나를 헛간으로 꾸미지 않으면 안 되었다. 그것은 주된 동굴 내부에서 시작해 뚫려 있는 것이지만 너무나 좁고 안으로 들어가기 어려워서 지금까지 사용하는 것을 포기해 왔던 동굴이었다. 그는 이번에는 자신을 위해 빵을 굽는 기쁨을 사양하지 않았다. 그는 거기 쓰기 위해 추수한 곡식의 일부를 갈라 냈고 마침내 오래전부터 준비되어 있던 화덕에 불을 붙였다. 그에게 이것은 참으로 가슴 벅찬 경험이었는데, 물론 스스로 이것이 얼마나 중요한 것인지를 짐작할 수 있었지만 그 경험의 모든 면모가 드러난 것은 나중의 일이었다. 이리하여 그는 다시 한번 상실된 인간 사회의 물질적인 동시에 정신적인 요소 속으로 되돌아오게 된 것이었다. 그러나 그의 이 첫 번째 빵 굽기는 그것이 지닌 보편적이고도 신비한 의미에 의해 그를 인간성 최초의 원천에까지 거슬러 올라가게 한 것이 사실이지만,

동시에 비록 모순된 상태로나마 순전히 개인적인(아득한 어린 시절의 여러 가지 부끄러운 비밀들 속에 파묻히고 감춰져 있는 내밀한) 그리고 그의 고독한 세계 속에서는 예기치 못했던 개화를 약속하는 함축적 의미들을 담고 있었다.

*

항해 일지: 처음으로 내 손으로 밀가루 반죽을 이기고 있으려니까 삶의 소용돌이로 인해 지워져 있다가 내 격리된 생활 덕분에 파헤쳐져서 겉으로 나타나게 된 여러 가지 영상들이 내 속에서 새로이 소생하게 되었다. 내가 열 살쯤 되었을 때 아버지는 내가 장차 어떤 직업을 택하고 싶은지를 물었다. 나는 잠시도 주저하지 않고 빵 굽는 사람이 되겠노라고 대답했다. 아버지는 나를 심각한 표정으로 바라보더니 동의한다는 표정으로 다정하게 천천히 고개를 끄덕였다. 의심할 여지도 없이 그의 머릿속에서 이 겸허한 직업은 전형적인 육체의 양식인 동시에 기독교 전통(퀘이커의 교육에 성실하기 때문에 거부하기는 하지만 그것이 지닌 훌륭한 성질은 존중하는 터인 기독교 전통)에 의해 정신의 양식이기도 하다는 빵과 결부된 모든 상징을 통해 일종의 성스러운 존엄성을 지닌 것으로 생각되었던 것 같다.

나에게 그건 전혀 다른 것이었다. 그러나 당시 나는 내 눈에 비친 빵 굽는 일의 빛나는 장점의 의미를 겉으로 드러내어 설명하는 데는 별로 신경을 쓰지 않았다. 아침마다 학교에 갈 때 나는 어떤 지하실 환기창 앞으로 지나다니곤 했다. 거기서 훌러나오는 뜨뜻하고 어머니 품속 같고 육체적인 것만 같은 김 때문에 처음에는 깜짝 놀랐고 그 뒤부터는 오랫동안 거기 쳐진 쇠창살에 매달려 있곤 했다. 밖에는 이른 아침의 축축하고 흐린 풍경, 진흙길 그리고 그 끝에는 공격적인 학교나 사나운 선생님들이 있었다. 나를 빨아들이는 듯한 그 황금빛 동굴의 안쪽에는 언제나 빵집 조수(웃통을 훌떡 벗어젖히고 얼굴에는 가루가 '내려앉은')가 누런 반죽 덩어리를 이기고 있었다. 나는 항상 형상보다는 질료를 더 좋아했다. 쓰다듬어 만지고 코로 냄새를 맡는 것이 나에게는 보는 것이나 듣는 것보다는 항상 더 감동적이고 속속들이 느껴지는 인식 방식이다. 이런 특징이 내 영혼의 고귀함 쪽을 증거하지는 않는다고 생각하지만 나는 그것을 겸허하게 고백한다. 나에게 색채란 단단한 것이나 보드라운 것의 징조에 지나지 않으며 형태란 내 손안에 만져질 부드러운 것이나 빳빳한 것의 예고에 지나지 않는다. 그런데 나는 반죽통 속에서 반쯤 벌거벗고 있는 한 사내의 주무르는 손에 내맡겨진 채 있는, 머리도 없고 따뜻하며 선정적인 덩어리보다 더 미끈거리고 더 상냥한 것을 상상할 수 없었다. 그때 나는 밀가루 반죽과 빵 가게 조수 사이의 기이한 결혼을 상상했고 심지어 빵에 사향 맛과 봄철의 짙은 향기 같은 것을 첨가해 줄 어떤 새로운 종류의 효모를 몽상하고 있었음을 이제 나는 알 것 같다.

*

이리하여 로빈슨에게 섬의 조직에 미친 듯이 매달리는 것은 반쯤 무의식적인 성향들이 자유스럽게, 그러나 처음에는 상당히 조심스럽게 발현하는 것과 보조를 같이했다. 과연 인공적이고 외적인 그 모든 설비들(엉성하지만 끊임없이 정열적으로 완벽을 기한)은 후일에 가서 비로소 실현 가능해질 한 새로운 인간의 형성을 보호하는 데에만 그 존재 이유가 있는 것 같았다. 그러나 로빈슨은 그것을 아직 충분히 알아차리지 못하고 있었다. 그리고 그는 자기 체계의 불완전함을 한탄했다. 사실 헌장의 준수, 형법의 이행, 스스로에게 가하는 형벌, 잠시도 쉴 사이를 주지 않는 엄격한 일과 시간표의 실천, 그의 생활의 가장 중요한 행위들을 에워싸는 의식, 쓰러지지 않기 위해 자신에게 강요하는 관습과 규제의 그 모든 코르셋도 그에게 열대 대자연의 야성적이고 다스릴 길 없는 존재를 고통스럽게 실감하지 않게 하거나 문명화된 인간으로서의 그의 영혼에 고독이 끼치는 파괴력을 내심으로 느끼지 않도록 해 줄 수는 없었다. 그가 스스로에게 어떤 감정, 어떤 본능적인 결론들을 금지해 보아야 소용없었다. 그래 봐야 그는 스스로를 보호하는 수단으로 삼으려고 안간힘을 쓰는 터인 모든 공든 탑들을 바닥부터 뒤흔들어 놓는 미신과 당혹 속으로 끊임없이 빠져드는 것이었다.

바로 이렇게 해서 그는 슈코새 우는 소리에 어떤 숙명적인 의미를 부여하지 않고는 배길 수가 없었다. 항상 덤불숲 속 깊이 몸을 숨기고 있는(눈에 보이지는 않지만 아주 가까운 곳에 있기 일쑤인) 이 새는 두 가지 울음소리를 귓전에 터뜨려 놓는 것이었다. 하나는 의심할 필요도 없이 행복을 약속해 주는 것으로, 다른 하나는 임박해 오는 재난의 찢어질 듯한 예고처럼 들렸다. 로빈슨은 이리하여 그 탄식의 울음소리를 죽음처럼 두려워하기에 이르렀지만 그 새들의 음울한 예언에 미리부터 가슴이 으스러지는 듯한 심정으로 그들이 많이 서식하는 어둡고 축축한 잡목림 속으로 들어가지 않고는 견딜 수 없는 것이었다.

그는 점점 더 빈번히 자신의 오관이 그릇된 느낌을 전달한다는 의심을 품게 되었고 지울 수 없는 의심으로 인해 어떤 지각들은 더 이상 믿을 수 없는 것이라고 여겼다. 그렇지 않으면, 좀 엉뚱하고 수상하고 모순된 것처럼 보이는 어떤 경험을 끝없이 끝없이 다시 해 보는 것이었다. 예를 들면 그는 통나무배를 타고 섬의 남서쪽 기슭에 다가가다가 새들이 귀를 찢을 듯이 요란하게 울어 대는 소리와 마치 연쇄적으로 밀려오는 파도에 실려서 그에게까지 밀려오는 듯한 벌레들 우는 소리에 깜짝 놀란 적이 있었다. 그런데 땅에 발을 딛고 나무숲 속으로 깊이 들어가면 침묵만이 가득 차 있어서 그만 불안한 공포감에 사로잡혀 버리는 것이었다. 벌레들과 새들의 소리가 오직 밖에서, 그리고 숲으로부터 어느 정도 거리가 떨어진 곳에서만 들리는 것인가? 아니면 그가 왔기 때문에 갑자기 조용해져 버린 것인가? 그는 통나무배를 다시 타고 멀리 갔다가 되돌아와서 땅에 발을 딛는 일을 신경이 곤두서고 지칠 대로 지친 상태에서 몇 번이고 되풀이했지만 끝내 결론을 내리지 못했다.

그리고 또 북동쪽에는 굵은 모래 언덕들이 있었다. 그가 용기를 내어 다가가기라도 하면 그곳으로부터 깊고 심연 같고 마치 대지의 심장부에서 나는 듯한 으르렁거리는 소리가 울려 나왔는데, 그것이 어디서 흘러나오는 것인지 알 수 없다는 사실만으로도 등에 식은땀이 났다. 물론 그는 칠레에서, 지나가는 사람의 발소리만 나도 모래들이 움직여서 동굴 속 울림 같은 소리를 내기 때문에 엘 브라마도르(울부짖는 언덕)라 불리는 어떤 언덕에 관한 이야기를 들은 적이 있었다.

그러나 그는 정말 그 일화를 듣고 기억하는 것인가 아니면 불안감을 진정시키기 위해 무의식적으로 그것을 스스로 지어낸 것인가? 알 수 없었다. 그럴 때면 거의 병적인 고집을 부리며 뱃사람들이 흔히 하는 방법에 따라 더 잘 듣기 위해 입을 커다랗게 벌린 채 모래언덕 위를 걸어 다니곤 했다.

*

항해 일지: 새벽 3시. 빛으로 가득 찬 불면. 나는 동굴 속의 축축한 통로들 안에서 이리저리 거닌다. 어릴 때 같으면 나는 저 그림자들, 궁륭처럼 끝없이 뻗어 간 구멍들을 보고 어떤 물방울 하나가 바닥에 떨어져 깨지는 소리를 듣고는 겁에 질려 기절해 버렸을 것이다. 고독은 강한 술과 같은 것. 어린아이에게는 견딜 수 없는 것인 그 고독이 굳게 결심만 하면 토끼처럼 뛰는 가슴을 진정시킬 수 있게 된 어른을 격렬한 기쁨으로 도취시키기도 한다. 이것은 바로 스페란차가 나의 어린 시절부터

싹터 온 어떤 운명에 보상을 가져오기 때문이 아닐까? 내가 우즈 강가에서 오랫동안 명상에 잠겨 거닐 때 그리고 내가 밤을 새우기 위해 여러 자루의 초를 준비하고 아버지의 서재 안에 문을 잠그고 혼자 들어앉아 있었을 때, 런던에서 내가 우리 집안의 친지들에게 나를 소개해 주는 추천장들을 사용하기를 거절했을 때 나는 이미 고독과 서로 만난 일이 있었다. 사람들이 신앙심 깊은 가정에서 어린 시절을 보낸 후 아주 자연스럽게 종교에 입문하듯이 나는 '버지니아호'가 스페란차의 암초 위에서 그의 이력을 끝장내던 날 밤 고독에 입문했다. 고독은 그의 필연적인 동지인 침묵과 더불어 저 바닷가에서 시간의 기원 이래 나를 기다리고 있었던 것이다.

여기서 나는 점차로 이를테면 침묵의(아니, 침묵들이라고 해야 옳겠지.) 전문가가 되었다. 마치 커다란 귀처럼 나는 내 존재를 긴장시키며 내가 잠겨 있는 침묵의 특별한 자질을 음미한다. 영국에서 맛볼 수 있는 6월의 밤들과 같이 공기처럼 희박하고 향기로운 침묵이 있는가 하면 또 다른 침묵들은 청록색의 진창처럼 농도가 짙고 어떤 침묵은 흑단나무처럼 울리며 단단하다. 나는 불안감마저 자아내는 어렴풋한 구역질과 더불어 관능을 느끼면서 동굴 속 어두운 침묵의 무덤 같은 깊이를 헤아릴 수 있게 되었다. 대낮에도 내게는 나를 삶 속에 비끄러매 줄 한 여자, 어린아이들, 친구들, 원수들, 시종들이 없다. 나를 대지에 닻처럼 단단히 묶어 줄 그 존재들. 그런데 무엇 때문에 한밤중까지 나는 이렇게도 멀리, 이렇게 깊은 어둠 속으로 침몰해 가야 한단 말인가? 어느 날엔가 나는 스스로 내 주위에 생겨나게 만들어 놓은 무(無)에 빨려들듯이 흔적도 남기지 않은 채 사라져 버릴지도 모른다.

*

해가 갈수록 그 수가 늘어가는 곡식 창고들은 쥐들로부터 곡식을 보호해야 한다는 심각한 문제들을 야기했다. 이놈들은 곡식이 많아지는 것에 비례해서 증가하는 것 같았다. 쓸 수 있는 자원이 빈약해질수록 번식을 늘리는 인간에 반해 주위 환경의 부가 늘어 갈수록 그에 적응해 가는 동물류의 지혜에 로빈슨은 탄복하지 않을 수 없었다. 그러나 그는 그럴 힘이 남아 있는 한 추수한 곡식들을 차곡차곡 쌓아 놓겠다는 결심에 변함이 없었으므로 이 같은 기생 동물들을 철저히 몰아내지 않으면 안 되었다.

어떤 빨간 알이 맺힌 흰 버섯은 독이 있음에 틀림없었다. 왜냐하면 그 버섯 조각들이 섞인 풀을 뜯어먹은 염소 여러 마리가 죽었기 때문이다. 로빈슨은 그 버섯을 끓여서 그 속에 밀알들을 담갔다가 이 독이 든 곡식들을 쥐가 자주 다니는 통로에 흩어 놓았다. 쥐들은 죽기는커녕 여지없이 그것을 먹어 대기만 했다. 그래서 그는 함정을 통해 쥐들이 그물통 속으로 빠지도록 만들어 놓았다. 그러나 그물통을 수천 개씩 만들지 않으면 안 되었고, 그가 그물통을 강물 속에 담글 때는 그 영리하고 증오에 찬 쥐들의 눈이 그를 빤히 바라보았기 때문에 말할 수 없는 구역질을 느끼곤 했다. 그는 고독으로 인해 비록 가장 보잘것없는 동물들이라 할지라도 자신에게 적의를 품은 감정의 표현 같다 싶은 것과 마주치면 무방비 상태가 되어 상처를 입었다. 손일을 하지 않으면 점차로 손에 박여 있던 못이 풀리듯이 인간들이 그들 서로 간의 관계에 있어서 스스로를 보호하기 위해 사용하는 무관심과 무지의 갑옷이 그에게서 벗겨져 버린 것이었다.

어느 날 그는 두 마리의 쥐가 미친 듯이 맞붙어 싸우는 광경을 보았다. 주위에 있는 것은 보이지도 들리지도 않는지 이 두 마리의 짐승은 서로 엉겨 붙어서 땅바닥을 뒹굴며 미친 듯이 소리를 내고 있었다. 마침내 그놈들은 둘 다 엉겨 붙은 몸뚱이를 풀지도 않은 채 목이 비틀려 죽어 버렸다. 이 두 놈의 시체를 비교해 보고 로빈슨은 그들이 서로 종류가 다른 놈들임을 알아차렸다. 한 놈은 검고 동그랗게 털이 빠진 쥐로 그가 타 본 적 있는 배 위에서마다 쫓곤 했던 쥐들과 모든 점에서 흡사했다. 다른 한 마리는 회색으로 몸집이 더 길쭉하고 털이 많았는데 초원의 한쪽 부분에 잔뜩 서식하고 있는 것을 볼 수 있는 일종의 들쥐였다. 의심할 여지 없이 후자가 이곳의 토종이고 전자는 '버지니아호'의 난파물로부터 옮겨 와서는 추수해 놓은 곡식들 때문에 자라고 번식한 것이었다. 그 두 가지 쥐들은 서로 먹이와 서식하는 영역이 다른 듯했다. 로빈슨은 굴 안에서 잡은 검은 쥐 한 마리를 들판에 풀어 놓아 보고서 그 사실을 확인했다. 한참 동안 풀들이 흔들리는 것만으로 눈에 보이지는 않으나 많은 수의 쥐들이 뛰어다니는 것을 알 수 있었다. 그러더니 공격 지역이 분명해지고 어떤 모래언덕 밑에서 모래가 날아오르기 시작했다. 로빈슨이 다가가 보았을 때 그가 잡았다 놓아주었던 쥐는 꺼먼 털 뭉치와 찢어진 사지밖에 남지 않은 상태였다. 그는 곡식 두 자루를 동굴에서 그곳까지 가느다랗게 한 줄로 부어 놓은 다음 들판에 잔뜩 뿌렸다. 이 막대한 곡식의 희생이 무용해질 가능성은 충분히 있었다. 그런데 그렇지 않았다. 밤이 되면서부터 벌써 검은 쥐들이 아마 자기들 것이라고 생각했을 그 재산을 탈환하기 위해 떼를 지어 나왔다. 싸움이 터졌다. 수 에이커에 걸친 들판 위에서 태풍이 일듯이 수없이 많은 모래들의 자그마한 간헐 온천들이 솟아오르는 것이었다. 한데 맞붙은 한 쌍씩의 쥐들은 마치 살아 있는 공들처럼 굴러다니고 한편 땅에서는 마치 쉬는 시간의 학교 운동장에서처럼 수없이 많은 아우성이 솟아올랐다. 번들거리는 달빛 아래 들판은 어린아이 우는 것 같은 소리를 내면서 부글부글 끓는 듯했다.

싸움의 끝은 예상할 수 있었다. 적의 영토에서 싸우는 동물은 항상 밑에 깔리게 마련이다. 그날 검은 쥐들은 모두 멸망해 버렸다.

*

항해 일지: 오늘 밤, 잠자리 밖으로 내밀고 있었던 내 오른쪽 팔이 뻣뻣해지고 '죽는다.' 나는 왼손의 엄지손가락과 집게손가락으로 그것을 잡는다. 나는 이 남의 것, 커다랗고 무거운 이 살덩어리를 들어 올린다. 착오로 내 몸에 와 붙어 있던 무겁고 기

름기 있는 타인의 몸 부분을. 이렇게 나는 나의 시체를 송두리째 주무르고 그것의 죽은 무게를 신기하게 느끼고, 나라는 물건이라는 이 패러독스에 빠져드는 것을 꿈꾼다. 그런데 그 물건은 분명 나임에 틀림없을까? 나는 생 드니의 순교를 그린 우리 교회의 색유리 창이 어린 나에게 불러일으켰던 저 오래전의 감동의 추억이 내 마음속에서 꿈틀거리며 일어나는 것을 느낀다. 그 그림 속에서는 어느 사원의 층계 위에서 머리가 잘려 나간 몸뚱이가 앞으로 구부린 채 떨어져 나간 자신의 머리를 커다란 두 손으로 움켜잡아 집어 올리고 있다……. 그런데 내가 경탄해 마지않았던 것은 그 엄청난 생명력의 증거 자체는 아닌 듯했다. 나의 어린 신앙심 속에서 그 정도의 기적은 별것 아니라고 여겨졌다. 게다가 나는 이미 머리가 잘린 오리들이 날아오르는 것을 본 일조차 있는 터였다. 아니다. 진정한 기적은 머리가 잘린 뒤에 생 드니가 그것이 굴러 떨어진 시냇물에까지 찾아가서 그것을 그토록 주의 깊게, 그토록 다정하게, 그토록 따뜻한 정성을 다해 집어 든다는 사실이었다. 아, 혹시라도 만약 내 머리가 잘린다면 나는 절대로 붉은 머리털과 주근깨들 때문에 내게 좋지 않은 일만 가져왔던 그 머리를 찾아 뒤쫓아가지는 않을 것이다! 나는 얼마나 열렬히 그것들을 거부하고 싶은지 모른다. 이 불꽃 같은 머리털을, 이 길고 가는 팔을, 황새 같은 두 다리와 털 빠진 거위 같은 이 허연 몸뚱이를, 발그레한 잔털들이 거품처럼 돋아난 몸뚱이를! 이 거센 반감은 오직 스페란차에서야 비로소 그 본래의 규모를 드러내게 된 나 자신에 대한 어떤 비전을 예비해 주었다. 과연 얼마 전부터 나는 한 가지 작업에 착수했다. 그것은 마치 겹겹이 싸인 양파의 껍질처럼 나의 모든(분명히 말하지만 모든) 속성들을 하나씩 하나씩 나로부터 벗겨 내는 일이다. 그렇게 해서 나는 내게서 멀리 떨어진 곳에다가 성은 크루소에 이름은 로빈슨이고 키는 6피트 등등의 한 개인을 구성한다. 나는 그의 행운의 덕을 보지도 않고 그의 불행에 해를 입지도 않으면서 그가 섬에서 살고 진화하는 것을 본다. 나는 누구일까? 이 질문은 절대로 부질없는 것이 아니다. 심지어 그것은 풀리지 않는 질문도 아니다. 왜냐하면 만약 그것이 그가 아니라면 스페란차이기 때문이다. 이제부터는 이동해 다니는 내가 있어서 그것은 때로는 사람 위에, 때로는 섬 위에 내려앉고 차례차례로 나를 이것도 되고 저것도 될 수 있게 만든다.

이제 내가 써 놓은 것이야말로 바로 사람들이 '철학'이라고 부르는 것이 아닌가? 가장 경험주의적이며 가장 명상과는 거리가 먼 내가 이 같은 문제를 제기할 뿐만 아니라 적어도 겉보기에는 그 문제를 해결까지 한 듯한 상태에 이르렀으니 나는 과연 얼마나 기이한 변신을 겪고 있는 것인가! 이 문제는 나중에 다시 생각해 볼 필요가 있다.

*

자신의 얼굴에 대한 이 같은 반감 그리고 일체의 자족감을 배척하는 교육 때문에 그는 자기 집의 가장 접근하기 어려운 바깥벽에다 '버지니아호'에서 가져온 거울을 걸어 두고도 오랫동안 가까이하지 않았다. 그러다 얼마 전부터 자신의 진화에 대해 샅샅이 주목하다 보니 어느 날 아침 그 거울 앞에 돌아와 서게 되었다. 심지어 그는 자기가 가 앉곤 하던 자리에서 한 걸음 더 다가서서 자기에게 주어진 오직 하나뿐인 인간의 얼굴을 더 세심하게 들여다보았다.

그의 모습을 바꾸어 놓은 두드러진 변화라고는 아무것도 없었지만 그래도 그는 자신을 간신히 알아볼까 말까 할 정도였다. 일그러진 얼굴이라는 말 하나만이 머릿속에 떠올랐다. "내 얼굴이 일그러졌어요." 하고 소리 높여 말하자 그의 가슴은 절망감으로 조여 왔다. 천박한 입과 윤택 없는 시선 혹은 메마른 이마(오래전부터 그 스스로도 인정해 왔던 결점들)에서 거울의 습기 찬 반점들을 통해 그를 노려보고 있는 그 가면 같은 어둡고 볼품없는 얼굴의 설명을 찾아보려 해도 소용없는 일이었다. 그것은 보다 전반적이고 보다 깊은 어떤 모진 표정, 그가 옛날 빛도 없는 감옥 안에서 수년을 보낸 후 풀려나온 어떤 죄수의 얼굴에서 목격한 바 있는 죽음 같은 그 무엇이었다. 마치 잔인할 만큼 가혹한 거울이 그 낯익은 모습 위로 지나가면서도 모든 뉘앙스를 지워 버리고 모든 떨림들을 굳어지게 하여 그의 표정을 거칠고 단순하게 만들어 버린 것만 같았다. 아, 물론 양쪽 귀 사이로 그의 얼굴을 에워싸고 있는 저 네모난 수염은 나사렛 사람의 흐릿하고 보드라운 수염과는 전혀 닮은 곳이 없다! 그것은 분명 구약 성서와 그 약식 재판에나 나올 법한 것이었고, 게다가 강렬한 모자이크가 섬뜩해 보이는 너무 노골적인 그 시선 역시 마찬가지였다.

슬픔에 지치고 자신에 대한 구토증으로 기진맥진한 새로운 모습의 나르키소스가 되어 그는 오랫동안 자신과 대면한 채 명상에 잠겼다. 우리의 얼굴이란 우리 동류가 존재함으로 해서 그 존재가 끊임없이 다듬고 또 다듬고 열과 활력을 제공해 주게 되는 우리 살의 일부라는 것을 그는 깨달았다. 어떤 사람과 더불어 열심히 이야기를 나눈 다음 금방 헤어진 사람의 경우 그의 얼굴은 얼마 동안 아직 잔재하는 활력을 지니게 마련이며 그 활력은 아주 천천히 사그라지게 되는데, 또 다른 대화의 상대방이 나타날 것 같으면 그 활력의 불꽃은 다시 일어나는 것이다. "불 꺼진 얼굴, 인간이라는 종족은 아직 한 번도 도달한 일이 없는 정도까지 불 꺼져 버린 얼굴." 로빈슨은 이 말을 큰 소리로 발음했다. 그런데 돌처럼 무거운 이 말들을 발음하면서 그의 얼굴은 무적(霧笛)이나 사냥 나팔만큼도 움직이지 않았다. 그는 어떤 즐거운 생각을 해 보려고 애썼고 미소를 지어 보려고도 했으나 불가능했다. 사실 그의 얼굴에는 무엇인가 얼어붙은 것이 있었고 그것을 녹이자면 그의 친지들과 오랫동안 즐거운 재회를 할 필요가 있을 것 같았다. 오직 어떤 친구의 미소만이 그에게 미소를 되돌려 줄 수 있을지도 모른다…….

그는 이 끔찍한 거울의 매혹으로부터 깨어났다. 그리고 주위를 둘러보았다. 그는 이 섬에서 필요한 것이면 무엇이나 다 가지고 있지 않은가. 그는 목마름을 해소할 수 있고 배고픔을 진정시킬 수 있으며 안전을 지킬 수 있고 심지어 안락을 보장할 수도 있다. 정신적 욕구를 만족시킬 수 있는 성서도 있다.

그러나 대체 누가 웃음이라는 단순한 위력을 통해 그의 얼굴을 마비시키고 있는 이 얼음을 녹여 줄 것인가? 그는 두 눈을 밑으로 향하고 그의 오른쪽 방바닥에 앉아 있다가 그에게로 주둥이를 쳐드는 텐을 바라보았다. 로빈슨은 도깨비에 홀린 것이었을까? 텐이 그의 주인에게 미소를 던지고 있었다. 그의 주둥이 한쪽에 섬세하게 박힌 이빨 위로 검은 입술이 쳐들리더니 두 줄의 송곳니들이 드러났다. 그가 머리를 한쪽으로 이상하게 기울임과 동시에 개암 같은 그의 두 눈이 조롱하듯 일그러지는 것만 같았다. 로빈슨은 두 손으로 보드라운 털이 난 그 개의 큰 머리를 잡았다. 그 시선은 감동한 듯 흐려졌다. 잊어버렸던 열기가 그의 두 뺨을 빨갛게 물들이고 알아차리기 힘들 만큼 여린 경련이 그의 입가를 떨리게 했다. 그것은 마치 우즈 강가에서 3월 첫 훈풍이 다가오는 봄의 떨림을 예감케 해 줄 때와도 같았다. 텐은 여전히 기이한 표정을 지은 채로 있었다. 로빈슨은 인간의 기능 중에서도 가장 부드러운 것으로 그를 감싸 주려는 듯이 개를 열심히 들여다보았다. 이제부터 그것은 그들 둘 사이의 놀이처럼 변했다. 갑자기 로빈슨은 그의 작업과 사냥과 모래톱 위로 혹은 숲속으로의 방황을 중지해 버리고(혹은 한밤중에 송진 횃불을 켜고) 지금까지는 반쯤 죽어 있는 것 같던 얼굴을 들어 텐을 어떤 특이한 방식으로 노려보는 것이었다. 그러면 개는 머리를 갸우뚱한 채 그에게 미소를 지었고 개의 미소는 주인의 인간적 얼굴 위에 날이 갈수록 더욱 분명하게 비치는 것이었다.

*

새벽은 벌써 장밋빛으로 물들었지만 새들과 벌레들의 대단한 연주는 아직 시작되지 않았다. 저택의 활짝 열린 문을 장식하고 있는 종려수에는 바람 한 점 없었다. 로빈슨은 평소보다 훨씬 늦게야 눈을 떴다. 그는 곧 늦은 것을 알아차렸지만 그의 윤리적 의식은 여전히 잠들어 있는 모양이어서 스스로를 책망하려 하지 않았다. 그는 문 앞에서 그를 기다리고 있는 하루 종일을 마치 파노라마처럼 상상해 보았다. 우선 세수, 다음에는 제단 탁자 앞에서의 성서 낭독 그리고 색채들에 대한 인사와 성의 '개문.' 그는 구덩이 위의 통로 역할을 하는 다리를 내려 걸고 암벽으로 막은 입구를 터놓을 것이다. 아침나절은 가축을 돌보며 보내게 되어 있다. B13, L24, G2 그리고 Z17이라고 표시해 놓은 암염소들을 수놈에게 데려다주어야 한다. 로빈슨은 이 암놈들이 젖통을 흔들면서 메마른 다리를 놀려 미친 듯이 추잡하게 수놈 우리로 허둥지둥 달려가는 꼴을 상상하자 구역질이 났다. 그는 그놈들을 아침나절 내내 마음껏 교미하도록 내버려 둘 것이다. 그리고 자기가 만들고자 하는 인공 토끼 사육장을 방문할 필요도 있었다. 그것은 히스와 금작화들이 드문드문 나 있는 모래 많은 작은 골짜기로서, 그는 그곳에 마른 돌들로 울타리를 만들어 놓고 야생무와 개자리와 귀리를 갈아서 그가 스페란차에 와서 살기 시작한 이래 아주 드물게밖에 잡아 보지 못한 귀가 짧은 노란 토끼들을 불러들이려고 했다. 그는 또 점심 식사 이전에 건조한 날씨로 인해 위험한 상태에까지 이른 세 개의 양어장에 민물을 채워 넣어야 했다. 그런 다음에 서둘러 식사를 하고 나서 커다란 장군 제복을 입을 생각이었다. 바다거북의 조사 등록 시작, 헌장 및 헌법의 제정위원회 주재, 열대 밀림 한가운데 깊이 100피트의 골짜기 위로 대담하게 가설한 칡덩굴 다리 준공 등 수많은 공적 임무로 가득 찬 오후가 그를 기다리고 있었기 때문이다.

로빈슨은 해안가로 자란 숲 가장자리에 그가 짓기 시작한 큰고사리들의 초당을 완공할 시간이 과연 있을지를 약간 지겨워하면서 자문해 보았다. 그것은 바다를 지켜보는 데 꼭 적합한 참호 구실을 해 주는 동시에 하루 중 가장 더운 시간에 들어가 쉴 수 있는 아주 시원한 그늘의 움막도 될 수 있었다. 이런 생각을 하고 있다가 그는 갑자기 왜 자기가 늦게야 잠이 깨었는지를 알아차렸다. 그가 전날 밤에 물시계의 물을 갈아 주는 것을 잊어버린 탓에 물시계가 이제 막 멈춰 버린 것이었다. 실제로 그는 구리 그릇 속에 떨어지는 마지막 물방울 소리를 듣고 방 안을 가득 채우는 저 야릇한 침묵을 알아차렸다. 고개를 돌리자 그다음 물방울이 빈 유리병 끝에 힘없이 나타나 길쭉한 배 모양을 이루더니 잠시 망설이다가 마치 엄두가 나지 않는다는 듯 다시 둥근 모양으로 줄어들더니 끝내 떨어지기를 포기한 채 시간의 흐름을 역류하듯 제자리로 다시 올라가는 것이었다…….

로빈슨은 잠자리에서 나른하게 기지개를 켰다. 구리 그릇 속에 하나씩 하나씩 떨어져 깨지는 물방울들의 끈덕진 리듬

이 마치 메트로놈처럼 정확하게 그의 행동 하나하나를 지배하기를 그친 것은 몇 달 만에 처음이었다. 시간이 멈추어 버린 것이었다. 로빈슨은 휴가 상태였다. 그는 잠자리 가장자리에 걸터앉았다. 텐이 와서 그의 무릎 위에 정답게 주둥이를 묻었다. 그렇다면 이 섬에 대한 로빈슨의 절대적 권능(그의 철저한 고독의 산물)은 시간의 지배에까지 미친단 말인가! 그는 이제부터는 물시계의 구멍만 막아 버리면 시간의 흐름을 정지시켜 버릴 수 있는 미래를 예측하며 기쁨을 가눌 수 없었다…….

그는 자리에서 일어나 문턱으로 가 섰다. 자신을 휩싸는 눈부심 때문에 몸을 비틀거리며 문틀에 어깨를 기댔다. 잠시 후 그는 자신을 사로잡은 일종의 황홀경에 관해 깊이 생각하면서 그에 붙일 만한 적당한 이름을 찾다가 무죄의 순간이라고 명명했다. 그는 처음에는 물시계가 멈춤으로써 다만 일과표의 틈이 늦추어지고 시급한 그의 작업이 중지될 뿐이라고 생각했다. 그런데 그는 이 휴가가 그 자신의 일이라기보다는 섬 전체의 문제라는 것을 알아차렸다. 마치 사물 하나하나가 본래의 관습적인(그리고 소모적인) 방향으로 기울어지기를 그치고 그의 본질로 되돌아와서 모든 속성들을 마음껏 개화시키며, 그들 자체의 완성 이외에 다른 어떠한 이유도 찾지 아니하며, 순진하게 그 자체로만 존재하는 것 같았다. 마치 신이 어떤 갑작스러운 사랑의 충동을 받아 그의 모든 피조물들을 축복하기로 한 것처럼, 엄청난 부드러움이 하늘로부터 떨어지고 있었다. 대기 속에는 행복한 그 무엇이 매달린 채 떠 있었다. 형언할 수 없는 희열의 짧은 한순간, 로빈슨은 그렇게 오래전부터 자신이 외롭게 남아 고생하고 있었던 그 섬 속에서, 평소에는 그의 보잘것없는 걱정들에 가려져 있었던 더욱 신선하고 더욱 따뜻하며 더욱 우정에 찬 어떤 다른 섬을 발견하는 것만 같았다.

참으로 신기한 발견이었다. 그렇다면 진창 속으로 다시 빠져들지 않고도 일과표와 의식(儀式)의 빈틈없는 규율에서 벗어나는 것이 가능하지 않은가! 그렇다면 타락하지 않고도 변화가 가능하지 않은가! 그는 다시 타락에 빠지지 않고도 고생스럽게 획득한 균형을 깨고서 솟아오를 수 있는 것이었다. 의심할 여지도 없이 그는 이제 막 자신의 가장 은밀한 부분에 작용하는 변신의 새로운 한 단계를 더 올라선 것이다. 그러나 그것은 번개처럼 지나가는 순간에 불과했다. 유충은 그 짧은 황홀의 순간 속에서 자신이 어느 날엔가는 날 수 있으리라는 것을 예감했다. 황홀하지만 덧없는 비전에 지나지 않은 것!

그 후부터 그는 자기가 잠들어 있는 고치로부터 어쩌면 어느 날엔가 새로운 로빈슨을 솟아나게 해 줄 경험들에 골몰하기 위해 심심찮게 물시계를 정지시키는 방법을 쓰곤 했다. 그러나 그의 시간은 아직 오지 않았다. 다른 섬은 잊지 못할 그 아침처럼 새벽의 장밋빛 안개로부터 더 이상 솟아오르지 않았다. 참을성 있게 그는 낡은 누더기를 다시 모아 들고 잊어버렸던 전날의 놀이로 돌아가서 하잘것없는 일거리들과 의식들이 연이어져 돌아가는 생활 속에서 자신이 그와는 다른 것을 동경할 수 있었다는 사실을 까맣게 잊어버리고 말았다.

*

항해 일지: 나는 철학에 정통한 바 없지만 불가피하게 강요당한 명상과, 특히 사람들과 어울릴 기회를 잃게 됨에 따라 내 정신적 메커니즘이 일종의 노쇠 현상을 일으킨 결과, 인식의 해묵은 문제와 관련된 몇 가지 결론에 이르렀다. 내가 볼 때 한마디로 말해서 타자의 존재(그리고 모든 이론 속에 부지불식간의 타자의 개입)야말로 인식 주체와 피인식체 사이의 관계에 혼란과 애매함을 가져오는 원인이라고 생각된다. 타자가 그 관계에서 괄목할 만한 역할을 해서는 안 된다는 것이 아니다. 그 역할은 때아닌 방식으로, 슬그머니 행해질 것이 아니라 때맞추어서 아주 분명하게 행해져야 한다는 말이다.

어두운 방 안에서 이리저리 왔다 갔다 하는 촛불 하나가 어떤 물체는 밝게 비추고 다른 물체들은 어둠 속에 남겨 둔다. 그것들은 잠시 동안 빛을 받아서 어둠 속에서 솟아났다가 다시 어둠 속으로 녹아든다. 그런데 그들이 빛을 받아 밝아지건 밝아지지 않건 간에 그들의 본질이나 존재는 변함없다. 그것들은 빛살이 그들 위에 던져지기 이전에도 그랬고 빛이 비치는 동안이나 그 후에도 여전히 그럴 것이다.

이러한 것이 바로 우리가 항상 인식 행위에 관해 대체로 생각하게 되는 방식이다. 여기서 촛불은 인식 주체요, 빛을 받는 물체들은 인식에 의해 알려진 대상을 나타낸다. 그런데 나의 고독은 다음과 같은 점을 깨닫게 해 주었다. 즉 위에서 말한 도식은 오직 타자에 의한 사물의 인식, 다시 말해서 인식 문제의 좁고 특정된 한 부면에만 관련된 것이라는 사실 말이다. 내 집 안에 들어와서 어떤 물건들을 발견하고 그것들을 관찰한 다음 그것에서 관심을 이동해 또 다른 것에 주목하는 어떤 이방인, 바로 이것이 어두운 방 안을 왔다 갔다 하는 촛불의 신화에 해당하는 것이다. 인식의 보편적 문제는 그 이전의 보다 근본적인 단계에서 제기되어야 마땅하다. 왜냐하면 내 집으로 들어와서 그곳에 있는 사물들을 찬찬히 살펴보고 있는 어떤 이방인에 관해 말할 수 있으려면 내 방 전체를 시선으로 감싸 안고 그 이방인이 하는 모양을 관찰하는 내가 거기에 있어야만 한다.

칼로 쳐서 베듯이 구별할 필요가 있는 인식의 두 가지 문제, 두 가지 인식이 존재한다. 사물에 대한 절대적으로 새로운 시야를 내게 열어 준 그 예외적인 운명만 아니었던들 나는 계속하여 그 두 가지 인식을 혼동하고 있었을 것이다. 그 두 가지란 타자에 의한 인식과 나 자신에 의한 인식이다. 타자는 또 다른 나라는 구실로 그 두 가지를 뒤섞어 생각한다면 아무런 성과도 얻을 수 없다. 그런데 인식하는 주체란 어떤 방 안에 들어와서 거기 있는 것들을 보고 만지고 느끼는, 간단히 말해서 인식하는 불특정의 개인이라고 상상할 때 바로 그렇게 되는 것이다. 그 개인은 타자이지만 그 객체들을 인식하는 것은 나(그 장면 전체의 관찰자)이니까 말이다. 이 문제를 올바르게 제기하자면 방 안에 들어오는 타자의 상황이 아니라 말하고 보는 나의 상황을 묘사하지 않으면 안 된다. 내가 지금부터 해 보려는 것이 바로 그것이다.

나를 타자와 동일화시키지 않은 채 나를 묘사하고자 할 경우 가장 먼저 확증되는 사실은 그 나라는 것이 간헐적으로, 그리고 따지고 보면 상당히 드물게밖에 존재하지 않는다는 점이다. 나의 존재는 부차적이고 이를테면 반사적인 어떤 인식 양식과 일치한다. 그렇다면 과연 일차적이고 직접적인 방식으로라면 어떻게 될까? 그건 이렇다. 대상들은 모두 여기 있다. 그것들은 햇빛에 빛나거나 어둠 속에 납작 엎드려 있고, 거칠거나 물렁물렁하고, 무겁거나 가볍다. 알고, 맛보고, 무게를 가늠하고 불에 익히는 등등의 행위를 하는 내가 아예 존재하지 않아도, 나를 불쑥 나타나게 만드는 반사 작용이 이루어지지 않아도(사실 그 행위가 이루어지는 일은 극히 드물다.) 그 대상들은 알려지고 맛보아지고 무게가 달아지고 심지어는 불에 익고 평평하게 깎이고 접히는 것이다. 인식의 일차적인 상태에서 내가 대상에 대해 갖는 의식은 그 대상 자체이며 대상은 그것을 알고 느끼는 등을 하는 사람이 없어도 알려지고 느껴지는 등을 한다. 여기서는 사물 위에 광선을 던지는 촛불을 운위할 단계가 아니다. 그 비유 말고 다른 비유를 찾아보는 것이 마땅하다. 가령 외부의 그 어떤 것이 빛을 비추어 주지 않아도 저 스스로 빛을 발하는 형광 물체 같은 것 말이다.

우리의 일반적인 존재 양식인 이 소박하고 초보적이며 이를테면 충동적이라 할 수 있는 이 단계에서는 기지(旣知)의 것이 갖는 행복한 고독이, 한결같이 그 자체 내에(마치 내밀한 본질의 속성들인 양) 색채, 냄새, 맛, 형태 그 모든 것을 지니고 있는 사물들의 처녀성(處女性)이 존재한다. 그럴 때 로빈슨은 곧 스페란차이다. 그는 태양이 한 줌의 화살들을 날려 보내고 있는 저 도금양 잎사귀들을 통해서야 비로소 자기 자신을 의식한다. 그는 금빛 모래 위로 미끄러지는 파도의 거품 속에서만 비로소 자기 자신을 인식한다.

그런데 갑자기, 딸가닥하면서 격발 장치가 당겨지는 듯한 현상이 일어난다. 대상의 색채와 무게의 일부가 분리되면서, 주체가 대상으로부터 떨어져 나온다. 세계 속에서 뭔가가 부서지는 소리가 나고, 사물들의 어느 한 자락이 통째로 무너지면서 나로 변해 버린다. 하나하나의 대상(객체)은 그에 해당하는 주체를 위해 질적으로 격하된다. 빛은 눈[眼]으로 변해서 이제는 전과 같이는 존재하지 않는다. 즉, 빛은 망막의 자극일 뿐이다. 냄새는 코가 된다. 따라서 세계 그 자체는 아무 냄새도 없는 것으로 나타난다. 홍수(紅樹) 속에 부는 바람 소리는 그 존재를 거부당한다. 그것은 한낱 고막의 진동에 불과하다. 결국 세계 전체는 송두리째 내 영혼 속에 흡수되고 마는데, 내 영혼이란 바로 스페란차의 영혼, 즉 그 섬에서 떨어져 나온 영혼이고, 이리하여 그것은 나의 회의적인 시선을 받으며 사멸한다.

어떤 경련이 일어난 것이다. 하나의 객체가 한층 낮아져서 주체로 변했다. 이 모든 기계 장치에는 어떤 의미가 있는 것이고 보면, 아마도 그렇게 될 만한 까닭이 있었던 모양이다. 모순의 매듭인 동시에 불일치의 중심인 객체는 섬의 몸뚱이로부터 제거되어 튕겨 나가고 거부당한 것이다. 딸가닥하고 일어난 소리는 이 세계의 합리화 과정과 일치한다. 세계는 그것 자체의 합리성을 모색하고, 그렇게 함으로써 배설물인 주체를 밖으로 내보내는 것이다.

어느 날 커다란 스페인 범선 한 척이 스페란차를 향해 오고 있었다. 그보다 더 있을 법한 일이 또 어디 있겠는가? 그러나 대양의 표면상에서 최후의 범선이 없어진 지는 벌써 일 세기도 넘는다. 그렇지만 배 위에서는 축제가 벌어지고 있었다. 그러나 그 배는 닻을 내리고 보트를 물 위에 띄우기는커녕, 마치 그곳에서 1000여 마일이나 떨어져 있다는 듯이 기슭을 끼고 나아가기만 했다. 그러나 유행에 뒤떨어진 옷을 입은 어떤 처녀가 이물의 구조물에서 나를 바라보고 있었는데 그 처녀는 바로 죽은 지 십 년이나 되는 나의 누이였다……. 그렇게 많은 터무니없는 일들이 오랫동안 그대로 계속될 수는 없었다. 딸가닥하는 소리가 났고, 커다란 범선은 스스로 존재하고 있다고 자처하던 짓을 포기해 버렸다. 그것은 로빈슨의 환각으로 변했다. 그것은 그 주체, 즉 머릿속에 들끓는 어떤 열(熱)에 시달린 나머지 신경이 날카로워진 로빈슨 속으로 흡수되어 버린 것이다.

어느 날 나는 숲속을 걷고 있었다. 100보 정도 걸어갔을 때 나무뿌리 하나가 오솔길 한가운데 우뚝 솟아 있는 것이 보였다. 털이 나 있는 듯하고, 어렴풋이나마 어떤 짐승 모양 같아 보이는 이상한 나무뿌리였다. 그러자 나무뿌리가 꿈틀했다. 아니, 이것 참 어처구니없는 일이군. 나무뿌리가 움직일 리는 없는데! 그러더니 나무뿌리는 숫염소로 둔갑했다. 그렇지만 나무뿌리가 어떻게 숫염소로 둔갑한단 말인가? 딸가닥하고 격발 장치가 당겨진 것이 분명했다. 과연 그런 일이 일어난 것이다. 나무뿌리는 완전히 사라져 버렸다. 심지어 나중에 돌이켜 생각해 보아도 그것이 사라진 것은 확실했다. 그런데 여전히 숫염소는 남아 있었다. 그렇지만 나무뿌리는? 그것은 로빈슨의 착시 현상, 즉 그의 불완전한 시력의 산물이 되어 버린 것이다

주체는 질적으로 한 단계 낮아져 버린 객체이다. 나의 눈은 빛과 색채의 시체다. 나의 코는 냄새들의 비현실성이 증명되었을 때 그 냄새로부터 남게 된 모든 것이다. 내 손은 그것이 들고 있는 것을 거부한다. 이렇게 되고 보면 인식의 문제는 시간적 질서의 착란에서 생겨난다. 그 문제는 주체와 객체의 동시성을 거론의 범위에 포함시키며, 그 양자 사이의 신비한 관계를 밝히고자 한다. 그런데 주체와 객체는 공존할 수 없는데, 이들은 같은 것으로, 처음에는 세계 속에 포함되어 있다가 나중에 불합격품으로 간주되어 내버려진 것이기 때문이다. 로빈슨은 스페란차의 개체적 배설물이다.

이와 같이 까다로운 공식은 나에게 어떤 어두운 만족감을 준다. 왜냐하면 그 공식은 좁고도 험준한 구원의 길을, 아니 하여간 그 어떤 종류의 구원의 길을, 풍요롭고 조화 있으며 완전하게 경작 관리되고 그 자체의 모든 속성들이 균형을 이룸으로써 힘을 얻어 나 없이도 제 길을 똑바로 갈 수 있게 된 섬의 구원의 길을 나에게 제시해 주기 때문이다. 섬은 나에게 너무나 가까운 것이어서, 순수한 시선으로서도 그것은 아직도 너무 많은 나로 여겨질 터이다. 그러므로 나는 저 내면의 형광체에 이를 만큼 축소될 필요가 있다. 그러면 하나하나의 사물은 그 누군가가 인식하고 의식하지 않아도 저절로 인식될 것이니……. 오, 미묘하고 순수한 균형이여, 이토록 연약하고 이토록 귀중한 균형이여!

*

그러나 그는 어서 빨리 이런 몽상과 억측 들을 떠나, 스페란차의 단단한 땅을 발로 밟아 보고 싶어서 조바심이 났다. 그는 어느 날 섬의 가장 은밀한 내면에 구체적으로 접근하는 길을 발견했다는 생각이 들었던 것이다.

5장

섬 한복판의 거대한 삼나무 밑에, 어지럽게 쌓인 바위들로 이루어진 거대한 환기통처럼 입을 벌리고 있는 동굴은 로빈슨에게 항상 근본적인 중요성을 지닌 것으로 여겨졌다. 그러나 그는 오래전부터 동굴을 한낱 금고로밖에 생각하지 않았으므로, 그 속에 자기가 거두어들인 곡식, 과일과 고기 통조림, 더 깊은 곳에는 옷상자, 연장, 무기, 금(金) 그리고 맨 마지막에는 가장 후미진 안쪽으로, 섬을 송두리째 폭파하기에 충분할 정도의 검은 화약통 등 자신이 소유한 것 중에서도 가장 소중한 물건들을 구두쇠처럼 잔뜩 쌓아 두고 있었다. 그런 화기들을 사냥하는 데 사용하지 않은 지도 매우 오래되기는 했지만, 로빈슨은 이 벼락 같은 잠재력을 지닌 물건에 대단한 애착을 느끼고 있었다. 마음만 내키면 언제든 그 잠재력을 폭파할 수 있었으므로, 그는 거기서 어떤 우월한 능력의 도움을 얻어 낼 수 있다고 믿었다. 섬과 그 주민들에 대한 그의 유피테르 같은 절대 권력을 그는 바로 폭음이 담겨 있는 이 옥좌 위에 앉혀 놓고 있었던 것이다.

그러나 몇 주일 전부터 이 동굴은 그에게 새로운 의미를 지닌 것같이 여겨졌다. 그의 제2의 삶(총독, 장군 겸 행정관의 자격을 해제한 후, 그가 물시계를 정지시켰을 때 시작된 삶) 속에서 스페란차는 이제 관리해야 할 영토가 아니라, 여성적인 성격을 지닌 것이 분명한 하나의 인격체로 군림했다. 그의 마음과 육체의 새로운 욕구뿐만 아니라 철학적인 명상 역시 그를 그 인격체 쪽으로 기울어지게 만들고 있었다. 그러면서부터 그는 어렴풋하게나마 동굴이 그 거대한 몸뚱이의 입인지 눈인지 아니면 다른 그 어떤 생리적 구멍인지 자문해 보았고, 그 속을 끝까지 답사해 본다면, 그 자신에게 제기해 보곤 하던 몇 가지 질문들에 답을 줄 수 있는 어느 감춰진 비밀의 부분에 도달하게 되지 않을까 하는 생각을 해 보았다.

화약통을 지나 그 뒤쪽으로는 가파른 비탈길로 된 하나의 연락 참호를 통해 터널이 뻗어 가고 있었는데, 그는 자신이 후일 대지적(大地的) 시대라고 부르게 되는 시기 이전에는 한 번도 그 안으로 발을 들여놓아 본 적이 없었다. 그와 같은 일을 감행하자면 과연 조명이라는 중요한 문제가 대두될 것이었다.

한 손에 송진 가지 횃불을(그 밖에 다른 것은 구할 수가 없었다.) 들고 그 깊숙한 곳으로 들어간다면, 화약통들이 가까이 있고 그 속에 든 것이 땅바닥에 약간 쏟아져 흩어져 있을지도 모르기 때문에 아주 무시무시한 모험을 각오하지 않으면 안 되었다. 동시에, 그렇게 하면 동굴 안의 까딱도 하지 않는 희박한 공기 속에 숨도 쉴 수 없을 정도로 연기를 가득 채우는 결과가 될 것이었다. 굴 깊숙한 곳에 환기 및 채광을 위한 구멍을 뚫는 계획 역시 포기하지 않을 수 없고 보면 이제는 어둠을 감당하는 수밖에 도리가 없었다. 즉 자신이 정복하고자 하는 환경의 조건에 고분고분 굴복하는 도리밖에 없었으니 이것은 불과 몇 주일 전만 해도 그의 머리에는 떠오르지 않았을 생각이었다. 이제 자신이 접어든 변신의 길을 의식하고 나자 어쩌면 새로운 소명(召命)이라고 할 만한 일에 응하기 위한 가장 어려운 주관의 변화를 자신에게 강요할 마음의 준비가 되었다.

그는 우선 굴의 깊숙한 곳으로 더듬어 나가기 위해 아주 피상적으로나마 어둠에 익숙해지는 시도를 해 보았다. 그러나 그런 정도의 시도는 아무 소용도 없으며 보다 근본적인 준비가 불가피하다는 것을 깨달았다. 인간이면 누구나 겪을 수밖에 없는 빛과 어둠의 교차를 초월하여, 장님들의 완전하고 충만한 세계에 접근하는 것이 필요했다. 물론 그 세계는 눈뜬 사람들의 세계보다는 습관 들이기 어렵겠지만, 그렇다고 눈을 가진 사람들이 흔히 상상하듯이 빛이 있는 부분이란 모두 없어지고 음산한 암흑 속에 빠진 상태는 아니다. 빛을 만들어 내는 눈은 어둠도 만들어 낸다. 그러나 눈이 없는 사람은 양쪽 다 알지 못하며 빛이 없다는 것에 괴로워하지도 않는다. 이런 상태에 접근하기 위해서는 오로지 어둠 속에서 매우 오랫동안 꼼짝 않고 있어 보는 방법밖에 없었으므로 로빈슨은 옥수

수 떡과 염소젖 항아리들 한가운데 그렇게 앉아 있었다.

그의 주위에는 가장 절대적인 고요가 깃들어 있었다. 동굴 깊숙이까지 들리는 소리는 전혀 없었다. 그렇지만 그는 벌써부터 이 실험이 성공을 약속하고 있다는 것을 알 수 있었다. 스스로 스페란차와 조금도 격리되어 있다고 느껴지지 않았기 때문이다. 반대로 그는 그 섬과 더불어 강렬하게 살고 있었다. 바위 위에 몸을 웅크리고 어둠 속에서 두 눈을 크게 뜬 채 그는 섬의 모든 모래톱 위로 하얗게 밀려와서 부서지는 파도들, 바람의 애무를 받으며 한 그루 종려수가 축복하는 듯한 몸짓으로 흔들리는 모습과 초록빛 하늘에 벌새가 빨간 번개처럼 지나가는 광경을 바라보고 있었다. 그는 이제 막 썰물이 밀려나고 나서 드러난 모래톱의 촉촉하고 시원한 맛을 기슭마다 느낄 수 있었다. 소라게 한 마리가 이때를 이용해 껍질 밖으로 기지개를 켜며 바람을 쐬고 있었다. 머리가 검은 갈매기 한 마리가 갑작스럽게 속도를 늦추더니 찰싹거리는 물결 때문에 갈색빛 안쪽이 드러나 보이는 해초들 속에 달라붙어 있는 물고기를 쪼아 먹으려고 급강하했다. 로빈슨의 고독은 이상한 방식으로(군중 속에 있거나 친구와 함께 있을 때처럼 옆에 가까이 있음으로써, 즉 측면적으로가 아니라) 중심적으로, 이를테면 핵심적으로 극복되었다. 그는 스페란차의 핵심 가까이에 와 있는 것이 틀림없었다. 이 거대한 덩어리의 말초 신경들이 모두 여기서 출발하고 표면에서 온 모든 정보들이 이곳으로 집중되고 있는 것이었다. 어떤 대사원 속에서는 흔히 이처럼 음파들이 서로 교차 집중하게 되어, 성당의 후진에서 오는 것이건 성가

대석에서 오는 것이건, 내진이나 본당 쪽에서 오는 것이건 관계없이 지극히 조그만 소리까지도 모두 들을 수 있는 지점이 있는 법이다.

해가 천천히 수평선 쪽으로 지고 있었다. 섬의 꼭대기 부분을 이루는 바위의 높이에서 동굴은 난바다를 응시하고 있는 놀란 큰 눈처럼 둥글고 시커먼 주둥이를 벌리고 있었다. 얼마 안 되어 기울어 가는 해가 동굴 바로 정면 쪽으로 비쳐 들었다. 동굴 속이 훤해질 것인가? 얼마 동안이나? 로빈슨은 어떻게 될지 곧 알 수 있게 될 것이었다. 무슨 까닭인지 알 수는 없으면서도 그는 이 만남을 대단히 중요시했다.

이 사건은 어찌나 순식간에 일어났는지 그는 자기가 무슨 시각적 환상에 사로잡힌 것이 아닐까 하고 의심스러워할 정도였다. 단순히 어떤 반딧불이 그의 눈꺼풀 뒤에서 반짝 빛난 것인가 아니면 정말 무슨 번개가 어둠을 살짝 뚫고 지나간 것인가? 그는 막이 열리고 승리에 빛나는 새벽이 나타나는 것을 예상했더랬다. 그런데 그것은 단지 그가 잠겨 있는 어둠의 덩어리 속으로 바늘 끝으로 찌르는 듯한 빛이 획 하고 스치는 느낌 정도에 그쳤다. 굴은 생각했던 것보다 더 길고 덜 직선 방향으로 뚫려 있는 모양이었다. 그러나 아무러면 어떠랴? 두 개의 시선이, 즉 빛의 시선과 암흑의 시선이 서로 마주친 것이었다. 태양의 화살 하나가 스페란차의 대지적 혼을 꿰뚫은 것이다.

다음 날에도 그와 똑같은 섬광이 스쳐 갔다. 그리고 다시 열두 시간이 흘렀다. 시각적 표적을 상실한 보행자가 비틀거리며 느끼게 되는 그 가벼운 현기증 같은 것은 더 이상 생기지 않았지만 어둠은 여전히 버티고 있었다. 마치 물고기가 물속에 있듯이 그는 스페란차의 배 속에 들어 있었다. 그렇다고 그 자신에게 절대적 피안의 첫째 문턱을 예감하게 했던 저 빛과 어둠을 넘어선 피안에 이르지는 못했다. 아마도 어떤 정화(淨化)를 위해 단식할 필요가 있다는 것인가? 사실 이제 그에게는 약간의 염소젖밖에 남은 것이 없었다. 그는 또다시 스물네 시간 동안이나 묵상에 잠겼다. 그러고 나서 그는 주저도 두려움도 없이, 그러나 자기의 시도에 대한 엄숙하고 심각한 심정에 사무쳐 자리에서 일어나 동굴의 창자 깊숙이로 나아갔다. 그는 자기가 찾던 것, 즉 수직으로 난 매우 협소한 일종의 굴뚝 구멍을 찾기까지 오래 헤매 다닐 필요조차 없었다. 그는 곧 그 속으로 몸을 밀어 넣어 보려고 몇 번이나 시도했지만 헛일이었다. 그 구멍의 벽면은 마치 살처럼 미끈미끈했지만 구멍이 어찌나 좁은지 그는 그 속에 몸을 반쯤 박은 채 움직일 수가 없었다. 그는 옷을 다 벗고 나서 남은 염소젖으로 몸을 문질렀다. 그러고 나서 그 목구멍 속으로 머리 쪽을 먼저 들이밀고 몸을 밀어 넣었다. 이번에는 느릿느릿 그러나 규칙적으로, 마치 한꺼번에 삼킨 음식물이 식도를 따라 미끄러져 내려가듯 몸이 미끄러져 들어갔다. 아주 부드럽고 완만하게 밑으로 떨어지는 시간이 일순간 같기도 했고 몇 세기 같기도 했다. 그러고 나자 그의 팔 끝이 좁은 성당 지하실 같은 곳에 가 닿았다. 그곳에서 그는 머리를 그 내장의 끝부분에 가만히 댄 채로밖에는 서 있을 수 없었다. 자기가 몸담고 있는 작은 공간이 아주 희미하게 숨을 쉬고 있는 것을 느낄 수 있었다. 바닥은 딱딱하고 매끄럽고 기이하게도 따뜻했다. 그러나 벽은 놀라울 정도로 불규칙적이었다. 거기에는 돌이 되어 버린 유방이며, 석회질의 무사마귀며 대리석질의 버섯이며 딱딱해진 해면들이 돋아나 있었다. 더 멀리에는 돌의 표면에 곱슬곱슬한 돌기들이 양탄자처럼 덮여 있고 어떤 커다란 돌꽃, 즉 사막에 가면 볼 수 있는 석고 결정체와 흡사한 석고의 응고물에 다가갈수록 양탄자 털은 점점 더 빽빽해지고 두꺼워졌다. 거기에서는 철분이 섞여 있는, 축축하지만 그리 싫지 않은 신맛이 섞인 냄새가 났고 무화과의 수액을 연상시키는 달콤씁쓸한 맛이 곁들여 있었다. 그러나 무엇보다 로빈슨의 주의를 끈 것은 그 좁은 공간의 가장 구석진 곳에서 발견한, 깊이가 약 5피트는 되어 보이는 오목한 구멍이었다. 그 안쪽은 아주 반들반들하면서도 매우 복잡한 모양을 찍어 내는 데 쓰도록 된 무슨 거푸집 속처럼 이상한 모양의 기복이 생겨 있었다. 그것은, 스스로도 그렇지 않나 짐작은 했더랬지만, 다름 아닌 자신의 몸 모양이었다. 여러 번 맞추어 시험해 보고 나서 그는 마침내 몸이 놓였던 자세(무릎을 세워 그 위에 턱을 괴고, 두 발목을 서로 엇갈리게 한 다음 두 손을 발 위에 올려 놓은 채 몸을 웅크린)를 찾아내게 되었는데 그런 자세를 취하자 몸이 그 구멍에 어찌나 꼭 맞는지 그 속에 들어앉자마자 자기 몸의 한계가 어딘지를 잊어버릴 정도였다.

그는 행복한 영원 속에 정지되어 있었다. 스페란차는 햇볕에 익는 하나의 과일이었고 그 과일의 희고 벌거벗은 씨, 수많은 껍질과 깍지와 표면에 싸인 씨는 그 이름이 로빈슨이었다. 이름 모를 섬의 바위로 된 내밀함의 깊은 비밀 속에 몸을 담고 있는 그의 평화란 어떤 것이겠는가! 언제 이 섬 기슭에서 난파가 일어났으며, 언제 그 난파선에서 살아남은 조난자가 있었으며 그 땅을 수확물로 뒤덮고 그 초원 속에 수많은 짐승들을 번식시키던 행정관이 있었던가? 혹은 그 모든 우여곡절은 이 거대한 돌상자 속에 영원히 몸을 붙이고 들어앉은 한 마리 유충의 턱없는 꿈이 아니었을까? 그가 바로 스페란차의 영혼 그 자체가 아니고 무엇이겠는가? 그는 차례차례로 더 큰 인형 속에 들어가게 만들어진 러시아 인형들을 기억했다. 그 인형들은 모두 속이 비어 있고 삐걱거리는 소리를 내면서 열렸다. 다만 마지막의 가장 작은 인형만이 속이 차고 묵직했는데 그것이 바로 그 모든 인형의 씨이고 그 모든 것들의 존재 이유였다.

아마 그는 잠이 들었던 모양이다. 그는 그랬는지 그러지 않았는지를 알 수 없었다. 생시와 잠의 구별 역시 지금 그가 잠겨 있는 비존재 상태에서는 매우 흐릿했다. 그가 굴속으로 미끄러져 내려온 이후 흘러간 시간을 헤아려 보기 위해서 애를 쓰며 기억을 되새겨 볼 때마다 그의 머릿속에 단조롭고 집요하게 나타나는 것은 멈추어 놓은 물시계의 영상이었다. 그는 다시 한번 동굴의 축으로 해가 지나가는 것을 나타내는 빛의 번개를 알아보았다. 벌써 오래전부터 그런 종류의 무엇인가를 기대하고 있었던 터이기는 했지만 그를 깜짝 놀라게 한 어떤 변화가 생긴 것은 그로부터 얼마 후였다. 갑자기 어둠의 신호가 달라져 버렸다. 그가 잠겨 있던 어둠이 흰빛으로 바뀌었다. 이제부터 그는 마치 우유 그릇 속에 엉킨 우유 덩이처럼 하얀 어둠 속에 떠 있게 되었다. 이 깊은 곳에 도달하기 위해 그는 그의 크고 흰 몸에 염소젖을 발라 문질러야 하지 않았던가?

이 정도의 깊이에 이르면 스페란차의 여성적 본질에 모성(母性)의 모든 속성이 축적되는 모양이었다. 공간과 시간의 경계가 미약해지면서 로빈슨은 어느 때보다도 더 그의 어린 시절의 잠든 세계 속으로 빠져들게 되었다. 그는 자기 어머니의 영상에 마음을 빼앗겼다. 억센 여인이자 예외적인 정신의 소유자이지만 의사 표시를 허락하지 않고 감정의 토로 따위에는 완전히 무심했던 자기 어머니의 품에 자신이 안겨 있다고 느끼는 것이었다. 그는 어머니가 자신과 자신의 다섯 형제자매들에게 단 한 번이라도 키스해 준 기억이 없었다. 그렇지만 그 여자는 마음이 메마른 괴물 같은 사람과는 정반대였다. 자신의 어린아이들과 관계되지 않은 일에라면 그 여자는 평범한 여자라고도 할 만했다. 매우 오랫동안 찾지 못했던 어떤 보석을 찾아내고 나서 어머니가 기쁨에 넘쳐 눈물을 흘리는 것을 그는 본 적이 있었다. 아버지가 심장마비로 쓰러진 날 어머니가 정신을 잃는 것도 보았다. 그러나 자식들의 문제가 개입되면 즉시 그 여자는 가장 고상한 의미에서 영감을 받은 여자가 되어 버리는 것이었다. 아버지와 마찬가지로 매우 독실한 퀘이커교도였던 그녀는 교황 지배의 교회 권위뿐만 아니라 일체의 성서에 대한 권위를 거부했다. 이웃 사람들이 경악해 마지않는 가운데 그 여자는 성서가 물론 하느님의 말씀이기는 하지만 인간의 손에 의해 쓰인 것이며 역사의 우여곡절과 세월의 욕됨으로 인해 크게 변질된 상태라고 생각했다. 헤아릴 수도 없는 먼 옛날로부터 전해 온 이 터무니없는 마법서보다야 그녀가 자신의 속 깊은 곳에서 분출하는 것을 느낄 수 있는 지혜의 샘이 얼마나 더 순수하고 생명에 찬 것인가! 거기서는 신이 그의 피조물들에게 직접 이야기하고 있는 것이다. 그런데 그녀에게 어머니로서의 사명은 그 편안한 신앙심과 잘 구별되지 않는 상태였다. 자식들에 대한 그녀의 태도에는 일체의 증명들보다도 더 아이들을 고무해 주는 그 무엇이 있었다. 그녀가 아이들에게 키스를 해 준 적은 한 번도 없었지만 그녀가 아이들에 대해서는 무엇이나 다 알고 있고 그들의 기쁨과 고통을 그들 자신보다도 더 잘 느끼고 있으며, 그들을 거두기 위한 부드러움과 맑은 의식과 용기의 무궁무진한 보고를 가지고 있다는 것을 그들은 어머니의 두 눈 속에서 읽을 수 있었다. 이웃집을 찾아가 볼 때면, 그들은 피로에 지친 그 집의 수선스러운 어머니가 자기 자식들에게 번갈아 선사하는 노여움과 감정의 토로, 따귀와 키스에 깜짝 놀라곤 했다. 반면 언제나 변함없는 그들의 어머니는 아이들을 가장 잘 진정시키고 기쁘게 해 줄 수 있는 말과 행동을 예외 없이 찾아내곤 하는 것이었다.

아버지가 집을 비웠던 어느 날 1층 상점에서 불이 났다. 어머니는 아이들과 함께 2층에 있었다. 불은 놀라울 정도로 빨리 퍼져 나가서 수백 년 된 그 목조 건물 전체로 번졌다. 로빈슨은 태어난 지 몇 개월밖에 되지 않았고 그의 누이는 아홉

살이었다. 황급히 달려온 그 키 작은 포목상인은 불덩어리가 된 집 앞 길바닥에 무릎을 꿇고 앉아서 자기 가족들이 산책을 나가고 집에 없었기를 하느님께 빌었다. 그때 그는 자기 아내가 소용돌이치는 불꽃과 연기 속에서 태연하게 밖으로 나오는 것을 보았다. 지나치게 많이 달린 열매들의 무게를 못 이겨 가지를 늘어뜨린 나무처럼 그 여자는 자신의 여섯 아이를 고스란히 어깨 위에, 품에, 등에, 앞치마에 주렁주렁 달고 있었다. 그런데 지금 로빈슨이 그 추억을 다시 체험하고 있는 어머니는 바로 이처럼 진리와 선(善)의 기둥, 푸근하고 굳건한 대지, 공포와 슬픔으로부터의 피난처와도 같은 모습이었다. 그는 그 구멍 속에서 바로 그러한 빈틈없고 메마른 애정, 흔들리는 구석 하나 없고 쓸데없이 감정을 터뜨리는 법도 없는 정성 같은 그 무엇을 다시 찾는 것이었다. 그의 눈에는 어머니의 두 손이, 애무하는 법도 없고 때리는 법도 없으며, 어찌나 억세고 듣든하며 어찌나 조화롭게 균형을 이루고 있는지 마치 두 천사와도 같은 손, 성신(聖神)의 뜻을 행하고 있는 사이좋은 한 쌍의 천사와도 같은 그 두 손이 눈에 보이는 것만 같았다. 어머니는 두 손으로 기름 먹인 듯 매끄럽고 하얀 밀가루 반죽을 이기고 있었다. 때는 바로 주현절 전날이었기 때문이다. 아이들은 그 이튿날 껍질의 울퉁불퉁한 곳에 씨가 숨어 있는 독일 밀빵을 먹게 되어 있었다. 그는 전능한 돌로 된 억센 손아귀에 잡힌 그 말랑말랑한 밀가루 반죽이었다. 그는 스페란차의 요지부동한 살덩이 속에 잠긴 그 씨앗이었다.

단식 때문에 점점 더 허탈해진 상태로 그가 떠 있는 깊숙한 곳에까지 번갯빛이 다시 한번 번쩍였다. 그런데 그 우윳빛의 어둠 속에 나타난 번개의 효과가 로빈슨에게는 정반대로 나타나 보였다. 눈 깜짝하는 순간 주위의 흰빛이 까맣게 되더니 다시 곧 눈같이 순수한 상태로 돌아갔다. 마치 먹물의 파도가 동굴의 주둥이로 밀려 들어왔다가는 아무런 흔적도 남기지 않고 다시 밀려 나가 버린 것만 같았다.

로빈슨은 만약 자신이 빛을 다시 볼 생각이라면 그러한 매혹을 뿌리치지 않으면 안 된다는 것을 예감했다. 이 납빛 같은 장소에는 삶과 죽음이 어찌나 서로 가까이 다가서 있는지 잠깐만 주의를 게을리하거나 살아남겠다는 의지를 늦추었다가는 이내 한쪽에서 다른 한쪽으로 돌이킬 수 없이 미끄러져 버릴 것만 같았다. 그는 구멍에서 몸을 빼냈다. 정말 쥐가 나지도 몸이 허약해지지도 않았고, 오히려 몸이 가벼워지고 마치 정신만 남은 것 같은 상태가 되었다. 그가 힘들이지도 않고 굴뚝을 통해 몸을 솟구치자 마치 잠수 인형처럼 몸이 떴다. 굴 안쪽에 이르러 그는 더듬거리며 자기의 옷을 찾아 다시 걸쳐 입을 사이도 없이 뚤뚤 말아서 옆구리에 꼈다. 그의 주위에는 우윳빛 어둠이 아직도 사라지지 않고 남아 있었지만 여전히 불안한 생각이 들었다. 땅속에 오래 머물러 있다 보니 그가 장님이 된 것이었을까? 그가 비틀거리며 동굴의 입구 쪽으로 나아가려고 하는데 무슨 불칼 같은 것이 돌연 그의 얼굴을 후려쳤다. 번쩍하는 아픔이 그의 눈을 쑤셨다. 그는 두 손으로 얼굴을 감쌌다.

정오의 태양이 바위 주위의 대기를 진동시키고 있었다. 도

마뱀들도 그늘을 찾는 시각이었다. 로빈슨은 추위에 덜덜 떨면서, 굳은 염소젖으로 축축해진 양쪽 엉덩이를 바싹 조이면서 몸을 반쯤 구부린 채 앞으로 나아갔다. 엉겅퀴와 살을 벨것같이 날카로운 돌들의 풍경 속에서 느끼는 그 절대적인 고독감 때문에 그는 두려움과 수치심으로 가슴이 막혔다. 그는 벌거벗은 허연 몸을 드러내고 있었다. 마치 바늘을 다 잃어버린 겁먹은 고슴도치의 살처럼 소름이 돋았다. 굴욕을 당한 그의 성기는 힘이 빠져서 흐물흐물해졌다. 그의 손가락 사이로 마치 쥐새끼가 찍찍거리는 소리 같은 가늘고 날카로운 흐느낌이 흘러나왔다.

그를 다시 만나게 되자 기뻐 어쩔 줄 모르면서도 그의 변한 모습에 어리둥절해진 텐의 인도를 받으면서 그는 간신히 자기 집 쪽으로 나아갔다. 마음을 가라앉혀 주는 집 안의 그늘 속에서 그가 가장 먼저 마음먹고 한 행동은 물시계를 다시 가게 하는 일이었다.

*

항해 일지: 스페란차의 심장부로 내려가서 머물렀던 일의 가치를 나는 아직도 제대로 헤아릴 수 없는 처지다. 그것은 잘한 짓일까, 잘못한 짓일까? 이것이야말로 내게는 아직 가장 중요한 증빙 자료들이 결여된 상태의 수사 사건과도 같은 것이다. 분명히 진흙탕 목욕의 기억은 내 마음을 불안하게 하는 일이다. 동굴은 말할 나위도 없이 그것과 비슷한 것이다. 그러나 악은 언

제나 선의 징조가 아니었던가? 루시퍼는 찡그린 얼굴을 하고서 자기 나름대로 하느님을 모방한다. 동굴은 진흙탕 목욕의 새롭고 보다 유혹적인 화신인가 아니면 그것의 부정인가? 진흙탕 목욕이나 마찬가지로 동굴 역시 내 주변에 내 과거의 유령들을 되살려 놓는데, 그것 때문에 내가 빠져들게 되는 추억의 몽상은 스페란차를 가능한 한 최고도의 문명 상태로 탈바꿈시키기 위한 내 하루하루의 투쟁과는 전혀 양립할 수 없는 성질의 것이다. 그러나 진흙탕 목욕으로 인해서 주로 내 마음을 사로잡는 것은 덧없고 다정한(요컨대 병적인) 존재인 나의 누이 루시인 데 반해 동굴 때문에 내 머리에 떠오르는 존재는 어머니의 고상하고 엄격한 모습이다. 야릇한 매혹의 수호신이여! 당신의 아이들 중에서 가장 위험한 처지에 놓인 아들을 찾아와 도와주려는 저 위대한 영혼은 나를 밀어 주고 영양분을 공급하자면 오직 몸소 스페란차 그 자체로 변신하는 방법밖에 없다고 판단한 것이란 생각이 든다. 물론 시련은 어려운 것이고, 어둠 속에 파묻히는 것보다 빛 속으로 돌아오는 것이 더욱 어렵다. 그러나 이 유익한 규율 속에서 나는 오직 고통스러운 노력을 거치지 않고서는(마치 대가를 지불하듯이) 발전을 생각할 수 없었던 어머니의 태도를 찾아보고 싶은 마음이다. 그처럼 깊숙한 곳으로 돌아가서 묵상한 것이 얼마나 내게 힘을 주는가! 이제부터 내 생명은 바위의 심장에 뿌리를 박고 그 속에 잠들어 있는 에너지에 직접 연결된 채 경탄할 만큼 견고한 반석 위에 올려 놓여졌다. 전에는 언제나 나의 내부에 무엇인가가 떠 있고, 균형이 잡히지 않은 것이 있었으며 그것이 바로 구역질과 고통의 원천이었다. 나는 내가 생명을 다할 때 가지게 될 어떤 집을, 그 집을 꿈꾸며 자위하곤 했다. 그리고 나는 그 집이 기막힌 기초 위에, 큼직하고 요지부동인 화강암 덩어리로 지은 집이라고 상상해 보았더랬다. 나는 이제 그런 것은 꿈꾸지 않는다. 이제는 그런 것이 필요 없어진 것이다.

어린아이같이 되지 않으면 하늘나라에 들어갈 수 없노라고 성서에 쓰여 있다. 복음서의 말씀이 이때보다 더 문자 그대로 적용되는 경우는 없다. 동굴은 단순히 내 허술한 생명을 올려 앉혀 놓을 수 있는 굳건한 기초만을 내게 가져다준 것은 아니다. 동굴은 동시에 사람들이 저마다 잃어버리고 나서 슬퍼하며 눈물 흘리는 순진성으로의 귀환이다. 그것은 신기하게도 자궁 속의 따사로운 어둠의 평화와 무덤의 평화를, 삶의 내면과 피안을 한데 합쳐 놓는다.

*

로빈슨은 몇 번 더 구멍 속으로 들어가 묵상했다. 그러나 더 이상 기다릴 수 없는 추수와 건초 만드는 일에 시간을 빼앗겼다. 그런데 수확이 너무나 보잘것없어서 그는 깜짝 놀랐다. 모든 주민들의 생존을 보장하기 위해서 섬이 개간되었던 만큼 물론 그의 양식과 가축들의 먹이가 위협받을 정도는 아니었다. 그러나 그가 스페란차와 맺고 있는 미묘하고 예민한 관계에서 어떤 불균형이 느껴졌다. 그의 근육을 부풀게 하는 새로운 힘이나 아침잠에서 깨어날 때마다 은총의 힘을 찬양

해 마지않게 만드는 저 봄날 같은 기쁨, 동굴 속에서 그가 길어 내는 저 행복의 푸르름은 스페란차의 생명력을 깎아 내 얻는 것이었고 그의 내면적 동력을 위험할 만큼 감소시키는 것이었다. 평소 같으면 수확의 힘든 노력 다음에 대지를 축복하듯 너그럽게 적셔 주었을 비는, 번개가 치면서 항상 금방이라도 쏟아질 듯하면서 납같이 굳어진, 인색하고 메마른 하늘에 멈추어진 채 내리지 않았다. 물이 많고 먹음직한 샐러드를 공급해 주던 여러 에이커의 쇠비름들은 채 자라지도 않고 선 채로 말라 버렸다. 여러 마리의 염소들이 죽은 새끼를 낳았다. 어느 날 로빈슨은 동쪽 해변의 늪 한가운데 멧돼지 떼가 지나다니는 길 위에 먼지 구름이 이는 것을 보았다. 그것을 보자 그는 곧 진흙탕이 말라 버린 것을 알아차릴 수 있었고 매우 만족스럽게 여겼다. 그러나 늘 먹을 물을 길어 오곤 하던 두 개의 샘이 말라 버렸으니 이제 그는 아직도 물이 나오고 있는 곳을 찾기 위해서는 매우 깊숙한 숲속까지 들어가지 않으면 안 되었다.

이 마지막 샘물은 마치 섬이 이곳에서 옷자락을 벌린 듯 숲속의 빈터에 솟아 있는 젖꼭지 같은 땅에서 조금씩 조금씩 새어 나오고 있었다. 로빈슨은 미리부터 기대에 부풀어 그 가느다란 물줄기 쪽으로 걸음을 재촉할 때 기뻐서 하늘을 날 것만 같았다. 그 생명의 액체를 빨기 위해 그 구멍으로 목마른 입술을 갖다 대면서 그는 감사의 눈물을 흘렸다. 감은 눈꺼풀 뒤에서 모세의 약속이 불길처럼 솟는 것이 보였다.

이스라엘의 아이들아, 내가 너희를 젖과 꿀이 넘치는 땅으로 들어

가게 하리라.

그러면서도 그는 자기 속에 젖과 꿀이 넘치는 반면 스페란차는 반대로 그가 그 섬에 부과하는 저 끔찍한 모성적 사명 속에서 기진해 가고 있다는 사실을 이제는 더 이상 모르는 체할 수 없었다.

*

항해 일지: 까닭을 알 만하다. 어제 나는 다시 들어갔다. 그것으로 이제는 마지막이다. 왜냐하면 내 실수를 인정하기 때문이다. 지난밤, 내가 반쯤 잠든 것 같은 상태로 웅크리고 있을 때 나의 정액이 흘러나왔다. 그런데 어찌나 순식간의 일이었는지 정액이 흐르지 않도록 하기 위해 나는 겨우 그 구멍 깊숙한 곳에 파여 있는, 스페란차의 젖가슴 중에서도 젖가슴인(두 치가 될까 말까 한 넓이의) 좁다란 틈을 막을 수 있었을 뿐이다. 복음서의 말씀이 머릿속에 다시 떠올랐지만, 이번에는 그것의 의미가 위협적으로 느껴졌다. 아무도 어린아이 같이 되지 않으면……. 그 무슨 착란 때문에 나는 어린아이의 순진성을 자랑할 수 있었던 것일까? 나는 성숙한 나이의 어른이고 내 운명을 꿋꿋이 받아들여야 한다. 내가 스페란차의 젖가슴 속에서 길어 내고 있었던 힘은 나 자신의 원천을 향한 퇴행의 위험한 대가이다. 물론 나는 거기서 평화의 기쁨을 얻었지만 동시에 나는 사내의 무게로 나를 먹여 살리는 대지를 짓누르고 있었던 것이다. 나를 잉태한 스페란차는 마치 임신한 어머니에게서 월경이 중지

되듯이 더 이상 생산을 하지 못한 것이다. 더 심각한 일은 내가 나의 정액으로 스페란차를 더럽히려 하고 있었다는 사실이다. 생명이 담긴 효소인 그것은 저 거대한 화덕인 동굴 속에서 얼마나 끔찍한 빵을 구워 낼 뻔했던가! 브리오슈 빵처럼 스페란차가 온통 부풀어 오르고 바다의 표면에까지 그의 형상을 팽창시켰다가 마침내 파열하면서 어떤 욕스러운 괴물을 토해 내는 모습을 눈으로 보는 것만 같다!

내 영혼과 내 생명과 스페란차의 순수성을 위험 속에 몰아넣으면서 나는 어머니인 대지의 길을 답사한 것이다. 아마도 훗날 내 몸이 노쇠해 불모의 상태로 변하면 나는 다시 구멍 속으로 내려가리라. 그러나 그때는 한번 내려가서 다시는 밖으로 나오지 않을 것이다. 이리하여 나의 유해는 가장 정답고 가장 모성적인 관을 얻게 될 것이다.

*

물시계는 다시 똑똑 소리를 내기 시작했고 로빈슨의 맹렬한 활동은 다시금 스페란차의 하늘을 가득 채웠다. 그는 지금까지 용기를 못 내고 망설이기만 했던 방대한 계획을 실천하려고 했다. 즉 섬의 동쪽 해안에 있는 늪을 논으로 변모시키려는 계획이었다. 그는 '버지니아호'에서 물려받은 쌀 자루에 감히 한 번도 손을 대 보지 못했다. 열매를 다시 맺게 할 희망도 없이 그것을 소모하고 어쩌면 수세기 동안의 수확이 잠들어 있을지도 모르는 그 자산을 덧없는 즐거움으로 탕진한다는 것은 그가 저지를 수 없는, 전형적인 범죄였다. 도대체 그는 그런 범죄를 육체적으로 실천에 옮길 수 없었을 것이다. 공포에 질린 그의 목구멍과 위장은 살해당한 그 곡식의 단 한 숟가락도 소화해 낼 수 없었을 것이다.

그러나 늪에서 벼를 재배하자면 논에 마음대로 물을 댈 수도 있고 뺄 수도 있어야 하므로 물을 저장하는 저수지와 둑과 수문 시설을 해야 한다. 그것은 다른 곡식 재배와 목축과 기타 공적 책무로 할 일이 너무나도 많은 단 한 사람에게는 엄청난 작업이다. 여러 달 동안 물시계는 멈추지 않았다. 그러나 매일같이 기록된 일기장에는 삶과 죽음 그리고 그의 심원한 존재의 변모가 피상적으로 반영된 것에 불과한 섹스에 대한 그의 성찰이 진행되어 간 과정이 나타나 있었다.

*

항해 일지: 타인의 존재가 인간 개인에게는 근본적인 요소이지만 다른 것으로 대체할 수 없는 것은 아니라는 사실을 나는 이제 알 수 있다. 조지 폭스의 친구들의 회원들 스스로 겸손하게 말하고 있듯이 타인은 필요하기는 하되 불가결한 것은 아니다. 타인은 사정 때문에 그 타인을 갖지 못한 사람에 의해서 대치될 수도 있다. 인간을 동물과 구별 짓는 것은 다름 아니라 자연이 동물에게 무상으로 제공하는 옷, 무기, 음식 등 모든 것을 인간은 오로지 자신의 손으로 직접 제조해서 가질 수밖에 없다는 점에 있다면, 주어진 것을 만든 것으로 대치하는 것은 전형

적인 인간 보편의 문제라 하겠다. 이 섬에 격리되었을 때 나는 아무것도 만들지 않은 채(처음에는 사실 그랬다.) 동물의 차원으로 전락할 수도 있었고 혹은 반대로 사회가 나를 위해서 물건을 만들어 주지 않으니까 그만큼 더 열심히 만듦으로써 일종의 초인이 될 수도 있었다. 그래서 나는 만들었다. 그리고 지금도 계속하여 만들고 있다. 그러나 사실 만드는 작업은 서로 다른 분야, 서로 반대되는 두 가지 방향으로 진행된다. 섬의 표면에서 내가 추진하고 있는 문명화 작업(경작, 목축, 건설, 행정, 법 등등)이 인간 사회에서 베껴 온 것, 따라서 이를테면 회고적인 것이라고 할 수 있는 반면, 나는 고독으로 인해서 나 자신의 내부에 생긴 폐허를 독창적인 해결책들로 대치하는 근원적 진화의 현장이 된 자신을 발견하니 말이다. 그 진화란 모두가 잠정적이고 아직은 모색 중인 것이기는 하지만 그 출발점에 있었던 인간적 모형과는 점점 닮은 데가 없어져 간다. 이 두 가지 측면의 상호 대립이 극단적으로 되면 그 양자 사이의 점증하는 거리가 무한대로 멀어질 수도 있다. 로빈슨이 점점 더 비인간화된 나머지 언젠가는 날이 갈수록 인간화된 그 고장의 통치자이자 건축가가 될 수 없게 되는 때가 필연적으로 올 것이다. 벌써부터 내가 하는 외면적 활동 속에서 공허한 쪽으로 기우는 예가 문득 발견되곤 한다. 자신이 하고 있는 일을 참으로 믿지도 않으면서 일을 하는 경우도 있다. 또 내 작업의 질과 양은 그 영향을 받지도 않는다. 반대로 어떤 종류의 노력 속에서는 반복의 도취감 같은 것이 느껴진다. 그럴 때는 정신이 이완될수록 이롭다. 일의 목적이 어디에 있는지 생각지도 않은 채 일을 위한 일을 하는 것이다. 그렇지만 어떤 건축물의 내부를 자꾸 파내다 보면 결국 그것은 무너지게 마련이다. 관리되고 경작된 섬이 완전히 내 관심 밖으로 밀려나는 날이 올지도 모른다. 그때는 섬이 단 하나밖에 없는 주민을 잃게 될 것이다…….

그렇다면 무엇 때문에 기다리고 있는가? 그날이 지금 당장 왔다고 믿지 않는가? 무엇 때문에? 왜냐하면 지금 같은 정신 상태에서 그랬다가는 필연적으로 진흙탕 속에 다시 빠져 들어가고 말 것이기 때문이다. 나의 내부에는 잉태 중인 질서의 세계(코스모스)가 있다. 그러나 잉태 중인 질서의 세계란 바로 혼돈이다. 이 혼돈에 대항하는 데 있어서 통치된(이 분야에서는 오직 전진함으로써만 똑바로 서 있을 수 있으므로 점점 더 잘 통치된) 섬은 내 유일한 피난처이며 유일한 보증이다. 섬은 나를 구해 주었다. 아직도 섬은 매일같이 나를 구해 주고 있다. 그렇지만 코스모스는 모색될 수 있다. 혼돈의 어떤 부분들은 잠정적으로 질서를 얻는다. 예컨대 나는 동굴 속에서 삶의 어떤 공식을 발견한 것 같은 느낌이었다. 그것은 오류였지만 그 경험은 유익했다. 그 외에도 다른 경험들이 더 있을 것이다. 나는 이같이 계속되는 나 자신의 창조가 나를 어디로 인도해 갈지 알지 못한다. 만약 내가 그것을 알 수 있게 된다면 그것은 그 창조가 완료, 완성되었고 결정적이 되었음을 의미하는 것이리라.

욕망도 이와 마찬가지이다. 그것은 자연이나 사회가 어떤 하나의 목적, 즉 종족의 보존이라는 목적(욕망 그 자체에는 전혀 관심을 기울이지 않는 터인)에 이용하기 위해 도랑이나 물방아나 기계 속에 가두어 두는 물줄기와 같은 것이다.

그런데 나는 나의 도랑을, 물방아를, 기계를 잃었다. 해를 거듭할수록 나의 내부에서 사회적 구조가 무너져 폐허가 됨과 동시에, 욕망으로 하여금 일정한 형태를 갖추게 하고 여성적 육체와 결합하게 해 주는 제도와 신화의 틀도 사라져 버렸다. 그런데 내 욕망이 이제는 종족의 목표를 향해 유도되지 못하게 되고 말았다는 정도의 표현으로는 충분하지 못하다. 이제 내 욕망은 심지어 어떤 대상을 향해 달려들어야 할지조차 알지 못하는 형편인 것이다! 오랫동안 욕망은 비록 실제로 존재하지는 않아도 욕심내 볼 만한 상대들을 상상 속에 그려 볼 수는 있을 정도로 강렬했다. 그것은 이제 속 비고 메마른 꼬투리에 지나지 않는다. 여자, 젖가슴, 허벅지, 내 욕망이 벌려 놓은 허벅지 따위의 말을 입에 담아 보아도 아무 반응이 없다. 그 말들이 지니고 있는 마술적 매력이 이제는 효력을 잃었다. 뜻 없는 소리일 뿐이다. 그럼 내 욕망 자체가 영양실조로 죽었다는 뜻인가? 어림도 없는 말이다! 다만 그 샘은 완전히 대기 상태가 되어 있을 뿐이다. 사회가 미리 마련해 놓은 잠자리 속으로 고분고분 들어가는 것이 아니라 욕망은 사방으로 넘쳐나고 사방으로 흐르면서 더듬더듬 어떤 길을, 한데 합쳐져서 하나의 대상을 향해 송두리째 흘러갈 수 있는 어떤 길을 찾고 있다.

*

바로 이와 같이 하여 로빈슨은 비상한 관심을 기울여 주위에 있는 동물들의 혼례 관습을 관찰했다. 처음부터 그는 염소와 독수리(일반적으로 포유류와 조류) 따위는 외면했다. 그들의 사랑은 인간들의 사랑의 추악한 희화처럼 보였던 것이다. 그러나 곤충들은 그의 각별한 관심의 대상이었다. 그들 중 어떤 놈들은 꽃꿀에 이끌려 온몸에 수꽃가루를 잔뜩 발라 가지고 자신도 모르게 암꽃술까지 날아간다는 것을 그는 알고 있었다. 아리스톨로슈 시퐁에서 이런 구조의 완벽성을 돋보기로 관찰한 그는 황홀경에 빠져들었다. 심장 모양을 한 이 예쁜 꽃 속에 곤충이 몸을 처박는 순간 스위치라도 넣은 듯 꽃잎의 한쪽이 그 위를 덮싼다. 그러자 곤충은 꽃 중에서도 가장 매혹적으로 여성적인 꽃받침 속에 잠시 동안 갇힌 신세가 된다. 털이 송송 난 이 작은 짐승은 그곳에서 빠져나오려고 몸부림을 치고, 그러는 바람에 그의 몸은 꽃가루 속을 뒹굴게 된다. 곧 또 다른 스위치가 눌러진 듯 그는 해방되어 머리에 분칠을 한 꽃 사랑의 충실하고 무의식적인 하인이 되어 딴 꽃으로 날아가 또다시 노예가 된다.

잔혹하게 이별한 식물 부부가 고안해 낸 이 원격 수정(受精)은 감동적이고 극도의 우아함을 갖춘 것으로 여겨졌다. 그래서 그는 스페란차섬 총독의 정액을 온몸에 묻히고 요크로 날아가 외로이 혼자 사는 그의 아내에게 수정해 줄 어떤 환상적인 새를 꿈꾸어 보았다. 그러나 가만히 생각해 보면 그렇게 오랫동안 소식을 듣지 못한 그 여자는 과부 생활로 접어들었거나 아니면 이미 과부 생활을 청산하고 재혼했는지도 모른다.

그의 몽상은 또 다른 방향으로 흘러갔다. 꿀을 모으는 일 따위에는 전혀 관심이 없어 어떤 난초과 꽃의 변종[6]만 찾아가는 막시류 곤충의 어느 수놈의 놀이를 보고 그는 매우 의아하다는 생각이 들었다. 그 꽃은 그 곤충의 암놈의 복부와 똑같은 모양을 식물성으로 재현하고 있는데 그것이 분명 사랑에 빠진 곤충을 유혹해 끌어들이기에 적절한 특수 성향(性香)을 풍기면서 일종의 자궁 노릇을 한다는 것을 그는 발견했다. 곤충은 꽃의 꿀을 수집하는 것이 아니라 꽃을 희롱하는 것이었고 그 종류의 곤충 특유의 수정 의식(受精儀式)에 따라 사랑을 하는 것이었다. 이렇게 놀이를 하다가 보면 그의 자세는 두 덩어리로 뭉쳐진 꽃가루가 끈적끈적한 두 개의 캡슐에 의해 그의 머리에 와 떨어지기에 알맞은 위치에 놓이게 된다. 이처럼 한 쌍의 식물성 뿔로 치장을 하고서 농락당한 이 연인은 수꽃에서 암꽃으로 날아다니며 자기 종족을 위해 봉사하는 줄 알지만 사실은 난초꽃의 장래를 위해 일하고 있는 것이다. 이렇게 광란하는 듯한 술책과 꾀를 관찰하고 있자니 창조자의 진지성이 의심되었다. 대자연은 무한히 슬기롭고 장엄한 신에 의해 지어진 것인가 아니면 괴상한 것이 취미인 천사의 부추김을 받아 광적인 결합 쪽에 정신이 팔린 바로크적 신에 의해 지어진 것인가? 자신의 수치심도 물리친 채 로빈슨은, 섬의 어떤 나무들이(마치 막시류 곤충들에게 그렇게 하는 난초들처럼) 그들의 꽃가루를 나르기 위해 꾀를 내어 로빈슨 자신을 이용하고 있는지도 모른다고 상상했다. 그렇게 되면 그 나뭇가지

6) 이것은 오프리스 봄빌리플로라이다.(저자 주)

들은 음란하고 냄새가 좋은 여자로 변신하고 오목하게 들어간 그들의 몸뚱이는 금방이라도 그를 맞아들일 준비를 갖추게 될 것이었다…….

섬을 이리저리 누비고 돌아다니다가 그는 과연 한 그루의 킬레나무를 발견하게 되었다. 아마도 벼락이나 바람 때문에 쓰러진 듯한 그 나무의 줄기는 땅 위에 누운 채 두 개의 굵은 가지로 나누어지면서 약간 위로 뻗어 있었다. 껍질은 매끈매끈하고 따뜻했으며 마치 바짓가랑이 속처럼 포근했는데 그 틈바구니에는 섬세하고 부드러운 땅옷[地衣]이 잔뜩 나 있었다.

로빈슨은 그가 후일 **식물적 방도**(方道)라고 부르게 될 그 문턱에서 넘어설까 말까 여러 날을 망설였다. 그는 수상한 표정으로 킬레나무 주위에 와서 빙빙 돌다가 마침내 마치 시커먼 두 개의 거대한 허벅지처럼 풀 밑에 가랑이를 벌리고 있는 나뭇가지에서 어떤 은연중의 암시를 찾아내기에 이르렀다. 드디어 그는 옷을 벗고 벼락 맞은 나무줄기 위에 엎드려 줄기를 품에 안았다. 두 가지가 서로 만나는 곳에 벌어진 작고 이끼 낀 구멍 속으로 그의 성기가 들어갔다. 어떤 행복한 혼수상태가 그의 전신을 굳어지게 했다. 반쯤 감은 그의 눈에는 크림 같은 살로 된 꽃들이 밀려와서 꽃잎들을 기울이며 무겁고 집요한 발산물을 쏟아붓는 것이 보였다. 꽃들은 자신들의 축축하게 젖은 점막을 빠끔히 열면서, 나른하게 곤충들이 날아 지나가는 하늘로부터 어떤 선물이 내리기를 기다리는 것 같았다. 로빈슨이야말로 인간의 계보 속에서 식물적 원천으로 되돌아오도록 부름받은 최후의 존재가 아니었던가? 꽃은 식물의 성기다. 식물은 자기를 찾아오는 누구에게나 자기가 가진 가장 빛나고 향기로운 것인 양 그의 성기를 순진하게 바친다. 로빈슨은 각자가 자랑스럽게 자신의 머리에 암컷 수컷의 마크를, 거대하고 번쩍거리며 향기가 나는 마크를 달고 다니는 새로운 인류를 상상해 보았다…….

그는 여러 달 동안 킬레나무와 행복한 관계를 맺었다. 그러고는 우기가 찾아왔다. 겉보기에는 아무것도 변한 것이 없었다. 그렇지만 어느 날 그 기이한 사랑의 십자가 위에 다리를 벌린 채 엎드려 있노라니까, 문득 그의 귀두(龜頭)에 끔찍한 통증이 스쳐 가는 것이 느껴졌다. 그는 자리에서 벌떡 일어섰다. 붉은 점이 여기저기 난 큼직한 거미 한 마리가 나무줄기 위를 달려가더니 풀 속으로 사라졌다. 통증은 몇 시간 후에야 가라앉았는데 상처를 입은 부위는 귤 같은 모양이 되었다.

물론 로빈슨은 열대 기후의 열에 뜬 동물과 식물 들 가운데서 외로운 생활을 하면서 수년을 지내는 동안 숱하게 많은 다른 욕을 본 것이 사실이다. 그러나 이 사고는 부정할 수 없는 윤리적 의미를 가지는 것이었다. 거미가 쏜다는 형식으로 그를 공격한 것은 사실상 성병이 아니었을까? 스승들이 흔히 그의 청년 제자들에게 경계하도록 주의를 촉구해 마지않는 프랑스병과도 흡사한 것 말이다. 그는 거기에서 식물적 방도란 어쩌면 위험한 막다른 골목일 뿐이라는 표시를 발견했다.

6장

로빈슨은 수문을 셋째 구멍 높이까지 들어 올린 다음 넷째 구멍에 쐐기를 박아 고정시켰다. 납같이 고요하던 저수지의 표면에 진동이 일었다. 그러더니 살아 있는 듯한 청록색의 깔때기 모양이 수면에 패었다. 줄기 언저리로 점점 빠르게 뒤틀리고 빙빙 돌아가는, 무슨 액체로 된 꽃 같았다. 낙엽 한 잎이 깔때기의 가장자리로 천천히 미끄러져 가서는 잠시 망설이는 듯하더니 뒤집히며 마치 물에 삼켜진 듯 사라졌다. 로빈슨은 몸을 돌려 수문의 테에 등을 기댔다. 반대편으로는 더러운 물이 식탁보 모양을 이루면서 마른 풀이며 나무 쓰레기 그리고 회색빛 거품 덩어리를 싣고 축축한 땅 위로 쏟아져 나가고 있었다. 거기서 백오십 보쯤 되는 곳에서 물살은 배수 문턱에까지 이르러 역류하기 시작했고 한편 로빈슨의 발아래 쏟아져 나가는 물살은 그 세찬 기운을 잃어 가고 있었다. 썩는 냄새, 기름진 땅의 냄새가 공중으로 피어올랐다. 진흙층 위에 충적토가 덮인 그 적절한 토양에 로빈슨은 그토록 오랫동안 아껴 두었던 수십 통의 벼 중에서 반을 뿌렸다. 수면의 높이를 그 정도로 유지하고, 수위가 낮아지면 물을 더 대 주면서 벼가 꽃 필 때까지 계속할 작정이었다. 그다음에는 물이 저절로 줄어 없어지도록 놔두고 필요하다면 벼 이삭이 익을 동안 물을 빼 줄 셈이었다.

진흙을 삼키는 듯한 그 소리, 끈적거리는 소용돌이가 내뿜는 썩은 냄새, 그 모든 질퍽한 분위기는 그의 머릿속에 진흙탕 목욕을 강력하게 상기시켰다. 그의 마음은 승리의 감정과 구역이 치미는 듯한 허약함 반반으로 나뉘었다. 이 논이야말로 진흙탕의 결정적인 순화요, 스페란차에서도 가장 야생적이고 불안한 면에 대한 최종적 승리가 아니고 무엇인가? 그러나 그 승리는 비싼 대가를 치르고 얻은 것이었다. 로빈슨은 저수지에 물을 대 주는 시내를 유도하고, 하류에 위치한 논의 주위에 둑을 쌓아 올리고, 진흙 안벽 그리고 두꺼운 널빤지를 겹쳐 만든 여닫이문을 달아 두 개의 수문을 건설하며, 물에 씻겨 바닥이 침식당하지 않도록 문 밑에 돌로 된 토대를 쌓는 데 들인 노력을 지긋지긋한 기분으로 영원히 기억하게 될 것이었다. 그 모든 것이 이미 밀과 보리가 넘치도록 쌓인 헛간에 열 달 후에는 쌀가마니들을(그 껍질을 벗기는 일만도 또 여러 주일 걸릴 터이지만) 함께 쌓아 두겠다는 욕심에서 한 일이었다. 다시 한번 그의 고독은 그 모든 노력을 무의미하게 만드는 것 같았다. 그 모든 작업의 헛된 면이 문득 마음을 짓누르면서 뻔한 것으로 여겨졌다. 경작은 무용하고 목축은 터무니없고 곡식의 저장은 양식(良識)에 대한 모독이요, 헛간은 우스개 같아 보였다. 그리고 그 성채는, 그 헌장은, 그 형법은? 누구를 먹여 살리기 위해, 누구를 보호하기 위해? 그의 행동 하나하나, 그의 작업 하나하나는 그 누군가를 향한, 대답도 없는 부름이었던 것이다.

그는 둑 위에서 펄쩍 뛰면서 단숨에 수로를 건너질러 절망 때문에 눈앞이 캄캄해진 채 곧장 앞으로 내달았다. 그 모든 것을 때려 부숴야 한다. 모든 수확물들을 불 질러 버려야겠다. 건설해 놓은 것들을 파괴해 버려야 한다. 가축 우리를 열고 암염소들과 숫염소들이 사방으로 정신없이 튀어 나가도록 피가 날 만큼 후려치는 거다. 그는 스페란차를 가루로 만들어 줄 지진을 꿈꾸어 보았다. 그러면 바다는 로빈슨 자신이 그것의 고통스러운 의식을 구성하고 있는 곪고 곪은 이 땅껍질 위로 축복의 물을 덮어 줄 것이다. 그는 흐느낌으로 목이 메었다. 그는 고무나무와 백단의 숲을 건너질러서 모래가 많은 풀밭이 덮인 어떤 고원 위에 이르렀다. 그는 땅바닥에 몸을 던졌다. 끝없이 오랜 시간 동안 그의 눈꺼풀 속의 빨건 어둠 속을 번개처럼 스쳐 지나가는 반딧불들만이 눈에 보였다. 들리는 것은 오직 그의 내부에서 폭풍처럼 으르렁거리는 슬픔뿐이었다.

물론 장기간에 걸친 대공사를 끝내고 나서, 의혹과 절망에 사로잡히기 잘하는 그가 텅 비어 가는 정신으로 말할 수 없이 기진해진 것은 이번이 처음은 아니었다. 그러나 통치된 그 섬이 그의 눈에 헛되고 미친 기도로 보이는 일이 점점 더 잦아진다는 사실은 부정할 수 없었다. 바로 그런 때면 그의 내부에서 총독과는 전혀 관계가 없는 새로운 인간이 태어나는 것이었다. 그 두 사람이 그의 내부에서 공존하는 일은 한 번도 없었다. 그들은 서로서로 연이어 나타났고 상대방을 몰아냈다. 만약 그 새로운 인간에게 미처 살 수 있는 능력이 생기기도 전에 전자(총독)가 사라지기라도 하는 날이면 정말 크게 위험한 일일 것이다.

지진은 일어나지 않았지만 그 대신에 그는 숨을 헉헉 막히게 하던 분노와 슬픔의 덩어리를 파먹는 짠 눈물을 재빨리 닦아 내고 있었다. 그러자 어떤 지혜의 불빛이 되살아났다. 어떤 다른 형태의 삶이(그는 상상도 하지 않았지만 그의 내부에서 저절로 태동하고 있는) 난파 이후 그가 성의를 다해 실천해 온 매우 인간적인 행동을 대신할 수 있게 되지 않는 한, 통치된 섬은 여전히 그의 유일한 구원이라는 것을 그는 깨달았다. 자신의 내부에 변신의 징조가 나타나는지를 잘 지켜보는 가운데서도 참을성 있게 일을 계속할 필요가 있었다.

그는 잠이 들었다. 그가 눈을 뜨고 몸을 돌려 반듯이 눕자 해가 지고 있는 것이 보였다. 바람이 너그러운 소리를 내면서 풀숲을 스쳐 갔다. 세 그루의 소나무가 한가하게 커다란 손짓을 하며 사이좋게 뒤엉킨 가지들을 펼치고 있었다. 로빈슨은 장엄하게 천천히 하늘을 지나고 있는 구름 떼의 무거운 사원(寺院) 쪽으로 가벼워진 자신의 영혼이 날아가는 것을 느꼈다. 바로 그때 로빈슨은 아마 그 분위기의 무게 속에서거나 사물들의 호흡 속에서 어떤 변화가 일어난 것을 확실히 깨달았다. 그는 다른 섬에, 그 자신이 한 번 넘어다본 일은 있지만 그 후로는 한 번도 나타나지 않았던 섬 속에 와 있었다. 그 어느 때보다도 더 그는 자기가 어떤 사람의 위에 눕듯이 섬 위에 누워 있다는 것을, 섬의 몸뚱이가 그의 몸 밑에 있다는 것을 느꼈다. 그것은 심지어 그가 맨발로 그렇게 생생한 모래톱을 걸을 때조차 그토록 강렬하게 느껴 본 일이 절대로 없었던 감정이었다. 자신의 몸에 맞닿은 섬의 거의 육감적인 존재가 그의 마음을 따뜻하게 뒤흔들었다. 그를 감싸고 있는 그 대지는 벌거벗고 있었다. 그는 자기도 옷을 벗었다. 두 팔을 십자로 벌린 채 흥분한 배를 깔고 그는 있는 힘을 다해 그 거대한 대지의 몸을 껴안았다. 하루 종일 햇볕에 타고 이제 저녁의 서늘한 공기 속에 사향 냄새가 나는 땀을 흘려 내보내는 그 몸을. 눈 감은 그의 얼굴은 뿌리 속까지 풀 사이를 파고들었고 그는 부식토 속에 뜨거운 입김을 내뿜었다. 대지는 그에 응답하듯 죽은 식물의 혼과 씨앗과 싹트는 눈의 끈적끈적하며 고리타분한 맛이 한데 섞인 냄새가 가득 실린 입김을 얼굴에 뿜었다. 이 기본적인 차원에서는 삶과 죽음이 얼마나 가깝게 뒤섞이며 지혜롭게 일체를 이루는가! 그의 성기는 마치 보습의 날처럼 땅바닥을 파고들면서 모든 피조물에 대한 거대한 연민 속에서 분출했다. 태평양의 저 위대한 고독의 모습을 본뜬 기이한 파종! 이제 여기에 대지와 혼인한 자가 죽어 잠들다. 그는 이리하여 겁을 먹고 지구의 피부에 찰싹 달라붙은 한 마리의 조그만 개구리같이 되어 무한한 공간 속에서 대지와 더불어 현기증이 나도록 빙빙 돌고 있는 것만 같았다……. 마침내 그는 약간 어리둥절해진 채 바람 속에서 일어섰다. 세 그루의 소나무가 다 같이 그에게 열광적으로 인사를 하고, 소용돌이치는 초록빛 털로 지평선을 두르고 있는 열대림이 머나먼 환호성으로 거기에 화답했다.

그가 있는 곳은 부드러운 골짜기를 이루는 초원이었다. 그 초원은 발그레한 빛을 띠면서 풀들이 짐승의 털처럼 원통형의 지역을 뒤덮고 있는 산협과 비탈에 의해 끊겨 있었다. "이건 골짜기로구나, 장밋빛 골짜기로구나……." 그가 중얼거렸다. 이 골짜기(combe)라는 말은 소리 때문에 그와 비슷한 또 다른 어떤 말, 그것에 새로운 많은 의미들을 덧붙여 주는 어떤 다른 말을 환기시켰다. 그러나 그는 그 말을 도무지 기억해 낼 수 없었다. 그는 자신이 빠져 있는 망각 속에서 그 말을 찾아내려고 안간힘을 썼다. 콩브…… 콩브……. 그는 약간 살이 쪘지만 당당한 자태인 어느 여자의 등을 보는 듯했다. 근육의 물결이 어깨뼈를 에워싸고 있었다. 그 아래에는 기복이 심한 살의 아름다운 평원이 좁아지면서, 활 모양으로 휜 좁고 매우 단단한 모래밭이 펼쳐졌다. 그곳은 다시 서로 다른 힘의 방향으로 뻗은 잔털이 덮인 가운데 산협(山峽)에 의해 갈라졌다. 롱브(LOMBES)![7] 이 심각하고 소리 좋고 아름다운 단어가 그의 기억 속에서 갑자기 메아리쳤다. 로빈슨은 과연 옛날에 휴식과 경련의 은밀한 에너지가 잠자고 있는 그 골짜기에 자신의

---

7) 요부(腰部)를 가리킨다.

양손이 서로 합쳐져 놓였던 것을 기억했다. 짐승의 하체이며 인간이라는 동물의 중력 중심인 그 부분. 롱브……. 그는 마치 대사원의 큰 종처럼 진동하는 그 말을 귓속에 가득 담은 채 처소로 돌아왔다.

*

항해 일지: 아침에 잠을 깰 때마다 우리를 에워싸는 이 일종의 당혹. 잠이란 죽음의 진정한 경험, 죽음의 총연습 같은 것임을 이보다 잘 확인시켜 주는 것은 없다. 잠자는 사람에게 일어날 수 있는 모든 일 중에서도 잠에서 깬다는 사실은 그가 가장 기대하지 않았던 것이다. 그는 무엇보다 잠 깰 준비만은 하지 못하고 있었던 것이다. 어떤 악몽도 빛에로의, 다른 빛에로의 그 갑작스러운 이행만큼 그에게 충격을 주지는 못한다. 누구든 잠자는 사람에게 잠이 결정적이라는 사실은 의심할 여지가 없다. 영혼은 뒤도 돌아보지 않고, 뒤를 돌아볼 생각도 하지 않고, 훨훨 날아서 육체를 떠난다. 영혼은 모든 것을 잊어버렸고 모든 것을 무(無)로 던져 버렸다. 그런데 문득 어떤 거센 힘이 그를 뒤로 되돌아오지 않을 수 없게 만들고 그의 낡은 육체의 껍질, 그의 습관, 그의 습성을 다시 걸쳐 입게 만든다.

이처럼 나는 잠시 후면 자리에 누워 영원히 암흑 속으로 미끄러져 들어갈 것이다. 기이한 소외. 잠자는 사람은 자기가 죽은 줄로 아는 소외된 사람이다.

*

항해 일지: 여전히 그 존재의 문제. 몇 년 전에 만약 누군가가 나에게 타인의 부재는 나로 하여금 존재에 대해 의혹을 갖게 할 것이라고 말했다면 나는 비웃었을 것이다! 신이 존재한다는 증거 중의 하나로서 보편적 동의를 꼽는 것을 볼 때면 내가 비웃곤 했듯이! "모든 시대, 모든 나라의 모든 사람 중 대부분이 신의 존재를 믿고 있으며 믿었다. 그러므로 신은 존재한다." 얼마나 바보 같은 말이었던가! 신의 존재에 대한 증거 중에서도 가장 바보 같은 생각이다. 이 기막힌 힘과 미묘함에 비긴다면 그 존재론적인 추론은 얼마나 한심한가!

보편적 동의에 의한 증거. 이제 나는 그 밖의 증거란 없다는 것을 알겠다. 단순히 신의 존재에 대해서만이 아니다!

존재한다(exister)는 것은 무엇을 의미하는가? 그것은 밖에 있다(sistere ex)는 뜻이다. 밖에 있는 것은 존재하고 안에 있는 것은 존재하지 않는다. 나의 생각, 나의 이미지, 나의 꿈은 존재하지 않는다. 만약 스페란차가 어떤 감각 혹은 어떤 감각들의 묶음에 지나지 않는다면 그것은 존재하지 않는다. 나 역시 나 자신으로부터 타인 쪽으로 도망쳐 나감으로써만 존재한다.

모든 문제를 복잡하게 만드는 것은 존재하지 않는 것이 그 반대를 믿게 하려고 기를 쓴다는 사실이다. 존재를 향한 비존재의 엄청나고 공통된 열망이라는 것이 있다. 그것은 이미지, 몽상, 계획, 환영, 욕망, 고정관념처럼 밖으로 떠밀어 내는 구심력 같은 것이다. 존재하지(ex-siste) 않는 것이 고집한다(in-siste).

존재하려고 고집한다. 그 모든 작은 세계가 큰 세계, 진정한 세계의 문으로 밀려든다. 그런데 그 문의 열쇠를 가지고 있는 것은 타자이다. 내가 꿈을 꾸다가 잠자리에서 몸을 뒤틀 때면 아내가 나를 깨우고 악몽의 고집(insistance)을 그치게 하려고 내 어깨를 잡아 흔들곤 했다. 그런데 지금은……. 그렇지만 왜 지칠 줄 모르고 이 문제로 되돌아오는 것인가?

*

항해 일지: 나를 알았던 모든 사람, 예외 없이 모든 사람은 내가 죽었다고 생각한다. 내가 살아서 존재하고 있다는 나 자신의 확신은 그 확신에 반대하는 만인의 생각과 맞서 있는 것이다. 내가 아무리 몸부림쳐도 나는 모든 사람들의 머릿속에 로빈슨의 시체의 이미지가 존재하는 것을 막을 수 없다. 그것만으로도 (나를 죽이지는 못한다 하더라도) 삶의 변경, 하늘과 지옥 사이에 떠 있는 어떤 장소, 요컨대 지옥의 변경으로 나를 밀어내기에 충분한 것이다. 스페란차 혹은 태평양의 변경으로…….

이 반죽음은 적어도 섹스와 죽음 사이에 존재하는 깊고 본질적이며 숙명적이라 할 만한 관계를 이해하는 데 도움이 된다. 그 어떤 다른 사람보다도 죽음에 가까이 있는 나는 그 바람에 성(性)의 원천 자체로부터 더 가까운 곳에 있는 것이다.

성과 죽음. 이 밀접한 결탁 관계는 새뮤얼 글로밍의 말 덕분에 처음으로 내 머리에 떠오른 것이다. 그 사람은 직업이 식물

채집가로 나이 많은 괴짜였는데 나는 요크에서 어떤 저녁이면 그와 이야기를 나누기 위해 박제한 짐승들과 마른 풀들이 가득 들어찬 그의 상점으로 찾아가곤 했다. 그는 일생 동안 줄곧 창조의 신비에 관해 깊이 생각했다. 고르지 못한 환경을 극복하고 살아남을 수 있는 무한한 수의 기회를 얻기 위해 생명은 서로 다른 무한한 수의 개체들로 분산되어 있는 것이라고 그는 나에게 설명했다. 지구가 식어서 단 한 덩어리의 빙하로 변하거나 반대로 태양이 지구를 돌투성이의 사막으로 변모시킨다면 대부분의 생물은 멸망하겠지만, 어떤 특수한 자질들로 인해 새로운 외적 조건에 적응할 수 있게 된 몇 가지 생물은 그것들의 다양성 덕분에 항상 남아 있게 될 것이다. 그의 말에 의하면 이 같은 개체들의 다양성을 위해 재생산의 필요성, 즉 하나의 개체로부터 더 어린 다른 개체로의 이행의 필요성이 생겼다는 것이었다. 생식 행위 중에는 항상 종족을 위한 개체의 희생이 남모르게 이루어지고 있다는 사실을 그는 강조했다. 이리하여 성(性)은 개체 속에 깃들어 있는 종족 자체의 살아 있으며 위협적이고 치명적인 실재라고 그는 말했다. 생식한다는 것은 순진하게 그러나 가차 없이, 전 세대를 무(無)로 밀어내는 다음 세대를 불러오는 일이다. 부모는 필수 불가결한 존재이기를 그치자마자 거추장스러워진다. 어린아이는 그들이 자라기 위해 필요한 모든 것을 받아들였던 것과 마찬가지로 자연스럽게 그들을 낳아 준 존재들을 쓰레기 더미로 내보낸다. 이렇게 생각해 볼 때 양성을 서로서로 끌어당기게 하는 본능은 하나의 죽음에 대한 본능이라 할 수 있다. 그래서 자연은 그의 놀음이 이토록 명백하게 보이는 것인데도, 그 놀음을 숨겨야만 한다고 생각한 모양이다. 두 연인은 실제로 가장 광적인 자기 포기의 길로 걸어가고 있는데도 겉으로는 아주 이기적인 쾌락을 추구하고 있는 것처럼 보이는 것이다.

깊은 생각이 이 정도에 이르렀을 무렵, 나는 이제 막 끔찍한 기근을 겪고 난 북부 아일랜드의 어떤 지방을 지날 기회가 있었다. 살아남은 사람들은 유령 같은 해골이 되어 동네의 거리에서 헛소리를 하고 있었고, 시체들은 장작더미 위에 쌓인 채 기근보다도 더 무서운 전염병균과 함께 불살라질 참이었다. 대부분의 시체들은 남자였는데(대부분의 남자보다 여자가 시련을 더 잘 견뎌 낸다는 것은 과연 맞는 말이다.) 그들 모두가 한결같이 하나의 반어적인 교훈을 웅변으로 말하고 있었다. 즉, 굶주림으로 인해 소진되고, 근본이 비워지고, 무서울 정도로 메마른 가죽과 힘줄로 이루어진 마네킹 꼴이 된 그들 육체 속에 유독 성기만은 그 비참한 사람들이 살아 있었을 적보다도 더 부풀고, 더 부어오르고, 더 근육이 성하며, 더 의기양양한 모습으로 끔찍하게, 시니컬하게 돋아나 있었다. 이 끔찍한 생식기의 몽환극은 글로밍의 말에 기이한 조명을 던지고 있었다. 나는 곧 생명의 힘(개체)과 그 죽음의 힘(성기) 사이의 극적인 토론을 상상해 보았다. 낮에는 긴장되고 근엄하고 맑은 정신 상태의 개체가 그 불청객을 억압하고 축소시키고 모욕한다. 그러나 암흑과 우울과 열기와 신체 그 부분의 혼수상태에 힘입어 쓰러졌던 적인 욕망이 다시 일어나서 칼을 빼 들고 인간을 단순화시키며, 그를 애인으로 만들어서는 잠정적인 죽음의 고통 속에 빠뜨리고 그의 눈을 감겨 준다. 그러면 자기 포기와 자기 망각의 감미로움 속에 떠돌며 애인은 땅바닥에 누워서 저 작은 죽음, 저 잠든 사람이 되어 버린다.

땅바닥에 누워서, 아주 자연스럽게 내 붓끝에 떨어진 이 두 마디 말은 아마도 하나의 열쇠일 것이다. 대지는 입술을 맞대고 포옹한 애인들을 거역할 길 없을 만큼 자신에게로 끌어당긴다. 관능 뒤에 오는 행복한 잠 속으로 대지는 그들을 흔들어 재운다. 그러나 그 고아들이 일생의 시간 동안 잠시 빠져나와 한눈을 팔고 있다가 코스모스로 되돌아가도록 하기 위해, 죽은 자들을 품에 안고 그들의 피를 마시고, 그들의 살을 먹는 것도 대지다. 사랑과 죽음, 개체의 동일한 패배의 두 가지 모습은 똑같은 충동을 가지고 같은 요소인 대지에 몸을 던진다.

사람들 중에서 가장 총명한 이들은 이 관계를 (분명하게 깨닫기보다는) 눈치챈다. 지금 내가 처해 있는 유례없는 상황은 그 관계를 극명하게 드러내 보인다. 아니, 나로 하여금 그 관계를 내 전신으로 체험하게 한다. 여자가 없으므로 나는 직접적인 사랑을 할 수밖에 없는 처지다. 여자의 길을 빌려 풍요한 우회를 할 수 없는 나는 내 마지막 처소이기도 할 그 대지 속으로 곧장 들어간다. 장밋빛 골짜기(combe) 속에서 나는 무엇을 했던가? 나는 나의 성기로 나의 무덤(tombe)을 팠고 그 속에서 죽었다. 관능이라는 이름을 가진 잠정적 죽음을 죽었다. 이렇게 하여 나는 나를 싣고 가는 변신 과정 속에서 하나의 새로운 이정을 건너섰다는 것 역시 적어 두고자 한다. 왜냐하면 여기에 이르기까지는 몇 년이 걸렸으니까 말이다. 내가 이 기슭에 던져

졌을 때 나는 사회의 틀로부터 빠져나오고 있었다. 태어날 때부터 향지성(向地性)을 가진 성(性)의 본래 기능을 딴 곳으로 돌려 가지고 자궁 속으로 접어들게 하는 메커니즘이 내 배 속에 만들어져 있었다. 그 결과 진짜 여자이든가 아무것도 아니든가, 두 가지 중 하나밖에 모르는 상태가 된 것이다. 그러나 나는 고독 때문에 차츰차츰 단순해졌다. 그런 식의 우회로는 더 이상 아무런 대상도 찾을 수 없게 되었고 메커니즘은 무너져 버렸다. 처음으로 장밋빛 골짜기에서 나의 섹스는 그것의 원초적인 요소인 땅을 만난 것이다. 내가 이 비인간화 과정의 새로운 발전을 실현하는 동안, 다른 한편에서는 나의 다른 자아가 논을 만듦으로써 스페란차의 지배라는 가장 야심적인 인간 작업을 성취했다.

내가 이 이야기의 유일한 작중 화자만 아니었던들, 내가 이 글을 피와 눈물로 쓰고 있는 것만 아니었던들 이 이야기는 흥미진진했을 것이다.

*

너는 여호아의 손에 들려 있는 영광의 왕관처럼 빛나고
우리 하느님 손바닥에 놓인 왕관처럼 어여쁘리라.
다시는 너를 버림받은 여자라 하지 아니하고
네 땅을 탄식의 땅이라 하지 아니하리라.

이제는 너를 '사랑하는 나의 임'이라고, 네 땅을 '내 아내'라 부르리라.

여호아께서 네 안에 사랑을 두시고 네 땅은 임을 얻을 것이기 때문이다…….

—「이사야」 62장

관사의 문턱에 성서를 펼쳐놓은 독서대를 앞에 놓고 서서 로빈슨은 과연 아주 오래된 어느 옛날에 자기가 이 섬을 탄식의 섬이라고 명명했던 사실을 상기했다. 그런데 그날 아침은 혼례와 같이 찬란한 빛을 지니고 있었고 스페란차는 떠오르는 해의 첫 빛살들의 감미로움 속에서 그의 발아래 무릎을 꿇고 엎드려 있었다. 한 떼의 염소들이 언덕으로부터 내려오고 가파른 비탈과 넘치는 생명력 때문에 어쩔 줄 모르겠다는 듯 갑자기 염소 새끼들이 마치 공처럼 굴러 내리면서 튀어 오르는 것이었다. 서쪽으로는 밀밭의 황금빛 물결이 따사로운 바람의 애무를 받으며 흔들리고 있었다. 한 다발의 종려수들이, 성큼 자란 벼 이삭들을 쳐들고 있는 논의 은빛 광채를 반쯤 가리고 있었다. 동굴의 거대한 삼나무는 풍금처럼 으르렁거리는 소리를 냈다. 로빈슨은 성서의 몇 페이지를 넘겼다. 그러자 그가 읽게 된 것은 바로 스페란차와 그의 신랑의 사랑의 찬가였다. 신랑은 그의 아내에게 이렇게 말하고 있었다.

아름다워라, 그대, 나의 고운 짝이여,
그대는 디르사같이 아름답고 예루살렘같이 귀엽구나.
머리채는 길르앗 비탈을 내리닫는 염소 떼,
이는 털을 깎으려고 목욕시킨 양 떼 같아라.

새끼 없는 놈 하나 없이 모두 쌍둥이를 거느렸구나.
너울 뒤에 비치는 볼은 쪼개 놓은 석류 같으며
둥근 허리는 예술가가 지은 목걸이 같구나.
그대 배꼽은 향긋한 포도주가 담긴 둥근 술잔
배는 백합꽃으로 둘러싸인 밀 더미.
그대의 젖가슴은 새끼 사슴 한 쌍, 쌍둥이 노루.
몸은 종려수 같고 젖가슴은 포도송이.
나는 종려수 위로 올라가리라, 하여 그 열매를 따 먹으리라.
그대의 젖가슴은 포도송이같이 되고 그대 입김은 사과 향내, 그대 입술은 감미로운 술같이 되어라.

그러자 스페란차는 그에게 이렇게 화답했다.

나의 임은 내 동산, 발삼 꽃밭으로 내려오셨네,
그 동산에서 양을 치시고 나리꽃을 따시네.
임은 나의 것, 나는 임의 것, 임은 나리꽃밭에서 양을 치시네.
오시라, 임이여, 어서 들로 나갑시다.
이 밤을 마을에서 보냅시다.
이른 아침 포도원에 나가 포도나무에 싹이 났는지
꽃망울이 열렸는지 석류나무에 꽃 피었는지 보고
거기에서 나의 사랑을 임에게 바치리다.
만드라고라도 향기를 뿜으리다!

그녀는 마치 그의 마음속에서 섹스와 죽음에 대한 그의 명상을 읽어 냈다는 듯이 마침내 이렇게 말하고 있었다.

나를 그대 가슴 위에 도장처럼 찍으시라.
그대 팔 위에 도장처럼 찍으시라.
사랑은 죽음처럼 강한 것이기에!

이리하여 스페란차는 이제부터 말을 할 줄 아는 존재로 변했다. 이제 섬은 숲속에서 수런거리는 바람도, 불안하게 철썩거리는 물결도, 텐의 두 눈동자 속에 어린 등불이 한가하게 빠지직거리며 타는 소리도 아니었다. 대지를 한 여자와 동일화하고 아내를 정원과 동일화하는 이미지로 가득 찬 성서는 가장 거룩한 결혼 축가로 그와 동반해 주고 있었다. 로빈슨은 곧 그 신성하고 불타는 듯한 성서의 노래를 암기하게 되었고, 고무나무와 백단이 우거진 숲을 지나 장밋빛 골짜기로 갈 때면 그는 남편의 노래를 읊었고 그러고 나면 가슴속에서 아내의 화답이 들리는 것이었다. 이리하여 그는 모래밭 위에 몸을 던지고 스페란차를 가슴 위의 도장처럼 껴안고 그 안에서 자신의 번민과 욕망을 다스릴 준비를 하곤 했다.

*

거의 일 년이 지나서야 로빈슨은 그의 사랑이 장밋빛 골짜기의 식물에 변화를 가져왔다는 사실을 깨달았다. 아주 처음에는 그가 자신의 육체의 씨를 뿌려 놓은 곳이면 어디나 풀과 꽃나무가 자라지 않는다는 것에 별다른 주의를 기울이지 않았다. 그러나 섬의 다른 어느 곳에서도 결코 본 적이 없는 새로운 식물이 번창하는 것을 보고 깜짝 놀랐다. 그것은 땅에 바싹 붙은 채 촘촘하게 나서 자라고 줄기가 매우 짧고 잎이 크며 가장자리 장식이 레이스처럼 생긴 식물이었다. 꽃잎의 끝이 뾰족한 아름다운 흰 꽃이 피어 강렬한 냄새가 났고 갈색의 살이 많은 열매가 달렸다.

로빈슨은 그 식물을 유심히 관찰해 보았다. 그리고 그 생각은 더 이상 하지 않았다. 그런데 어느 날 그는 자기가 엎드려 있었던 바로 그 장소들에는 예외 없이 불과 몇 주일 안에 그 식물들이 돋아난다는 부인할 수 없는 증거를 발견하게 되었다. 그때부터 그의 마음은 끊임없이 그 신비스러운 일의 주위를 맴돌았다. 그는 자신의 씨를 동굴 근처에 깊숙이 파묻어도 보았지만 아무 소용이 없었다. 오로지 그 장밋빛 골짜기에만 그런 종류의 식물이 자라는 것 같았다. 그 식물의 모습이 어찌나 기이한지 그는 다른 경우처럼 그것을 꺾어 면밀히 관찰하거나 맛을 볼 수 없었다. 결국 해결책도 없는 문제로 애를 태울 것이 아니라 다른 방향으로 생각을 돌려 보아야겠다고 마음먹은 참이었는데, 마침 그 자신이 별로 중요하게 생각하지도 않은 채 수천 번을 되풀이하여 읽었던 「아가(雅歌)」의 한 구절이 문득 머리에 떠오르면서 무엇인가 실마리를 던져 주는 것이었다. "만드라고라도 향기를 뿜으리라."라고 젊은 아내는 예언하지 않았던가! 스페란차가 성서의 이 약속을 지킨다는 것이 과연 있을 법한 일인가? 옛 수난의 십자가 아래, 형벌받은 사람들이 마지막 정액을 뿌려 놓은 그 장소에서 자라는 이 가짓과 식물의 신비스러운 이야기를 언젠가 들은 바 있었다. 요컨대 이 식물은 인간과 대지가 접하여 태어난 종자라는 것이었다. 그날 그는 장밋빛 골짜기로 달려가서 그 식물 앞에 무릎을 꿇은 다음 두 손으로 주위를 파서 뿌리를 매우 조심스럽게 드러냈다. 과연 스페란차와 그의 사랑은 덧없이 지나간 것이 아니었다. 살이 통통하고 허연 그 뿌리는 기이하게도 두 갈래로 찢어져 있어서 분명 계집아이의 몸과도 흡사했다. 그는 만드라고라를 구덩이 속에 다시 묻고 마치 침대에 누운 어린아이의 이불깃을 여며 주듯이 뿌리 주위로 모래를 쌓아 북돋워 주면서 감동과 사랑을 억누를 수 없었다. 그러고 나서 그는 발끝으로 살금살금 걸으며 다른 만드라고라들을 다치게 하지 않도록 주의하면서 물러났다.

그 후부터 스페란차와 그의 관계는 성서의 축복을 받으면서 날이 갈수록 더욱 강하고 친밀해져 갔다. 그는 총독으로서의 모든 기획과 비교도 할 수 없을 정도로 훨씬 깊은 의미에서 그의 아내라 불러 마땅한 그 섬을 인간화한 것이었다. 반면 그같이 더욱 긴밀한 결합이 그에게는 자신의 인간적 본질의 포기 행위가 일보 전진했음을 의미하는 것이었다. 물론 그 자신이 그 점을 어느 정도 짐작은 하고 있었지만, 그 점을 분명하게 헤아리게 된 것은 어느 날 아침잠에서 깨어나 자신의 수염이 밤새 자라나서 땅속에 뿌리를 내리기 시작한 것을 확인하면서부터였다.

7장

시간을 낭비하지 마라, 그것은 생명을 이루는 바탕이니니.

허공 중에 칡덩굴로 된 일종의 그네를 타고 매달린 채 로빈슨은 바위 벽을 두 발로 떠밀었다. 글자들은 화강암 위에 큼직하고 허옇게 두드러져 보였다. 그 장소는 흔하지 않은 곳이었다. 검은 암벽에 쓰인 하나하나의 글자는 마치 광대하게 번쩍거리는 바다 끝에 술 장식처럼 달린 안개 낀 수평선을 향하여 침묵의 절규처럼 던져지는 것 같았다. 몇 달 전부터 그의 기억력이 혼선을 일으키더니 난데없이 벤저민 프랭클린의 '예언'이 새삼스럽게 머리에 떠올랐다. 그의 아버지는 그것이 윤리의 진수라고 생각해 아들에게 암기하도록 시켰더랬다. 이미 모래언덕에 박아 놓은 통나무에는 이런 말이 적혀 있었다. 가난은 인간에게서 모든 덕을 앗아 간다. 속이 빈 자루가 똑바로 서 있기란 어려운 것이다. 또 동굴 벽에서는 홈을 파서 모자이크로 새겨 놓은 아래와 같은 말을 읽을 수 있었다. 둘째 악덕이 거짓말하는 것이라면 첫째 악덕은 빚을 지는 일이다. 왜냐하면 거짓말은 빚 위에 걸터앉는 것이기 때문이다. 그러나 이런 입문서적인 걸작은 로빈슨이 어느 날 밤 진리의 선포를 통해서 암흑을 쳐부수려고 싸울 필요성을 느끼게 된다면, 모래톱 위에서 불의 문자(文字)로 타오르게 될 참이었다. 마른 암석판 위에 여러 개의 작은 소나무 장작 무더기들이 톱밥에 덮인 채 지금 당장이라도 불타오를 태세로 마련되었다. 그 장작더미의 배열에 의해 다음과 같은 말이 만들어져 있었다. 불한당이 만약 미덕의 이점을 알았다면 못된 심보 때문에 덕을 행하게 되었을 것이다.

섬은 곡식과 채소 밭으로 뒤덮였고, 논에서는 첫 수확이 나올 참이었으며, 우리 안에서는 가축으로 길들인 염소 떼가 소동을 피웠고, 동굴 안에는 한 마을 전체 주민들을 여러 해 동안 먹여 살리기에 충분할 만큼 저장된 곡식들이 넘쳐났다. 그러나 이토록 훌륭하게 이루어 놓은 성과의 내용이 필경 공허해지고 말 것임을 로빈슨은 느낄 수 있었다. 잘 통치된 섬은 다른 섬을 위해 그 영혼을 상실해 갔고, 헛돌아가는 거대한 기계 장치처럼 변해 가고 있었다. 그러자 그렇게도 경제적으로 다스리고 개발했던 애초의 섬으로부터 어떤 종류의 도덕률이 드러나고 있다는 생각이 그의 머리에 떠올랐다. 그 도덕률의 경구(警句)들은 모두 프랭클린의 글에 담겨 있는 것이었다. 그래서 그는 그 말들을 돌과 땅과 나무에, 요컨대 스페란차의 살 속에 새겨 둠으로써 그 거대한 몸에 그와 걸맞은 정신을 부여하고자 했다.

한 손에는 숫염소 털로 만든 붓을 들고 다른 손에는 호랑가시나무즙에 석회를 섞어 만든 흰 물감통을 든 채 그는 얼른 보기에는 물질주의적인 것 같지만 시간의 소유를 표시하는 다음과 같은 구절을 써 놓기에 알맞은 장소를 물색했다. 암퇘지 한 마리를 죽이는 자는 그 수천 세대의 후손을 멸살하는 자이다. 다섯 실링을 소비하는 자는 여러 무더기의 스털링 파운드를 탕진하는 자이다. 한 떼의 새끼 염소들이 그의 앞으로 무질서하게 도망쳤다. 새끼 염소 한 마리 한 마리의 옆구리 털을 깎아 이 경구를 이루는 142개의 철자들 중 한 글자씩 새겨 둔다면 이 짐승들이 용솟음쳐 오를 테니 재미있지 않을까? 그는 한동안 이런 생각에 정신이 팔려 있었다. 이리하여 마침내 진실의 공식이 '생겨 나올' 때 자신은 과연 거기에 있게 될지 어쩔지 하는 확률을 생각해 보다 말고 그는 돌연 겁에 질려 등골이 싸늘해진 채 손에 들고 있던 붓과 물감통을 떨어뜨렸다. 맑은 하늘에 가느다란 한 줄기의 연기가 솟아오르고 있었던 것이다. 연기는 처음과 마찬가지로 구원만 쪽에서 피어오르고 있었고, 로빈슨이 전에 목격했던 것과 똑같이 무겁고 우윳빛 나는 그것이었다. 그러나 이번에는 바위들 위에 여기저기 널려 있기도 하고 모래톱 위에 막대기로 쓰이기도 한 글씨들을 보고서 그 침입자들이 수상쩍다는 생각을 품게 되어 그 섬에 살고 있는 자를 찾아 내달을 위험이 있었다. 그는 텐을 데리고 몸을 던져 성채 쪽으로 달리면서 인디언들이 자기보다 먼저 거기에 와 있지 않기를 하느님께 빌었다. 무서움 때문에 걸음아 날 살려라 하고 달리는 동안 어떤 사건이 하나 일어났는데, 그는 그런 것 따위에 신경 쓸 시간적 여유도 없었지만 나중에 그것은 마치 불길한 징조처럼 그의 머리에 떠올랐다. 사건이란 가장 흔히 볼 수 있는 숫염소 한 마리가 이 같은 전혀 예상치 않은 소동에 놀라서 머리를 수그린 채 달려든 일이었다. 로빈슨은 염소를 가까스로 피했지만 텐은 고사리 숲속으로 공처럼 튕겨 나가 외마디 소리를 내고 굴렀다.

그가 미리 예상하지 못한 것은, 인디언들이 배를 대고 내린 지점에서 불과 반 마장밖에 되지 않는 곳에서, 닥쳐올지도 모르는 공격을 기다리고 있다는 사실이 그로서는 정신적으로 감당하지 못할 시련이라는 점이었다. 만약 아라우칸족이 성채를 공격할 심산이었다면 그들에게는 수의 우세와 더불어 불시에 기습할 수 있는 이점이 있었다. 그러나 만약 반대로 그 섬에 살고 있는 사람의 흔적 따위에는 전혀 아랑곳하지 않은 채, 당장은 자기들의 살인적 유희에만 골몰하고 있다면 이 외톨이 로빈슨에게는 얼마나 큰 위안이 되겠는가! 그러자면 사태를 정확히 알고 있을 필요가 있었다. 다리를 저는 텐을 데리고, 구식 보병총 한 자루를 집어 들고 허리띠에는 피스톨을 찔러 넣은 다음 그는 해안 쪽을 향해 큰 나무들이 우거진 숲속으로 들어갔다. 그러나 나중에 필요하게 될지도 모를 쌍안경을 가지러 되돌아오지 않으면 안 되었다.

이번에는 균형 잡는 장대가 달린 세 척의 통나무배들이 어린아이 장난감처럼 모래 위에 올려 놓여 있었다. 둘러선 사람들의 동그라미는 첫 번째보다 더 컸다. 그래서 쌍안경으로 그들을 살펴보면서 로빈슨은 지난번과 같은 무리가 아니라는 것을 알아볼 수 있을 것 같았다. 쌓여 있는 살의 무더기가 헐떡거리고 그것을 향해 두 사람의 전사(戰士)가 다가가고 있는 것으로 보아 제물을 바치는 의식은 다 끝나 가고 있는 듯했다. 그러나 바로 그때 뜻하지 않은 일이 생기는 바람에 한동안 의식의 진행에 차질이 생겼다. 몸을 웅크리고 있던 무당이 갑자기 엎드렸던 자세에서 한 남자 쪽으로 펄쩍 뛰어 일어나더니, 뼈가 앙상한 팔로 그를 가리키며 멀거니 벌린 입으로 로빈슨은 잘 알아들을 수도 없는 저주의 말을 마구 퍼부어 댔다. 아라우칸족의 속죄 의식에서 한 사람 이상의 희생자가 생기는 수도 있는가? 무리 속에서 잠시 의견이 분분해지는 것 같았다. 마침내 그들 중 한 사람이 큰 칼을 손에 들고 지목된 죄인에게로 다가가자 옆에 서 있던 두 사람이 죄인을 쳐들어 땅바닥에 내팽개쳤다. 큰 칼로 한 번 내리치니, 가죽으로 만든 허리옷이 허공으로 날았다. 옷이 다시 벌거벗은 몸뚱이 위로 떨어지려는 찰나, 그 가엾은 사람은 펄쩍 뛰어 일어나 숲을 향해 달려 나갔다. 로빈슨의 쌍안경 속에서 그 사람은 제자리에서 튀어 오르는 듯했고, 다른 두 인디언이 그를 뒤쫓았다. 실제로 그는 로빈슨 쪽을 향해 비상한 속도로 곧장 달려오는 것이었다. 그는 다른 사람들보다 키는 더 크지 않았지만 훨씬 날씬했으며 달리기를 위해 깎아 놓은 듯한 몸매였다. 피부색은 더 짙은 것이 흑인에 가까워서 다른 사람들과는 두드러지게 차이가 나는 모습이었다. 아마 그가 희생자로 지목된 데는 그런 원인도 있었을 것이다.

그러는 동안 그는 시시각각 더 가까이 다가왔고, 뒤따라오는 사람들과의 거리는 계속 멀어져 갔다. 만약 로빈슨이 해변에서는 절대로 자기 모습이 보이지 않는다는 사실을 잘 알지 못했다면 그는 도망치는 사람이 자기를 알아보고서 곁으로 와서 숨으려고 달려오는 것이라고 믿었을지도 모른다. 어떤 결단을 내리지 않으면 안 되었다. 잠시 후면 세 사람의 인디언이 그의 코앞에 닥칠 것이고 예상하지 않았던 제물을 발견하는 바람에 그들은 서로 화해하게 될지도 몰랐다. 바로 그때 텐이 해변 쪽을 향해 맹렬하게 짖어 댔다. 망할 놈의 짐승 같으니라고! 로빈슨은 개에게 달려들어 목을 팔로 껴안고 왼손으로 주둥이를 움켜잡으며 한 손으로 장총을 간신히 어깨에 받쳐 들었다. 뒤따라오는 인디언들 중 하나를 총으로 쏘아 쓰러뜨렸다가는 그들 무리 전체가 그에게 달려들 위험이 있었다. 반대로 도망하는 놈을 죽이면 제물을 바치는 의식의 질서를 바로잡아 주는 것이 되고 그의 개입은 어쩌면 분노한 하느님의 초자연적인 행동으로 풀이될지도 몰랐다. 희생자 편에 서거나 가해자 편에 서거나 하여간 선택을 해야 할 처지라면(어느 편이건 그에게는 둘 다 마찬가지지만) 역시 강한 쪽에 서는 것이 현명할 것 같았다. 그는 이제 삼십 보 거리밖에 되지 않는 곳까지 다가온 도망자의 가슴 한복판을 겨누고 방아쇠를 당겼다. 총알이 날아가려는 순간, 주인에게 잡힌 채 행동이 불편해진 텐이 몸을 빼내려고 갑자기 발버둥 쳤다. 총구가 약간 과녁에서 빗나가자 뒤쫓아오던 인디언 한 사람이 포물선을 그리며 고꾸라지는가 싶더니 모래를 흩뿌리며 쓰러졌다. 그 뒤를 따르던 인디언은 걸음을 멈추고 자기 동료의 몸 위로 몸을 숙였다가 머리를 들고 모래밭이 끝나는 지점의 장막 같은 숲을 살펴보는가 싶더니 마침내 걸음아 날 살려라 하고 자기들 무리가 원을 그리며 모여 있는 쪽으로 도망쳐 버렸다.

거기서 몇 미터 떨어진 곳, 가지가 무성한 고사리 숲속에 벌거벗은 흑인 한 사람이 공포에 넋을 잃은 채 이마를 땅에 닿도록 수그리고 있었다. 그의 손은 수염 텁수룩한 백인의 발을 자기 목 위에 얹어 놓으려고 더듬거리고 있었다. 총을 쳐들고, 염소 가죽을 걸친 채, 털모자를 덮어쓰고 3000년 서구 문명으로 가득 들어찬 머리를 쳐들고 서 있는 백인의 발을.

*

로빈슨과 그 아라우칸족 사람은 성채의 총안 뒤에서, 비록 느낌은 다르지만 밤낮으로 떠들썩하기는 매한가지인 열대 밀림의 메아리와 수런거림 하나하나에 귀를 기울이면서 밤을 보냈다. 두 시간에 한 번씩 로빈슨은 텐에게 혹시나 어떤 사람의 기척만 있으면 짖어 대라는 사명을 띠워 정찰을 내보냈다. 그때마다 개는 아무런 특별한 신호도 하지 않은 채 되돌아왔다. 아라우칸족은 로빈슨이 그에게 걸치라고 준(밤공기가 쌀쌀하니 몸을 감싸라고 주었다기보다는 자신의 부끄러움을 면하기 위해서 준) 낡은 뱃사람용 바지에 허리가 꼭 끼인 채, 그의 끔찍스러운 모험과 동시에 자기가 지금 와 있는 잘 믿어지지 않는 성채의 정경에 짓눌린 듯, 아무런 반응도 없이 넋을 잃은 채 있었다. 그는 로빈슨이 준 밀가루 떡은 손도 대지 않고 고스란히 남겨둔 채, 어디서 난 것인지 알 수 없는 야생 잠두콩을 끝없이 씹어 대고만 있었다. 그는 첫 새벽빛이 찾아들기 조금 전에 마른 잎사귀 더미 위에서 잠이 들었다. 그는 졸기 시작한 텐을 이상하게도 꼭 껴안고 있었다. 칠레의 어떤 인디언들은 가축을 살아 있는 이불 삼아 열대 지방의 밤 추위를 이기는 습관이 있다는 사실을 로빈슨은 알고 있었다. 그러면서도 그는 평소에 상당히 천성이 사나웠던 것 같은 개가 선선히 몸을 맡긴 채 그런 습관에 적당히 어울린다는 점에 놀랐다.

그렇지만 인디언들이 다시 공격하기 위해 날이 밝기를 기다리는 것은 아닐까? 피스톨과 두 개의 장총과 지니고 다닐 수 있는 모든 화약과 총알로 무장한 채, 로빈슨은 성벽 밖으로 슬그머니 나가서 모래언덕들이 있는 동쪽으로 크게 우회하여 구원만에 이르렀다. 모래밭에는 사람의 그림자 하나 없었다. 세 개의 통나무배와 그 배를 타고 왔던 사람들은 사라지고 없었다. 그 전날 가슴에 총알을 맞고 쓰러진 인디언의 시체는 치워지고 없었다. 오직 타다 남은 그루터기에 뼈들만을 간신히 분간할 수 있는, 제사의 불을 피웠던 검은 자리만이 둥그렇게 남아 있을 뿐이었다. 로빈슨은 돌연 뜬눈으로 지새운 그날 밤 동안 쌓였던 일체의 고통으로부터 해방되는 듯한 느낌이었다. 엄청난 웃음이 신경질적으로, 미친 듯 그리고 억누를 수 없게 그를 뒤흔들었다. 숨을 돌리느라고 웃음을 멈추었을 때 그는 '버지니아호'의 난파 이후 자기가 처음으로 웃었다는 사실을 알아차렸다. 그것은 다른 한 동반자가 옆에 있다는 사실이 그에게 끼친 첫째 효과였을까? 하나의 사회를(비록 보잘것없는 것이긴 했지만) 다시 얻음과 동시에 웃을 수 있는 기능이 그에게 되살아난 것일까? 이 문제는 나중에 다시 제기되겠지만, 지금으로서는 그보다 훨씬 더 중요한 하나의 생각이 이제 막 그를 자극해 왔다. '탈출호'! 그는 수년간에 걸친 타락의 세월의 전주곡이었던 그 대실패의 자리로 되돌아가는 것을 항상 피해 왔다. 그렇지만 '탈출호'는 난바다로 뱃머리를 향한 채 부족함이 없을 만큼 억센 팔들이 자신을 물결 위에 띄워 주기만을 충실하게 기다리고 있을 것이었다. 어쩌면 그토록 오랫동안 모래에 묻혀 있던 그 기도(企圖)에 잡혀 온 그 인디언이 어떤 해결책을 제공할지도 모르고, 이 제도에 대한 그의 지식은 매우 귀중한 것일지도 몰랐다!

성채에 다가가면서 로빈슨은 아라우칸족이 벌거벗은 채 텐과 장난을 치고 있는 것을 보았다. 부끄러운 줄도 모르는 그 야만인이, 그리고 또 개와 그 녀석 사이에 생기기 시작하는 듯한 친밀감이 그의 신경에 거슬렸다. 바지를 걸치라고 퉁명스럽게 지시한 다음 그는 인디언을 '탈출호'가 있는 내포(內浦) 쪽으로 이끌고 갔다.

금작화들이 많이 자라나 있었고, 그 배의 불룩한 실루엣이 바람에 할퀸 채 노란 꽃들의 바다 위에 떠 있는 것같이 보였다. 돛대는 쓰러졌고 아마도 습기 때문인 듯 갑판이 군데군데 떠들려 있었지만, 선체는 고스란히 남아 있는 듯했다. 두 남자를 앞질러 가던 텐이 배의 주위를 몇 바퀴나 빙빙 돌았다. 지나갈 때마다 콩과 식물들이 가늘게 떨리는 것을 보고서야 개가 거기 있다는 것을 알 수 있었다. 그러더니 개는 한 번 엉덩이를 크게 차며 치솟아서 갑판 위로 뛰어 올라갔고, 갑판은 그 무게에 곧 바스러져 내렸다. 로빈슨은 개가 겁을 먹고 비명을 지르면서 선창 속으로 사라지는 것을 보았다. 그는 배 옆으로 다가갔다. 텐이 갇힌 곳으로부터 빠져나오려고 몸부림을 칠 때마다 갑판의 판자가 무너져 내렸다. 아라우칸족은 선체의 가장자리에 손을 얹더니 로빈슨의 얼굴 쪽으로 움켜쥔 손을 쳐들며 벌그스레해진 톱밥을 보여 주기 위해 손바닥을 폈다. 톱밥이 바람 속에 흩어졌다. 커다란 웃음이 그의 검은 얼굴에 활짝 피어났다. 로빈슨도 선체에 가벼운 발길질을 했다. 먼지가 구름처럼 허공으로 솟았고 선복의 한가운데 구멍이 하나 생겼다. 좀이 잔뜩 파먹은 것이었다. '탈출호'는 재로 된 배에 지나지 않았다.

*

항해 일지: 사흘 전부터 또 어처구니없는 새로운 시련과 내 자존심을 산산조각 내는 실패! 하느님은 나에게 동지를 보내 주셨다. 그러나 참으로 알 길 없는 성스러운 뜻에 따라 그분은 인간 중에서도 가장 밑바닥에서 골라 주셨다. 이건 유색 인종인 때문만이 아니다. 이 아라우칸족은 순수한 혈통과는 거리가 멀다. 무엇으로 보나 그는 검둥이 튀기임에 틀림없다! 니그로와 잡종인 인디언이라니! 그나마 내가 대표하는 문명 앞에서

자신이 아무것도 아니라는 것을 침착하게 깨달을 수 있는 나이라도 되면 얼마나 좋으랴! 그의 나이는 열다섯 살도 채 넘지 않을 것 같다. 이런 열등한 종족이 지독하게 조숙하다는 점을 고려해 본다면 말이다. 그리고 어리기 때문에 이 녀석은 내가 무엇이든 가르쳐 주면 방자하게 웃음이나 터뜨린다.

그리고 또 그가 뜻하지 않게 나타남으로 해서 오랜 세월 동안 고독하게 살아온 내 허약한 균형이 뒤흔들려 버렸다. '탈출호'는 또다시 내가 견디기 어려울 만큼 의지를 상실하는 계기가 되었다. 여러 해에 걸쳐서 자리를 잡고 마음 붙여 살기로 결심했고 집을 짓고 규율을 정하고 난 참이었는데, 조그만 가능성의 희망이 그림자처럼 비치자마자, 지난날 내가 하마터면 아주 무릎을 꿇어 버리고 말 뻔했던 그 죽음의 함정을 향해 달려가게 되었던 것이다. 겸허한 마음으로 굴복하고 그 교훈을 받아들이자. 이 땅 위에 이룩한 내 모든 사업을 통해 그토록 헛되이 불러 마지않았던 공동생활, 그것이 없음으로 해서 나는 괴로워할 만큼 괴로워했다. 이제 내게 주어진 공동생활이 가장 보잘것없고 가장 원시적인 것은 사실이지만 그 생활이 내 질서에 복종하도록 하는 것은 그만큼 더 쉬울 터이다. 내게 주어진 방향은 이미 결정된 것이나 다름없다. 내가 여러 해에 걸쳐 완벽하게 만들어 놓은 체제에 나의 노예를 예속시키는 거다. 스페란차와 그가 그들의 결합에 다 같이 덕을 본다는 사실이 더 이상 의심할 여지가 없게 되는 날이 오면 이 같은 나의 사업은 성공을 보장받게 될 것이다.

추기: 새로 온 사람에게 이름을 지어 줄 필요가 있었다. 그

가 그럴 만한 자격을 갖추기 전에는 나는 그에게 기독교의 세례명을 붙여 주기가 싫었다. 야만인은 완전한 인간이 아니다. 비록 그에게 물건 이름을 붙여 주는 것이 상식적으로는 옳았을지 모르겠으나 그럴 수도 없었다. 내가 그를 구해 준 요일의 이름인 방드르디[8]로 정함으로써 나는 이 난처한 문제를 무리 없이 해결했다고 생각한다. 그것은 사람의 이름도 물건의 이름도 아니다. 그건 두 가지의 중간쯤 되는, 반쯤은 생명이 있고 반쯤은 추상적인 이름으로, 시간적이고 우연적이며 마치 일화적인 것 같은 성격이 강하게 깃들어 있다…….

*

방드르디는 로빈슨이 시키는 말을 알아듣기에 충분할 만큼 영어를 알고 있었다. 그는 땅을 개간하고 갈고 쇠스랑으로 고를 줄도 알며, 모종을 내고 김을 매고 곡식을 베고 추수하고 털고 빻고 체로 치고 반죽을 하고 익힐 줄도 알았다. 그는 염소의 젖을 짜고 염소젖을 응고시키고, 거북이 알을 거두어들이고, 물 대는 수로를 파고, 양어장을 돌보며, 들짐승을 잡고, 카누의 널판 틈을 메우고, 주인의 옷을 기우며, 구두를 닦는다. 저녁이면 그는 하인의 정복을 입고 총독의 식사 시중을 든다. 그러고 나서 그는 주인의 침대를 난상기(暖床器)로 덥히고

8) 대니얼 디포의 『로빈슨 크루소』에 나오는 영어 이름 '프라이데이'나 여기의 프랑스어 이름 '방드르디'는 모두 금요일이라는 의미이다.

옷 벗는 것을 도와준 다음 관사의 대문 앞에 거적을 깔고 텐과 함께 자리에 눕는다.

방드르디는 완벽할 만큼 고분고분하다. 사실 그는 무당이 손가락을 꼬부려 그를 지목한 이후 죽은 것이나 다름없다. 도망친 것은 영혼이 없는 육체, 맹목의 육체뿐이었다. 목이 잘리고 나면 몸뚱이만 날개를 치면서 도망치려고 하는 들오리처럼. 그러나 넋이 없는 그 육체가 아무 곳으로나 도망친 것은 아니다. 그가 달려간 것은 그의 영혼을 다시 찾기 위해서였다. 그런데 영혼은 백인의 손아귀에 있었다. 그 후 방드르디는 몸과 넋이 다 백인의 소유다. 그의 주인이 그에게 시키는 것이면 무엇이나 선이요, 그가 금지하는 것이면 무엇이나 악이다. 까다롭고도 의미 없는 조직이 기능을 발휘하도록 밤낮 할 것 없이 일하는 것은 선이다. 주인이 정해 준 몫보다 더 많이 먹는 것은 악이다. 주인이 장군일 때 병졸이 되고, 주인이 기도할 때 성가대 소년이 되고, 그가 집을 지을 때 석공이 되며, 그가 땅을 가꿀 때 농장 심부름꾼이 되고, 그가 가축을 돌볼 때 목동이 되고, 그가 사냥을 할 때 몰이꾼이 되며, 그가 물 위로 나갈 때 노를 젓고, 그가 앓을 때 의원이 되고, 그를 위해 부채질을 하고 파리를 쫓는 것은 선이다. 파이프 담배를 피우고 벌거벗은 채 돌아다니고 할 일이 있을 때 숨어서 잠자는 것은 악이다. 그러나 방드르디는 완전히 선의로 가득 차 있기는 하지만 아직 매우 어리다. 그렇기 때문에 때때로 그는 자신도 모르게 어리광을 부린다. 그래서 그는 웃는다. 무시무시할 정도로 폭소를 터뜨린다. 그 웃음은 총독과 그가 통치하는 섬의 겉모습을 장식하고 있는 그 거짓된 심각성의 가면을 벗겨 뒤죽박죽으로 만든다. 로빈슨은 자기의 질서를 파괴하고 권위를 흔들어 놓는 그 어린 웃음의 폭발을 증오한다. 사실 바로 방드르디의 그 웃음 때문에 그의 주인은 처음으로 그에게 손찌검을 했다. 방드르디는 주인을 따라 그가 말하는 대로 개념, 원칙, 규율, 신비의 말씀을 반복해 말하도록 되어 있었다. 로빈슨이 말했다. 하느님은 전지전능하시며, 도처에 존재하시며, 끝없이 착하시고, 다정하시며, 의로우신 주인이니 인간과 모든 사물의 창조자이시라. 방드르디는 억누를 수 없다는 듯이 신을 모독하는 듯한 웃음을 터뜨렸고 철썩하는 따귀 소리와 함께 미칠 듯 타오르던 불꽃을 눌러 끈 것처럼 웃음을 멈추었다. 그가 그렇게 웃은 까닭은 자기의 보잘것없는 삶의 경험에 비추어 볼 때 착하면서도 전능한 하느님의 이야기가 재미있게 느껴졌기 때문이다. 하여간 이제 그는 흐느낌 때문에 군데군데 토막 난 소리로 그의 주인이 그에게 씹듯이 일러 주는 말들을 받아 섬긴다.

그는 사실 총독에게 만족거리를 하나 가져다주었다. 그 덕분에 총독은 마침내 난파선에서 가져온 동전들의 용도를 발견한 것이다. 그는 방드르디에게 급료를 지불한다. 한 달에 반 파운드짜리 금화 하나씩이다. 처음에 그는 급여액 전체를 5.5%의 이자로 '예금하도록' 조처했다. 그러고 나서 방드르디가 철이 들 나이에 이르렀다고 생각하고서, 이자를 마음대로 쓰도록 허용했다. 그 돈으로 방드르디는 가외 음식, 일용품, '버지니아호'에서 물려받은 잡화를 사거나 단순히 반나절의 휴식(하루를 통째로 돈으로 살 수는 없다.)에 대한 대가를 지불

하고 자기가 만든 해먹에서 빈둥거리며 지낸다.

스페란차에서 일요일은 공일이지만 그렇다고 해서 아무 할 일 없이 놀기만 하는 것은 죄가 되므로 그렇게 해서는 안 된다. 방드르디는 첫새벽에 일어나서 재단을 차린다. 그러고는 주인을 찾아가 깨우고, 그와 아침 기도를 드린다. 그다음에 그들은 같이 예배당으로 가고, 목사님께서 두 시간 동안 예배를 인도한다. 기도대 앞에 서서 그는 성서의 구절을 노래하듯 낭송한다. 이 같은 성경 봉독의 사이사이에는 명상의 침묵이 흐르고, 그 뒤에는 성령에 인도된 주석이 뒤따른다. 방드르디는 왼쪽 옆에 무릎을 꿇고서(오른쪽 옆은 부인석이다.) 있는 힘을 다해 귀를 기울인다. 그의 귀에 들리는 말들(죄, 구원, 지옥, 그리스도의 강림, 황금 송아지, 묵시록)은 비록 그로서는 아무런 의미도 알 수 없지만 그의 머릿속에 한데 모여 어떤 황홀경을 이룬다. 그것은 오묘하면서도 약간 겁이 나는 아름다움을 지닌 음악과도 같은 것이다. 때때로 두세 구절에서는 어렴풋한 빛이 배어 나오는 것 같다. 고래가 배 속에 삼킨 어떤 사람이 고스란히 살아서 밖으로 나왔다든가, 하루 사이에 어떤 나라가 개구리들의 침입을 받은 나머지 침대 속에도, 심지어는 빵 속에까지 개구리가 우글거렸다든가, 악마가 배 속으로 들어갔기 때문에 2000마리나 되는 돼지들이 바닷속으로 뛰어들었다는 이야기를 그는 알아들은 것 같다. 그럴 때면 여지없이 윗배가 아플 정도로 간지러워지고, 한편 웃음 때문에 숨통이 터지도록 부풀어 오른다. 만약 예배를 보는 도중에 웃음을 터뜨렸다가는 무슨 일이 일어날지 알 수 없는 터이므로, 그는 생각을 어떤 불길한 쪽으로 돌려 보려고 안간힘을 쓴다.

식사(평소보다도 더 느리고 더 섬세한 식사)를 마치고 나면 총독께서는 주교(主教)의 지팡이로, 그리고 임금님의 홀(笏)로 사용하도록 스스로 만든 일종의 막대기를 가져오게 하고, 두령님은 방드르디에게 어린 염소 가죽으로 만든 넓은 양산을 들게 한 채 온 섬 안으로 이리저리 위엄 있게 시찰을 다니면서 들판과 논과 과수원, 가축, 건물, 진행 중인 공사를 살펴보고 그의 하인에게 꾸지람과 칭찬과 더불어 장차 할 일의 지시를 내린다. 남은 오후를 다른 날보다도 더 수익이 있는 일에 사용해서는 안 되므로 방드르디는 그 기회에 섬을 청소하고 아름답게 꾸미는 일을 한다. 그는 길에 난 풀을 뽑아내고 집 앞에 꽃씨를 심고 섬의 주택가에 서 있는 나무의 가지들을 잘라 낸다. 떡갈나무 물을 들인 테레빈유에 벌꿀 밀을 녹여서 로빈슨은 매우 고운 윤내는 밀초를 제조하는 데 성공했지만 섬에 가구란 귀하고 마룻바닥이란 있지도 않은 처지라 그것의 사용은 약간 문제였다. 결국 그는 방드르디에게 중심 도로의 조약돌들을 그것으로 닦아 윤을 내도록 시킬 생각을 해냈다. 그 길은 동굴에서 구원만까지 내려가는 것으로, 로빈슨이 처음 이 섬에 도착하던 날 지나온 길이다. 조금만 소나기가 내려도 허사가 되는 것이어서 처음에는 그런 일을 방드르디에게 강요하는 것이 과연 옳을지를 생각하지 않은 바 아니지만, 결국 깊이 숙고해 본 결과 그 길이 지닌 역사적 가치를 생각하면 그렇게 엄청난 작업도 의의가 있는 것 같았다.

아라우칸족은 여러 가지 훌륭한 일들을 솔선수범하여 해

냄으로써 주인의 총애를 받을 줄도 알았다. 부엌과 작업장의 오물과 쓰레기를 처치하되 독수리나 쥐 들이 모이지 않도록 하는 일은 로빈슨의 커다란 골칫거리 중의 하나였다. 그런데 그때까지 로빈슨이 생각해 낸 그 어떤 해결책도 완전히 만족스러운 것이 못 되었다. 더러운 것을 파먹고 사는 짐승들은 그가 땅속에 묻은 것을 파냈고 바닷물에 버리면 밀물이 모래밭 위로 다시 쓸어 밀고 왔으며 불을 질러서 없애려 하면 매캐한 연기가 피어올라서 집과 의복에 온통 냄새가 역하게 배었다. 방드르디는 집 가까운 곳에서 발견한 붉은 개미 떼가 무엇이든 무섭게 파먹어 대는 것을 보고서는 그것을 이용할 생각을 해냈다. 오물을 개미집 한가운데 쌓아 놓으면 그것은 멀리서 보기에 그 껍질이 떨리는 듯하면서 마치 살아 있는 것같이 보인다. 그러나 어느새 살이 녹아 버리고 뼈가 하얗고 아주 깨끗하게 청소된 채로 모습을 드러내는 것을 보면 여간 신기하지가 않다.

방드르디는 또한 볼라스[9] 던지기에 뛰어난 재주를 가지고 있었다. 볼라스란 동일한 중심점에 끈 세 개를 묶어서 끈의 끝마다 둥근 조약돌을 하나씩 매단 것으로 그것을 기술적으로 던지면 마치 뾰족한 끝이 세 개 달린 별 모양을 이루면서 도는데, 이것이 날아가다가 어떤 장애물을 만나게 될 경우 그것을 둘러싸면서 바싹 조여 묶는다. 방드르디는 이것을 이용하

9) 서로 연결된 긴 끈의 끝에 무거운 추나 공을 매달아서 달리는 동물의 다리에 던져 감아 포획하는 데 사용하는 일종의 무기로 남미의 가우초들이 흔히 사용한다.

여 처음에는 암염소들이나 숫염소들을 붙잡아 젖을 짜고 치료를 하거나 죽이기도 했다. 그리고 그 방법은 노루나 새를 잡는 데는 기막힌 효과를 발휘했다. 마침내 방드르디는 조약돌을 보다 큰 것으로 사용할 경우에 볼라스는 적의 목을 반쯤 조여 놓은 다음에 가슴을 으깨 놓을 수 있을 정도로 무시무시한 위력을 가진 무기가 될 수 있다는 것을 보여 주었다. 아라우칸족들이 다시 공격해 오지나 않을까 하고 항상 걱정하고 있었던 로빈슨은 본래 가지고 있던 무기들 외에, 아무 소리도 나지 않고 쉽게 탄약을 공급할 수 있으면서도 치명적인 무기를 하나 더 가질 수 있게 해 준 방드르디가 여간 고마운 것이 아니었다. 그들은 모래밭에서 사람 크기만 한 줄기 하나를 표적으로 삼아 오랫동안 연습했다.

방드르디가 온 직후의 처음 몇 주일 동안 통치된 섬은 이와 같은 사정으로 인해서 적어도 한동안은 총독, 장군, 목사가 된 로빈슨의 총애를 회복했다. 그는 심지어 어떤 때는, 마치 배에 화물을 싣고 나면 배가 바다 위에서 정상적인 균형을 되찾듯이, 새로운 사람이 도착함으로 해서 그의 조직에 어떤 정당성과 무게와 균형이 생기고, 섬을 위협하던 갖가지 난관이 결정적으로 끝나려 한다고 믿기까지 했다. 심지어 그는 섬의 주민들을 에워싼 저 지속적인 긴장 상태와 광 속에 넘쳐 나는 재산의 인플레가 가져올지도 모르는 위험을 느끼고서, 축연과 술자리를 벌임으로써 그에 대처할까 하는 생각까지 했다. 그러나 후자의 경우(사실 통치된 섬의 정신에 별로 부합하지 않는 것인) 그의 내부에 숨어서 은밀하게 굳어진 '다른 섬'에 대한 향수로 인해 그 생각이 든 것일지도 모른다는 혐의가 농후했다. 아마도 그가 방드르디의 전적인 복종에도 만족하지 못하고 그 복종심을 극한까지 밀고 가서 시험해 보고 싶어진 것도 바로 그 향수 때문이었을 것이다.

*

항해 일지: 분명 그는 내가 손끝만 까딱해도, 눈만 껌벅해도 복종하는데, 내가 그것으로 만족하지 못한다는 것은 정말 이상한 일이다. 그러나 그 복종에는 기분을 섬뜩하게 하는 너무나도 완전하고, 심지어 너무나도 기계적인 그 무엇이 담겨 있다. 불행하게도 그것은 어떨 때 그 자신도 억누르지 못하는 듯싶은 저 파괴적인 폭소, 그의 마음속에 깃들어 있는 듯한 어떤 악마가 은연중에 모습을 드러내는 것 같은 폭소일지도 모른다. 마귀에 씐 것이다. 그렇다. 방드르디는 마귀에 씌었다. 아니, 어쩌면 이중으로 마귀에 씌었을 것이다. 왜냐하면 그의 악마적인 폭소 이외에, 내 자아가 송두리째 그의 마음속에서 움직이고 사고하기 때문이다.

나는 유색 인종(아니, 그의 속에는 인디언과 니그로가 한데 섞여 있으므로 다색 인종이라 해야 마땅하리라.)에게 이성 따위는 기대하지 않는다. 그렇지만 적어도 그는 어떤 감정 표시는 할 수 있어야 마땅하다. 그런데 텐에게 보이는 터무니없고 놀라운 애정 이외에 그가 어떤 애정을 느낀다고 생각할 수가 없다. 사실 고백하기 매우 힘들지만, 나는 나 자신이 표현하지 않으면 안 되는 어떤 아쉬움을 앞에 두고 맴돌고 있다. 나는 절대로 그에게 "나를 사랑해."라고 말하는 따위의 모험은 할 수 없다. 왜냐하면 그랬다가는 처음으로 그가 내 말에 복종하지 않는 꼴을 보게 될 것임을 너무나 잘 알고 있기 때문이다. 그렇지만 그가 나를 사랑하지 않아야 할 이유라고는 아무것도 없다. 나는 그의 생명을 구해 주었다. 그것이 내 본의가 아니었던 것은 사실이지만 그가 어떻게 그 사실을 알겠는가? 나는 최고의 선인 노동에서부터 무엇이나 다 그에게 가르쳐 주었다. 물론 내가 그를 때리기도 하지만 그것은 그가 잘되라고 하는 것임을 그 자신인들 어찌 모르겠는가? 어느 날 버드나무 가지를 어떻게 쪼개고 껍질을 벗겨서 엮는지를 그에게 설명해 주다가, 상당히 강렬한 어조로 설명한 것은 사실이지만, 나는 약간 거센 손짓을 한 일이 있다. 놀랍게도 나는 그가 즉시 한 발 뒤로 물러서면서 팔로 얼굴을 방어하는 것을 보았다. 그런데 내가 매우 어렵고 주의를 다 기울여 익혀야 하는 어떤 기술을 가르치면서 그를 때리려 했다고 생각하는 것은 약간 제정신이 아님에 틀림없다. 아무리 보아도 그의 눈에는 내가 낮이건 밤이건 언제나 그때와 같은 정신 나간 사람으로 여겨지는 모양이다! 그래서 나는 그의 입장이 되어 생각해 본다. 그러면 인적도 없는 섬에서 미친 듯한 사람이 기분 내키는 대로 하는 허황된 행동에 내맡겨진 채 아무런 보호도 받지 못하고 있는 그 어린아이 앞에서 나는 연민의 감정에 사로잡혀 버린다. 그렇지만 내 사정은 그보다 더하다. 왜냐하면 내 유일한 동반자에게서 나는 마치 일그러진 모습으로 비쳐 보이는 거울 속에서처럼 일종의 괴물 모양으로 변한 자신의 얼굴을 보기 때문이다.

겉보기에는 왜 그렇게 하는 것인지 이유 따위는 아랑곳도 하지 않은 채, 맡긴 일이면 무엇이나 꾸벅꾸벅하는 것을 보다 못해 나는 석연치 않은 기분을 싹 없애 버리기로 했다. 그래서 나는 세상에 누가 보나 가장 자존심이 상할 만한 터무니없는 일을 그에게 강요했다. 즉 구덩이를 하나 파고 나서 그 파낸 흙을 담을 둘째 구덩이를 파고, 또 그 두 번째로 파낸 흙을 담을 셋째 구덩이를 파는 식의 일이었다. 그는 하루 진종일 납같이 굳어진 하늘 아래 한증막 같은 열기 속에서 진땀을 뺐다. 텐에게는 그 맹렬한 작업이 신바람 나고 어쩔 줄 모르게 좋기만 한 놀이였다. 구덩이마다에서 도취한 듯한 영기(靈氣)가 솟아올랐다. 방드르디가 몸을 펴고 팔뚝으로 이마를 닦을 때마다 텐은 파낸 흙 속으로 달려들곤 했다. 이놈은 흙덩어리 속으로 코를 처박고 마치 돌고래처럼 숨을 들이쉬고 내쉬며 미친 듯이 허벅지 사이로 흙을 파 흩어 내는 것이었다. 마침내 흥분이 절정에 달하자 개는 신음하는 소리를 요란하게 내면서 구덩이 주위를 껑충껑충 뛰어다니다가는 또다시 이 회암질의 흙 속에 코를 들이박으며 극도의 흥분을 맛보곤 했다. 흙 속에서는, 마치 어떤 깊이 이상을 파 들어가면서부터는 죽음이 삶과 뒤섞여 분간할 수 없게 된다는 듯, 시커먼 부식토가 잘린 나무뿌리의 진과 뒤섞여 있었다.

그런데 방드르디는 이 바보 같은 노역 때문에 쓰러지지는 않았다. 아니, 그 정도로는 충분한 표현이 되지 못할 것이다. 나는 그가 그토록 열광적으로 일에 몰두하는 것을 본 적이 없다. 아니, 그는 심지어 이 일에서 일종의 유쾌한 기분까지 맛보는 것이었다. 이로 인해 방드르디가 완전히 멍청해져 버리느냐 아니면 로빈슨이 그의 눈에 미친놈으로 간주되느냐 하는 양자택일의 궁지로 그를 몰아가겠다는 내 의도에 차질이 생겼으므로, 다른 방도를 찾지 않으면 안 되게 되었다. 그리고 스페란차의 몸뚱이 위에 공연하게 만들어 놓은 상처의 주위로 텐이 신명나게 빙빙 돌며 춤을 춘 것이 무슨 계시를 준 것이나 아닐까 하는 의문마저 생기고, 내가 혹시나 아라우칸족에게 다만 모욕감을 주려고 하다가 그만 그에게 장밋빛 골짜기의 비밀을 알려주는, 용서받을 길 없는 어리석은 짓을 저지른 것이나 아닌지 하는 생각이 든다…….

*

어느 날 밤, 로빈슨은 잠을 이룰 수 없었다. 달빛이 관사의 방바닥에 네모난 빛 그림자를 던지고 있었다. 어떤 하얀 부인이 슬피 울었다. 그의 귀에는 외로운 사랑에 흐느끼는 대지(大地) 그 자체의 소리가 들리는 것만 같았다. 그의 배 아래 마른 풀의 침상이 기이하게도 말랑말랑하게 느껴졌다. 아라우칸족의 연장이 범한 후 활짝 벌려진 그 영지(領地)의 흙덩이 주위를 맴돌며 텐이 욕망에 들떠서 춤추는 모습이 눈에 선했다. 그가 골짜기로 다시 찾아가 보지 않은 지 벌써 여러 주일이 되었다. 그의 딸 만드라고라들이 그동안 많이 자랐을 것이다! 달빛의 양탄자 위에 발을 얹어 놓고 잠자리에 앉아 있자니 마치 나무뿌리처럼 희고 큰 그의 육체로부터 수액의 냄새 같은 것이 피어오르는 것이 느껴졌다. 그는 조용히 일어나서 서로 껴안고 있는 방드르디와 텐의 몸을 타 넘어 고무나무와 백단나무가 우거진 숲을 향해 걸어갔다.

8장

관사로 들어가면서 방드르디는 곧 물시계가 멈춰 있는 것을 알아차렸다. 유리병 속에는 아직 물이 남아 있었지만 물이 떨어지는 구멍이 나무 마개로 막혀 있고, 물 높이는 새벽 3시 높이에 그대로 멈추어 있었다. 그는 로빈슨이 자취를 감춘 것에 조금도 놀라지 않았다. 그의 머릿속에서 물시계가 정지된 것은 아주 자연스럽게 총독의 부재를 의미했다. 일이 되어 가는 대로 받아들이는 습관이 든 그는 로빈슨이 어디 있는지, 언제 돌아올지, 심지어 그가 아직도 살아 있는지 따위는 생각지도 않았다. 그를 찾아 나설 생각은 더더욱 하는 법이 없었다. 그는 자기를 에워싸고 있는 사물들을 그냥 관망하는 데만 온통 정신이 팔려 있었다. 그 사물들은 낯익은 것들이지만 물시계가 멈췄다든지 로빈슨이 없다든지 하면 그 모습이 새로워 보였다. 그는 자기 자신에 대해서나 섬에 대해서나 이제는 주인이었다. 마치 다시 찾은 그의 긍지를 확인이라도 해 주듯 텐이 느릿느릿 자리에서 일어나 곁으로 오더니 개암 같은 눈을 들어 그를 쳐다보았다. 그 불쌍한 개도 이제는 어린 나이가 아니었다. 엉덩이는 나무통처럼 펑퍼짐하고 다리는 너무 짧고, 눈물이 축축한 두 눈이며 흐릿한 빛의 양털 같은 그의 털은 살 만큼 다 산 개의 일생이 끝나 갈 무렵 세월이 남기게 되는 파괴력이 어떤 것인지를 모두 말해 주고도 남았다. 그러나 이놈 역시 달라진 상황을 눈치채고 있음이 분명했고 그의 친구가 어떤 결정을 내리기를 기다리고 있는 듯했다.

무엇을 할 것인가? 가뭄 때문에 수영밭과 무밭에 물을 줄 필요가 있기는 했지만 거기에 물을 준다거나 동굴의 커다란 삼나무 꼭대기에 전망 초소를 짓는 일 따위를 계속할 생각은 없었다. 이런 작업은 물론 로빈슨이 돌아올 때까지는 중단된 것으로 보아야 했다. 방드르디의 눈은 어떤 궤짝 위에 가 멈추었다. 관사의 탁자 밑에 놓은 궤짝은 잘 닫혀 있기는 하지만 자물쇠가 채워진 것은 아니어서 속에 무엇이 들어 있는지 그도 한번 살펴본 적이 있었다. 그는 그것을 방바닥으로 끌어내서 면이 좁은 쪽으로 세운 다음 무릎을 꿇고 앉아 어깨 위로 그것을 기울이며 번쩍 둘러멨다. 그러고는 밖으로 나왔다. 텐이 그의 뒤를 바싹 따라붙었다.

섬의 북서쪽, 초원이 끝나고 모래밭이 시작되면서 모래언덕을 만드는 곳에는 약간 사람 모습 비슷한 기이한 실루엣들이 촘촘히 서 있었다. 거기가 로빈슨이 정해 만든 선인장 공원이었다. 물론 로빈슨도 그처럼 아무 소용도 없는 식물을 가꾸는 데 시간을 허비하는 것은 다소 망설였지만 그 식물은 거의 아무런 손질도 할 필요가 없었고, 다만 섬의 여기저기에서 이따금씩 발견한 품종들을 자라기에 가장 적당한 장소로 옮겨 심는 수고만 하는 것으로 충분했다. 그것은 자기 아버지에 대한 존경의 표시요, 기념이었다. 그의 아버지가 아내와 자식들 이외에 유일하게 마음 쏟은 곳이 집의 온실에서 키우는 열대 식물들이었다. 로빈슨은 땅에다 말뚝을 박고 각각 판때기를 하나씩 붙인 다음, 그 위에 저 예측할 길 없는 기억력의 변덕으로 해서 모조리 되살아난 각종 선인장들의 이름을 라틴어로 써 놓았다.

방드르디는 어깨를 아프게 짓누르고 있던 궤짝을 땅바닥에 팽개쳤다. 궤짝 뚜껑의 돌쩌귀가 깨지면서 선인장 바로 밑으로 진귀한 옷감들과 보석들이 화려하고 무질서하게 쏟아져 흩어졌다. 그는 그것들의 광채에 홀릴 지경이었지만 로빈슨은 그가 오직 거추장스러운 물건 혹은 의식을 올리는 도구 정도로 그것을 느끼게 만들었는데, 이제 그는 드디어 마음 내키는 대로 해 볼 수 있게 될 참이었다. 자기 자신이 그런 것을 쓰겠다는 것은 아니었다. 그에게 옷은 어떤 것이든 행동을 부자유스럽게 할 뿐이었다. 그러니 그게 아니라 그 어떤 인간의 몸보다도 그 옷감들의 아름다움을 돋보이게 하는 데 적당할 것 같아 보이는 저 범상치 않고 통통하고 도발적인 초록색 살을 가진 기이한 식물에 그것을 씌워 보자는 것이 바로 그의 의도였던 것이다.

그는 섬세한 동작으로 천을 모래 위에 펼쳐 놓고 풍부하며 가짓수가 많은 그것들의 모습을 한눈으로 음미해 보았다. 그는 또 평평한 돌들을 자기 앞에 모아 놓고 그 위에 마치 보석상의 진열장처럼 보석들을 늘어놓았다. 그러고 나서 오랫동안 선인장들 주위를 빙빙 돌면서 그 옆모습을 가늠하듯 바라보기도 하고 단단한지 어떤지를 보려고 손가락으로 만져 보기도 했다. 그것은 촛대 모양, 공 모양, 라켓 모양, 서로 얽힌 팔다리, 털이 난 꼬리, 곱슬머리, 뾰족한 별, 독이 있고 수없이 많은 손가락이 달린 기이한 한 무리의 식물성 마네킹들 같았다. 살은 물렁물렁하고 물기가 있는 문어 같기도 하고, 어떤 것은 또 억센 고무 같고 또 다른 것은 썩은 고기처럼 고리타분한 냄새가 나는 초록색의 점액질이었다. 마침내 그는 검은색 비단 외투를 집어 들어 체레우스 프루이노수스 선인장의 육중한 어깨 위로 휙 던져 씌웠다. 그다음에는 예쁜 주름장식 옷으로 크라술라 팔카타의 퉁퉁 부어오른 엉덩이를 씌웠다. 하늘하늘한 레이스로는 스타펠리아 바리에가타의 가시 돋은 남근(男根)을 장식했고, 한편 한랭사 장갑은 크라술라 리코포디오데스의 털이 난 작은 손가락에 끼웠다. 어린 수노루 가죽 모자는 세팔로세레우스 세니리스의 복실복실한 머리에 씌우기에 안성맞춤이었다. 그는 이처럼 오랫동안 그 일에 몰두한 채 천을 걸쳐 보고, 옷깃을 여며 보고, 잘 맞는지 보기 위해 한 걸음 물러나 훑어보기도 하고, 갑자기 한 선인장에서 옷을 벗겨 다른 선인장에 입혀 보는 데 정신이 팔려 있었다. 마침내 그는 자기가 이룩한 작품의 마지막 장식으로, 앞서와 마찬가지의 센스를 발휘해 팔찌, 목걸이, 깃털 장식, 귀걸이, 십자가, 머리 장식 등을 골고루 나누어 부착했다. 그러나 그는 자기가 이제 막 모래밭 한가운데 홀연 등장시킨 신사, 숙녀 및 호사스러운 괴물들의 환몽 같은 행렬을 오랫동안 감상하지는 않았다. 이제는 더 이상 여기서 할 일이 없었던 것이다. 그는 발뒤꿈치를 졸졸 따르는 텐과 함께 그곳을 떠났다.

그는 발걸음으로 인해서 타박타박 울리는 소리로 장난을 치면서 모래언덕 지대를 지나갔다. 그는 걸음을 멈추고 텐을 뒤돌아보며 입을 다문 채 그 발소리를 흉내 내어 보였지만 발이 푹푹 빠지는 땅바닥에서 계속 허우적거리며 힘들게 따라오는 개는 별로 재미있어하는 것 같지 않았다. 발소리 흉내를 좀 더 크게 하자 개는 적의를 품은 듯 등뼈를 쳐들었다. 마침내 바닥이 단단한 땅이 나타났고, 그들은 썰물로 널찍하게 트인 모래톱으로 접어들었다. 찬란한 아침빛 속에서 방드르디는 몸을 굽혔다 폈다 하면서 거대하고 흠잡을 데 없는 원형 경기장 위로 행복한 듯 걸어갔다. 그는 무슨 움직임이건 불가능할 것이 없고 눈길을 가로막는 것 하나 없는 그 무한한 세계 속에서 젊음과 자유에 도취해 있었다. 그는 달걀같이 생긴 조약돌 한 개를 집어서 펼친 손바닥 위에 올려놓았다. 그는 이제 막 선인장들 위에 버리고 온 보석들보다는 투박하지만 엄격하고, 장밋빛 장석(長石) 수정들이 석영, 운모와 섞인 이 돌이 더 좋았다. 조약돌의 곡선은 그의 검은 손바닥의 곡선과 하나가 되면서 단순하고 순수한 기하학적 형태를 이루고 있었다. 해파리가 군데군데 놓여 있는 젖은 모래 거울 위로 물결이 빠른 속도로 퍼져 오더니 그의 발목을 둘러쌌다. 그는 달걀같이 생긴 돌을 버리고 동글납작하며 군데군데 보랏빛이 감돌고 단백광이 나는 다른 조약돌 하나를 집어 들었다. 그는 돌을 공중으로 던졌다가 받았다. 돌이 날 수 있다면! 나비로 변할 수 있다면! 돌을 날게 한다는 꿈은 방드르디의 공기 같은 넋을 황홀하게 했다. 그는 돌을 수면에 던졌다. 동글납작한 돌은 수면에 일곱 번이나 물수제비를 뜨며 날아가서 물속으로 쑥 빠져들었다. 그러나 이 놀이에 익숙해진 텐은 물속으로 달려가서 네 발로 물을 차며 수평선 쪽으로 목을 쳐들고 쏜살같이 나아가더니 돌이 빠진 지점에서 물 밑으로 자맥질을 했고, 부서지는 파도에 밀리면서 돌아와 그 돌을 방드르디의 발밑에 다시 뱉어 놓았다.

그들이 오랫동안 동쪽을 향하여 걸어간 다음 모래언덕들을 끼고 돌았을 때 방드르디는 불가사리, 나무뿌리, 조개껍데기, 오징어 뼈, 바닷말 등을 집어서 던지곤 했는데, 텐에게는 그때마다 그것들이 살아 있는 그럴듯한 사냥감같이 보이는지 요란스럽게 짖어 대며 쫓아갔다. 그들은 이렇게 하여 논에 이르렀다.

저수지는 말라 있었고 씨를 뿌린 함수호의 물 높이는 날로 낮아져 가고 있었다. 그런데 이삭이 익자면 아직 한 달 동안은 더 물이 대어져 있어야 했다. 그래서 로빈슨은 그곳을 둘러보고 돌아올 때마다 걱정이 많았다.

방드르디는 손에 조약돌을 들고 있었다. 그는 논바닥으로 그 돌을 던지고 빽빽한 물결을 일으키는 고인 물 위에 만들어지는 물수제비의 수를 세어 보았다. 납작한 조약돌은 아홉 개의 물수제비를 뜨고는 주저앉았다. 그러나 벌써 텐은 그 돌을 찾아 논두렁에서 밑으로 뛰어내렸다. 내친 기세라 한 20미터쯤 내닫기는 했지만 곧 걸음을 멈추어 버렸다. 물이 너무나 얕아서 개는 헤엄을 칠 수도 없는지라 진흙 속에서 어쩔 줄을 몰랐다. 그는 뒤로 돌아서 방드르디 쪽으로 다시 오려고 했다. 한 번 몸을 추스르자 진흙에서 빠져나오기는 했지만 다시 더 무겁게 빠져 들어갔고 그의 몸부림은 점점 더 뒤죽박죽이 되었다. 도와주지 않으면 진흙에 묻혀 죽을 판이었다. 방드르디는 저 어처구니없고 더러운 물 위로 몸을 수그린 채 잠시 생각에 잠기더니 마음을 고쳐먹고 물 빼는 수문 쪽으로 달려갔다. 그는 수문 첫째 구멍에 막대기를 끼우고 그것을 지렛대 삼아 문턱에 의지해 힘껏 쳐들었다. 문은 삐걱거리면서 위로 올라갔다. 곧 논을 뒤덮고 있던 진흙투성이의 양탄자 같은 수면이 움직이더니 수문 쪽으로 쓸려 나갔다. 몇 분 후 텐은 엉금엉금 기어서 둑 아래에까지 왔다. 진흙덩어리였지만 그래도 생명은 건진 셈이었다.

방드르디는 개가 물속에서 몸을 씻도록 남겨 놓은 채 춤을 추면서 숲 쪽으로 걸어갔다. 벼농사가 끝장이라는 생각은 그의 머릿속을 전혀 스쳐 지나가지 않았다.

*

방드르디에게 물시계가 멈춘 것과 로빈슨의 부재는 오로지

한 가지의 동일한 사건, 즉 어떤 질서의 정지를 의미할 뿐이었다. 로빈슨에게 방드르디의 부재, 치장을 한 선인장들, 논에 물이 말라 버린 일 등은 한결같이 그 아라우칸족을 길들이는 것이 얼마나 어려운 일인지, 아니 어쩌면 불가능한 일일지도 모른다는 것을 뜻했다. 도대체 그가 자발적으로 행동했을 때 로빈슨의 눈에 좋게 보일 만한 구석이라곤 거의 없었다. 로빈슨에게 욕을 먹지 않으려면 그가 아무 일도 하지 않거나 그가 시키는 그대로 할 필요가 있었다. 방드르디는 그가 꾸벅꾸벅 순종하는 태도 이면에 어떤 개성을 감추고 있다는 것을, 그리고 그 개성에서 생겨 나온 것이란 하나같이 그의 마음 깊숙이 충격을 주는 일들이고 통치된 섬의 질서를 해치는 일뿐이라는 사실을 로빈슨도 인정하지 않을 수 없었다.

처음에 그는 자기의 유일한 반려자가 없어져 버린 것에 대해 체념해 버리기로 결심했다. 그러나 이틀이 지나자 그는 어렴풋한 후회와 호기심과 또 눈에 띄게 상심하는 텐의 표정 때문에 생긴 측은한 감정이 한데 섞인 복잡한 불안감을 이길 수 없었다. 아침나절 줄곧 그는 텐을 데리고 아라우칸족의 발자취가 사라져 간 숲속을 샅샅이 훑어보았다. 여기저기에서 그가 지나간 흔적이 보였다. 곧 로빈슨은 확연한 한 가지 사실을 알아차렸다. 방드르디는 그가 모르게 섬의 이 근방에 정기적으로 와서 머물렀고, 질서를 벗어난 어떤 생활을 하면서 뜻 모를 무슨 신비한 놀이에 골몰한 모양이었다. 나무로 만든 가면, 화살통, 라피아 야자수로 만든 인형이 잠들어 있는 칡덩굴, 해먹, 깃털 머리 장식, 파충류의 껍질, 죽은 새들의 말린 시체 등

이 바로 로빈슨으로서는 알 수 없는 어떤 비밀스러운 세계의 증거들이었다. 그러나 버드나무와 매우 흡사한 작은 나무들이 늘어서 있는 어떤 개천가에 이르렀을 때 로빈슨의 놀라움은 극도에 달했다. 과연 그 작은 나무들은 모두가 뿌리 뽑혀서 가지가 땅에 묻히고 뿌리가 하늘을 향한 채 거꾸로 다시 심어진 것이 분명했다. 또 한 술 더 떠서 이런 괴상한 식목에 어처구니없이 꿈같은 인상을 결정적으로 부여한 것은 다름 아니라 그 나무들이 이런 야만적인 취급에 한결같이 잘 적응하고 있는 것 같다는 점이었다. 뿌리 끝에 파릇파릇한 순이, 심지어 여러 다발의 잎사귀들이 돋아나고 있었으니, 이것은 땅에 묻힌 가지들이 뿌리로 둔갑하고 수액이 거꾸로 순환한다는 것을 의미했다. 로빈슨은 그 현상을 관찰하는 일에서 딴 데로 정신을 돌릴 수가 없었다. 방드르디가 이런 엉뚱한 생각을 하고 그것을 또 실천에 옮겼다는 사실만으로도 벌써 상당히 불안했다. 그러나 나무들은 이런 대우를 받아들였고 스페란차는 이런 허황된 사실을 용인한 것이다. 적어도 이번만은 아라우칸족의 터무니없는 영감이 어떤 결실을 가져온 것이고, 그것은 비록 대단치 않기는 하지만 순전한 파괴로 끝나지 않고 어떤 긍정적인 면을 지닌 것이었다. 로빈슨은 이 발견에 관해 끝없이 생각해 보았다. 그가 발길을 돌려 돌아오려니까 문득 텐이 담쟁이덩굴로 뒤덮인 어떤 목련나무 숲 앞에서 발걸음을 멈추더니 목을 쳐들고 발을 조심스럽게 내딛으며 천천히 앞으로 나아가는 것이었다. 그는 어떤 나무줄기 위에 코를 갖다 댄 채 꼼짝도 하지 않았다. 그때 나무줄기가 흔들리면서 방드르디의 껄껄거리는 웃음소리가 터졌다. 벌거벗은 몸뚱이에는 제니파포의 즙으로 담쟁이 잎사귀 모양을 그려 놓았는데, 잔가지들이 허벅지를 따라 올라가서 몸통을 친친 감고 있는 모습이었다. 이처럼 식물 인간으로 둔갑한 채 발광하는 듯한 웃음을 터뜨리며 그는 로빈슨의 주위를 빙빙 돌면서 정신없이 춤을 추어 댔다. 그러고 나더니 그는 물가로 가서 파도로 몸을 씻었다. 로빈슨은 아무 말 없이 생각에 잠긴 채 맹그로브 나무의 푸른 그림자 속으로 여전히 덩실덩실 춤을 추며 들어가는 그를 바라보았다.

*

그날 밤에도 맑은 하늘에 만월이 숲 위를 한껏 비추고 있었다. 로빈슨은 관사의 문을 닫고 방드르디와 텐이 서로를 감시하도록 남겨 둔 채 은색의 달빛이 드문드문 스며드는 숲속으로 들어갔다. 어슴푸레한 달빛에 넋을 잃은 듯 평소 같으면 수런거리는 소리로 총림을 가득 채웠을 작은 동물들과 벌레들이 엄숙하게 침묵을 지키고 있었다. 장밋빛 골짜기에 가까워짐에 따라 일상생활의 걱정들이 고삐를 풀고 혼인(婚姻)의 감미로움이 그의 마음을 가득 채우는 듯했다.

방드르디는 점점 더 심각한 걱정을 그에게 안겨 주고 있었다. 이질적인 존재인 그 아라우칸족은 기존 질서 속에 들어가 조화되기는커녕 체제를 파괴하는 위협으로 변했다. 논바닥 물을 말려 버린 것 같은 중요하고 파괴적인 대실수는 그가 어리고 경험이 없기 때문이라고 치부해 둘 수 있었다. 그러나 겉보기에는 선의로 가득 차 있는 듯하지만 실제로 그는 질서, 경제, 계산, 조직 등의 개념에 완전히 저항적인 것을 알 수 있었다. '그는 나한테 해 준 일보다 훨씬 더 많은 일거리를 저질러 놓는군.' 로빈슨은 쓸쓸하게 생각했다. 그래도 그것이 약간은 과장된 생각이라는 느낌도 없지는 않았다. 게다가 방드르디는 그가 지닌 이상한 본능 때문에 짐승들의 이해와(이런 말이 가능할지는 모르나) 공감을 얻게 되어 이미 텐과는 꼴불견인 친밀감의 경지에 도달한 터이지만, 거기에 그치지 않고 염소, 토끼, 심지어 물고기에 이르는 작은 동물들에게 매우 심각한 영향을 끼치게 되었다. 그 얼마 안 되는 가축들을 한데 모아 먹이고 추리고 하는 것은 오로지 식량 면의 이익을 위한 것이지, 훈련을 시키거나 서로 친해지거나 사냥이나 고기잡이의 연습을 하기 위한 것이 아님을 이 통나무 같은 머릿속에 일깨워 준다는 것은 불가능했다. 방드르디는 오로지 짐승이란 도망칠 수 있는 기회를 주어 놓은 채 뒤쫓아 가거나 격투를 하여 때려잡는 것이라는 생각 이외에 달리는 상상도 하지 못했으니 이야말로 위험하기 짝이 없는 낭만적인 사고방식 아닌가! 그는 또 세상에는 해로운 짐승들이 있어서 그것들은 맹렬히 물리치는 것이 좋다는 사실도 이해하지 못했으므로 쥐 한 쌍을 귀여워하며 새끼를 치고 번식하도록 하려고까지 했다! 질서란 항상 얻기 어려운 것으로서, 섬의 자연적인 야만성으로부터 힘들게 쟁취한 것이었다. 그런데 아라우칸족이 그에게 저지른 짓들은 그 질서를 심각하게 뒤흔들어 놓고 있었다. 로빈슨은 자기가 오랜 세월에 걸쳐서 세운 것을 파괴하려고 하는 교란자를 옆에 두는 사치까지 누릴 수는 없었다. 그렇지만 어떻게 한단 말인가?

숲가에 이르러 그는 거대하고 아름다운 풍경에 사로잡힌 채 발걸음을 멈추었다. 초원은 끝 간 데 없이 그 비단 같은 옷을 펼쳐 놓았고, 그 위에 아주 가벼운 미풍이 이따금씩 연한 물결을 일으키고 있었다. 서쪽으로는 군대의 창들처럼 촘촘히 솟은 갈대들이 졸고, 거기서 군데군데 규칙적으로 청개구리의 피리 소리 같은 울음이 솟아올랐다. 어떤 하얀 새가 그의 곁으로 날개를 스치며 지나더니 산마루에 가 내려앉아서 환각에 사로잡힌 듯한 그의 얼굴 쪽으로 고개를 돌렸다. 향긋한 미풍이 스쳐 오면서 그가 장밋빛 골짜기에 다가가고 있다는 것을 알려 주었다. 골짜기의 고르지 못한 땅도 달빛으로 평평해 보였다. 만드라고라가 그곳에 어찌나 무성한지 그곳 풍경도 달라 보일 정도였다. 로빈슨은 모래언덕에 등을 기대고 앉아 가장자리가 찢어진 듯 들쑥날쑥하고 보랏빛 도는 넓은 잎사귀들을 손으로 더듬었다. 그 식물을 섬으로 도입한 것은 바로 그 자신이었다. 깊고 그윽하고 잊어버리기 어려운 냄새가 풍기는 갈색의 열매 하나가 손가락 끝에 만져졌다. 그의 딸들이(그가 스페란차와 결합하여 얻은) 검은 풀 속에서 레이스 달린 치마를 숙이며 서 있었다. 그중 하나의 뿌리를 캐면 저 작은 식물의 희고 살진 허벅지가 나타나리라는 것을 그는 알고 있었다. 약간 자갈이 섞였지만 매우 안락한 고랑 속에 몸을 눕히고 그는 땅에서 올라와 그의 허리로 스며드는 저 관능적이고 얼얼한 맛을 음미했다. 그는 따뜻하고 사향 냄새가 나는 만드라고라 꽃의 점액을 입술에 문질렀다. 푸른빛, 보랏빛, 흰빛 혹은 발그레한 빛의 그 꽃잎을 골고루 조사해 본 적이 있으므로 그는 그 꽃들을 잘 알고 있었다. 그런데 이 꽃은 무슨 꽃일까? 그가 눈앞에 들고 있는 꽃은 줄무늬가 쳐 있다. 밤색 얼룩무늬가 진 흰 꽃이다. 그는 몸을 추스르며 정신을 차린다. 알 수가 없다. 이틀 전만 해도 이런 우스운 만드라고라는 있지도 않았다. 빛이 환하게 비치고 있었으니 그가 이미 눈여겨보았을 것이다. 또 한편 그는 자기가 씨를 뿌린 정확한 장소를 지도에 표시해 두고 있는 터이다. 시청에 보관된 지적부에서 확인해 볼 일이지만 그는 자기가 이 얼룩진 만드라고라가 피어난 장소에 몸을 눕혀 본 일이 한 번도 없다는 것을 지금 당장도 확신한다…….

그는 자리에서 일어났다. 매혹은 사라졌고 이 찬란한 밤의 즐거움도 지워져 버렸다. 아직은 어렴풋한 상태인 어떤 의심이 마음속에서 일어나서 곧 방드르디에 대한 원한으로 바뀌었다. 그의 비밀에 찬 생활, 거꾸로 심어 놓은 버드나무, 식물 인간 그리고 심지어 전에 치장해 놓았던 선인장, 스페란차의 생채기 속에서 덩실덩실 춤추던 텐, 그런 모든 것이 새로운 만드라고라의 신비를 밝혀 주는 증거들이 아니고 무엇이란 말인가?

*

항해 일지: 나는 극도로 흥분해 관사로 돌아왔다. 물론 나는

다짜고짜로 그 불경한 놈을 깨워 일으켜서 그의 비밀을 다 털어놓도록 두들겨 팼고, 털어놓은 죄를 벌하기 위해 또 그를 두들겨 팼다. 그러나 나는 성난 김에 행동해서는 안 된다는 것을 배웠다. 분노는 행동을 불러일으키지만 그 행동이란 항상 옳지 못한 행동인 것이다. 나는 꾹 참고 내 방으로 들어가 성서대 앞에 가 발을 모으고 서서 아무 데나 성서를 몇 쪽 읽었다. 말뚝에다가 너무나 짧은 끈으로 비끄러매 놓은 어린 염소처럼 마음이 제자리에서 펄떡펄떡 뛰어 일어나려 할 때 나는 얼마나 자신을 억제하지 않으면 안 되었던가! 마침내 「전도서」의 엄숙하고 쓰디쓴 말씀들이 내 입술에서 솟아오름에 따라 마음이 진정되어 갔다. 오, 책 중의 책이여, 얼마나 여러 번 나는 그대에 힘입어 마음의 평화를 되찾을 수 있었던가! 성서를 읽는다는 것은 산꼭대기에 올라가서 모든 섬과 섬을 에워싸고 있는 광막한 대양을 한눈으로 굽어보는 것과 같다. 그럴 때면 모든 일상의 조잡한 것들이 씻은 듯 사라지고 영혼이 거대한 날개를 활짝 펴면서, 오로지 준엄하고 영원한 것만을 맛보게 된다. 솔로몬왕의 드높은 비관주의는 원한에 넘치는 내 마음에 호소력을 발휘하기에 적절한 것이었다. 하늘 아래 새로운 것이란 없는 법이고, 의로운 사람의 일이라고 해서 미친 자의 소일보다 더 큰 보상을 받는 것은 아니며, 짓고, 심고, 물을 대 주고, 가축을 키우는 것은 헛된 일, 그 모든 것은 바람을 쫓아가는 것과 다를 바 없다는 말씀을 읽는 것이 나는 즐거웠다. 마치 현자 중의 현자인 그분은 나의 우울한 기분을 눈치챈 듯 달래 주며 마침내 내 경우에는 단 한 가지 중요한 진실, 즉 태곳적부터 이 순간의 기다림 속에 새겨져 있었을 뿐인 진실을 내 머릿속에 못 박아 주는 듯했다. 마치 이로운 따귀를 후려치듯이 6장의 노래가 내 얼굴에 세차게 날아왔다.

혼자보다는 둘이 사는 것이 차라리 낫느니라.
둘이라면 그들의 노동에서 더 나은 보상을 받게 되느니라.
하나가 넘어지면 다른 하나가 일으켜 줄 수 있으려니.
그러나 혼자인 사람은,
일으켜 세워 줄 사람 없는 이는 불행하여라!
둘이 함께 누우면 서로의 몸을 덥혀 줄 수 있으되
혼자뿐인 사람은 어찌 따뜻해지랴?
혼자인 사람은 지배할 수 있으되
둘이면 저항할 것이오,
세 줄로 꼰 실은 쉽게 끊어지지 않느니라.

나는 이 몇 줄을 읽고 또 읽고 잠자리에 누워서도 이 말을 입속으로 되뇌었다. 그리하여 나는 처음으로 다음과 같은 의혹에 사로잡혔다. 혹시 내가 모든 수단을 다해 방드르디를 통치된 섬의 계율에 복종시키고, 그렇게 함으로써 내 손으로 가꾼 땅을 내 유색의 형제보다도 더 귀중하게 여긴 것은 애덕(愛德)에 거역하는 중죄를 지은 것이 아닐까? 이것이야말로 오래 묵은 숙제와도 같은 양자택일의 문제이며 숱한 갈등과 수없는 범죄의 근원이다.

*

이렇게 하여 로빈슨은 얼룩무늬가 진 만드라고라에 대해 잊으려고 애를 썼다. 억수같이 쏟아진 비 때문에 당장 착수하지 않으면 안 되었던 흙 쌓기와 복구 작업에 몰두하는 바람에 그것을 잊기가 더 쉬워졌고, 그 덕분에 방드르디와도 더 가까워졌다. 이리하여 걷잡을 수 없는 반목과 은근한 화해를 되풀이하면서 몇 달을 보냈다. 또 같이 사는 방드르디의 행동에 몹시 마음이 상하더라도 로빈슨은 아무 내색도 하지 않았고, 일기를 마주하고 앉을 때면 그를 용서해 주려고 노력했다. 예를 들면 거북이 등딱지 방패 사건도 바로 그와 같은 경우였다.

그날 아침 방드르디는 벌써 여러 시간 전부터 집을 비우고 없었다. 그런데 문득 모래밭 쪽 나무들 뒤에서 연기가 솟구쳐 오르는 것을 보고 로빈슨은 깜짝 놀랐다. 섬에서 불을 피우는 것이 금지되어 있지는 않았다. 그러나 인디언들이 제사 지낼 때 피우는 불과 혼동되는 일체의 위험을 피하기 위해 사전에 불을 피우는 장소와 시간을 당국에 신고하도록 법으로 정해져 있었다. 이러한 사항을 방드르디가 지키지 않았다면 그 나름의 이유가 있었을 것이요, 그것은 곧 말을 바꾸면, 그가 하는 행동이 그의 주인의 마음에 들지 않는 일일 가능성이 농후하다는 것을 의미했다.

로빈슨은 한숨을 내쉬며 성서를 덮어 놓고 자리에서 일어나 텐을 불러서 모래톱 쪽으로 걸어갔다.

그는 방드르디가 하고 있는 이상한 행동이 무엇인지 바로 이해할 수 없었다. 불이 벌건 재를 흩어 놓은 위에 그는 큰 거북이 한 마리를 등 쪽으로 발딱 뒤집어 올려놓았다. 거북이는 죽지 않은 상태였다. 죽기는커녕 네 발을 허공에 쳐든 채 미친 듯이 바둥대고 있었고, 심지어 그놈이 몸부림치며 신음하며 내는 목쉰 기침 소리 비슷한 것이 로빈슨의 귀에 들리는 것만 같았다. 거북이가 비명을 지르도록 몹쓸 짓을 하다니! 이 야만인이 악마의 혼을 뒤집어썼단 말인가! 뜨거운 열기에 못 이겨 오목하게 생긴 거북이의 등딱지가 점차 평평하게 펴지는 한편 방드르디가 동물의 몸집이 아직 껍데기에 붙어 있는 부분을 칼로 재빨리 끊어 내는 것을 보고서야 그는 이 야만스러운 행동의 목적이 무엇인지를 알 수 있었다. 등딱지는 아직 완전히 평평하지 않았지만 약간 오목한 큰 접시 모양으로 변해 있었다. 그런데 거북이는 한쪽으로 몸을 굴리더니 두 발을 딛고 몸을 일으켜 세웠다. 그의 등에는 마치 피와 담즙으로 부르튼, 배낭처럼 붉고 푸르고 보랏빛 나는 거대한 물집이 달려서 흔들리고 있었다. 악몽 속에서처럼 사납게 거북이는 바다를 향해 달려가서 밀려드는 파도 속으로 사라졌다. 텐은 짖어대며 그 뒤를 따라갔다. "잘못 생각했지. 내일이면 게들이 다 뜯어먹어 버릴 텐데." 방드르디가 태연하게 말했다. 그러면서 그는 넓적해진 등딱지의 안쪽을 모래로 문지르고 있었다. "어떤 화살로도 이 방패를 뚫지 못할 거예요. 커다란 볼라스를 날려 보내도 이 위에서 튕겨 나가기만 하지 이게 깨지지는 않을 겁니다!" 그가 로빈슨에게 설명했다.

*

항해 일지: 인간에 대해서보다 동물에 대해서 더 동정심이 많은 것이 영국 사람의 특징이다. 이런 마음의 경향에 대해서는 찬반양론이 있을 수 있다. 하여간 내가 본 대로 그가 한 마리의 거북이한테 가한 끔찍한 고문만큼 정떨어지게 만드는 것이 없는 것은 사실이다.(고문과 거북이라는 두 단어의 유사성이 생각난다.[10] 이것은 즉 이 불쌍한 동물이 원래부터 고통받을 운명이라는 의미일까?) 그러나 이 경우는 단순하지 않아 여러 가지 의문을 제기한다.

나는 처음에 그가 내 짐승들을 좋아한다고 생각했다. 그러나 가령 텐이나 염소 새끼들, 심지어 쥐나 독수리의 경우 그와 짐승들 사이에 생기는 즉각적이고 거의 본능적인 친화력은 내가 나의 열등한 형제들에게 쏟는 감정적 충동과는 아무 관계가 없는 것이다. 사실 동물들에 대한 그의 관계는 그 자체가 인간적이라기보다는 동물적인 것이다. 그는 동물들과 동등한 자격이다. 그는 그들에게 좋은 일을 할 생각도 없고, 그들의 사랑을 받으려고 애쓰는 것은 더더욱 아니다. 그는 짐승들을 거침없이, 무심하게 또 잔인하게 대한다. 그런 태도가 나에게는 더없이 역겹게 느껴지지만 그와 짐승들의 관계에는 전혀 방해가 되는 것 같지도 않다. 그들 사이에 맺어진 일종의 공모 관계는 그가 동물들에게 가하는 최악의 대우보다도 훨씬 뿌리 깊은 것인

10) 프랑스어로 고문은 torture(토르튀르), 거북이는 tortue(토르튀)이다.

듯하다. 필요하다면 그가 텐의 목을 비틀어 잡아먹을 수도 있을 것 같아 보이고, 텐도 그 사실을 어렴풋이 알아차리고 있는데도, 어떤 경우라도 그 개가 자기의 검둥이 주인을 더 좋아하는 것에는 조금도 변함이 없는 것을 보고서 바보 같고 한 가지밖에 모르며 자기 자신의 이해관계에 그토록 고집불통으로 눈이 먼 그 짐승에 대해 질투심이 섞인 어떤 분노를 품게 되었다. 그러고 나서 나는 비교가 안 될 것은 아예 비교도 하지 말아야 한다는 것을, 또 방드르디와 동물들 사이의 관계는 내가 내 동물들과 맺고 있는 관계와 본질적으로 다른 것임을 깨달았다. 그는 짐승들에게 그들과 같은 무리처럼 받아들여지고 대접받는다. 그가 짐승들에게 보답해 줘야 할 것이라고는 아무것도 없으며, 그는 오직 자기의 육체적인 힘과 우월한 꾀 덕분에 가질 수 있었던 모든 권리를 짐승들에게 아주 순진하게 행사할 수 있는 것이다. 나는 그가 이렇게 하여 자기의 동물적인 본성을 나타내는 것임을 믿으려고 애쓴다.

*

그 후 여러 날 동안 방드르디는 무슨 까닭인지 어미가 둥지에서 쫓아내 버린 새끼 독수리 한 마리를 잡아 와서는 그것에 정신이 팔려 골몰했다. 이 독수리는 어찌나 흉하게 생겼는지 그 생김새만으로도 쫓겨날 이유가 충분히 될 것만 같았다. 그러나 사실 그 종류의 독수리는 모두 그 모양으로 생긴 것이었다. 흉측한 기형의 난쟁이로 다리를 절뚝거리는 이놈은 털이 빠진 목 끝에 달린 굶주린 주둥이를 아무에게나 쭉쭉 내밀었다. 커다란 두 눈은 고름이 잔뜩 들어 부어오른 두 개의 물집처럼 생긴 푸르뎅뎅한 눈꺼풀에 덮여 있었다.

끊임없이 구걸을 해 대는 이 주둥이 안으로 방드르디가 신선한 고기 조각을 던져 넣으면 그것은 딸꾹질하는 소리와 함께 목구멍 너머로 사라졌다. 조약돌을 던져 넣었더라도 마찬가지로 게걸스럽게 삼켜 댈 것만 같았다. 그러나 그 새끼 독수리는 사흘째 되는 날부터 쇠약한 기색이었다. 더 이상 생기가 없고 하루 종일 졸기만 했다. 짐승의 모래주머니를 만져 본 방드르디는, 마지막으로 준 먹이를 여러 시간에 걸쳐 토해 냈는데도 여전히 모래주머니가 단단하고 가득 찬 것을 알아차렸다. 요컨대 소화를 잘, 혹은 전혀 못 하고 있는 것이 분명했다.

그러자 아라우칸족은 염소 내장을 햇볕에 널어 놓았다. 푸른색 파리 떼가 그 위에 잔뜩 엉겨 붙었다. 거기서 나는 고약한 냄새를 로빈슨은 견딜 수 없었다. 마침내 썩어서 거의 물처럼 된 고기에 수많은 흰 구더기가 슬었다. 그러자 방드르디는 일련의 작업에 몰두했는데 그것은 그의 주인의 머릿속에 지워지지 않는 기억을 남겼다.

조개껍데기를 가지고 그는 썩어 가는 내장을 긁었다. 그다음에는 이렇게 긁어모은 구더기를 한 줌 가득 자기 입에 털어 넣더니 태연하고 침착하게 그 끔찍한 먹이를 씹고 또 씹었다. 마침내 그는 독수리에게 몸을 굽히고 마치 장님에게 밥을 먹이듯이 빽빽하고 미지근한 일종의 우유 같은 즙을 새가 내밀고 있는 주둥이로 흘려 넣었다. 독수리는 꽁무니 쪽에 경련을 일으키며 그것을 삼켰다.

방드르디는 또다시 그 구더기를 한 줌 긁어쥐고는 이렇게 설명했다. "살아 있는 벌레는 너무 싱싱해. 병든 새. 그래서 씹고 씹어야 돼. 새 새끼를 위해 씹고 또 씹고……."

로빈슨은 배 속이 뒤집히는 듯하여 도망쳐 버렸다. 그러나 그의 헌신적인 노력과 두려움을 모르는 논리에는 깊은 인상을 받았다. 그는 처음으로 자기가 느끼는 예민한 구역질 등 그 모든 백인 특유의 신경 반응이 과연 최종적이며 고귀한 문명의 보증일지 아니면 반대로 새로운 삶에 접어들기 위해 언젠가는 팽개쳐 버리지 않으면 안 될 죽은 찌꺼기일지를 자문해 보았다.

*

그러나 또 어떤 때는 로빈슨 속에서 총독, 장군, 주교가 우세해지며 되살아나기도 했다. 그럴 때면 그는 문득 그 질서 있고 아름다운 섬에 방드르디가 초래한 파괴의 규모며 잃어버린 수확, 낭비한 식량, 흩어진 가축, 도처에 서식하며 수가 늘어나는 더러운 동물들, 부서지고 잃어버린 도구들을 헤아려 보는 것이었다. 그래도 그것은 아무것도 아니었다. 그것에 덧보태어 이 녀석은 떠도는 악마적인 생각과, 어처구니없고 지긋지긋하며 예측할 길 없는 일거리를 찾아내 어떤 정신 상태를 자신의 주위에 유포하고 마침내 로빈슨 자신에게까지 감염시키고 있는 것이었다. 이런 기막힌 못된 짓의 절정을 이루는 것은 바로 로빈슨의 마음을 사로잡아 잠을 이룰 수 없게 하는 저 얼룩무늬의 만드라고라였다.

이렇게 금방이라도 분통이 터질 것 같은 심정으로 그는 숫염소 가죽 끈을 꼬아서 채찍을 하나 만들었다. 그는 그렇게 하는 것을 속으로 부끄럽게 여겼다. 자신의 마음속에서 증오심이 점점 퍼져 가는 것이 불안했던 것이다. 이리하여 이 아라우칸 검둥이는 스페란차를 파괴하는 것으로도 부족해 자기 주인의 마음까지 더럽혀 놓은 것인가! 사실 얼마 전부터 로빈슨은 자기 스스로도 분명히 인정할 용기가 나지 않는 어떤 생각, 한 가지 문제를 에워싸고 이렇게 저렇게 변화하는 어떤 생각을 뿌리칠 수가 없었다. 즉 그것은 죽음에 대한 생각이었다. 자연사이거나 사고사이거나 방드르디에 의해서 야기되는 죽음.

바로 이런 심정에 잠겨 있던 어느 날 아침, 어떤 불길한 예감에 이끌려 그는 고무나무와 백단나무가 우거진 숲 쪽으로 발길을 옮겼다. 측백나무 숲에서 어떤 꽃이 하나 날아서 햇빛 속으로 하늘거리며 솟아올랐다. 그것은 금빛 반점이 난 비로드 같은 검은색의 화려하고 거대한 나비였다. 그는 채찍을 휙 하고 허공에 후려쳤다. 살아 있는 꽃 같은 나비는 조각조각으로 으깨져 그의 주위로 흩어졌다. 이런 것도 몇 달 전만 같았으면 감히 하지 못했을 행동이었다……. 사실 그의 마음속에 타고 있는 것이 느껴지는 그 불길은 한 인간의 단순한 흥분이라기보다는 더 순수하고 더 높은 곳에서 생겨나는 것 같았다. 그와 스페란차 사이의 관계에 결부된 것이면 모든 것이 그러하듯 그의 분노에는 어딘가 우주적인 그 무엇이 있었다. 자신이 보기에도 그는 신경이 자극된 천박한 인간의 모습이 아니라 대지의 창자 속에서부터 솟아 나와서 뜨거운 입김으로 모든 것을 휩쓰는 어떤 근원적 힘의 모습을 띠고 있는 것 같았다. 화산이라고나 할까? 로빈슨은 스페란차의 표피에서, 암석과 응회암의 근원적 분노처럼 터지는 화산이었다. 사실 얼마 전부터 성경을 펼칠 때마다 여호와의 우레 같은 목소리가 들려왔다.

> 그의 노여움은 타오르니, 그 뜨거움은 견디기 어려워라.
> 그의 입술은 분노를 숨쉬니, 그의 혀는 격렬한 불과 같아라.
> 그의 숨결은 불어나 넘치는 거센 물결같이
> 파괴의 체로 온 세계를 걸러 내고
> 백성들의 턱에 미망의 쐐기를 걸도다.

이 구절을 읽으면서 로빈슨은 그를 해방시켜 주는 동시에 마음에 불을 붙이는 고함 소리가 솟구쳐 오르는 것을 억제할 수 없었다. 그는 자기가 섬의 가장 높은 꼭대기에 무섭고 거창한 모습으로 서 있는 광경을 보는 듯했다.

> 여호와는 그의 장엄한 목소리를 터뜨릴 것이며 타오르는 분노와 파괴적인 불꽃 속에서, 폭풍과 소나기와 돌 같은 우박 속에서 내려치는 그의 팔을 보여 주리라.
>
> —「이사야」 30장

하늘 가득 떠다니는 말똥가리 무리의 어렴풋한 실루엣을 향해 대기를 가르면서 채찍을 후려쳤다. 물론 그 육식조는 끝없이 높은 고도에서 여전히 나른한 몸짓으로 먹이를 찾아 날고 있었지만, 반쯤 미친 상태로 의식이 몽롱해진 로빈슨의 눈에는 그것이 찢어지고 으깨져서 발아래로 떨어지고 있는 것같이 보였다. 그러자 그는 야만인 같은 웃음을 지었다.

이 피폐한 불모의 풍경 속에서 그래도 정다운 강물은 흐르고 있었다. 발그레한 골짜기는 어서 오라고 손짓하는 그 주름과 선정적으로 굽이치는 물결과 더불어 향긋한 그의 털로 부드럽게 애무해 줄 듯 여전히 거기에서 시원한 모습으로 기다리고 있었다. 로빈슨은 걸음을 재촉했다. 잠시 후면 그는 그 여성적인 대지에 등을 대고 두 팔을 십자가 모양으로 편 채 드러눕게 될 것이다. 그러면 그는 아틀라스가 지구를 떠받들 듯이 스페란차섬을 송두리째 어깨로 떠받들며 창공의 심연 속으로 떨어져 내리는 것 같으리라. 그럴 양이면 그는 이 원초적인 샘과 접함으로써 새로운 힘이 솟구쳐 오르는 것을 느낄 터이고, 마침내 그는 몸을 돌려 이 거대하고 불등걸 같은 암컷의 허리에 자신의 배를 바싹 부벼 대며 그 몸을 자신의 살로 된 쟁기로 갈 것이다.

그는 숲 가장자리에서 걸음을 멈추었다. 발그레한 골짜기는 그의 발아래 엉덩이와 젖꼭지들을 펼쳐 보이고 있었다. 손바닥만큼 넓은 잎사귀들을 모두 흔들어 보이면서 그의 딸들인 만드라고라들이 어서 오라고 손짓했다. 벌써부터 그의 배 속에 감미로운 기운이 감돌고 달큰한 침이 입 속에 가득 고였다.

텐에게 나무 밑에 가만히 있으라고 손짓을 하고 나서 그는 마치 눈에 보이지 않는 날개에 실린 듯 사랑의 보금자리를 향해 나아갔다. 물이 미동도 하지 않은 채 가만히 고여 있는 이 회암질의 초원 습지가 끝나고 금빛 모래가 약간 퇴적된 곳에 잔디가 비로드처럼 덮여 있었다. 바로 거기에서 로빈슨은 오늘 사랑을 할 작정이었다. 그는 이미 이 풀밭을 다녀간 일이 있었다. 그리고 벌써 만드라고라 꽃들의 보라색 감도는 황금빛이 그곳에서 아련하게 빛나고 있었다.

바로 그때 로빈슨의 눈에는 잎사귀들 밑으로 조그만 두 개의 까만 엉덩짝이 보였다. 이 엉덩이는 이미 밀려드는 흥분의 물살로 팽창했다가 단단하게 오므라들고 또다시 팽창하고 조여들면서 한창 작업 중이었다. 로빈슨은 사랑의 꿈에서 문득 깨어난 몽유병자와도 같았다. 그는 완전히 넋을 잃은 채 자기 눈앞에서 이루어지는 이 완전한 타락 행위를 물끄러미 바라보았다. 스페란차가 한 검둥이에게 모욕당하고 더럽혀지고 유린되다니! 몇 주일 후면 얼룩무늬의 만드라고라가 바로 여기서도 만발할 것이다! 그런데 그는 채찍을 나무 밑에 있는 텐 옆에 두고 왔으니! 그는 발길로 방드르디를 걷어차 일으켜 세우고는 주먹으로 후려갈겨 또다시 풀밭에 쓰러뜨렸다. 그러고 나서 그는 백인의 전 중량을 다해 그 위에 타고 올라앉았다. 아, 그가 꽃들 속에 엎드린 것이 사랑의 행위를 위해서가 아니라니! 귀먹은 사람처럼, 아닌 게 아니라 방드르디의 터진 두 입술에서 새어 나오는 신음 소리 같은 것은 들리지도 않는다는 듯 그는 맨주먹으로 마구 후려쳤다. 그를 사로잡은 분노는 성스러운 것이다. 그것은 인간의 타락을 벌하기 위해 온 땅덩어리를 뒤덮는 대홍수요, 소돔과 고모라를 불태우는 하늘의 불이요, 잔인한 파라오를 벌하는 이집트의 일곱 가지 재난 같은 것이다. 그러나 그 혼혈아가 마지막 숨을 몰아쉬면서 내뱉은 몇 마디 말이 돌연 신성하게도 무감각해진 그의 귀를 뚫고 들어왔다. 로빈슨이 살갗이 벗겨진 주먹으로 다시 한번 후려쳤지만 이번에는 어떤 마음속의 거리낌 때문에 저지당한 듯 자신 없는 손길이었다. "주인님, 죽이지 말아요!" 흐르는 피로 눈도 제대로 뜨지 못하는 방드르디가 신음하는 목소리로 애원했다. 로빈슨은 과거에 어느 책 속에선가 아니면 다른 데서 이미 본 일이 있는 어떤 장면을 연출하고 있다는 생각이 들었다. 우묵한 구덩이의 뒤편에서 동생을 죽이는 형, 아벨과 카인, 인간 역사상 최초의 살인 사건, 살인 중에서도 전형적인 살인! 그는 누구일까? 여호와의 팔일까 아니면 저주받은 형제일까? 그는 몸을 일으키더니 뛰어서 멀리 사라진다. 지혜의 샘에 가서 정신을 씻어 내지 않으면 안 된다…….

마침내 그는 또다시 발과 두 손을 한데 모으고 성서대 앞에 서서 성령의 계시를 기다린다. 자신의 분노의 격을 높이고 보다 순수하며 보다 장엄한 품위를 부여하자는 것이다. 그는 성경을 아무 데나 펼쳐 본다. 「호세아서(書)」가 나온다. 예언자의 말씀이 흰 종이 위에 검은 글자로 뒤틀리더니 로빈슨의 목소리를 빌려 물살처럼 터져 나온다. 이리하여 우레가 오기 전에 번개가 치는 것이다. 로빈슨은 말한다. 그는 그의 딸들인 만드라고라들을 향하여 간음한 대지인 그들 어미를 경계하도록 이른다.

너희 어미를 고발하여라.
너희 어미는 이미 내 아내가 아니고,
나는 너희 어미의 지아비가 아니다.
그 얼굴에서 색욕을 지워 버리고
그 젖가슴에서 정부를 떼어 버리라고 하여라.
그러지 아니하면 세상에 태어나던 날처럼
알몸을 만들어
허허벌판에 내던져
메마른 땅을 헤매다가
목이 타 죽게 하리라!

—「호세아서」 2장 4절

책 중의 책은 선고를 내렸다. 그는 스페란차에게 유죄를 선고한다! 그러나 그것은 로빈슨이 원했던 바가 아니다. 그는 배은망덕한 하인이요, 유혹자요, 유린자인 방드르디를 벌하는 말을 그 불의 글자들 속에서 읽고자 했더랬다. 그는 성경을 덮었다가 다시 열었다. 이번에는 예레미야가 말한다. 일종의 개포도나무 잡종 같은 얼룩무늬 만드라고라의 이야기다.

높은 언덕마다 푸른 나무 아래마다
너는 창녀처럼 누워 있다.

내 너를 건강한 뿌리 달린

훌륭한 포도나무처럼 심었거늘,

어찌하여 너는 나에게 낯선 포도나무의 잡종 햇가지로 변하였느냐?

그렇다, 네가 소다수에 몸을 씻어 잿물이 되게 할 때

너의 죄악은 내 앞에 자국을 남기리라!

그러나 만약 스페란차가 방드르디를 유혹했다면, 그러면 검둥이 놈은 완전히 죄도 없고 책임도 없다는 말인가? 어처구니없는 로빈슨의 가슴은 오직 스페란차만을 벌하는 성경의 그 같은 선고 앞에서 무너져 내리는 것만 같다. 그는 성경을 다시 한번 닫았다가 열었다. 이번에 로빈슨의 목소리를 타고 울려 퍼지는 것은 「창세기」의 39장이다.

얼마쯤 시간이 흐르자 주인의 아내가 눈짓을 하며 자기 침실로 가자고 꾀는 것이었다. 그는 주인의 아내에게 그럴 수 없다고 사정했다. "보시다시피 주인께서는 제가 있는 한, 집안일에 통 마음을 쓰시지 않습니다. 당신께 있는 것은 모두 제 손에 맡겨 주셨습니다. 이 집 안에선 제가 그분보다 더 실권이 있습니다. 마님만은 그분의 아내이기 때문에 범접할 수 없지만 그 밖의 일은 못 할 것이 없습니다. 그런데 이렇게 엄청난 짓을 제가 어떻게 저지를 수 있겠습니까? 이것은 하느님께 죄가 됩니다." 그러나 그녀는 날이면 날마다 요셉에게 수작을 걸어왔다. 요셉은 말을 듣지 않고 그녀와 함께 침실에 들지도 않았다. 하루는 그가 일을 보러 집 안으로 들어갔는데 마침 집 안에 사람이라곤 아무도 없었다. 그녀는 요셉의 옷을 붙잡고 침실로 같이 가자고 꾀었다. 그러나 요셉은 옷을 그녀의 손에 잡힌 채 뿌리치고 밖으로 뛰어나갔다. 요셉이 옷을 자기 손에 내버려 둔 채 밖으로 뛰쳐나가는 것을 보고 그녀는 집안 사람들을 부르며 고함을 쳤다. "이것 좀 봐라. 주인께서 우리를 웃음거리로 만들려고 저 히브리 녀석을 데려왔구나. 그놈이 나에게 달려들어 강간하려고 했어. 그래서 나는 고함을 질렀지! 그랬더니 그놈은 내가 고함 지르는 소리를 듣고 옷을 버려둔 채 뛰쳐나갔다." 그러고는 그 옷을 곁에 챙겨 놓고 주인을 기다리다가 그가 집에 돌아오자 이야기를 꺼내는 것이었다. "당신이 데려온 그 히브리 종 녀석 말이에요. 글쎄, 그놈이 내 방에 들어와 나를 농락하려 하지 않았겠어요?" 이 말을 듣고 주인은 화가 치밀어 올랐다. 그래서 요셉의 주인은 그를 감옥에 잡아넣었다. 그곳은 왕의 죄수들을 가두어 두는 곳이었다. 그래서 그는 거기 감옥에 갇혔다.

로빈슨은 기가 막혀서 입을 다물었다. 그가 잘못 본 것은 분명히 아니었다. 그는 확실히 방드르디가 스페란차의 땅과 교미하는 현장을 목격했더랬다. 그러나 벌써 오래전부터, 외부적 사실들은(제아무리 부인할 수 없는 것이라 할지라도) 보다 깊고, 아직은 불확실한 채로 잉태되는 중인 어떤 현실의 피상적인 징후라고 해석하지 않으면 안 된다는 것을 그는 또한 알고 있다. 사실 방드르디가 흉내를 내느라고 혹은 익살을 부리느라고, 발그레한 골짜기의 주름살 속에 검은 정액을 뿌리고 다니는 것은 보디발의 아내와 요셉 사이의 사건과 마찬가지 종류의 일화에 속하는 우연적 사실이다. 로빈슨은 날이 갈수록 인간 사회가 그 자신의 기억을 통해 아직도 그에게 전달해 주는 수다스러운 메시지와 성경과 그 두 가지가 다 같이 그 섬에 투사하는 이미지 그리고 자신이 알게 모르게 빠져 들어가면서 그 진면목을 가려내고자 몸부림치는 그 비인간적이고 원초적이며, 절대적인 세계 사이에 어떤 단층이 깊어져 가는 것을 느낀다. 그의 마음속에 잠겨 있고 한 번도 틀린 적이 없었던 말씀이 더듬거리면서 그에게 어렴풋이 말해 주고 있다. 이제 그는 그의 역사의 전환점에 와 있다. 아내로서의 섬(통치된 섬에 뒤이어 나타난 어머니로서의 섬 다음에 온)도 이제는 끝나 간다. 완전히 새롭고 전대미문의 예측할 길 없는 것들이 도래할 때가 가까워 온다고 그 목소리는 말한다.

묵묵히 생각에 잠긴 채 그는 몇 걸음을 옮겨 관사의 문턱에 가 선다. 그는 흠칫 놀라며 뒤로 물러선다. 왼쪽으로 집의 벽에 기댄 채, 방드르디가 팔꿈치를 괴고 몸을 까딱도 하지 않으며, 멍한 시선으로 수평선 쪽을 향해 얼굴을 돌리고 쭈그리고 앉아 있는 것을 보자 분노가 되살아난다. 이런 자세를 취하자면 그 자신은 몇 초도 못 가서 무릎에 쥐가 날 지경인데 이 검둥이 녀석은 이런 모양으로 몇 시간 동안이고 버틸 수 있다는 것을 그는 알고 있다. 착잡한 감정이 그를 사로잡았지만 잠시 후 그 자신도 방드르디 옆에 가 앉아서 스페란차와 그 주민들을 감싸고 있는 고요하고 엄청난 기다림 속으로 그와 한마음이 되어 빠져 들어간다.

구름 한 점 없는 맑은 하늘에서 태양이 그 전능의 힘을 쏟아붓고 있다. 태양은 그 발아래서 온통 순종하겠다는 듯 엎드려 있는 바다 위로, 물기 하나 없이 까무러친 듯한 섬 위로, 지금 시간에는 태양을 찬양하기 위해 지은 수많은 사원과도 같은 로빈슨의 건축물들 위로 금빛의 전 중량을 다해 짓누르고 있다. 아마도 대지가 지배하는 시대가 가고 태양이 지배하는 시대가 뒤이어 온다고 마음속의 목소리가 속삭이는 듯하지만 그것은 아직 너무나 약하고 어렴풋하여 꼬집어 말하기 어려운 생각이어서 로빈슨은 그것을 오랫동안 마음속에 잡아 둘 수가 없다. 그래서 그는 그 생각이 저절로 성숙하도록 기억 속에 묻어 둔다.

머리를 약간 왼쪽으로 돌리자 방드르디의 옆모습이 보인다. 그의 얼굴은 출혈과 상처로 온통 더러워져 있고, 툭 튀어나온 광대뼈 아래로 보기 싫은 흉터처럼 벌건 입술이 열려 있다. 턱이 앞으로 튀어나오고 약간 짐승 같으며 늘어진 머리카락 때문에 평소보다도 더 심술궂고 골이 나 보이는 그 가면을 로빈슨은 확대경으로 보듯 샅샅이 훑어본다. 상처투성이이고 추악한 이 살덩이의 광경 속에서 무언가 빛나고 순수하고 섬세한 것이 보인 것은 바로 이때다. 그것은 다름 아니라 방드르디의 눈이다. 길고 휘어진 속눈썹 아래로 지극히 반들반들하고, 투명한 안구가 껌벅거리는 눈꺼풀에 끊임없이 쓸리고 닦이면서 더욱 서늘한 모습을 띤다. 검은자위는 빛이 변함에 따라 망막이 항상 고르게 영상을 받을 수 있도록 주위의 광도에 맞게 정확한 크기로 조절되면서 빠르게 떨고 있다. 눈동자의 투명한 덩어리 속에 아주 작은 유리막 같은 것이 아련하고 한없이 귀중하고 섬세한 장미창 모양을 이루면서 잠겨 있다. 로빈슨은 이토록 정교하게 구성되고 이토록 완전하게 새것인 채 반짝거리는 기관에 매혹된 기분이다. 어떻게 이처럼 험악하고 배은망덕하단 말인가? 그런데 바로 이 순간 그가 우연히 본 방드르디의 눈에서 놀랄 만한 해부학적 아름다움이 느껴진다면, 이 검둥이의 몸 전체는 그에 못지않게 기막힌 것들의 결합으로 이루어져 있는 것이 아닐까, 그런데도 다만 자신의 눈이 어두워 그걸 모르고 있는 것이 아닐까 하고 자문해 보는 것이 솔직한 일일지도 모른다.

로빈슨은 이 의문을 마음속에서 몇 번이고 반추해 본다. 처음으로 신경에 거슬리기만 하는 이 천하고 바보 같은 혼혈아의 모습 저 속에 어떤 다른 방드르디가 존재할지도 모른다는 생각을 분명히 해 본다. 마치 그가 옛날에, 동굴과 골짜기를 발견하기 훨씬 전에, 통치된 섬 속에는 다른 섬이 있을지도 모른다고 추측했듯이.

그러나 이런 생각은 아주 쉽사리 스쳐 지나갔을 뿐 생활은 아직도 단조롭고 고된 흐름을 따라 다시 진행되었다.

*

생활은 과연 그 본래의 리듬을 회복했다. 그러나 무슨 일을 하건 항상 로빈슨의 마음속에는 어떤 결정적이고 충격적인 사건을, 과거나 미래의 모든 기획을 영점으로 환원시킬 근본적으로 새로운 시작을 기다리고 있는 누군가가 숨어 있었다. 그러고 나서 그 늙은 남자는 저항했고, 사업에 집착했으며, 다음 수확을 계산하고, 회귀목과 파라고무나무나 목화를 재배할 생각을 막연히 해 보고, 시냇물의 동력을 이용할 수 있을 물방아 건설 도면을 그려 보았다. 그러나 그는 장밋빛 계곡으로는 두 번 다시 찾아가지 않았다.

방드르디도 그런 문제로는 아무런 말썽도 피우지 않았다. 그는 파이프 담배통들을 발견해서 주인 몰래 판데이설 선장의 긴 파이프에 담아 피우고 있었던 것이다. 만약 그 일이 발각되면 틀림없이 본때를 보이는 벌을 받을 것이었다. 담배 저장량이 거의 바닥나 가고 있었으니 말이다. 그래서 로빈슨도 이제는 두 달에 한 대밖에 담배를 피우지 않았다. 그에게 있어서 그것은 오래전부터 미리 기대해 마지않는 축제와 같은 것이었다. 그는 그 즐거움을 결정적으로 포기하지 않으면 안 되는 시간이 다가오는 것을 걱정하고 있었다.

그날 그는 전날 물이 나갔을 때 바다 깊숙이 담가 놓은 낚싯줄을 살펴보려고 내려가고 없었다. 방드르디는 담배통을 옆구리에 끼고 동굴 속으로 들어가 자리를 잡고 앉아 있었다. 밖에서 담배를 피우면 즐거움이 싹 가셔 버리기 때문이었다. 그러나 어떤 집 안에 들어가서 담배를 피웠다가는 그 냄새 때문에 틀림없이 발각될 것임을 그는 잘 알고 있었다. 로빈슨은 어디서나 마음대로 담배를 피울 수 있었다. 그에게는 오로지 뜨겁고 살아 있는 듯이 지글지글 끓고 담뱃진이 잔뜩 눌어붙은 담뱃대의 골통만이 중요했다. 그것은 땅속에 파묻힌 조그만 태양을 싸고 있는 흙껍질 같은 것으로, 입으로 빨 때마다 고즈넉이 벌겋게 불붙는, 일종의 휴대용 겸 가정용 화산이었다. 그 소형 용광로 속에서 찌고 말리고 승화시킨 담배는 진과 검정과 씁쓸한 물로 변하고 그것들의 영혼이 그의 콧구멍을 상쾌하게 콕콕 찔러 대는 것이었다. 그것은 그의 손바닥 속에 와서 갇힌 대지와 태양의 신들린 듯한 신방(新房)이었다.

방드르디에게는 반대로, 연기가 물결 모양으로 솟아오르는 장면을 보는 것이 유일한 재미였다. 바람이 조금만 불어도, 공기가 조금만 새어 들어와도 그 기막힌 재미는 그만 와르르 무너져 버리는 것이었다. 그래서 절대적으로 고요한 분위기가 필요했는데 이런 바람 놀이를 위해서 동굴 안의 잠자는 듯한 공기는 더없이 안성맞춤이었다.

동굴 입구에서 한 20미터쯤 안쪽에 그는 자루들과 화약통들을 가지고 일종의 장의자 같은 것을 만들었다. 그 위에 반쯤 몸을 뒤로 눕히고 그는 파이프의 물부리를 깊숙이 빨아들였다. 그러면 그의 입술로 한 줄기의 연기가 빨려 들어갔다가는 두 갈래로 나뉘어 그의 콧구멍 속으로 하나도 빠짐없이 미끄러져 나갔다. 연기는 그 주된 기능을 완수한 것이다. 즉 허파를 가득 채우면서 감각을 불러 깨운 것이었다. 그의 가슴속에 감춰져 있는 그 공간, 그에게 가장 신비롭고 영적(靈的)인 공간을 각성시켜 마치 빛을 발하는 듯이 만든 것이다. 마침내 그는 천천히 그의 몸속에 깃들었던 푸른 구름을 밖으로 내뿜는다. 역광(逆光)으로 빛이 스며드는 동굴의 입구에 연기는 아라베스크 모양과 느린 소용돌이로 가득 찬 채 커져서 위로 올라가며 점점 더 희미해지는 문어 모양을 이룬다. 방드르디는 한참 동안 꿈에 잠겨 있다가 파이프를 다시 한 모금 빨아 당기려고 한다. 그때 멀리서 외치는 소리와 개 짖는 소리가 그가 있는 곳까지 들려왔다. 로빈슨이 예정보다 일찍 돌아와서 그를 찾고 있는데 그 목소리가 전혀 좋은 예감을 주는 것이 아니었다. 텐이 짖어 대고 공기를 가르며 채찍 소리가 울렸다. 목소리는 점점 가까워 오면서 절박해져 갔다. 동굴 어귀의 빛이 들어오는 윤곽 속에 두 주먹을 허리에 얹고 두 다리를 딱 벌린 채 채찍을 거머쥔 로빈슨의 시커먼 실루엣이 오려 낸 듯한 모습으로 나타났다. 방드르디는 자리에서 일어났다. 파이프를 어떻게 할까? 그는 그것을 동굴 깊숙한 쪽으로 힘껏 던졌다. 그러고 나서 벌을 받을 각오로 용감하게 걸어 나갔다. 로빈슨이 성이 나서 입에 거품을 품고 있는 것으로 보아 담배통이 없어진 것을 발견했음에 틀림없었다. 그는 채찍을 쳐든다. 바로 그때 사십 통이나 되는 검은 화약이 동시에 폭음을 낸다. 시뻘건 불꽃 소용돌이가 동굴로부터 치솟아 오른다. 의식의 마지막 빛 속에서 로빈슨은 동굴 위의 뒤얽힌 바위 더미가 마치 집짓기 장난감처럼 무너져 내리는 것을 바라보면서 자신의 몸이 위로 쳐들렸다가 휘말려 가는 것을 느낀다.

9장

로빈슨이 눈을 뜨자 우선 어떤 검은 얼굴 하나가 자기 위로 몸을 굽히고 내려다보고 있는 것이 보였다. 방드르디는 왼손으로 그의 머리를 받쳐 들고 오른손으로는 찬물을 담아 그의 입에 흘려 넣으려고 애썼다. 로빈슨이 경련하듯 이를 꼭 닫고 있었으므로 물은 그의 입과 수염과 가슴 위로 흘러내렸다. 검둥이는 그가 몸을 움직이는 것을 보자 웃음을 띠며 몸을 일으켰다. 그러자 곧 그의 재킷 한 조각과 바짓가랑이 하나가 찢어지고 그은 채 땅 위로 떨어졌다. 그는 웃음을 터뜨리며 반쯤 그은 옷의 나머지마저 몸을 비틀면서 벗어 던졌다. 그러고 나서 그는 뒤죽박죽이 된 세간들 속에서 거울 한 조각을 집어 들고는 상을 찡그리며 한참 들여다보더니 또 한 번 웃음을 터뜨리며 로빈슨에게 건네주었다. 검정이 뒤덮이긴 했지만 얼굴에는 아무런 상처도 없었다. 그러나 그 멋진 붉은 수염은 여기저기 빠진 자리가 보였고, 털이 그슬리면서 생긴 작은 딱지들이 군데군데에 덕지덕지 붙어 있었다. 이번에는 그가 자리에서 일어나 아직 몸에 들러붙어 있는 옷조각들을 뜯어냈다. 온몸에 검정과 먼지와 흙이 두껍게 묻어 있을 뿐 별로 대단한 상처는 없었다.

관사는 마치 횃불처럼 불타고 있었다. 총안 장치가 되어 있는 성채는 구덩이 속으로 무너져 내려 접근이 불가능했다. 회계과, 기도실, 달력실 등 가벼운 건물들은 바람에 날려 뒤죽박죽이었다. 로빈슨과 방드르디가 이 처절한 광경을 물끄러미 바라보고 있자니 흙 한 덩어리가 그들로부터 100피트쯤 떨어진 곳에서 하늘을 향해 치솟았고, 약 2초 간격을 두고 또 하나가 터지는 소리를 내며 솟아올랐다. 그들은 또다시 몸을 던져 땅 위에 엎드렸다. 도화선을 이용해 원거리에서 폭발시키려고 로빈슨이 바닷가로 가는 오솔길에 묻어 둔 폭약임에 틀림없었다. 로빈슨은 이제 섬 안에 단 1그램의 화약도 남은 것이 없음을 깨닫자 그제서야 용기를 내어 몸을 일으켜 세우고 재난의 피해 상황을 점검할 엄두를 냈다.

훨씬 더 가까운 거리에서 일어난 두 번째 폭발로 혼비백산한 염소들이 한꺼번에 반대편으로 몰려가 산호 울타리를 부숴 버렸다. 이놈들은 이제 미친 듯이 온 사방으로 내달았다. 그들은 한 시간도 못 되어 섬 안의 여기저기로 흩어질 것이고 일주일도 못 되어 야생적인 상태로 되돌아가 버릴 것이다. 동굴이 있었던 자리에는(동굴의 입구는 없어졌다.) 거대한 바윗덩어리들이 탑, 피라미드, 프리즘, 원통 등 갖가지 모습으로 무질서하게 쌓였다. 이런 무더기들 위로는 수직으로 치솟은 바위 봉우리 하나가 내려다보고 있었다. 거기서는 이 섬과 바다가 비길 데 없이 잘 보일 것 같았다. 이렇게 되고 보면 폭발의 결과는 반드시 파괴적인 것만은 아니었다. 이번 폭발이 가장 격렬했던 장소에는 어떤 건축의 천재가 그의 바로크적 상상력의 멋을 한껏 부려 놓은 듯한 광경이 보였다.

로빈슨은 멍청한 표정으로 주위를 둘러보다가 아주 닫혀 버리기 전에 동굴이 토해 내놓은 물건들을 무심코 주워 모으기 시작했다. 찢어진 헌옷, 총구가 비틀린 화승총, 깨진 항아리 조각, 구멍 난 가방, 납작해진 광주리. 그는 이 물건들을 하나하나 살펴보고 거대한 삼나무 밑둥치 곁에 조심스럽게 늘어놓을 참이었다. 방드르디는 무엇을 수선하거나 곱게 간직하는 것을 싫어하는 터이므로 그를 도운다기보다는 흉내를 내고 있는 편이었고, 대개는 상처 난 물건들을 완전히 부숴 버리고 있었다. 그걸 보고도 로빈슨은 화를 낼 힘이 없었다. 심지어 어떤 항아리 속에서 발견한 얼마 안 되는 밀을 한 움큼씩 뿌려 흩는 것을 보고도 그는 아무 말도 하지 않았다.

날이 저물었다. 마침내 그들이 상한 데가 없이 말짱한 물건을 하나(망원경) 찾아냈다고 좋아하는 참이었는데, 어떤 나무 밑에서 죽어 있는 텐의 시체가 발견되었다. 부러진 데는 없었다. 얼른 보아서는 상처가 난 것 같지도 않았다. 그러나 틀림없이 죽은 것이었다. 가엾은 텐, 그렇게 늙고 그렇게 충실했던 텐은 그냥 폭발의 공포 때문에 죽은 것 같았다! 그들은 이

틀날 당장 개를 묻어 주기로 마음먹었다. 바람이 일었다. 그들은 같이 바다로 가서 몸을 씻고 야생 파인애플 한 개로 식사를 했다. 그러자 로빈슨은 그것이 난파된 이틀날 섬에서 먹은 최초의 음식이었다는 생각을 했다. 어디 가서 잠을 자야 할지 알 수 없는 처지였으므로 그들은 둘 다 거대한 삼나무 밑, 늘어놓은 헌 물건들 가운데 가서 누웠다. 하늘은 맑았지만 강한 북서풍이 나무들의 꼭대기를 흔들고 있었다. 그런데도 삼나무의 무거운 가지들은 숲의 두런거리는 소리 따위와는 상관없다는 듯 요지부동이었다. 로빈슨은 반듯이 누워서 레이스가 달린 듯한 그 가지들의 실루엣이 까딱도 하지 않고 별들 가운데 마치 먹으로 그린 듯 뻗어 있는 모습을 바라보았다.

이리하여 방드르디는 결국 그가 죽도록 싫어했던 상황을 극복해 낸 셈이다. 물론 그가 이 재난을 고의로 자아낸 것은 아니었다. 이자의 행동에는 의지라는 개념이 얼마나 부적합한지를 로빈슨도 이미 오래전부터 알고 있었다. 방드르디는 깊이 생각한 연후에 문제를 결정하는 자유롭고 의식적인 의지의 소유자라기보다는 그냥 어떤 천성에 따라 행동하는 것이 전부였고, 그 행동의 결과는 마치 아이가 어머니를 닮듯이 그를 닮은 것이었다. 지금까지 이런 자연스러운 발생의 흐름에 어떤 영향을 가할 수 있는 것은 아무것도 없는 것 같았다. 로빈슨은 특히 심각한 이 문제에 있어서 자신이 그에게 가할 수 있는 영향이란 제로에 가까움을 깨달았다. 방드르디는 이 천재지변을 태연하게(그리고 자신도 모르게) 준비하고 촉발했으며, 이것은 어떤 새로운 시대가 도래하는 것을 알리는 서곡 같았다. 그 새로운 시대가 어떤 성질의 것인지를 알자면 바로 방드르디의 천성 그 자체에서 그 예고를 읽어 내야 할 것이다. 무엇을 예측할 수 있기에 로빈슨은 아직 늙은이가 가진 한계의 구속을 너무 많이 받고 있는 처지였다. 그들 두 사람의 대립은 흔히들 말하는 것처럼 조직적이고 인색하고 우울한 영국인과 충동적으로 호탕하고 장난기 있는 '원주민' 사이의 대립을 넘어서는, 그리고 동시에 그것을 포괄하는 것이었다. 농부로서, 행정가로서 로빈슨이 그 섬에 이룩해 놓은 속세적 질서, 생명을 부지하는 데 크게 도움이 된 그 질서를 방드르디는 천성적으로 싫어했다. 이 검둥이는 전혀 다른 어떤 세계에 속해 있어서 그의 주인의 대지(大地)적 세계와는 대립하며, 그를 이 세계에 복종시키려고만 하면 곧 파괴적인 결과를 초래하곤 하는 듯했다.

폭발로 인해서 로빈슨 속에 잠재하는 늙은이가 완전히 죽어 버린 것은 아닌 모양으로, 그의 옆에 잠들어 있는 이 녀석을 지금이라도 때려죽여 버리고(백번이고 그래 마땅한 일이었다.) 황폐해진 이 세계를 다시 참을성 있게 재조직해 볼 수도 있다는 생각이 그의 머리를 스쳤다. 그런데 그가 참게 된 것은 또다시 혼자가 된다는 것에 대한 공포와 그런 난폭한 짓을 한다는 생각이 주는 끔찍함 때문만은 아니었다. 이제 막 발생한 엄청난 재난은 그 자신이 은근히 바라고 있던 것이었다. 사실 잘 다스려 놓은 이 섬은 결국 그의 마음에 방드르디 못지않은 부담을 주고 있었다. 방드르디는 자신도 모르게 이 대지의 뿌리를 뽑아 놓고 이제 와서는 로빈슨을 저 다른 것 쪽으로 이끌어 가려는 것이다. 대지가 지배하는 그 세계에 오직 그에게 고유한 세계를 대치시켜 놓으려는 것이었는데, 로빈슨은 그 세계가 어떤 것이 될지 알고 싶어서 조바심이 났다. 새로운 로빈슨이 그의 낡은 살갗 속에서 꿈틀대면서 이 관리된 섬이 붕괴되는 것을 방치한 채 무책임한 선두를 따라 낯선 길로 들어가는 것에 동의하고 있었다.

여기까지 생각을 밀고 가고 있는데 땅 위에 얹고 있던 그의 손바닥 밑에서 무엇인가가 꿈틀거리는 것이 느껴졌다. 무슨 벌레인가 하고 그는 손가락으로 부식토를 더듬어 보았다. 그런데 웬걸, 그 부분의 땅이 부풀어 오르고 있었다. 들쥐나 두더지가 땅굴 끝으로 뚫고 솟아오를 것 같았다. 로빈슨은 밖으로 나오려다가 그의 손아귀로 기어 들어오게 될 그 짐승을 상상하면서 어둠 속에서 미소를 지었다. 이제 땅이 꿈틀거리더니 뭔가가 거기서 나왔다. 나무뿌리였다. 그렇다면 이 끔찍한 하루에 보상의 종지부를 찍으려는 듯이 나무뿌리들이 돋아나서 땅 위로 솟아난 것이란 말인가! 별의별 어처구니없는 일을 다 당해 본지라 로빈슨은 나뭇가지들 사이로 반짝이는 별만 물끄러미 바라보았다. 바로 그때 그는 모든 별들이 나뭇가지 너머로 쭈르르 미끄러져 갔다가 다른 쪽으로 나타나는 광경을 틀림없이 보았다. 그러고 나서 별들은 정지했다. 잠시 후 길고 찢어지는 듯한 소리가 천지를 진동했다. 어느새 방드르디는 벌떡 일어서서 로빈슨이 일어나는 것을 도왔다. 땅이 그들의 발밑으로 꺼져 내리는 순간, 그들은 있는 힘을 다해 달아났다. 거대한 삼나무가 서서히 별들 사이로 기울더니 다른 나무숲 위로 마치 풀밭에 쓰러지는 거인처럼 나가 넘어졌다. 공중으로 쳐들린 뿌리에는 수없이 많은 작은 뿌리들이 동산만 한 흙덩이를 안은 채 뒤엉켜 있었다. 이 천재지변 뒤에는 기막힌 침묵이 따랐다. 폭발로 인해 뿌리가 뒤흔들린 이 스페란차의 수호신은 그 나뭇가지와 숲으로 불어오는 세찬 바람에 견디지 못한 것이었다.

굴이 파괴된 뒤에 또다시 스페란차에 밀어닥친 새로운 재난은 끝내 로빈슨을 그의 옛 근본과 연결해 주고 있던 최후의 매듭을 완전히 끊어 놓고 말았다. 이제 그는 방드르디와 단둘이서만 고독하고 자유롭고 공포에 질린 채 표류하고 있었다. 나무가 어둠 속에서 쓰러지는 순간 그를 구하기 위해 그의 손을 잡아 주었던 저 검은 손을 이제는 놓을 수가 없었다.

*

그 후 로빈슨이 드디어 터득하기 시작한 방드르디의 자유는 폭발로 인해 섬의 표면에서 지워져 버린 질서의 부정만은 아니었다. 초기의 스페란차에서 겪은 추억으로 미루어 보아 가진 것 하나 없이 변덕스러운 온갖 충동들과 갖가지 절망의 여파에 몸을 맡긴 채 표류한다는 것이 무엇인지를 너무나도 잘 아는 로빈슨은 그의 동료의 행동에 어떤 감춰진 통일성과 암암리의 원칙이 내재하고 있다는 것을 예감하지 않을 수 없었다.

방드르디는 실질적으로 일이라곤 전혀 하지 않았다. 과거와 미래의 개념이라고는 일절 알지 못하는 그는 오로지 현재의 순간에 갇힌 채 살고 있었다. 칡덩굴로 짠 해먹을 배나무에 비끄러매 놓고 그 속에서 하루 종일을 보냈고, 이따금씩 그가 너무나도 꼼짝하지 않으므로 잘못 알고서 근처 나뭇가지에 와 내려앉는 새들을 화살통으로 때려잡았다. 저녁이면 이 게으른 사냥의 노획물을 로빈슨의 발밑으로 던졌다. 그는 이런 행동이 사냥감을 물어 오는 충실한 개의 행동인지 아니면 반대로 자기의 명령을 이제 말로 표현하는 것도 귀찮아하는 거만한 주인의 행동인지 생각해 보지도 못하고 있었다. 사실 그는 방드르디와의 관계에서 이런 대단치 않은 양자택일의 수준을 넘어서 있었다. 그는 그의 동료가 하는 행동을 하나하나 유심히 관찰했고, 동시에 그것이 자신에게 충격적인 변신을 유발하는 데 깊은 관심을 기울였다.

가장 먼저 그의 겉모습이 변화를 입었다. 그는 머리 깎는 것을 포기했다. 그의 머리는 날이 갈수록 형편없는 꼴로 자라서 야수의 털처럼 뒤엉켰다. 반면 그는 폭발로 인해 이미 피해를 입은 수염을 잘라 버렸다. 그는 아침마다 그 섬에서 흔히 볼 수 있는 가볍고 구멍이 많은 화산석에 칼날을 오랫동안 갈아서 얼굴에 난 수염을 깎았다. 그러자 옛날 그의 권위를 지탱하는 데 상당한 도움을 주던 엄숙하고 존장 같은 모습, '하느님 아버지' 같은 면이 사라져 버렸다. 이리하여 그는 한 세대쯤은 더 젊어졌다. 거울을 들여다보니 심지어 이제는 (쉬 짐작할 수 있는 그 어떤 모방 현상에 의해) 그의 얼굴과 그의 동료의 얼굴 사이에 분명히 닮은 데가 있다는 것을 알 수 있었다. 여러 해를 두고 그는 방드르디의 스승이자 아버지였다. 그런데 불과 며칠 사이에 그는 그의 형제가 되어 버렸다. 그런데 형인지 동생인지는 분명하지 않았다. 그의 몸 역시 달라졌다. 그는 항상 열대 지방에서 영국인(그것도 붉은 머리의)을 위협하는 뜨거운 햇볕을 두려워했다. 그래서 그는 햇볕에 나갈 때면 조심스럽게 온몸을 가리도록 주의했고, 거기에다 염소 가죽으로 만든 양산을 쓰는 것도 잊지 않았다. 동굴의 깊숙한 곳에 들어가 지내고 땅속에 들어가 살아온 탓으로 그의 살은 무나 나무뿌리처럼 연약한 우윳빛이었다. 방드르디에게서 용기를 얻어 이제는 알몸으로 햇볕에 나섰다. 처음에는 잔뜩 겁을 먹고 쭈그린 채 흉하기만 했던 그의 모습이 차츰차츰 피어났다. 피부는 구릿빛으로 변했다. 새로운 자부심이 가슴과 근육을 팽창시켰다. 그의 몸에서 어떤 열이 뿜어져 나왔고, 그의 영혼은 거기에서 전에는 한 번도 경험해 보지 못한 어떤 자신감을 얻어 내는 것 같았다. 이리하여 기꺼이 받아들여지고 어렴풋한 욕망의 대상이 되기도 하는 육체는 단순히 외부 세계의 짜임새 속에 끼어 들어가는 가장 좋은 도구일 뿐만 아니라 충실하고 강력한 동반자 구실도 할 수 있다는 것을 그는 깨달았다.

그는 방드르디와 함께 놀이와 운동을 하곤 했다. 전 같으면 위신상 어림도 없다고 생각했을 일이었다. 이리하여 그는 방드르디 못지않게 땅 짚고 거꾸로 서서 걸을 수 있게 될 때까지 끊임없이 연습했다. 처음에 절벽의 바위에 기댄 채 '물구나무서기'를 하는 데는 아무런 어려움이 없었다. 그러나 벽에 기대지 않고서 뒤로 넘어지지 않은 채 움직이는 것은 한결 어려운 일이었다. 그의 몸무게에 눌려 팔이 떨렸지만 그것은 힘이 모자라서가 아니었다. 이제 배워야 할 것은 그보다는 그 어처구니없는 무게를 적절하게 지탱하는 균형의 기교였다. 그는 자기가 나아가고 있는 새로운 길에서 사지(四肢)의 다양한 능력을 개발하는 것이야말로 결정적인 진보라고 생각하면서 온 힘을 다했다. 그는 자기의 몸이 하나의 거대한 손으로 둔갑하고 그 손의 다섯 손가락이 머리와 팔과 다리로 변하는 것을 꿈꾸어 보았다. 다리가 검지처럼 일어서고 두 팔이 두 다리처럼 걸어가고 몸이 마치 하나의 손가락 위에 얹힌 손처럼 이 다리 저 팔 위에 자유자재로 얹힐 수 있어야 했다.

*

일이라곤 거의 하지 않는 가운데에도 방드르디는 아주 꼼꼼하고 정성스럽게 활과 화살을 만들었다. 그걸 사냥에 쓰는 일이란 거의 없었으니 이는 더욱 주목할 만한 사실이었다. 백단, 맨드라미나무 그리고 코파이바 같은 가장 연하고 가장 고르게 생긴 나무로 단순한 모양의 활을 깎은 다음에는 곧 그 회양목 혼주(魂柱) 위에 숫염소 뿔의 얇은 조각들을 입혀서 몇 배나 더 단단해지게 만들었다.

그러나 그가 가장 많은 공을 들이는 것은 화살이었다. 끊임없이 활의 위력을 증가시키는 것은 화살의 길이를 점점 더 늘일 수 있도록 하기 위함이었던 것이다. 이리하여 화살의 길이는 6피트를 넘으려 하고 있었다. 화살의 끝과 물림 장치의 균형이 도무지 그가 뜻한 대로 이루어지지 않는지 그는 활자루를 중력의 중심에 오도록 하려고 그것을 여러 시간 동안이나 날카로운 돌의 날 위에 올려놓고 가늠해 보는 것이었다. 실제로 그는 화살의 물림 장치를 가능성의 극에 이르도록 만들고 있었다. 그러기 위해 그는 앵무새 깃털을 써 보기도 하고 종려수 잎사귀를 써 보기도 했다. 염소의 견갑골을 작은 날개 모양으로 파서 화살 끝을 만드는 것을 보면 화살이 힘차게 날아가서 목표물을 정확하게 맞히는 것보다는 가능한 한 멀리, 오랫동안 날아가도록 하는 데 목적이 있다는 것을 분명히 알 수 있었다.

그가 화살을 당길 때면 거의 고통스러울 정도로 집중하는 노력 때문에 얼굴은 아주 꽉 닫힌 모습이었다. 그는 오랫동안 활의 알맞은 기울기를 가늠하여 화살이 장려한 궤적을 그리며 날아가도록 했다. 마침내 활줄이 울면서 왼쪽 팔목을 보호하는 가죽 부대를 치며 미끄러졌다. 온몸을 앞으로 기울이고 앞으로 튕겨져 나갈 듯하면서도 애소하는 듯한 몸짓으로 두 팔을 펼치면서 그는 화살을 따라 날 것만 같은 표정이었다. 활기 찬 힘이 공기 마찰과 중력을 이기고 뻗어 나가는 동안 줄곧 그의 얼굴은 기쁨에 빛나고 있었다. 그러나 화살 끝이 땅을 향해 떨어질 때는 그의 속에서 무엇인가가 부서지는 것 같았다.

로빈슨은 방드르디가 기진맥진할 정도로까지 정력을 바쳐 만드는, 목표물도 잡을 짐승도 없는 그 활의 의미가 무엇일지 오랫동안 생각해 보았다. 상당히 거센 바람이 파도를 몰아 해변으로 밀어 올리던 어느 날, 그는 마침내 그것이 무슨 의미인지 깨달을 수 있을 것 같았다. 방드르디는 앨버트로스의 큰 날개에서 뽑아 낸 3피트에 가까운 가느다란 깃털로 엄청나게 긴 새로운 화살들을 시험해 보고 있었다. 그는 숲을 향해 화살을 45도 각도로 기울여 힘차게 잡아당겼다. 화살은 적어도 150피트는 되는 높이에까지 날아올랐다. 거기서 잠시 동안 멈칫거리는 듯하더니 해변 쪽으로 떨어지지 않고 수평으로 기울어지면서 새로운 힘을 내 숲을 향해 날아갔다. 화살이 첫째 나무숲의 장막 뒤로 사라지자 방드르디는 기쁨에 빛나는 얼굴로 로빈슨에게 몸을 돌렸다.

"화살이 나뭇가지들 속으로 떨어질 거야. 그러니 그걸 다시 찾지 못할걸." 로빈슨이 그에게 말했다.

"나는 그걸 다시 찾지 못할 거야. 그렇지만 그건 화살이 절대로 떨어지지 않기 때문이지." 방드르디가 말했다.

*

야생의 상태로 되돌아간 염소들은 이제 인간들에게 강제로 사육되는 동안 강요받았던 무질서 속에 살지 않게 되었다. 그들은 가장 힘세고 똑똑한 숫염소들이 지배하는, 계통과 서열이 확실한 무리로 나누어졌다. 위험이 닥쳐오면 모든 짐승의 무리가 (대개는 높은 지대에) 한데 집결했고, 가장 앞줄에 있는 놈들이 불굴의 뿔을 휘두르며 다 같이 공격자에게 대항했다.

방드르디는 따로 떨어져 남은 숫염소들에게 시비를 거는 짓을 놀이 삼아 했다. 그는 짐승의 뿔을 거머잡고 강제로 무릎을 꿇게 하거나 도망가는 놈을 쫓아 잡아 가지고는 승리의 표시로 그들의 목에 칡덩굴로 목걸이를 만들어 걸어 놓았다.

그러나 어느 날 그는 곰처럼 큰 야생 염소 한 마리를 맞상대하게 되었다. 짐승이 머리 위에 검은 불꽃처럼 길게 솟은 두 개의 거대하고 구불구불한 뿔의 등으로 그저 한번 슬쩍 밀었을 뿐인데 방드르디는 바위 더미 위로 나가떨어졌다. 그는 사흘 동안이나 해먹 속에서 꼼짝도 못 하고 누워 있어야만 했다. 그러나 그는 그 짐승에게 앙도아르라는 이름을 붙여 놓고는 무슨 일이 있어도 그놈을 다시 찾아내겠다고 별렀다. 그 짐승에게 그는 애정 섞인 존경심을 느끼고 있는 것 같았다. 그놈의 지긋지긋한 냄새만 맡아도 곧 앙도아르의 우뚝 솟은 두 개의 뿔을 알아볼 수 있었다. 사람이 다가가도 앙도아르는 도망치는 법이 없었다. 앙도아르는 항상 무리로부터 따로 떨어져 있었다. 앙도아르는 방드르디를 반쯤 때려눕혀 놓고도 다른 짐승들 같으면 어떤 놈이나 마땅히 그랬을 텐데 그에게 끝까지 달려들지를 않았다. 방드르디는 자기 적수에 관한 칭찬의 말을 노래 부르듯 중얼거리면서 색이 요란한 밧줄을 꼬아서 다른 것보다 더 단단하고 더 눈에 잘 띄는 목걸이를 하나 만들었다. 앙도아르의 목걸이라는 것이었다. 그 짐승이 살고 있는 바위가 뒤엉킨 길로 방드르디가 다시 들어서는 것을 보고 로빈슨은 좀 말려 보려 했지만 그를 막을 수 있을 것 같지 않았다. 이런 특수한 방식의 동물 몰이를 한 뒤면 그의 피부에 달라붙어 날아갈 줄 모르는 그 지독한 냄새만으로도 로빈슨이 반대할 이유는 충분했다. 그러나 그것 말고도, 최근에 당한 사고의 후유증에서 이제야 겨우 벗어난 것만 보아도 알 수 있듯이 그것은 실제로 위험한 짓이었다. 그런데 방드르디는 막무가내였다. 평상시 그의 게으름이나 무사태평도 정도가 지나친 것이었지만, 그 못지않게 신명 나는 놀이에 보이는 힘과 용기 또한 놀라웠다. 그는 앙도아르의 무지막지한 포악성이 썩 마음에 드는 듯 그야말로 함께 놀아 볼 만한 상대라고 여기고 있었다. 그래서 그는 치명적이지는 않더라도 하여간 새로운 상처를 입게 될 가능성을 미리부터 선선히 각오하는 것이었다.

그는 오래 걸리지 않아서 그 짐승을 찾아냈다. 방드르디가 가까이 가자 물결처럼 밀리는 숫염소와 암염소 떼의 한복판에 그 거대한 수짐승의 실루엣이 바윗덩어리처럼 선명하게 우뚝 서 있었다. 내부가 가파른 벽에 둘러 막히고, 폭포처럼 무너진 돌무더기에 선인장들이 드문드문 자라고 있는 곳 쪽으로 뚫린, 일종의 원형 경기장 같은 곳에 짐승들은 한데 몰려 있었다. 서쪽으로는 앞으로 쑥 돌출한 땅이 100피트쯤 되는 절벽을 굽어보고 있었다. 방드르디는 자기 손목에 친친 감고 있던 줄을 풀어 가지고 도전하듯 앙도아르 쪽으로 휘둘렀다. 짐승은 긴 풀잎을 이빨 사이에 깨문 채 돌연 씹는 동작을 멈추었다. 그러더니 수염 난 입가에 조소하는 듯한 웃음을 띠면서 뒷발을 딛고 몸을 일으켜 세웠다. 그런 자세로 그는 마치 지나가는 군중에게 답례라도 하듯 거대한 뿔을 끄덕거리더니 방드르디 쪽으로 몇 발자국을 전진하면서 앞발을 허공으로 휘저었다. 이 끔찍스러운 무언극을 보자 방드르디는 놀란 나머지 간담이 서늘해졌다. 짐승은 그에게서 불과 몇 발자국 떨어진 거리에 오자 앞발을 땅 위에 다시 내려놓는 것과 동시에 그가 서 있는 쪽을 향해 공격 태세를 취했다. 이놈은 머리를 앞다리 사이에 파묻고 뿔을 갈퀴 모양으로 쳐들면서 마치 털이 달린 큰 화살처럼 방드르디의 앞가슴을 향해 돌진했다. 방드르디는 왼쪽으로 몸을 피했지만 일 초의 몇 분의 일이나 될 만큼 늦었다. 사향 냄새가 깃든 악취가 그를 휩싸는 순간 오른쪽 어깨에 격렬한 충격을 느끼면서 그는 제자리에서 핑그르르 돌았다. 그는 퍽 쓰러져서 땅바닥에 넙죽 뻗어 버렸다. 그가 쓰러진 자리에서 즉시 몸을 일으켰다가는 새로운 공격을 피할 수 없을 것 같았다. 그래서 그는 가만히 누운 채 반쯤 감은 눈꺼풀 사이로 마른 풀잎들 틈에 드러난 푸른 하늘 조각만 응시하고 있었다. 바로 그때, 털북숭이 속 우묵한 곳의 초록빛 두 눈, 곱슬 수염 그리고 시커먼 콧등 때문에 야수적인 웃음이 뒤틀려 보이는 유대족 족장(族長)의 가면이 그의 몸 위로 고개를 수그리는 모습이 보였다. 몸을 조금만 움직여도 어깨에 지독한 통증이 느껴졌다. 그는 의식을 잃고 말았다. 그가 다시 눈을 떴을 때 해는 시야의 한가운데에 와서 견딜 수 없는 열기를 쏟아붓고 있었다. 그는 왼손을 짚고서 몸 밑에 깔린 두 발을 오그렸다. 반쯤 몸을 일으킨 그는 원형 경기장 같은 그곳으로 햇빛을 반사하고 있는 암벽을 어지러운 눈으로 바라보았다. 앙도아르는 눈에 띄지 않았다. 그는 비틀거리며 자리에서 일어났다. 막 몸을 돌리려는데 등 뒤에서 돌멩이들을 튀기며 달려오는 발소리가 들렸다. 그 소리가 너무 가까이까지 다가왔으므로 미처 대결해 볼 틈도 없었다. 그는 팔이 성한 왼쪽으로 몸을 굴렸다. 왼쪽 허리께를 비스듬히 들이받힌 방드르디는 두 팔을 엇갈리게 가슴에 붙인 채 비틀했다. 앙도아르는 솟아오르는 충동을 옆구리로 추슬러 억제한 다음 떨리는 가느다란 네 다리로 떡 버티고 섰다. 균형을 잃은 방드르디는 부서진 마네킹처럼 숫염소의 등 위로 쓰러졌고 염소는 그의 무게에 눌려 휘청하더니 다시 내달았다. 어깨에 아픔을 느끼면서도 그는 짐승에게 꽉 매달렸다. 두 손으로는 털이 난 뿔의 두개골에서 가장 가까운 부분을 거머쥐고, 두 다리로는 허리의 털 쪽을 꽉 조이는 한편, 발가락으로는 사타구니에 꽉 매달렸다. 염소는 몸을 친친 감고 있는 이 벌거벗은 살덩어리의 밧줄에서 놓여나려고 길길이 날뛰었다. 그놈은 짓누르는 무게에도 불구하고 그 바위 더미 속에서 헛발 한 번 디디지 않고 원형 경기장 같은 그곳을 여러 바퀴나 돌았다. 그가 넘어지거나 일부러 땅바닥을 뒹굴었더라면 다시는 일어나지 못했을 것이다. 방드르디는 아픔이 배 속을 휘젓는 것을 느끼면서 또다시 기절해 버리지나 않을까 겁이 났다. 앙도아르가 제자리에 서도록 만들지 않으면 안 되었다. 그의 두 손이 두개골을 따라 밑으로 내려가더니 짐승의 뼈로 덮인 눈알 위에 가 붙었다. 눈앞이 보이지 않게 되어도 짐승은 걸음을 멈추지 않았다. 마치 장애물들이 눈에 보이지 않게 되자 이제는 그것이 없어졌다고 여기는 듯 이놈은 곧장 앞으로 내달았다. 그의 발굽이 절벽 쪽으로 튀어나온 돌바닥 위를 밟고 뛰는 소리가 들리더니, 여전히 한데 얽힌 두 몸뚱이가 허공으로 무너져 내렸다.

*

그곳에서 2마일쯤 떨어진 곳에서 로빈슨은 망원경을 손에 들고 그 두 적수가 떨어지는 광경을 목격했다. 그는 그 지역의 지리에 밝았으므로 꼭대기에서 깎아지른 작은 오솔길을 따라 내려가거나 그쪽으로 인도되는 약 100피트의 험준한 절벽을 직접 기어오르거나 하면, 그 둘이 나가떨어진 가시덤불의 둔덕에 이를 수 있다는 것을 알고 있었다. 급한 사정이고 보면 직접적인 통로를 택하는 것이 마땅하겠지만 굴곡이 심하고 군데군데가 튀어나온 벽을 따라 더듬더듬 기어오를 생각을 하니 겁이 안 날 수가 없었다. 그러나 그런 어려운 위험까지도 감수하게 된 것은 단순히 방드르디(아직 살아 있을 것으로 여겨지는)를 구해야겠다는 절박한 마음 때문만은 아니었다. 육체를 멋지게 단련시킬 수 있는 근육 운동에 맛을 들인 그였으므로 땅 위에서 불과 3피트 정도 높이에 서 있는데도 심한 현기증이 나는 것은 옛 결점의 마지막 찌꺼기가 남아 있어서 그렇다는 느낌이 들었다. 그런 병적인 허약함을 정면 대결로 극복한다면 그야말로 이 새로운 삶에서 두드러진 진보를 기록하게 되는 것임을 그는 믿어 의심치 않았다.

양쪽 바위 사이를 날듯이 달려간 다음, 방드르디가 백번도 넘게 하는 것을 본 대로 이 바위에서 저 바위로 건너 뛰어간 그는 곧 절벽 밑에 다다랐다. 거기서부터는 벽에 몸을 찰싹 붙이고 스무 개의 손가락 발가락에 의지해 울퉁불퉁한 암벽에 매달려 기어 올라가지 않으면 안 되었다. 거기서 다시 대지적 요소와 직접 접촉하게 되자 그는 엄청난, 그러면서도 다소 수상쩍은 안도감을 느꼈다. 그의 손과 발 그리고 전신은 산의 몸뚱어리를, 그 반질반질한 질감이며 푸석푸석한 맛이며 까칠까칠한 촉감을 익히 잘 알고 있는 것이었다. 그는 광물질의 그 자상한 전율에 몸을 맡기면서 향수 어린 황홀감에 젖어들었다. 그 황홀감 속에서 자신의 안전에 대한 걱정은 극히 일부에 지나지 않았다. 이야말로 그의 과거 속에 다시 한번 젖어 보는 것임을 그는 잘 알고 있었다. 그의 등 뒤에 있는 허공이 그의 시련의 또 다른 반쪽을 이루고 있지 않았다면 그것은 비겁하고 병적인 직무 유기라 할 만했다. 거기에는 땅과 공기가 있었고 그 두 원소 사이에는 나비처럼 떨면서 바위에 달라붙은 로빈슨이 이쪽을 믿을까 저쪽을 믿을까 주저하면서 고통스럽게 몸부림치고 있었다. 절벽의 중간쯤에 이르러 한 치가량 되는 폭의 돌출부에 발을 딛을 수 있게 되자 그는 잠시 멈추고서 몸을 돌려보았다. 전신에 식은땀이 배어서 그의 두 손이 위험하게 미끈거렸다. 조금 전에 자기가 달려왔던 바위들 쪽으로 급경사를 이루는 발밑 광경이 빙글빙글 도는 것을 보지 않으려고 그는 눈을 감았다. 그러고 나서 그는 자신의 공포를 다스려야 한다고 생각하며 다시 눈을 떴다. 그때 그는 석양의 마지막 햇살에 불덩어리처럼 이글거리고 있는 하늘 쪽을 바라보게 되었다. 그러자 곧 어떤 힘이 다시 솟아나면서 그가 지닌 한쪽 부분의 수단을 강화해 주는 것이었다. 그는 지금 느껴지는 현기증이 오로지 땅에만 한사코 매달리려는 인간의 마음에 쏠린 지상적(地上的) 매혹에 지나지 않는다는 것을 깨달았다. 사람의 넋은 정신없이 화강암이나 진흙이나 규토나 편암(片岩) 따위로 된 이 바탕 쪽으로 기울어지는 것이며, 거기서 조금만 멀어지면 덜컥 겁이 나면서도 동시에 멀어져 보고 싶은 유혹이 생긴다. 왜냐하면 넋은 거기서 죽음의 안식을 예감하기 때문이다. 현기증을 불러일으키는 것은 허공이 아니라 대지의 저 깊이가 지닌 매혹적인 충만감이다. 하늘을 향해 얼굴을 들면서 로빈슨은 저 혼돈의 무덤들이 그를 부르는 달콤한 목소리에 비해 저녁의 마지막 햇빛에 불그레하게 물든 두 개의 구름 덩이 사이로 의좋게 날고 있는 앨버트로스 한 쌍의 권유가 더 중요할 수 있다고 느꼈다. 마음속 깊이 더 많은 자신을 느끼면서, 그리고 다음에 내딛는 발걸음이 어디에 이르게 될지를 더욱 확신하면서 그는 다시 암벽을 기어오르기 시작했다.

돌무지 가운데서 자라난 보잘것없는 마가목 덤불 속에서 앙도아르의 시체를 발견했을 때는 땅거미가 내리고 있었다. 그가 축 늘어진 짐승의 시체 위로 몸을 수그리자 곧 목둘레에 단단하게 매 놓은 알록달록한 끈을 알아볼 수 있었다. 등 뒤에서 낄낄대는 웃음소리가 들리는 듯싶어 그는 몸을 일으켰다. 거기에는 온몸이 긁힌 자국투성이인 데다가 왼쪽 팔은 쓸 수도 없지만 그래도 끄떡없는 방드르디가 버티고 서 있었다.

"이놈이 털로 내 목숨을 보호해 주고 나서 죽었어. 큰 염소는 죽었지만 이제 곧 내가 그를 공중에 날면서 노래 부르도록 만들어 줄 거야…….” 그가 말했다.

*

방드르디는 피로와 상처에서 빨리 회복되었다. 이번에도 로빈슨은 회복되는 속도에 놀라지 않을 수 없었다. 그 이튿날이 되자 벌써 얼굴 표정이 느긋해지고 몸에는 원기가 넘쳐 났다. 그는 앙도아르의 시체가 있는 곳으로 갔다. 우선 머리를 잘라 가지고 개미집 한가운데 가져다 놓았다. 그러고는 네 다리와 앞가슴과 하복부의 가죽을 벗겨 내 땅에 늘어놓은 다음, 앙도아르의 해부학적 유령과도 같은, 큼직하고 엉성하며 벌건 몸뚱어리가 붙어 있는 마지막 접착 부분들을 끊어 냈다. 그는 아랫배 주머니를 갈라서 그 속에 들어 있는 40여 피트나 되는 내장을 끌어내더니 바닷물에 씻은 다음 나뭇가지들에 걸쳐 놓았다. 그것은 우윳빛과 보랏빛이 뒤섞인 기묘한 꽃 장식같이 보였다. 그 주위에는 곧 수없이 많은 파리 떼가 날아들었다. 그러고 나서 그는 앙도아르의 무겁고 기름기 낀 털을 성한 팔 옆구리에 낀 채 콧노래를 흥얼거리며 바닷가로 걸어갔다. 그러고는 현장에서 적당히 만든 도구(조개껍데기를 조약돌에 갈아서 다듬은)로 겉쪽의 털을 깎고 안쪽에 붙은 살을 발라내는 일을 시작했다. 그 일은 여러 날이 걸렸다. 그동안 그는 나중에 좀 더 고상하고 보다 쉬우면서도 그에 못지않게 중요한 일을 부탁하겠다면서 로빈슨의 도움을 사양했다.

나중에, 파도가 넘쳐 들어서 거울같이 고요한 웅덩이를 만들었다가 몇 시간 만에 바닷물이 다 증발해 버린 어떤 오목한 바위 속에 숫염소 가죽을 펼쳐 놓고서는 로빈슨에게 그 위에 오줌을 누어 달라고 했을 때에야 비로소 수수께끼가 풀렸다. 그는 이다음부터는 물을 많이 마시고서 반드시 거기에만 소변을 보아 달라고 사정했다. 소변으로 앙도아르의 껍질 전체를 뒤덮을 수 있어야 한다는 것이었다. 로빈슨은 그가 제 스스로는 그 위에 소변을 보지 않는다는 것을 알아차렸다. 그 자신의 소변은 가죽을 무두질하는 힘이 없어서인지, 아니면 그들 두 사람의 체액을 한데 뒤섞는 것이 수치스럽기 때문인지 로빈슨은 물어보지 않았다. 이처럼 암모니아 소금물에 일주일이나 담가 두었던 가죽을 꺼낸 그는 바닷물에 잘 빨아 가지고 두 개의 활대에 걸어 힘을 주어 팽팽하게 잡아당긴 다음 유연하게 되도록 골랐다. 마침내 그는 사흘 동안 말리고도 아직 축축한 상태인 가죽을 속돌로 무두질하기 시작했다. 이제 그것은 해묵은 금빛 색조를 띤 거대한 새 양피지가 되어 손가락으로 쓰다듬으면 나직하고 잘 울리는 소리가 났다.

"앙도아르, 날아가 봐, 앙도아르, 날아가 보라고." 그가 매우 흥분한 듯 소리쳤다. 그러나 여전히 그의 심중을 털어놓으려 하지는 않았다.

*

그 섬에 자라는 아라우카리아나무의 수는 얼마 되지 않았지만 그 그늘 아래에 서식하는 잡목림 한가운데 우뚝우뚝 서 있는 그 나무들의 시커먼 피라미드 모양의 실루엣은 압도하는 데가 있었다. 방드르디는 이 나무들에 붙은 이름만 보아도 그의 고향 고유의 나무인 것을 알 수 있는지라 유별나게 그 나무들을 좋아했다. 그래서 그는 그 나무의 큰 가지들이 갈라지는 부분에 올라가 몸을 찰싹 붙인 채 하루 종일을 보내곤 했다. 저녁이 되면 그는 날개가 달린 씨를 한 움큼씩 로빈슨에게 갖다주었다. 그 속에는 먹을 수 있는 알이 들어 있었는데, 전분이 많은 그 알맹이에서는 싸한 송진 냄새가 강하게 났다. 로빈슨은 항상 방드르디와 함께 나무 위로 기어 올라가는 것은 삼갔다. 그것은 원숭이나 하는 짓 같아 보였기 때문이다.

그러나 그날 아침에는 그 나무들 중 가장 큰 것 아래 서서 잔가지들이 뒤얽힌 깊숙한 곳으로 눈길을 던지면서, 높이가 150피트는 족히 될 거라고 어림짐작 해 보았다. 여러 날 동안 비가 온 뒤 서늘한 아침 기운이 맑은 날을 다시 예고해 주고 있었다. 숲은 마치 짐승의 몸뚱어리처럼 김을 뿜어 내고 있었다. 빽빽하게 돋아난 이끼들 속에서 눈에 보이지 않는 개울물이 마치 이상한 새들이 지저귀는 듯한 소리를 내고 있었다. 항상 자신의 내부에서 일어나는 변화에 주의를 게을리하지 않는 로빈슨은 몇 주일 전부터 자신이 아침마다 조바심을 내며 해 뜨기를 기다리고 있다는 것을 알아차렸다. 첫 햇살이 퍼지는 광경이 그에게는 어떤 축제와도 같이 엄숙한 그 무엇으로 느껴졌다. 그 축제는 비록 매일매일 되풀이되기는 하지만 그래도 매번 어떤 강렬한 새로움을 간직하는 것이었다.

그는 가장 가까이 손 닿는 나뭇가지를 휘어잡고 한쪽 무릎을 걸고 그 위로 올라가 섰다. 막연하게나마 나무 꼭대기로 기어 올라간다면 해 뜨는 광경을 몇 분 더 빨리 구경할 수 있으리라는 생각이 들었던 것이다. 그는 별로 어렵지 않게 쭉쭉 뻗어 나간 나뭇가지들의 계단들을 차례로 기어 올라갔다. 그때마다 어떤 거대한 구조물의 포로가 되어 간다는(마치 그것의 일부분이 된 것처럼) 느낌이 짙어졌다. 끝없이 잔가지들을 친 그 방대한 구조물은 불그레한 껍질에 싸인 나무줄기에서 시작해 큰 가지들, 작은 가지들, 그보다 더 가는 줄기들, 또 더 가는 줄기들로 차례차례 뻗어 나가서 마침내 잔가지 주위에 나선형을 이루며 감기는 비늘 모양의 뾰족뾰족한 삼각형 잎사귀들의 망을 이루고 있었다. 수없이 많은 팔로 공기를 껴안고 수없이 많은 손가락으로 공기를 거머잡는 것이 나무의 기능이라면 그는 바로 그 기능에 참여하고 있는 것이었다. 위로 올라갈수록 그는 건축물을 이루듯이 엇갈려 있는 나뭇가지들이 흔들리는 것을 더 잘 느낄 수 있었다. 그 가지들 사이로는 바람이 스쳐 지나가면서 풍금 소리를 내고 있었다. 그가 나무 꼭대기에 거의 다 왔을 때 돌연 주위에 허공이 나타났다. 아마도 벼락을 맞았는지 나무줄기가 지상 6피트 정도 되는 지점에서 툭 잘려 나가 버린 것이었다. 그는 현기증이 날까 봐 눈길을 아래로 떨어뜨렸다. 그의 발아래에는 차곡차곡 포개진 여러 층의 나뭇가지들이 자욱하게 뒤얽힌 채 기막힌 원근법을 이루면서 저 밑 깊숙이에까지 소용돌이치듯 뻗어 있었다. 어릴 적에 몹시 무서웠던 어떤 기억이 머릿속에 되살아났다. 그는 요크시의 대사원 종루에 올라가 보고 싶어 한 적이 있었다. 그가 조각이 새겨진 가느다란 기둥 주위로 나사못을 박아 걸쳐 놓은 좁고 가파른 계단을 따라 위로 올라가고 있을 때, 벽에 둘러싸인 채 안전하게 느껴지던 여태까지의 어둡침침한 빛이 갑자기 사라져 버리면서 하늘 한가운데로 불쑥 솟아올라 버렸다. 그 허공의 한가운데에서는 시가지에 있는 수많은 지붕들의 아득한 윤곽들로 인해 더욱 눈앞이 어지러워지는 것이었다. 그는 학생복 외투 속에 머리를 파묻은 채 마치 물건 보따리 같은 몰골이 되어 다시 기어 내려오지 않으면 안 되었다…….

그는 두 눈을 감고 손에 잡을 수 있는 유일한 거점인 나무 줄기에 뺨을 갖다 댔다. 수많은 가지들을 적재한 채 바람을 잔뜩 품고 있는 이 살아 있는 돛대들의 숲속에는 어떤 어렴풋한 진동음 같은 것이 들리는 듯했고 간간이 기나긴 신음 소리가 스쳐 지나갔다. 그는 한참 동안 이 아늑하고 어렴풋한 소리에 귀를 기울였다. 고통스러운 상태에서 좀 놓여나는 기분이 되었다. 그는 몽상에 잠겼다. 나무는 부식토 속에 닻을 내리고 있는 거대한 선박이었다. 그는 모든 돛을 펼친 채 마침내 대양을 향해 출범하려고 발버둥 치는 중이었다. 따뜻한 애무의 손길이 그의 얼굴을 감쌌다. 그의 두 눈꺼풀이 작열하듯 빛났다. 그는 해가 떠올랐다는 것을 깨달았지만 눈을 뜨는 시각을 아직 조금 더 늦추고 있었다. 그는 자기의 내부에서 어떤 새로운 기쁨이 솟구쳐 오르는 것에 잔뜩 주의를 기울이고 있었다. 어떤 뜨거운 물결이 그를 휩쌌다. 인색한 새벽이 지난 후 저 황갈색의 빛이 모든 사물들을 당당하게 태어나게 하고 있었다.

그는 눈을 반쯤 떴다. 속눈썹 사이로 한 줌의 반짝이는 금속 조각들이 빛을 발했다. 따뜻한 바람에 나뭇잎들이 가볍게 떨렸다. 그는 생각했다. 나뭇잎은 나무의 허파, 허파 그 자체인 나무, 그러니까 바람은 나무의 숨결. 그는 바깥으로 활짝 펼쳐진 자기 자신의 여러 허파들로 꿈을 꾸었다. 자홍색 살로 된 숲이요, 장밋빛 잔가지들과 점액성의 스펀지가 달린 살아 있는 산호초의 군생체(群生體), 이것이 바로 그의 허파들이었다……. 그는 이 미묘한 원기를 허공 속에 뒤흔들리라, 이 살로 된 꽃다발을. 그리하여 자홍색 기쁨이 빨간 피로 터질 듯 가득 찬 나무줄기의 통로를 따라 그의 내부로 깊이 스며들리라…….

해안 쪽에서는 마름모꼴의 삭은 금빛의 큰 새 한 마리가 하늘 위에 괴상하게 떠 있었다. 방드르디가 그의 수수께끼 같은 약속을 실천에 옮기기 위해 앙도아르를 공중에 날리고 있는 것이었다.

*

그는 세 개의 골풀 막대기를, 길이가 서로 다른 평행의 가로 살대 두 개와 하나의 세로 살대가 십자형을 이루도록 비끄러맨 다음 살대가 서로 만나는 지점마다 홈을 파서 그 속으로 장선(腸線)을 통과시켰다. 그런 다음 그는 그 가볍고 견고한 틀에 앙도아르의 가죽을 붙이고, 가장자리를 장선으로 꿰맸다. 가장 긴 세로 살대의 한쪽 끝은 가죽의 앞쪽 부분에 붙여 꿰매고, 다른 쪽 끝은 클로버 모양으로 늘어지는 짐승의 꼬리 부분이 덮도록 했다. 이 살대의 양쪽 끝은 상당히 느슨

한 고삐에 의해 마주치게 하고, 그 끝에는 줄을 잡아매되 줄을 맨 지점을 연이 가장 힘찬 상승력을 얻을 수 있을 만큼 기울어지도록 만들었다. 방드르디는 매일 신새벽부터 이 어려운 조립 작업에 몰두했던 것이다. 그리하여 건조하고 해가 잘 나는 날씨를 예고하면서 거센 남서풍이 갑작스럽게 불어 대자 이 거대한 양피지(羊皮紙) 새는 조립이 끝나는 즉시 공중으로 날아가고 싶어 못 견디겠다는 듯 그의 손에서 퍼덕거리고 있었다. 바닷가에서는 이 아라우칸족이 기쁨에 넘쳐 고함을 질러 대는 가운데 가냘픈 괴물이 마치 활처럼 펼쳐진 채 모든 지체들을 바람에 퍼덕이며 차례로 흰색과 검은색이 교차되는 깃털 장식을 뒤에 달고 쏜살같이 공중으로 치솟아 올랐다.

로빈슨이 그의 곁으로 갔을 때 그는 두 손을 목 뒤로 돌려 마주 잡은 채 모래 위에 누워 있었고, 연의 줄은 그의 왼쪽 발목에 매여 있었다. 로빈슨은 그의 옆에 가만히 누웠고 두 사람은 오랫동안 앙도아르를 응시했다. 앙도아르는 돌연하고 눈에 보이지 않는 공격들에 떠밀리기도 하고, 거슬러 불어오는 바람 때문에 못 견디겠다는 듯한 몸짓을 하고, 또는 돌연히 고요해진 바람으로 인해 힘이 빠졌으나 곧 아슬아슬한 도약을 하면서 잃어버렸던 고도(高度)를 회복하면서 구름 떼 속에서 살아 움직이고 있었다. 이 모든 풍력(風力)의 곡예에 골똘하게 정신을 팔고 있던 방드르디는 마침내 벌떡 일어나더니 팔짱을 끼고 웃어 대면서 앙도아르의 춤을 흉내 내기 시작했다. 그는 모래 위에서 몸을 공 모양으로 웅크렸다가는 왼쪽 다리를 하늘로 펄쩍 내뻗으면서 날아오르는 동작을 하고, 핑그르르 돌다가는 갑자기 탄력을 잃은 듯 비틀거리기도 하고, 잠시 멈칫거리다가 또다시 몸을 날리곤 했다. 그때 그의 발목에 비끄러맨 연줄은 마치 이 허공 중의 무도의 축을 이루는 듯했다. 먼 곳의 충실한 기사(騎士) 앙도아르가 그의 동작 하나하나에 주춤거림이나 회전 혹은 급강하의 움직임으로 응답하곤 했으니 말이다.

오후에는 블론 낚시질을 하며 보냈다. 앙도아르의 줄은 카누의 뒤쪽에 비끄러매 놓고, 그와 동시에 같은 길이의 줄을(약 150피트) 연의 꼬리에 매달고 그 반대쪽 끝에는 거미줄로 된 고리가 달려 햇빛에 반짝이면서 파도의 꼭대기를 살짝살짝 스치도록 만들어 놓았다.

로빈슨은 동쪽 함수호 해안의 바다에서 바람을 거슬러 천천히 노를 저었고, 한편 방드르디는 배 뒤쪽에서 그에게 등을 돌린 채 앉아서 앙도아르가 떠가는 모습을 지켜보고 있었다. 블론이 한 마리 미끼에 달려들어 자잘한 이빨이 잔뜩 돋아난 주둥이로 거미줄을 덥석 물게 되면 하늘에 뜬 연은 마치 낚시의 찌처럼 까불까불 흔들리면서 고기가 물었음을 알려 주는 것이었다. 그러면 로빈슨은 몸을 뒤로 돌리고 바람 방향으로 노를 저어, 방드르디가 잡고 있는 줄의 한쪽 끝 쪽으로 아주 빨리 돌아갔다. 카누의 한가운데는 등이 초록빛이고 배때기가 은빛 나는 원통형의 블론 물고기가 잔뜩 쌓여 갔다.

저녁이 되어도 방드르디는 밤 동안 앙도아르를 땅으로 끌어 내려 둘 생각을 하지 않았다. 그는 자기의 해먹을 매어 둔 후추나무들 중 한 그루에다가 그것을 비끄러매어 두었다. 이리하여 앙도아르는 고삐 맨 가축처럼 주인의 발치에서 밤을 보내고 나서 다시 그다음 날에도 하루 종일 그를 따라다녔다. 그러나 둘째 날 밤에는 바람이 완전히 그쳐 버려서 목련나무 밭 한가운데까지 가서 거기에 슬며시 내려앉은 그 금빛 나는 큰 새를 거둬 오지 않을 수 없었다. 여러 번 애를 써 봐도 아무런 성과가 없자 방드르디는 그것을 다시 공중에 날리기를 포기했다. 그는 그걸 잊어버린 듯했다. 그러고는 일주일 동안 그저 하는 일 없이 빈둥거리면서 지냈다. 그러고 나서야 비로소 개미집 속에다 버려 둔 그 염소의 머리 생각이 난 것 같았다.

*

이 작고 활동적인 붉은색 일꾼들은 부지런히도 일을 한 모양이었다. 염소의 희고 갈색 나는 긴 털과 수염과 살은 하나도 남은 것이 없었다. 두 개의 눈구멍과 머릿속 그 자체는 깨끗이 청소되어 있었고, 근육과 연골들도 구석구석마다 어찌나 골고루 갉아 먹혔는지 방드르디가 손을 대자 아래턱뼈가 나머지 부분에서 분리되어 버리는 것이었다. 그가 무슨 트로피나 되는 듯 열심히 흔들어 보인 것은 상아 같은 두개골과 억센 검은빛 뿔이 달린, 그야말로 멋진 잔해였다. 그는 전에 그 동물의 목에 묶어 매어 놓았던 알록달록한 색깔의 끈을 모래밭에서 찾아내 가지고는 두 뿔의 밑바탕에, 뼈다귀의 축(軸) 주위로 칼집 모양의 뿔로 된 고리에 그 끈을 잡아맸다.

"앙도아르가 이제 노래를 부를 거야!" 그가 그의 하는 모양을 바라보고 있는 로빈슨에게 수수께끼 같은 예언을 해 보였다.

그는 우선 단풍나무로 길이가 서로 다른 두 개의 동살을 다듬었다. 그중 긴 것의 양쪽 끝에 직각으로 구멍 두 개씩을 뚫어 가지고는 두 개의 뿔 끝부분을 서로 이었다. 짧은 동살은 짐승의 얼굴 부분 상반부에 긴 동살과 평행이 되도록 고정시켰다. 거기서 한 치쯤 위, 눈구멍 사이에는 전나무로 깎은 작은 판때기를 끼워 박고 그 윗모서리에 열두 개의 좁은 홈을 팠다. 끝으로 그는, 햇볕에 잘 말라서 가느다란 가죽 끈처럼 된 채 아직도 어느 나뭇가지들 위에 걸려 흔들거리고 있는 앙도아르의 장선(腸線)들을 걷어 와서 그것들을 약 3피트씩 되도록 똑같이 토막 냈다.

로빈슨은 여전히 영문을 알지 못한 채, 마치 인간의 두뇌로는 너무 복잡해서 이해할 수 없는 삶의 방식을 가진 어떤 곤충이 하는 짓을 관찰하기라도 하듯이 그를 지켜보기만 했다. 대부분의 시간 동안 방드르디는 아무 일도 하지 않고 가만히 있었다. 그런데도 그의 엄청나고 순진하기만 한 게으름의 세계에 권태감이 찾아드는 기색이라곤 전혀 찾아볼 수 없었다. 그러다가 마치 봄바람에 이끌려 어떤 복잡한 절차의 번식 행위에 골몰하게 된 나비목 곤충처럼 그는 무슨 생각이 났다는 듯 자리에서 벌떡 일어나 줄기차게 일에 몰두하는 것이었다. 그 일의 목적이 확실히 무엇인지는 오랫동안 수수께끼로 남아 있었지만 거의 언제나 공기(空氣)와 관계가 있는 그 무엇이라는 것은 알 수 있었다. 이때부터 그가 바친 노고와 시간 등은 이루 헤아릴 수 없을 지경이었고, 그의 인내력과 정성은 실로 무한했다. 이렇게 하여 로빈슨은 여러 날 동안 방드르디가 여러 개의 쐐기를 이용해 열두 개의 장선들을 두 개의 동살 사이에 당겨 매서 앙도아르의 두 뿔과 이마를 장식하는 모양을 지켜보았다. 그는 타고난 음악적 센스를 동원해 흔한 현악기의 줄들처럼 3도 음정이나 5도 음정으로가 아니라 그 현들이 다 같이 불협화음 없이 울릴 수 있도록 때로는 동조(同調)로, 때로는 8도 음정으로 조율했다. 그 악기는 그 자신이 직접 탈 수도 있는 리라나 키타라가 아니라 원소의 악기, 바람이 유일한 탄주자가 될 악기였던 것이다. 두 개의 눈구멍이 두개골의 공명상자 속에 열려 있는 향공(響孔) 기능을 했다. 가장 약한 바람만 불어도 현에 와서 울리도록 하기 위해서 방드르디는 해골의 이쪽저쪽에 독수리 깃들을 매어 놓았다. 독수리란 항상 손댈 수 없을 만큼 강한 불멸의 동물처럼 보였던 터라 로빈슨은 그가 어디서 그 깃털들을 구해 왔는지 알 수 없었다. 이렇게 만들어진 이 바람이 타는 하프는 모든 방향에서 다 바람을 받을 수 있는 장소, 즉 수풀이 뒤엉킨 가운데 비쩍 마른 가지들을 쳐들고 있는 죽은 삼나무 가지들 가운데에 걸려 놓이게 되었다. 그곳에 자리를 잡자 곧 하프는, 바람이 완전히 자고 있을 때도 가냘프고 탄식하는 듯한 맑은 소리를 냈다. 방드르디는 오랫동안 이 음산하면서도 맑은 음악에 골똘히 귀를 기울였다. 마침내 그는 마음에 안 든다는 듯 실쭉한 표정을 지으면서 로빈슨 쪽으로 손가락 두 개를 쳐들어 보였다. 그것은 오직 두 개의 줄만이 진동하며 소리를 냈을 뿐이라는 뜻이었다.

여러 주일 전부터 방드르디는 그저 낮잠 자는 습관으로 되돌아갔고, 로빈슨은 해 뜨는 광경을 구경하는 데 정신이 팔려 있었다. 그런데 드디어 앙도아르가 제대로 실력을 발휘했다. 로빈슨은 아라우카리아 나뭇가지 사이에 나무껍질 차양으로 벽을 만들고 마침내 그곳에 아예 잠자리를 마련하고 지냈는데, 어느 날 밤 방드르디가 찾아와서 그의 발을 잡아당겼다. 심상치 않은 바람이 일면서, 비가 올 조짐은 보이지 않은 채 공기 속에 전기를 실어 놓은 듯한 뜨거운 열기가 밀려 왔다. 원판처럼 공중에 떠오른 만월이 흐릿한 구름 떼의 조각 사이로 떠가고 있었다. 방드르디는 로빈슨을 죽은 삼나무들의 해골 같은 실루엣 쪽으로 이끌고 갔다. 나무가 눈에 들어오기 훨씬 전에 벌써 로빈슨은 피리 소리와 바이올린 소리가 한데 섞인, 인간의 세계를 초월한 어떤 협주곡이 들린다는 느낌을 받았다. 이어지는 곡조가 마음을 그 론도로 이끌고 가면서 그 속에 담긴 충동을 가슴에 새겨 놓는 멜로디가 아니었다. 그것은 단 한 줄기의 단조로운 음조로서(그러나 무한한 하모니로 충만한) 영혼에 결정적인 위력을 행사하는 것이었으며, 무수한 구성 요소들로 이루어진 화음으로서 그 끈질긴 위력은 사람을 매혹하는 숙명적이고 거역할 길 없는 그 무엇을 지닌 음이었다. 두 사람이 노래하는 나무 근처에 도달했을 때 바람은 두 배나 더 거세졌다. 가장 높은 가지에 실로 짧게 매여 있던 연이 마치 북을 메운 가죽처럼 때로는 열광적인 부동(不動) 속에 고정되고 때로는 미친 듯이 요동치며 내달아서 퍼덕거리며 진동하는 것이었다. 공중을 나는 앙도아르가 노래하는 앙도아르 속에 출몰하면서 그를 보살피는 동시에 위협하는 듯했다. 변화하는 달빛 아래 독수리 깃털의 두 날개는 해골의 이쪽저쪽에서 경련하듯 열리고 닫히면서 폭풍과 보조를 맞추어 어떤 환상적인 생명을 부여하고 있었다. 그리고 무엇보다도 저 강력하고 멜로디 넘치는 울음소리, 비인간적이고 그야말로 원초적인 음악, 그것은 대지의 어두운 목소리요, 동시에 천상계의 하모니요, 또한 제물이 된 큰 숫염소의 목쉰 탄식이었다. 절벽을 굽어보는 바위에 몸을 의지한 채 서로 몸을 부둥켜안은 로빈슨과 방드르디는 곧 있는 그대로의 원소(元素)들이 서로 혼연일체가 된 그 신비의 위대함 속에 빠진 채 무아지경이 되었다. 대지와 나무와 바람이 한 덩어리가 되어 앙도아르를 예찬하는 그 심야의 의식을 집행하고 있었다.

*

로빈슨과 방드르디 사이의 관계는 깊고 인간적인 것이 되었지만 동시에 까다로워지기도 했다. 두 사람 사이가 전적으로 원만하기만 할 수는 없었던 것이다. 전에는(폭발 사건이 있기 전에는) 그들 사이에 실제로 다툼 같은 것이 있을 수는 없었다. 로빈슨이 주인이었으니 방드르디는 그저 복종할 따름이었다. 그러나 방드르디가 자유로운 신분이 되어 로빈슨과 동등해진 이상, 이제 그들은 서로 성을 내며 다툴 수 있었다.

방드르디가 커다란 조개껍데기에다 토막 낸 뱀과 메뚜기를 곁들인 요리를 준비한 어느 날 실제로 그런 일이 일어났다. 과연 몇 주일 전부터 그는 로빈슨의 신경을 건드렸다. 단둘이서 같이 살 때 신경을 건드리는 일보다 더 위험한 것은 없다. 그것은 가장 친한 사람들의 관계도 끊어 버리는 다이너마이트와도 같았다. 로빈슨은 그 전날 두꺼비 살코기에 머루를 먹고 속이 좋지 않았다. 그런데 이번에는 방드르디가 뱀고기와 벌레로 만든 잡탕을 그의 코밑에 들이댄 것이었다! 로빈슨은 속이 뒤집히는 것을 참을 수 없어서 그 큰 조개껍데기를 그 속에 담긴 것과 함께 발길로 걷어차서 모래 위에 다 쏟아 버렸다. 성이 머리끝까지 치민 방드르디는 그것을 집어서 두 손으로 로빈슨의 머리 위에 쳐들어 올렸다. 두 친구는 싸움을 벌일 참일까? 그렇지 않았다! 방드르디는 도망쳐 버렸다.

두 시간 후 로빈슨은 그가 마네킹처럼 생긴 무엇인가를 거칠게 질질 끌면서 되돌아오는 것을 보았다. 머리는 야자열매로, 팔과 다리는 대나무로 만든 것이었다. 특히 그것은 로빈슨의 헌옷을 입혀 만든, 일종의 새 쫓는 허수아비 같았다. 방드르디는 뱃사람 모자를 씌운 야자열매에 그의 옛 주인의 얼굴을 그려 놓았다. 그는 마네킹을 로빈슨의 코앞에 갖다 세웠다.

"스페란차섬의 총독 로빈슨 크루소를 소개하지." 그가 로빈슨에게 말했다.

그러고 나서 그는 여전히 땅바닥에 떨어져 있는 더럽고 빈 조개껍데기를 집어 들더니 야자열매에 대고 으깼다. 대나무가 부러지면서 그 가운데로 야자열매가 무너져 앉았다. 마침내 그는 폭소를 터뜨리면서 로빈슨에게 다가가서 껴안았다.

로빈슨은 이 괴상한 희극의 의미가 무엇인지를 깨달았다.

어느 날 방드르디가 종려나무에 기생하는 굵은 벌레들에 개미 알을 발라 산 채로 먹는 것을 보자 화가 치밀어 오른 로빈슨은 바닷가로 나갔다. 그는 젖은 모래에 배를 깔고 엎드린 일종의 소조상을 파서 만들고 해초로 머리털을 붙여 달았다. 구부리고 있는 한쪽 팔에 가려 얼굴 부분은 보이지 않았지만 벌거벗은 갈색 몸뚱이는 방드르디를 닮은 것이었다. 로빈슨이 그의 작품을 막 완성할 무렵 그의 친구가 아직도 입 속에 종려나무 벌레를 가득 담은 채 그에게 다가왔다.

"뱀과 벌레를 먹는 방드르디를 소개하지." 로빈슨이 그에게 모래상을 손가락질하며 말했다.

그러고 나서 그는 개암나무 가지를 하나 꺾어 가지고 잔가지와 잎을 다듬은 다음, 바로 그런 목적으로 만든 모래 방드르디의 등과 볼기짝과 허벅지를 후려치기 시작했다.

그때부터 그들은 넷이서 그 섬에 살았다. 진짜 로빈슨과 대나무 인형, 진짜 방드르디와 모래상 넷이었다. 그들 두 친구는 하고 싶은 못된 짓(욕설, 주먹다짐, 분통을 터뜨리는 일)을 상대의 모형에 대고 했다. 그들 두 사람 사이에는 오직 친절만이 오갔다.

그렇지만 방드르디는 두 사람의 모형으로 하는 놀이보다 더 재미있고 더 기이한 놀이를 또 만들어 낼 수 있었다.

어느 날 오후, 그는 유칼리나무 아래서 낮잠을 자고 있는 로빈슨을 마구 흔들어 깨워 댔다. 그는 이상하게 변장을 하고 있었는데 로빈슨은 그것이 무엇을 의미하는지 금세 알아차리지 못했다. 그는 헌 누더기를 이어 바지랍시고 다리에 꿰고 있었다. 어깨에는 짧은 재킷을 걸치고 있었다. 머리에는 밀짚모자를 썼으면서도 야자 잎으로 된 작은 양산을 또 썼다. 그러나 무엇보다도 그는 두 뺨에 야자나무의 빨건 털을 잔뜩 붙여서 수염이 난 시늉을 하고 있었다.

"내가 누군지 알아?" 그가 로빈슨의 앞으로 의젓하게 오락가락하면서 물었다.

"몰라."

"나는 영국의 요크시에서 온 로빈슨 크루소야. 야만인 방드르디의 주인이지!"

"그럼 나는? 나는 누구지?" 로빈슨이 어이가 없어져서 물었다.

"알아맞혀 봐!"

로빈슨은 이제 자기 친구를 너무나도 잘 아는지라 말을 다 하지 않아도 그가 무슨 말을 하려는 것인지 알아차릴 수 있었다. 그는 자리에서 일어나 숲속으로 사라졌다.

만약 방드르디가 로빈슨, 즉 노예 방드르디의 주인인 옛날의 로빈슨이라면 이제 옛날의 노예였던 방드르디가 될 사람은 오직 로빈슨 자신밖에 없었다. 실제로 이제 그에게는 모가 나게 길렀던 수염도, 폭발 사건이 있기 전에 바싹 깎았던 머리털 모습도 사라져 버리고 없었다. 그래서 이제 그의 모습은 어찌나 방드르디와 비슷한지, 자기의 역할을 할 만한 것이라곤 아무것도 없었다. 그는 그저 피부 빛을 갈색으로 만들기 위해 얼굴과 몸에 야자열매즙을 문질러 바르고, 방드르디가 이 섬에 처음 도착하던 날 차고 있던 아라우칸족의 허리옷을 걸치는 것으로 만족했다. 그러고 나서 그는 방드르디 앞에 다시 나타나 그에게 이렇게 말했다.

"자, 내가 방드르디다!"

그러자 방드르디는 그가 알고 있는 최상의 영어로 문장이 긴 말을 하려고 노력했고, 로빈슨은 방드르디가 영어라고는 한마디도 할 줄 모르던 시절에 배운 몇 마디 아라우칸족 말로 대답했다.

"해로운 귀신을 쫓아내기 위해 너를 제물로 바치려고 했던 네 부족 사람들에게서 너를 구해 준 건 나야." 방드르디가 말했다.

그러자 로빈슨은 땅바닥에 무릎을 꿇고 앉아서 정신없이 감사의 말을 중얼거리면서 머리가 땅에 닿도록 절을 했다. 마침내 그는 방드르디의 발을 붙잡아 자기 목 위에 얹었다.

그들은 자주 이 놀이를 하곤 했다. 언제나 시작 신호를 하는 것은 방드르디였다. 그가 가짜 수염을 붙이고 양산을 들고 나타나기만 하면 로빈슨은 곧 자기 앞에 나타난 것이 로빈슨이며 자신은 방드르디 역할을 해야 한다는 것을 알아차렸다. 또 사실 그들은 지어낸 장면을 연출하는 법이라곤 없었고, 다만 방드르디가 겁먹은 노예였고 로빈슨이 까다로운 주인이었던 과거의 생활 속에 실제로 있었던 일화들만을 실연해 보였다. 그들은 옷을 입힌 선인장, 물이 빠진 논, 화약통 옆에서 몰래 피웠던 파이프 담배 에피소드를 연기했다. 그러나 그 어떤 장면보다도 방드르디의 마음에 든 것은 맨 처음, 자기를 제물로 삼으려고 하는 아라우칸족을 피해 방드르디가 도망치고 로빈슨이 그를 구해 주는 장면이었다.

노예 시절의 생활에 대해 지니고 있는 불쾌한 추억에서 그를 해방시켜 주기 때문에 이 놀이가 방드르디의 마음을 푸근하게 해 준다는 것을 로빈슨은 깨달았다. 그러나 로빈슨의 경우에도 마찬가지였다. 왜냐하면 그는 늘 총독과 장군으로서의 과거에 대해 다소 마음에 걸리는 데가 있었기 때문이다.

*

그로부터 얼마 후 로빈슨은 옛날에 자기가 여러 날 동안 감금 생활을 했던 곳으로 결국은 어쩌다 보니 일종의 노천(露天) 집필실이 되었던 구덩이를 우연히 다시 발견하게 되었다. 더욱이나 그는 두꺼운 모래와 먼지의 층에 덮인 채 있는 항해일지의 노트와 관찰 기록이 적힌 책 한 권과 글씨가 쓰여 있지 않은 두 권까지 뜻하지 않게 발견했다. 전에 잉크병으로 쓰였던 작은 흙단지 속에 있던 디오돈즙(汁)은 다 말라 버렸고, 글씨를 쓰는 데 사용했던 독수리 깃털들도 없어져 버렸다. 로빈슨은 그 모든 것이 관사가 불탈 때 다른 것들과 함께 파괴되었다고 여기고 있었다. 그는 이 같은 발견 소식을 방드르디에게 알린 다음 그가 지내 온 내력의 흥미 있는 증거인 항해일지를 계속해서 쓰기로 마음먹었다. 그는 매일같이 그 생각을 했고 마침내 독수리 깃털을 줍고 디오돈을 낚시질하러 가야겠다고 결심했다. 그런데 어느 날 저녁 방드르디가 정성스럽게 깎은 앨버트로스 깃털 한 묶음과, 대청 잎사귀를 갈아서 채취한 푸른색 물감병 하나를 그의 앞에 갖다 놓았다.

"자, 이젠 앨버트로스가 독수리보다 낫고 푸른색이 붉은색보다는 낫지." 그가 로빈슨에게 간단히 말했다.

10장

항해 일지: 오늘 아침, 가슴을 에는 듯한 번민 때문에 더 이상 자리에 누워 있지 못하고 해가 뜨기도 전에 일어나, 너무 오랫동안 해가 비치지 않아서 황량해진 사물들 가운데로 헤매고 다녔다. 창백한 하늘에서 골고루 내려 퍼지는 회색빛이 풍경의 두드러진 부분들을 지우면서 여러 가지 색조를 만들어 내고 있었다. 나는 온 정신을 바쳐 내 육체의 연약함과 싸우면서 뒤얽힌 바위 더미의 정상에까지 올라갔다. 이제부터는 해 뜨기 전 최대한 늦은 시각에 잠을 깨도록 유의할 필요가 있을 것 같다. 오직 수면만이 밤의 기나긴 유형(流刑)을 견디게 해 준다. 아마도 잠의 존재 이유는 바로 거기에 있을 것이다.

동쪽 모래언덕들 위에 떠서 불타는 사원(寺院)이 하나 불그레하게 빛을 발하고 있었다. 거기서는 영화로운 햇빛의 잔치가 신비롭게 준비되고 있었다. 나는 한쪽 무릎을 땅에 꿇고 마음을 가다듬으면서 내 마음속에 잠겨 있는 구토증이 어떤 신비적인 기다림으로 변용하는 것에 주의를 기울였다. 동물들, 초목들, 심지어 돌들까지도 그 신비적인 기다림에 참여하고 있었다. 내가 눈을 들었을 때 불타는 사원은 폭발해 버린 뒤였다. 이제 그것은 황금빛과 자홍빛이 흘러내리는 덩어리로 하늘을 절반이나 가득 채우고 있는 거대한 제단(祭壇)으로 변했다. 뿜어 나온 첫 광선은 믿음직하게 축복을 내려주시는 아버지의 손길처럼 내 붉은 머리털 위에 흘러내렸다. 둘째의 광선은 옛날에 타는 숯불이 예언자 이사야의 입술을 정화했듯이 내 두 입술을 정화해 주었다. 마침내 두 개의 불칼이 내 어깨를 쑤실 때 나는 태양의 기사(騎士)가 되어 일어섰다. 그러자 곧 뜨거운 화살들이 날아와 내 얼굴과 가슴과 두 손을 찌르면서 내 장엄한 축성식(祝聖式)의 잔치가 끝나 갔고 한편으로는 숱한 빛의 왕관들과 왕홀들이 나의 초인적인 상(像)을 뒤덮고 있었다.

. . . .

항해 일지: 그는 바위 위에 앉아서 성대[11]를 낚으려고 소용돌이치는 물결 속에 낚싯줄을 담근 채 지그시 기다리고 있다. 뒤꿈치만 바위에 닿게 걸치고 있는 그의 맨발은 다리에서 연장되어 물결 쪽으로 늘어뜨려져 있다. 길고 섬세하며 물갈퀴가 달린 지느러미를 연상케 하는 그 발은 갈색 소라 같은 그의 몸뚱이와 잘 어울려 보인다. 나는 발이 작고 장딴지에 알통이 박

---

11) 물고기의 일종.

힌 인디언들과는 반대로 방드르디는 흑인 종족답게 발이 길고 장딴지가 밋밋하다는 것을 알아차렸다. 아마도 그 두 기관 사이에는 항상 반비례 관계가 있는 모양이지? 장딴지의 근육은 지렛대의 한쪽 손잡이에 의지하듯이 발뒤꿈치 뼈에 의지해 힘을 가한다. 그러니까 지렛대가 길면 길수록 장딴지는 발을 움직일 때 힘을 덜 들이게 된다. 황인종은 장딴지가 발달되고 발이 작은 데 비해 흑인은 그 반대라는 사실은 이렇게 설명될 수 있을지도 모른다.

. . . .

항해 일지: 해여, 나를 중력(重力)에서 벗어나게 해 다오. 낭비와 부주의로부터 나를 보호해 주지만 내 젊음의 충동을 꺾고 삶의 기쁨을 꺼 버리는 중력의 너무 빽빽한 기운을 내 피 속에서 씻어 내 다오. 거울에 비친 내 북방인 특유의 무겁고 슬픈 얼굴을 들여다볼 때면 그라스(grâce)라는 말의 두 가지 의미(무용수에 적용되는 우아함이라는 의미와 성자(聖者)와 관련이 있는 은총이라는 의미)가 태평양의 어느 하늘 아래서는 하나가 될 수 있음을 깨닫는다. 나에게 아이러니를 깨우쳐 다오. 가벼움을 가르쳐 다오. 계산도, 감사도, 두려움도 없이 이 대낮의 직접적인 선물을 웃으며 받을 줄 아는 방법을 내게 가르쳐 다오.

해여, 나를 방드르디와 닮게 해 다오. 웃음으로 활짝 피고, 송두리째 웃음을 위해 빚어진 방드르디의 얼굴을 나에게 다오. 매우 높으면서도 뒤로 젖혀진 저 이마를, 검은 머리 타래의 꽃 장식으로 덮인 저 이마를. 조소를 띠며 항상 불이 켜져 있는 듯하고, 아이러니 때문에 양끝으로 찢어져 있으며, 보이는 모든 것이 다 재미있어 뒤집힐 듯한 저 눈을. 두 귀퉁이가 위로 치켜진, 탐욕스럽고 동물적인 저 구불구불한 입을. 더 잘 웃고, 세상의 모든 것을 우스운 것으로 치부하기 위해, 어리석음과 악의라는 두 가지 경련을 더 잘 고발하고 파괴하기 위해 어깨 위에서 이리저리 흔들리는 머리통을…….

그러나 내 바람의 동반자가 이처럼 나를 이끄는 것은 바로 나를 너에게로 인도하기 위함이 아니겠는가? 해여, 너는 나에 대해 만족하는가? 나를 바라보라. 나의 변신은 너의 불꽃 쪽을 충분히 지향하고 있는가? 향지성(向地性) 잔뿌리들처럼 땅 쪽으로만 자라던 내 수염은 없어져 버렸다. 반면 내 머리털은 하늘을 향해 치솟는 불꽃처럼 이글거리는 결을 뒤틀고 있다.

나는 너의 용광로를 향해서 날아가는 화살이다. 나는 하나의 추(錘)다. 이 수직의 프로필은 대지를 거느리는 너의 지고함을 규정해 주고 해시계 같은 모습으로 그림자 바늘을 가지고 너의 걸음걸이를 가리켜 보인다.

나는 너의 불꽃 속에 담가 놓은 단검처럼 이 대지 위에 서 있는 너의 증인이다.

. . . .

항해 일지: 내 생활에서 가장 크게 변한 것은 시간의 흐름과 속도, 나아가서는 그 방향이다. 옛날에는 매일, 매시간, 매분은 그다음 날, 시간 혹은 분 쪽을 향해 이를테면 기울어져 있었다. 그리하여 그 모두가 그 순간의 의도에 의해 흡수되곤 했다. 잠시 동안 어떤 의도도 없을 때는 마치 무슨 공허 같은 것이 생겨나는 것이었다. 이리하여 시간은 빠르고 유용하게 흘러갔으며

보다 유용하게 쓰이면 쓰일수록 빨리 지나갔고, 그 뒤에는 내 역사라고 하는 기념물들과 찌꺼기 더미가 남았다. 아마도 내가 몸을 싣게 된 연대기적 시간은 우여곡절의 수천 년이 지나고 나면 마침내 '고리처럼 처음과 끝이 만나서' 그 출발점으로 되돌아가게 될지도 모른다. 그러나 이 같은 시간의 순환성은 하느님만이 아는 비밀인 채로 남아 있었고, 또 나의 짧은 일생은 직선의 한 토막으로서 그 양쪽 끝은 어처구니없게도 무한대를 향하고 있어서 이는 마치 불과 몇 평짜리 마당으로는 땅덩어리가 둥근 공같이 생겼다는 것을 알아차릴 수 없는 것이나 마찬가지이다. 그러나 몇 가지 지표들은 영원을 헤아릴 수 있는 관건이 존재하고 있음을 가르쳐 준다. 가령 책력 같은 것이 그러한데 거기에 나타난 계절들은 인간적 척도의 영원 회귀인 것이다. 심지어 단순한 시간의 순환까지도 그러하다.

이제부터 내게 그 주기는 너무나도 작은 차원으로 축소된 나머지 순간과 구별할 수 없을 정도이다. 순환 운동은 어찌나 신속해졌는지 이제는 부동(不動)과 구별되지 않는다. 따라서 나의 날들은 마치 다시 똑바로 일어선 것 같은 느낌을 준다. 날들은 더 이상 하루하루 차례로 쓰러져 버리지 않게 되었다. 날들은 수직으로 일어서서 그 본질적인 가치를 당당하게 확립한다. 날들은 더 이상 실천되는 과정에 있는 어떤 계획의 순서에 따른 단계들로 서로 구별되지는 않게 되었으므로, 그들 서로가 비슷비슷해져서 내 기억 속에서는 서로 정확하게 포개지고, 또 나는 똑같은 날을 끊임없이 다시 살고 있는 것 같은 인상을 받을 정도가 되었다. 폭발로 인해 달력 대용의 돛이 파괴된 이후 나는 내 시간을 고려할 필요를 느끼지 않았다. 그 잊지 못할 사고와 그 사고를 예비해 놓은 모든 것의 기억은 내 머릿속에 변함없이 생생하게 남아 있다. 이는 물시계가 산산조각 나 버리는 순간에 시간도 움직이지 않고 굳어 버렸다는 또 하나의 증거다. 그 순간부터 우리, 즉 방드르디와 나는 영원 속에 자리 잡은 것 아니겠는가?

나는 이 기이한 발견에 관련된 모든 의미를 아직 다 실감하지 못했다. 우선 이 혁명(그것이 비록 돌연하고 문자 그대로 폭발적인 것이긴 했지만)은 몇 가지 전징(前徵)들에 의해 예고되었고 어쩌면 미리부터 예비되었다는 사실을 상기할 필요가 있다. 예를 들어서 관리된 섬의 전체적인 달력 질서로부터 벗어나기 위해 내가 물시계를 멈추는 버릇을 갖게 된 점이 그것이다. 그것은 처음에는 마치 비시간(非時間) 속에 잠기듯이 섬의 뱃구레 속으로 내려가려는 목적에서였다. 그렇지만 폭발로 인해 밖으로 쫓겨 나온 것은, 그리고 이제는 우리의 모든 해변에 그 축복을 전파하고 있는 것은 바로 대지의 심층 속에 도사리고 있던 영원이 아닌가? 아니, 폭발은 바로 심층 속에 묻혀 있던 평화가 화산 폭발하듯이 개화(開花)한 것이 아닌가? 그 평화는 마치 땅속에 묻힌 씨앗처럼 바위 속에 갇혀 있었지만 지금은 점점 더 넓은 영역으로 그늘을 드리우는 한 그루 거대한 나무처럼 이 섬의 주인이 되어 있다. 그 생각을 하면 할수록 나는 화약통들, 판데이설의 파이프 그리고 방드르디의 그 서투른 불복종이란 '버지니아호'가 좌초한 이후 계속 진행되어 온 어떤 숙명적 필연성을 덮고 있는 에피소드들의 외투에 지나지 않는다는 느낌이 든다.

또 하나 예를 들자면 내가 때때로 느끼곤 했던 저 순간적인 눈부심, 내가 나의 '무죄의 순간들'이라고 불렀던(예견적인 직관이 없지도 않은) 그 눈부심의 경우가 그렇다. 그때 나는 짧은 한 순간, 내 건축 공사장 저 밑에서, 그리고 내가 스페란차 전역에 걸쳐 추진했던 농경 사업장 저 이면에서 다른 섬을 엿볼 수 있다는 느낌을 받곤 했다. 나는 이제 바로 그 또 하나의 스페란차로 실려 온 것이다. 나는 영구히 어떤 '무죄의 순간' 속에 들어앉은 것이다. 스페란차는 이제 기름진 땅으로 가꾸어야 할 황무지가 아니다. 방드르디는 이제 내가 교육해야 할 야만인이 아니다. 그 양자는 다 같이 나의 온 주의력을, 관조적인 주의력을, 신기한 것에 감탄하는 듯한 집중력을 요구한다. 내가 그들을 매 순간 처음 발견하는 듯한 느낌이 들고, 그들이 지닌 마술적이라 할 만한 새로움은 그 무엇에 의해서도 흐려지지 않는 것 같이 보이기 때문이다.

. . . .

항해 일지: 함수호의 물거울 속에서 나는 방드르디가 침착하고 규칙적인 걸음걸이로 내게 다가오는 것을 본다. 그를 에워싸고 있는 하늘과 물의 사막이 어찌나 광막한지 도무지 표준으로 삼을 만한 것이라곤 아무것도 없다. 그래서 그것이 여기 내 손에 닿을 만큼 가까이 있는 세 치 정도 크기의 방드르디 같기도 하고 그와 반대로 한 반 마일가량 떨어진 곳에 서 있는 6투아즈[12]나 되는 거인일 것 같기도 하다…….

마침내 그가 여기 왔다. 내가 저처럼 자연스럽고 당당하게 걸을 수 있겠는가? 그가 벌거숭이 옷을 몸에 감고 있는 것만 같다고 한다면 우스운 표현일까? 그는 최고의 권위를 과시하면서, 마치 살로 만든 성체함처럼 가슴을 활짝 펴고 걷는다. 분명하고도 과격한 그 아름다움은 주위에 허무(虛無)를 만들어 내는 것 같아 보인다.

그는 함수호에서 멀어지면서 해변에 앉아 있는 내 곁으로 다가온다. 그가 잘게 깨진 조개껍데기가 잔뜩 널린 모래를 밟으며 걷기 시작하자마자, 보라색 해초 뭉치와 저 바위 사이를 지나자마자 그의 아름다움이 우아함으로 변한다. 그는 내게 미소를 지으며 하늘을 향해 손짓을 해 보이는데(마치 어떤 성화(聖畵) 속에서 볼 수 있는 천사들처럼) 아마도 남서풍이 불면서, 며칠 전부터 쌓이던 구름 떼를 걷어 내고 있으니 이제부터 오랫동안 저 태양의 절대적인 존엄성이 되살아나게 될 것이라는 뜻인 모양이다. 그가 춤추는 듯 발걸음을 떼어 놓자 그의 몸뚱이의 충만과 이완 사이의 균형이 노래처럼 흥겨워진다. 내 곁에 와서도 그는 말없는 동료로서 입을 열지 않는다. 그는 몸을 돌려 자기가 걸어온 함수호 쪽을 바라본다. 그의 넋은 넓게 벌린 두 다리를 딛고 모래 위에 심어진 듯 서 있는 육체를 뒤에 남긴 채, 몽롱한 석양빛을 감싸고 있는 안개 속에서 부유하고 있다. 나는 그의 곁에 앉아서 무릎 뒤편에 위치한 다리 부분(바로 오금 부분) 그리고 그 부분의 진주모처럼 허연 빛과 거기에 드러나 보이는 대문자 H 자 형상을 눈여겨본다. 다리 근육이 당겨

---

12) 길이의 옛 단위. 1투아즈는 1949미터이다.

지면 팽창하면서 껄쭉한 질감이 나는 이 살덩어리는 안쪽으로 우묵하게 패었다가 다리가 구부러지면 밋밋해진다.

나는 그의 무릎 위에 두 손을 갖다 댄다. 두 손으로 나는 스스로의 형상을 감지하면서 생명감을 안으로 모아들이는 무릎 싸개를 만든다. 무릎은 단단하고 메마른 것이기 때문에(이 점이 허벅지나 오금의 부드러움과는 대조를 이루지만) 그것이 살이 있는 균형을 이루면서 하늘에 이르기까지 떠받들고 있는 이 살로 된 건축물의 핵심점을 이룬다. 그 어느 떨림이건, 충동이건, 망설임이건 이 따뜻하고 움직이는 조약돌들에서 시작했다가 다시 그리로 돌아오지 않는 경우란 하나도 없다. 몇 초 동안 내 두 손은 이 동반자의 부동(不動)이 돌멩이나 나무뿌리와 같은 부동이 아니라 그와 반대로 그의 모든 근육들이 운동과 반동에 맞물린 채 끊임없이 허물어졌다가 다시 형성되는 불안정한 결과로서의 부동이라는 사실을 실감했다.

. . . .

항해 일지: 황혼 녘에 부들의 무리가 끝없이 서로 부딪치면서 우수수 소리를 내는 늪가를 걷다가 나는 막연히 우리의 그 불쌍한 개 텐을 연상시키는 네발짐승 한 마리가 내 쪽으로 껑충껑충 뛰어오는 것을 본다. 나는 그것이 통통한 설치류 동물의 암컷이라는 것을 알아차린다. 내가 걷는 방향으로 바람이 불고 있어서 그 작은 짐승은 (물론 근시인지라) 내가 거기에 있다는 것은 생각도 못 한 채 안심하고 다가온다. 그것은 나를 나무뿌리나 바위 혹은 나무쯤으로 여기는 모양으로 내 옆을 지나 갈 길을 계속 갈 참인 듯하다. 그런데 그렇지 않다. 댓 발자

국 거리에 오자 짐승은 귀를 쫑긋 세우더니 발걸음을 딱 멈추고 흐릿하고 큰 눈으로 나를 쳐다보려고 머리를 돌린다. 그러더니 번개처럼 뒤로 획 돌아서서 미친 듯이 달려간다. 곧 몸을 숨길 수도 있을 갈대숲 속으로가 아니라 제가 지나온 오솔길을 달린다. 이제 짐승은 팔짝팔짝 뛰는 그림자로 변해 버렸다. 지금도 내 귀에는 조약돌 위로 타박타박 부딪는 그의 발소리가 들린다.

사람의 시각과 맞먹을 만큼 뛰어난 후각이 지배적인 역할을 하는 그 짐승의 세계를 나는 머릿속으로 그려 본다. 바람의 강도와 방향(인간에게는 거의 중요하지 않은)이 여기서는 근본적인 역할을 한다. 동물은 항상 알아볼 수 있는 정도가 서로 같지 않은(인간적인 말로 표현해 보자면 '조도(照度)'가 같지 않은) 두 가지 영역의 중간 지점에 위치한다. 한쪽 영역은 어둠 속에 잠겨 있는데, 다른 쪽 영역(바람은 바로 거기서 불어온다.)이 냄새들로 가득 차 있으면 가득 차 있을수록 그 어둠이 더욱 짙은 것이다. 바람이 없을 때는 세계의 이 두 가지 반쪽이 어렴풋한 박명 속에 잠기게 되지만 바람이 조금만 불어도 그 둘 중 한 영역은 길게 뻗는 빛살로 광채를 발하고, 그 빛살이 짐승에까지 이르렀다가 지나쳐 가자마자 빛살은 잉크 자국으로 변한다. 뛰어난 식별 능력 덕에(이 능력은 인간의 시각이 지닌 식별 능력에 비견할 만하다.) 짐승은 밝은 영역의 냄새들, 즉 예를 들어서 나무 냄새, 멧돼지, 앵무새 냄새, 아라우카리아 열매를 씹으면서 후추나무 숲에서 돌아오고 있는 방드르디의 냄새를 수 마일 떨어진 곳에서도 알아차린다. 그 모든 식별 능력은 후각적 식별

력이 특유하게 지니고 있는, 그 무엇과도 비교할 수 없을 정도의 깊이를 가진 것이다. 방드르디가 땅에 구덩이들을 파고 있을 때 우리 개 텐의 모습이 눈에 선하다. 흙덩어리 깊숙이 코를 처박은 채 개는 문자 그대로 취한 상태가 되어 겁은 나면서도 관능적인 욕구를 견딜 수 없다는 듯이 짖어 대면서 내 동반자의 주위를 뒤뚱거리며 이리 뛰고 저리 뛰고 하는 것이었다. 그는 그 냄새 사냥에 어찌나 열을 올리며 심취한 상태였는지 그 밖의 것은 전혀 존재하지도 않는 것같이 여겼다.

. . . .

항해 일지: 다시 생각해 보면 내가 그를 관찰할 때 쏟게 되는 거의 편집광적인 관심은 전혀 이상할 것이 없다. 믿기 어려운 것은 내가 그와 그토록 오랫동안 함께 살면서도 이를테면 그를 한 번도 보지 않은 채 지낼 수 있었다는 사실이다. 그는 내게 인류 전체가 한데 합쳐진 개인이요, 내 아들, 내 아버지, 내 형제, 이웃, 멀고 가까운 인간 모두였는데도 내가 그처럼 무심한 채 장님처럼 지냈다는 것을 어떻게 상상할 수 있단 말인가……. 한 인간이 그의 주위에서 살고 있는 남자 여자들에게 투사하는 모든 감정들을 나는 별수 없이 그 단 한 사람의 '타인'에게 집중적으로 쏟아붓게 되어 있었다. 그러지 않았다면 그 감정들은 어떻게 되었겠는가? 방드르디가 만약 내게 연민과 증오, 찬미와 공포를 불러일으키지 않았더라면 나는 나의 연민과 증오, 찬미와 공포를 어떻게 했겠는가? 사실 그가 나에게 끼친 이런 매혹은 대부분 상호적인 것으로, 나는 여러 번에 걸쳐서 그 증거를 목격한 바 있다. 특히 그저께 내가 해변에 누워서 졸

고 있으려니까 그가 내게 다가왔다. 그는 한참 동안이나 빛나는 하늘을 배경으로 휘청거리는 검은 실루엣의 형상으로 서서 나를 바라보고 있었다. 그러고 나서 그는 무릎을 꿇고 앉아서 놀라울 만큼 집요하게 내 모습을 뜯어보기 시작했다. 손가락으로 내 뺨을 쓸어 보기도 하고 턱의 곡선을 헤아려 보기도 하고 또 코끝의 탄력을 시험해 보기도 하면서 내 얼굴의 이곳저곳을 건드리곤 했다. 그는 내 두 팔을 머리 위로 쳐들어 올리더니 내 몸 위로 몸을 굽힌 채 마치 시체 해부 직전에 검사를 해보는 해부학자와도 같이 주의력을 집중해 팔을 구석구석 살펴보는 것이었다. 내가 바라볼 수 있고 호흡할 수 있으며 내 머릿속에서 여러 가지 질문들이 생겨날 수 있고 마침내 내가 참지 못하고 벌떡 일어날 수도 있다는 사실을 그는 잊어버리고 있는 것 같아 보였다. 그러나 그를 내게로 이처럼 다가들게 하는 것은 인간적인 것에 대한 갈구라는 사실을 너무나도 잘 알고 있었던지라 나는 그가 하는 대로 내버려 둔 채 방해하지 않았다. 마침내 그는 마치 꿈에서 깨기라도 한 듯 미소를 짓더니, 문득 내 존재를 의식하고서 내 팔목을 잡아 가지고 하얀 살갗 아래로 보이는 보랏빛 핏줄을 손가락으로 가리키면서 힐책하는 듯한 목소리로 내게 말했다. "오, 피가 보여!"

. . . .

항해 일지: 나는 이교도들이 믿던 태양 숭배로 되돌아오는 중일까? 그렇게 생각지는 않는다. 도대체 나는 저 전설적인 '이교도들'의 참다운 신앙과 의식에 대해서 정확하게 아는 것이 전혀 없다. 이교도라는 것도 어쩌면 우리네 목사들의 상상 속에

서만 존재했던 것인지도 모른다. 그렇지만 오로지 광기 아니면 자살이라는 양자택일밖에 허락하지 않는 이 견딜 길 없는 고독 속에 떠 있다 보니 사회 집단이 제공하지 못하게 된 기댈 데를 본능적으로 찾으려 한 것만은 분명하다. 그런가 하면 동시에, 나의 동류와의 상호 관계에 의해 내 속에서 만들어지고 지탱되어 왔던 여러 가지 구조들은 허물어지고 사라져 버렸다. 이리하여 나 자신이 원소적인 상태로 변하면서, 여러 가지 계속적인 암중모색을 통해 원소(元素)들과의 혼연일체에서 구원을 찾으려 하기에 이르렀다. 스페란차의 땅은, 비록 불안전하고 다소 위험했지만 그래도 지속적이고 실현 가능성 있는 첫 해결책을 가져다주었다. 그다음에 방드르디가 나타났다. 그는 겉으로는 나의 대지계(大地界)에 순응하는 것 같으면서도 그의 존재 전체의 힘을 다해 그것을 허물어뜨렸다. 그렇지만 구원의 길은 있었다. 왜냐하면 그는 땅을 전적으로 혐오하기는 했지만, 나 자신이 우연히 그렇게 되었던 것 못지않게, 그는 본래부터 원소적인 존재로 태어났던 것이다. 나는 그의 영향을 받으며 그가 내게 연달아 저지르는 못할 짓들을 견디다 못해서 길고 괴로운 변신의 길로 한 걸음 한 걸음 나아가게 되었다. 바람의 정령에 의해 제 구멍에서 이끌려 나온 대지의 인간은 그 자신이 바람의 정령이 되지는 않았다. 그의 내부에는 너무나 강한 밀도와 무게와 완만한 성숙이 깃들어 있었다. 그러나 땅속의 암흑 속에 숨어 있던 허옇고 물렁물렁한 이 커다란 유충을 태양이 빛 막대기로 건드렸다. 그러자 유충은 금속 가슴받이와 금가루로 반짝이는 날개를 단 나방이, 단단하고 변하지 않는 태양의 존재가 되었다. 그러나 저 태양신의 광선이 자양을 공급하지 않을 때는 놀랄 만큼 허약해지는 존재다.

. . . .

항해 일지: 앙도아르는 바로 나였다. 족장처럼 수염이 자라고 땀으로 미끈거리는 가슴털이 난 고독하고 고집 센 저 늙은 수컷, 창처럼 갈라진 네 발굽으로 돌덩어리 산속에 억척같이 발 딛고 선 저 야수는 바로 나였다. 방드르디는 그에 대해 기이한 우정에 사로잡혔고 그들 사이에는 잔혹한 유희가 벌어진 것이었다. "앙도아르가 공중에 날면서 노래하게 만들겠어." 하고 그 아라우칸족은 몇 번이고 말하곤 했다. 그러나 그 늙은 숫염소를 바람의 세계로 변질시키기 위해서 그는 그 시체로 하여금 얼마나 여러 가지 시련을 거치게 했던가!

바람의 하프. 언제나 현재의 순간 속에 갇힌 채, 차례차례 조각을 내 만드는 저 참을성 있는 공작을 전혀 지루한 줄도 모르고 해낸 방드르디는 빈틈없는 직관을 가지고 그의 천성에 부응하는 유일한 악기를 찾아냈다. 왜냐하면 바람의 하프는 사방에서 불어오는 바람을 받아 노래하는 원소적인 악기만은 아니기 때문이다. 그것은 시간 속에서 전개되는 것이 아니라 송두리째 순간 속에 새겨지는 음악을 연주하는 악기이기도 하기 때문이다. 그 악기의 줄을 여러 개로 할 수도 있고 각각의 줄에서 원하는 음조가 나오도록 할 수도 있다. 그렇게 함으로써 바람이 악기를 건드리기만 하면 즉시 첫 음조에서 마지막 음조까지 한꺼번에 터져 나오는 순간 교향곡을 작곡하는 것이다.

. . . .

항해 일지: 나는 그가 웃으면서 자신의 몸을 뒤덮는 파도의 거품에서 벗어나는 것을 바라본다. 우미(優美, vénusté)[13]라는 낱말이 머리에 떠오른다. 방드르디의 우미함. 나는 흔히 쓰이지 않는 이 명사가 무슨 뜻인지 정확하게 알지 못하지만, 저 번들거리고 단단한 살, 물속에 있음으로 해서 느려진 저 춤추는 듯한 몸짓, 자연스럽고 상쾌한 저 우아함을 바라보고 있자니 저절로 그 말이 내 입술 위로 나온다.

이것은 방드르디를 중심으로 하여 실타래처럼 엉킨, 그래서 내가 헤아려 내고자 애쓰는 많은 의미들 중 한 가닥에 지나지 않는다. 또 다른 하나의 가닥은 방드르디라는 이름의 어원적인 의미이다. 방드르디는 내가 착각하는 것이 아니라면 베누스의 날이다. 덧붙여 말해 두거니와 기독교도들에게는 그리스도가 죽은 날이다. 물론 우연이겠지만 그 두 가지의 결합 속에서 나는 나를 초월하는, 그리고 나를 섬뜩하게 하는 어떤 것, 옛날에 내가 독실한 청교도였을 적에 가졌던 것으로부터 내 속에 남아 있는 그 무엇을 예감하지 않을 수 없다.

셋째 가닥은 '버지니아호'가 침몰하기 직전에 내가 듣게 되었던 마지막 인간의 말에 대한 추억으로 인해 생겨난 것이다. 인류가 나를 원소들에게 내던져 버리기 전에 내게 준, 이를테면 정신적인 노자(路資)와도 같은 그 말은 내 기억 속에 불의 글자로 깊이 찍혀 있었던 모양이다. 애석하다. 지금 머리에 떠오르는 것은 그 말의 어렴풋하고 불완전한 몇 토막뿐인 것을! 그

---

13) 베누스 같다는 뜻에서 온 말이다.

것은 피터 판데이설 선장이 타로 카드에서 읽었던(읽을 수 있다고 자처했던) 예언이다. 그런데 당시 젊은이였던 나로서는 너무나도 어리둥절했던 그의 말 속에서 베누스의 이름은 몇 번이나 반복되며 나왔다. 나는 동굴 속에 들어가 사는 은자가 되었다가 베누스(금성)의 출현에 의해 거기서 나오게 될 거라고 그가 예언하지 않았던가? 그리고 물에서 나온 그 베누스는 해를 향해 화살을 쏘는 활잡이로 둔갑하게 되어 있지 않았던가? 그러나 가장 중요한 것은 그게 아니다. 나는 어렴풋하게나마, 어떤 카드 속에 두 어린아이(쌍둥이, 천진한 아이들)가 태양의 도시를 상징하는 어떤 벽 앞에서 손을 마주 잡고 있는 모습을 선명하게 기억한다. 판데이설은 그 그림을 설명하면서 저 자체 속에 갇혀 있는 순환적 성(性) 이야기를 했고 꼬리를 서로 물고 있는 뱀의 상징을 말했다.

그런데 나의 성(性)에 관한 한 단 한 번도 방드르디가 내게 남색(男色)의 유혹을 불러일으킨 적이 없다는 것을 깨닫는다. 그건 우선 그가 너무 뒤늦게 왔기 때문이다. 그때는 나의 성이 이미 원초적으로 변해 있었던 것이다. 그리하여 성은 스페란차 쪽으로 기울어져 있었다. 그러나 무엇보다도 더 큰 이유는 베누스가 나를 유혹하기 위해서가 아니라 나를 강제로 제 아버지인 우라노스 쪽으로 향하도록 만들기 위해 물에서 나와 나의 바닷가를 걸어 다녔기 때문이다. 나를 인간적인 사랑 쪽으로 퇴행시키자는 것이 아니라 원초적인 것에서 벗어나지 않은 채 나의 원소를 바꾸어 놓자는 것이었다. 이제는 그 일도 완수되었다. 스페란차와의 사랑은 아직도 인간적인 모형에서 힌트를 얻고 있었다. 요컨대 나는 결혼한 아내를 임신시키듯이 그 땅을 임신시켰다. 방드르디는 나에게 보다 근본적인 개종(改宗)을 강요했다. 연인의 허벅지에 사무치는 저 난폭한 관능이 내게는 태양 하느님이 나를 광선으로 뒤덮어 주는 한 오래오래 감싸며 발끝에서 머리끝까지 감싸면서 신명을 돋워 주는 어떤 부드러운 환희로 변했다. 그래서 이제는 성교 뒤의 짐승을 쓸쓸하게 만드는 본질의 소실(消失) 같은 것은 없게 되었다. 나의 우라노스적 사랑은 그와 반대로 내게 생명력을 가득 불어넣어 준다. 그 생명력은 하루 낮과 밤 동안 줄곧 내게 힘을 공급한다. 이 태양적 성교를 구태여 인간의 언어로 번역해야 한다면 나는 여성으로서, 하늘의 아내와 같은 것으로 분류·규정되는 것이 마땅할 것이다. 그러나 인간 중심주의는 이치에 어긋난다. 사실상 방드르디와 내가 도달한 이 최고의 경지에서 성(性)의 차별은 초월되었고, 인간적인 말로 표현해 볼 때 내가 지고(至高)한 별의 잉태를 위해 내 몸을 열어 주는 것과 마찬가지로 방드르디는 베누스와 동일화될 수 있다.

. . . .

항해 일지: 만월이 너무나도 환한 빛을 쏟고 있어서 나는 램프 불을 켜지 않고도 이 글을 쓸 수 있다. 방드르디는 내 발치에 몸을 쪼그리고 잠이 들었다. 꿈처럼 비현실적인 분위기, 내 주위에 있던 모든 낯익은 것들의 소멸, 이런 모든 헐벗음으로 인해 나의 사고는 그것의 덧없음을 버리고 가벼움과 무상함을 되찾아 지니게 된다. 이 명상은 달밤의 밤참에 지나지 않는다. 아베 스피리투(Ave spiritu), 이제 죽어 없어질 생각들이 그대에게

인사를 한다.

그 빛으로 인해 별들이 지워져 버린 하늘에는 큰 환각의 등불이 거대한 점액질의 물방울처럼 떠 있다. 그 기하학적인 형태는 완벽하지만 그 재료는 한창 운동 중인 내장이 만들어 내는 듯한 소용돌이로 들끓는다. 그 단백질의 흰빛 속에는 희미한 형상들이 그려졌다가는 천천히 사라지고, 여기저기에 돋아났던 지체(肢體)들은 서로 엉키며, 얼굴들이 잠시 웃음을 짓다가, 나중에는 그 모두가 우유 같은 소용돌이 속으로 뒤섞인다. 곧 빙빙 도는 물결 소용돌이가 가속화된 나머지 마치 움직이지 않는 것처럼 보일 정도에 이른다. 달은 과도한 떨림으로 인해 젤리처럼 응고된다. 차츰차츰 달 속에 그려진 뒤엉킨 선들이 분명해진다. 두 개의 중심부가 알 같은 모양의 달 안에 서로 반대되는 양극을 차지한다. 아라베스크 무늬들이 이쪽 끝에서 저쪽 끝으로 누비며 뻗어 간다. 두 개의 중심점은 두 몸뚱이를 이루는 아라베스크의 무늬가 된다. 모양이 같은 쌍둥이가 달 속에서 형상을 갖추어 간다. 쌍둥이가 달 속에서 태어난다. 서로 마주 붙은 그들은 마치 수백 년 동안의 잠에서 깨어나듯 서서히 움직인다. 처음에는 부드럽고 꿈꾸는 듯한 애무를 연상시키는 움직임이 정반대의 의미를 갖게 된다. 그들은 이제 상대방으로부터 떨어져 나오려고 애쓰는 것이다. 각자는, 마치 어린아이가 어머니의 축축한 암흑과 싸우듯이 빽빽하고 집요한 저 자신의 그림자와 싸우고 있다. 곧 그들은 서로에게서 떨어져 나와 가지고 황홀한 듯 각각 혼자 자리에서 일어선다. 그리고 그들은 다시 더듬더듬 우정 어린 친밀감의 길로 들어선다. 유피테르의 백조가 잉태시킨 레다의 알 속에서 태양 도시의 쌍둥이인 디오스쿠로이가 태어났다. 그들은 똑같은 영혼을 공유하고 있으므로 사람의 쌍둥이보다 더욱 내밀한 형제이다. 사람의 쌍둥이는 각기 다른 영혼을 가졌지만 이 쌍둥이는 하나의 영혼을 가졌다. 그 결과 그들의 살은 유례가 없을 만큼 단단하다. 그 살은 보통 쌍둥이의 살에 비해 볼 때 정신의 침투가 두 배나 덜하고 털구멍의 수가 두 배나 적고 두 배나 무겁다. 그들의 영원한 젊음이나 비인간적인 아름다움은 바로 거기서 유래하는 것이다. 그들에게는 유리, 금속, 빛나고 매끄러운 표면, 살아 있는 것이 아닌 광채가 내포되어 있다. 그것은, 그들이 역사의 부침(浮沈)을 겪어 가면서 여러 세대에 걸쳐 이어져 간 어떤 계보 속의 한 고리가 아니기 때문이다. 그들은 혜성처럼 하늘에서 떨어진 존재들, 수직적이고 가파른 한 세대에서 나온 디오스쿠로이이기 때문이다. 그들의 아버지이신 태양은 그들에게 축복을 내리고 그 불꽃은 그들을 감싸면서 영원성을 부여한다.

서쪽에서 생겨난 작은 구름 하나가 밀려와서 레다의 알을 흐릿하게 가린다. 방드르디는 내게로 멍한 얼굴을 돌리더니 평소 들은 적이 없는 빠른 목소리로 앞뒤가 안 맞는 여러 마디의 말을 내뱉는다. 그러고 나서 그는 겁먹은 듯 두 다리를 배 쪽으로 오그리고 주먹 쥔 두 손을 그의 검은 머리의 이쪽저쪽에다 얹은 채 다시 잠 속에 빠진다. 베누스, 백조, 레다, 디오스쿠로이들……. 나는 알레고리의 숲속에서 더듬거리며 나 자신을 찾으려 애쓴다.

11장

방드르디가 화장수를 만들려고 도금양꽃을 따고 있으려니까 동쪽의 수평선에서 하얀 점 하나가 나타나는 것이 보였다. 그는 곧 나뭇가지에서 다른 가지로 건너뛰어 땅으로 내려온 다음 단숨에 달려가서 이제 막 면도가 끝나 가는 로빈슨에게 알렸다. 그 소식에 속으로는 놀랐으면서도 로빈슨은 전혀 겉으로 내색하지 않았다.

"손님이 오시겠군." 그가 간단히 말했다. "그러니 나야말로 몸단장을 끝내야지."

극도로 흥분한 방드르디는 바위들이 어지럽게 얽힌 꼭대기로 올라갔다. 그는 가지고 온 쌍안경을 조정해 똑똑히 보이도록 맞추면서 관찰했다. 날씬하고 높은 중간돛대가 달린 삼각돛배였다. 배는 여러 개의 돛을 달고 강한 남동풍을 받아

12~13노트의 속력으로 스페란차의 늪지대 해안 쪽으로 호되게 밀리고 있었다. 조가비로 만든 커다란 빗으로 금빛 수염을 빗고 있는 로빈슨에게 방드르디는 헐레벌떡 달려와서 그가 관찰한 자세한 내용을 전했다. 그러고 나서 그는 다시 관망대로 돌아갔다. 배가 항로를 바꾸는 것으로 보아 섬의 이쪽 해안으로는 접근이 불가능하다는 것을 선장이 알아차린 모양이었다. 아래 활대가 갑판을 쓸면서 배가 돛을 우현 쪽으로 펴고 나갔다. 그러고 나서 돛을 작게 오므린 배는 해안을 따라 달렸다.

방드르디는 로빈슨에게 와서 찾아온 배가 동쪽의 모래언덕을 돌아서 필경 구원만에 닻을 내릴 것 같다고 귀띔했다. 무엇보다 먼저 국적을 알 필요가 있었다. 로빈슨은 방드르디와 함께 해변에 늘어선 맨 마지막 숲의 장벽에까지 나아가서, 쌍안경을 조절해 배를 관찰했다. 배는 방향을 바꾸더니 해안에서 400미터가량 떨어진 곳에 멈추었다. 잠시 후 닻이 닻줄 구멍으로 빠져나가면서 찡그르 하고 울리는 소리가 들렸다.

로빈슨은 이런 종류의 배를 본 일이 없었다. 근래에 건조된 배 같았다. 그러나 그는 뒷돛대에 높이 달린 영국기를 보고 자기 동포 국적의 배라는 것을 알 수 있었다. 그러자 그는 마치 자기 나라를 찾아온 외국 손님을 영접하러 나가는 국왕처럼 모래밭으로 몇 걸음을 떼어 놓았다. 저쪽에는 사람들을 잔뜩 실은 대형 보트 한 척이 보트걸이 끝에 매달려 있다가 물 위에 내려졌다. 그러고 나서 여러 개의 노가 물을 쳤다.

로빈슨은 뱃머리에 있던 사내가 갈고리를 해안의 바위에 걸기까지의 몇 순간이 지닌 엄청난 무게를 헤아렸다. 그는 숨을 거두기 직전에 있는 사람이 그러듯이 '탈출호', 진흙탕, 스페란차를 경영하기 위한 동분서주, 동굴, 작은 골짜기, 방드르디의 출현 그리고 특히 자신의 태양적 변신이 고요한 행복 속에서 이루어졌던, 그 무엇으로도 측량할 길 없는 저 광대한 시간의 광야 등으로 점철된 이 섬에서의 전 생애가 파노라마처럼 펼쳐지는 것을 보았다.

큰 보트에는 배에 새로 급수하는 데 사용되는 드럼통들이 잔뜩 쌓여 있었다. 그리고 그 뒤쪽에는 검은 수염이 텁수룩하며 밀짚모자를 비스듬히 쓴 채 검은 장화를 신고 무장을 한 남자가 한 사람 보였다. 아마 선장인 듯했다. 그는 이제 로빈슨을 그의 언어와 몸짓의 그물로 감싸고, 다시금 그를 거대한 조직 속으로 이끌어 들이게 될 인간 사회 최초의 인물이 될 참이었다. 손이 인류 전체의 특사인 그 사내의 손과 닿는 바로 그 순간, 그 고독한 인물이 참을성 있게 다듬고 짜 놓은 이 세계가 송두리째, 어떤 무시무시한 시련을 겪게 되려는 것이었다.

배는 밑바닥이 모래에 쓸리면서 머리를 위로 쳐들더니 멈추었다. 사내들이 철썩거리는 바닷물가로 껑충껑충 뛰어나와서 보트를 밀물에 쓸리지 않는 흙바닥 위로 끌어올리기 시작했다. 검은 수염의 사내가 로빈슨에게 악수를 청했다.

"블랙풀에서 온 윌리엄 헌터요. '화이트버드호'의 선장이지요."

"오늘이 며칠입니까?" 로빈슨이 그에게 물었다.

선장은 질문이 뜻밖이라 그를 따라온 부선장인 듯한 사람을 돌아보았다.

"오늘이 며칠이지, 조지프?"

"1787년 12월 19일 수요일입니다, 선장님." 그가 대답했다.

"1787년 12월 19일 수요일입니다." 선장이 로빈슨에게 되받아 말했다.

로빈슨의 머릿속은 빠른 속도로 돌아갔다. '버지니아호'는 1759년 9월 30일에 좌초했다. 지금부터 정확하게 28년 2개월 19일 전의 일이었다. 그가 이 섬에 온 이후 얼마나 많은 사건이 일어났건, 그가 거쳐온 변화의 깊이가 어떠한 것이건, 그 기간은 로빈슨에게 믿을 수 없는 정도라고 느껴졌다. 그러나 그는 자기 자신으로 볼 때는 여전히 머나먼 미래에 속하는 것으로밖에 보이지 않는 그 날짜를 부선장에게 다시 확인해 달라고는 감히 부탁할 수 없었다. 심지어 그는 어떤 수줍음 때문에, 그리고 그들에게 사기꾼 아니면 기묘한 사람으로 보이지나 않을까 싶어 그 새로운 손님들에게는 '버지니아호'가 침몰한 날짜를 숨기기로 결심했다.

"나는 플레싱에서 출발한, 피터 판데이설 선장의 '버지니아호'를 타고 여행을 하던 중에 그만 혼자 이 섬에 남게 되었소. 침몰한 배에서 나는 유일하게 살아남은 사람이오. 불행하게도 충격으로 인해 나는 기억을 상실했소. 특히 그 사고를 당한 날짜를 끝내 기억해 내지 못하고 말았소."

"나는 어느 항구에서도 그 배 이야기는 못 들어 봤는데요. 배가 실종되었다는 얘기는 더군다나. 그렇지만 미국인들과의 전쟁 때문에 모든 해양 관계가 뒤죽박죽된 것은 사실이지요."

헌터가 말했다.

로빈슨은 그게 무슨 전쟁을 두고 하는 말인지 알 수 없었지만 그간의 돌아가는 사정에 대한 자신의 무지를 감추려면 최대한 조심해야겠다고 생각했다.

그러는 동안 방드르디는 사내들이 드럼통을 내리는 일을 도와주고 나서 그들과 함께 가장 가까운 물 나오는 곳으로 가고 있었다. 로빈슨은 자신이 헌터 선장에 대해 그리도 서먹서먹하게 느끼고 있는 데 반해, 방드르디는 그 낯선 사람들과 지극히 쉽게 사귀는 것을 보고 놀랐다. 사실 방드르디가 뱃사람들 언저리로 그렇게 열심히 접근하는 것은 그들이 가급적 빨리 그를 '화이트버드호'에 싣고 데려가 줬으면 하는 희망 때문임이 분명했다. 로빈슨 자신 역시, 파도를 쓸면서 날아가듯 빨리 달리라고 놀라울 정도로 날씬하게 깎아 다듬은 그 멋진 돛단배 안을 구경해 보고 싶은 굴뚝같은 마음을 숨길 수 없었다. 사실 이 사내들과 이들이 싣고 온 세계는 그에게 견딜 수 없는 마음의 불안을 자아내고 있었다. 그는 그 마음의 불안을 극복하려고 안간힘을 쓰고 있었다. 그는 죽지 않고 살아남았다. 그는 이 오랜 세월의 고독 속에서 미칠 것 같은 상태를 극복해 왔다. 그는 균형에(혹은 일련의 균형들에) 이르렀다. 그 균형 속에서 스페란차와 그 자신은, 그리고 나중에는 스페란차와 방드르디와 그 자신은 함께 살아갈 수 있는 총체를, 나아가서는 극도로 행복한 총체를 형성하고 있었다. 그는 고통을 겪었고 살인적인 위기들을 넘겼다. 이제는 방드르디와 함께 시간에 도전하는 능력을 갖추었고, 또 마치 아무것과도 충돌하지 않은 채, 공간 속을 달리는 혜성과도 같이 긴장의 이완이나 권태를 느끼지 않은 채 무한히 자신의 궤도를 따라갈 수 있다고 느끼는 것이었다. 그러나 다른 인간들과의 대결은 여전히 극단적 시련임에 틀림없었지만 그 시련에서 새로운 발전이 생겨날 수도 있었다. 영국으로 되돌아감으로써, 그가 마침내 달성했던 태양적 행복을 지키는 것뿐만 아니라 나아가서는 그 행복을 인간의 도시 속에서 보다 격이 높은 위력으로까지 이끌어 올릴 수 없으리라고 누가 장담할 수 있겠는가? 자라투스트라도 이렇게 하여 사막의 태양빛 아래서 자신의 영혼을 단련한 다음, 인간들이 우글거리는 저 불순한 세계 속에 다시 몸을 던져 그 인간들에게 자신의 지혜를 전파할 수 있었던 것이다.

하여튼 지금 당장은 헌터와의 대화가 금방이라도 무서운 침묵 속으로 가라앉아 버릴 듯 어렵게 어렵게 진행되고 있었다. 로빈슨은 스페란차에 사냥감이 많으며, 후추풀, 쇠비름 같은 괴혈병에 특효인 신선한 식량 자원이 풍부하다는 것을 상대방에게 설명하려고 애썼다. 벌써 사내들은 긴 칼로 야자열매를 따기 위해 껍질이 비늘처럼 일어나는 키 큰 나무에 기어 올라가기 시작했다. 또 염소들을 쫓아 달음박질하는 자들의 웃음소리도 들렸다. 로빈슨은 자기가 이 섬을 공원 도시로 꾸미려고 노력하던 시절 같으면 이 버릇없고 탐욕스러운 무리가 이 섬을 저희 멋대로 훼손하는 꼴을 보고서 얼마나 마음이 아팠을지를 생각하면서 지금의 자신에 대해서 어느 정도 긍지를 느꼈다. 왜냐하면 이 사나운 무리가 기승을 부리는 광경에 온통 주의력이 다 쏠려 있기는 했지만, 참으로 그의 관심을 끄는 것은 어처구니없이 가지가 꺾이는 나무들이나 닥치는 대로 죽임을 당하는 짐승들이 아니라 매우 낯익은 동시에 매우 이상하게 보이는 저 사내들, 즉 그의 동류(同類)의 행동이었다. 옛날에 스페란차의 회계과가 서 있던 자리에는 속이 파인 풀들이 높이 자라서 바람에 불려 부드러운 소리를 내고 있었다. 거기서 뱃사람 하나가 연달아 금화 두 개를 발견했다. 그걸 보자 그의 동료들이 곧 함성을 질러 댔고, 한참이나 서로 다투고 나서 그들은 보물을 찾기 쉽도록 초원 전체에 불을 지르기로 결정했다. 도대체 그 금화가 자기의 것이라든지, 짐승들이 우기에도 결코 소택지로 변하지 않는 이 섬 유일의 초원을 잃게 된다든지 하는 생각이 로빈슨의 머릿속을 스쳐 지나간 것은 잠시 동안뿐이었다. 새로운 금화를 발견할 때마다 반드시 벌어지는 격투가 몹시 재미있었다. 그는 선장이 들려주는 이야기에 귀를 기울이는 둥 마는 둥 하고 있었다. 선장은 아메리카 반란군을 지원하기 위해 가는 프랑스군 수송선을 자기가 어떻게 침몰시켰는지를 이야기하고 있었다. 또 그의 옆에서는 부선장이 면화, 설탕, 커피, 인디고 등 돌아갈 때 배에 싣고 가기에 가장 적당하고 유럽 항구에 기착하면 쉽게 팔 수 있는 상품들을 대가로 아프리카 노예들을 매매하는 매우 수지맞는 장사 방법을 가르쳐 주고 있었다. 저마다 자기 관심사에만 정신이 팔려 있는 그 사람들 중 누구 하나도 로빈슨이 조난당한 이후 어떤 우여곡절을 경험했는지에 대해서 물어볼 생각은 하지 않았다. 방드르디가 거기에 있다는 사실도 그들에게는 전혀 이상하게 여겨지지 않는 듯했다. 그래서 로빈슨은 자기도 과거에는 그들과 다를 바 없이 탐욕, 긍지, 폭력 따위의 똑같은 동기로 움직이는 존재였으며, 지금도 어느 커다란 부분에서는 그들과 같은 무리에 속한다는 것을 알고 있었다. 그러나 그는 동시에 마치 벌이나 개미 혹은 돌을 쳐들면 볼 수 있는 기묘한 쥐며느리 떼 같은 벌레들의 무리를 관찰하는 곤충학자처럼 객관적 거리감을 느끼면서 그들을 바라보았다.

이 인간들 하나하나는 저마다의 가치, 관심점과 싫어하는 점, 중력의 중심을 지닌, 상당히 논리 정연한 하나씩의 가능적 세계였다. 그 가능적 세계들은 서로서로 매우 다르기는 하지만, 현재는 스페란차에 대한 자그마한 이미지(얼마나 초보적이고 피상적인 것인가!)를 공유하고 있었다. 그 이미지를 중심으로 그들은 조직되고 있었으며, 그 한구석에 로빈슨이라는 이름을 가진 조난자와 그의 혼혈아 하인이 자리하고 있었다. 그러나 그 이미지는 비록 중심을 이루고는 있지만 각자에게는 그저 잠정적이고 덧없는 것에 불과했으며 '화이트버드호'가 우연히 길을 잘못 드는 바람에 잠시 벗어났던 무(無)의 세계로 머지않아 되돌아가도록 마련된 이미지였다. 그래서 그 가능적 세계들의 하나하나는 순진하게도 자기의 현실성을 선언하고 있었다. 타인이라는 것이 이런 것이었다. 현실로 인정받으려고 기를 쓰는 가능태(可能態) 말이다. 이 같은 요구를 무시한다는 것은 잔인하고 이기적이며 부도덕한 짓이라는 것이 바로 로빈슨이 교육을 통해 주입받은 생각이었다. 그러나 그는 고독한 여러 해를 보내는 동안 그것을 잊어버렸다. 그래서 그는 이제 자기가 그 잃어버린 버릇을 과연 다시 찾을 수 있을지 의문이었다. 더군다나 그는 그 가능적 세계들의 존재하고자 하는 열망과 그들 각자가 뒤덮고 있는, 그리고 반드시 소멸해 버리도록 마련된 스페란차의 이미지를 서로 혼동하고 있었다. 그는 이 인간들에게 그들이 요구하는 권위를 부여했다가는 그 바람에 스페란차를 무화(無化)시키고 말 것 같은 느낌이 들었다.

큰 보트는 처음으로 '화이트버드호'에 되돌아가서 과일, 채소, 사냥감들을 실었다. 그 짐들 가운데서 사지가 묶인 염소 새끼들이 발버둥 치고 있었다. 그리고 뱃사람들은 두 번째로 물건을 싣고 가기 전에 선장의 명령을 기다렸다.

"나와 식사를 같이 해 주신다면 영광이겠습니다." 하고 로빈슨에게 말한 선장은 대답도 기다리지 않은 채, 식수를 배에 실은 다음, 다시 와서 자기 손님을 배로 모시고 가라고 명령했다. 그러고 나서 그는 섬에 도착한 이래 줄곧 지켜 오던 과묵한 태도를 버리고서, 지난 사 년 동안 자기가 살아온 생활에 관해 쓸쓸한 어조로 이야기했다.

대영 제국 해군의 청년 장교였던 그는 독립 전쟁에 뛰어들어 그 나이의 젊은 사람 특유의 온 정열을 바쳤다. 그는 하우 제독의 함대 소속이었는데, 브루클린 전투와 뉴욕 함락 때 전공을 세웠다. 이 개선의 전투에 뒤이어 겪게 될 역경을 미리부터 예고해 주는 것이라고는 아무것도 없었다.

"청년 장교들은 미리부터 황홀한 승리를 거둘 수 있다는 확신 속에서 교육을 받습니다. 그러나 우선 그들에게는 틀림없이 패배한다는 확신을 불어넣어 준 다음 쓰러진 자리에서 재기해 배가한 투지를 가지고 다시 전쟁에 임하는 무한히 어려운 기술을 가르쳐 주는 편이 더 현명할 것입니다. 후퇴하고, 패잔병들을 재조직하고, 적군 포대의 공격을 받아 반쯤 파손된 배의 선구들을 난바다 가운데서 정비한 다음 다시 전투에 임하는 일, 그것이 바로 가장 어려운 일이지요. 사람들은 우리의 청년 사관들을 이 같은 상황에 대비할 수 있도록 훈련시키는 것을 수치스럽다고 생각하고 있어요! 그렇지만 역사의 교훈에 따르건대 최대의 승리는 항상 실패를 극복함으로써 얻어졌지요. 또 선두에서 달리는 말은 항상 마지막 순간에 앞지름 당한다는 사실쯤은 어떤 마부나 다 알고 있지요."

도미니카와 세인트루시아 전투의 패전 그리고 토바고에서의 실패가 헌터에게는 의외의 놀라움이었으며 그것은 또한 프랑스인들에 대한 지울 길 없는 증오심을 불어넣어 주었다. 새러토가의 항복, 그에 이은 요크타운의 항복은 본국 정부가 대영 제국의 가장 귀중한 꽃을 비겁하게 포기하도록 예비시킴으로써 그때까지 그에게 삶의 원동력이었던 저 악착스러운 명예의 정열을 산산조각 내 버렸다. 영국의 수치스러운 책임 회피를 결정적인 것으로 만든 베르사유 조약 직후, 그는 대영 제국 장교단 제복을 벗어 버리고 상선 쪽으로 방향을 바꾸었다.

그러나 그는 지나치게 뱃사람 기질만을 갖추고 있어서, 자유인의 직업의 구속적인 면에 적응할 수 없었다. 탐욕스럽고 겁 많은 저 뭍사람들에 대해 자신이 품고 있는 멸시의 감정을 선주들의 눈에 보이지 않도록 감추고, 용선 가격을 놓고 흥정하고, 선하 증권에 사인하고, 송장(送狀)을 작성하고, 세관 검사를 참고 견디고, 자신의 삶을 송두리째 가방과 봇짐과 통 속에 싸 담아 싣고 다닌다는 것은 그에게 지나치리만큼 견디기 어려운 노릇이었다. 게다가 그는 영국 땅에 다시는 발을 들여놓지 않기로 굳게 맹세했고, 미국과 영국을 마찬가지로 증오했다. 그가 완전히 빈털터리가 되었을 무렵 요행으로 '화이트버드호'의 선장이 될 기회가(운명이 나에게 허락해 준 유일한 기회였지요, 하고 그는 강조했다.) 왔다. 화물창의 크기가 협소하고 돛배로서 질이 우수한 '화이트버드호'는 필연적으로 부피가 적은 짐(차, 향료, 귀금속, 보석 혹은 아편)을 실을 수밖에 없었고, 그 같은 상품의 거래는 더군다나 위험과 비밀을 전제로 하는 것이어서 모험심 강하고 공상적인 그의 기질을 자극했다. 어쩌면 흑인 노예의 매매나 해적선 선장직이 그의 사정에 더 적합할지 모르겠으나 군대에서 받은 교육으로 인해 그는 그런 질 나쁜 행동에 본능적으로 혐오감을 느꼈다.

*

로빈슨이 '화이트버드호'의 갑판 위에 발을 내려놓자, 그보다 먼저 짐을 싣기 위해 보트가 모선으로 올 때 같이 타고 왔던 방드르디가 좋아서 싱글벙글하며 그를 맞아 주었다. 그 아라우칸족은 선원들에게 채용되어 마치 오래 살아온 제 집처럼 배 안을 구석구석 다 알고 있는 눈치였다. 원시인들은 인간의 공산품들이 칼이나 옷이나 카누처럼 자기들의 척도에 맞는 것일 경우에는 감탄을 금치 못한다는 사실을 로빈슨은 여러 번 관찰할 기회가 있었다. 그러나 그 척도를 넘어설 경우 그들은 전혀 이해하지 못했다. 그들은 궁전이나 거대한 선박 같은 것은 동굴이나 빙하보다 더도 덜도 놀라울 것이 없는 자연적인 선물이라고 생각하는지 전혀 놀라워하지 않았다. 그런데 방드르디의 경우는 전혀 달랐다. 그래서 처음에 로빈슨은 방드르디가 배에 타고서도 즉시 무엇이든 잘 이해하는 것은 자신의 영향 때문이리라고 생각했다. 그다음에 그는 방드르디가 아래 활대들 속으로 몸을 던지듯 내닫고 장루(檣樓) 위로 기어 올라가며, 또 거기서 활대의 발판 위로 갔다가 즐거워서 어쩔 줄을 모르겠다는 듯 껄껄대며 바닷물 위 50피트나 되는 높이에서 몸을 가누는 것을 보았다. 그때 그는 방드르디가 차례로 자기 주위에 형성하고 있었던 공기(空氣)적인 속성들(활, 연, 바람의 하프)에 생각이 미치게 되었고, 날씬하며 대담하게 장비를 갖춘 이런 큰 범선은 이러한 창공의 정복에 대한 예찬과 같은 영예로운 귀결임을 깨달았다. 그렇게 생각하자 그는 다소 슬퍼졌다. 자신의 뜻과는 상관없이 남에게 끌려 들어온 듯한 이 세계에 대해 마음속에 반감이 커 가는 것을 느끼고 있었기에 더욱 그랬다.

앞돛대 밑에 벌거벗은 상태로 웅크리고 있는 조그만 사람의 형체 같은 것을 알아보았을 때 그의 언짢은 기분은 더해졌다. 그것은 열두 살쯤 되었으리라고 짐작되는 어린아이였는데 마치 가죽을 벗겨 놓은 고양이처럼 바싹 말라 있었다. 그의 얼굴은 볼 수 없었지만 머리털은 무성한 붉은 덩어리를 이루고 있어서 그의 가냘픈 어깨며, 아기 천사의 날개처럼 두드러진 견갑골이며, 주근깨들이 여러 줄로 돋아나고 피 묻은 자국들이 줄무늬처럼 드러난 등이 더욱 허약하게 보였다.

"자안이지요." 선장이 말했다. 그러고 나서 부선장에게 고개를 돌리면서 "저 녀석이 또 무슨 짓을 했나?" 하고 물었다.

곧 요리장 모자를 쓴 뻘건 얼굴이 마치 상자 속에서 나오는 악마처럼 주보의 갑판 승강구에서 불쑥 튀어나왔다.

"써먹을 데라고는 하나도 없는 녀석이에요. 오늘 아침에는 그저 장난으로 세 번씩이나 소금을 치는 바람에 닭고기 파이를 다 버려 놓았다고요. 그래서 밧줄로 열두 대를 맞았지요. 행실을 고치지 않으면 더 맞아야 해요."

그 말이 끝나자 얼굴은 나타날 때와 마찬가지로 돌연 자취를 감추었다.

"풀어 줘. 고급 선원 식당에서 심부름을 시켜야 되니까." 선장이 부선장에게 말했다.

로빈슨은 선장, 부선장과 함께 식사를 했다. 방드르디는 선원들과 함께 식사를 하는 모양이었는데 그 후 로빈슨은 한 번도 그의 이야기가 입에 오르는 것을 보지 못했다. 그는 말상대가 되기 위해 대단한 노력을 할 필요가 없었다. 그를 초대한 주인들은 물어볼 필요도 없이, 그가 모든 것을 다 그들에게 배워야 하며 그가 자신에 관해서나 방드르디에 관해서 특별히 이야기해 줄 만한 것은 아무것도 없다고 판단해 버린 것 같았다. 그래서 그는 이런 대화에 아주 잘 적응하게 되어 상대방을 관찰하고 여유 있게 생각에 잠길 수 있었다. 과연 어느 의미에서 그는 무엇이나 다 배워야 할 처지였다. 아니, 모든 것을 동화하고 소화시켜야 할 처지였다. 그러나 그의 귀에 들어오는 것은 그의 접시에 차례로 담겨 나오는 삭인 고기 요리나 양념 친 고기나 마찬가지로 무겁고 소화하기 어려운 것이어서, 차츰차츰 자신이 발견해 나가고 있는 이 세계와 풍속을 한꺼번에 다 토해 버리지나 않을까 걱정될 지경이었다.

그러나 무엇보다도 그의 비위에 거슬리는 점은 이 문명화되고 지극히 고상한 사람들이 순진할 정도로 태연스럽게 과시하고 있는 거칢, 증오, 탐욕이 아니었다. 이 사람들 이외에 부드럽고 호의적이며 너그러운 다른 사람들을 상상하는 것은(아마도 그런 사람들을 찾아내는 것은) 그다지 어렵지 않을 것이었다. 로빈슨이 볼 때 악(惡)은 그보다 훨씬 더 깊은 데 있었다. 그는 마음속으로 그 사람들 모두가 열에 들뜬 듯이 추구하는 것으로 보이는 여러 가지 목적의 어쩔 수 없는 상대적 성격이 바로 악의 바탕이라 비판하고 있었다. 왜냐하면 그들은 모두 목적을 추구하고 있었고, 그 목적이란 어떤 획득, 어떤 부(富), 어떤 만족 따위였다. 그렇지만 무엇 때문에 그 획득, 부, 만족을 추구한단 말인가? 물론 그 어느 누구도 그에 대해 대답할 수는 없을 것이었다. 로빈슨은 끊임없이 그 사람들 중 어느 누구, 가령 선장과 자기가 의견상 서로 대립하는 어떤 대화를 상상해 보았다. "너는 뭣 하러 살고 있는 거지?" 하고 그는 선장에게 물어볼 수 있을 것이다. 헌터는 물론 뭐라고 대답해야 할지 모를 것이다. 그가 빠져나가는 유일한 방법은 같은 질문을 이 고독한 인간에게 되돌려보내는 것이리라. 그러면 로빈슨은 왼손으로 스페란차의 대지를 가리켜 보이고 오른손은 태양 쪽으로 쳐들어 보일 것이다. 잠시 어리둥절해하다가 선장은 당연히 폭소를 터뜨릴 것이다. 예지 앞에서 터뜨리는 광기의 폭소를. 사실 태양이란 거대한 불꽃 덩어리가 아닌 그 무엇이며 그 속에는 정신이 담겨 있어서 태양을 향해 스스로를 열어 보일 줄 아는 존재들에게는 영원의 광휘를 비추어 주는 위력을 가지고 있다는 사실을 그가 어떻게 상상할 수 있겠는가?

커다랗고 흰 앞치마에 반쯤 파묻힌 채 소년 선원 자안이 식사 시중을 들고 있었다. 뼈가 앙상하고 주근깨가 자욱이 나 있는 그의 조그만 얼굴은 텁수룩한 황갈색 머리털에 파묻혀 더욱 작아 보였다. 로빈슨은 그의 얼굴을 통해서 햇빛이 비쳐 나오는 느낌이 들 정도로 맑은 소년의 눈과 마주치려고 애써 보았으나 헛수고였다. 혹시 무슨 실수라도 저지르지나 않을까 하고 겁을 먹은 소년 역시 이 조난자에게는 아무런 관심도 보이지 않았다. 격렬한 감정을 자제하며 빠르게 몇 마디 말을 하고 나면 선장은 그때마다 적의와 멸시가 담긴 듯한 침묵에 잠기곤 했다. 마치 적의 공격에 대항하지도 않고 오랫동안 포위당한 채 견디고 있던 사람이 마침내 밖으로 나와서 적에게 매서운 손실을 입히고 나서는 곧 다시 성안으로 들어가 문을 닫고 들어앉는 것과도 흡사하다고 로빈슨은 생각했다. 그런 침묵은 부선장 조지프의 수다로 메워졌다. 조지프는 온통 실제적인 생활과 항해술의 발전에만 관심이 있었고, 자기 상관에 대해서 경탄하고 있는 것이 분명했다. 그 경탄의 심정은 아무것도 이해하는 것이 없기 때문에 더욱 치열해진 것이었다. 점심이 끝난 후 로빈슨을 선교(船橋)로 데리고 간 것은 그였다. 선장은 자기의 선실로 물러났다. 부선장은 최근 항해술에 도입된 어떤 도구를 그에게 보여 주고 싶었던 것이다. 그것은 육분의(六分儀)라는 것으로, 이중의 반사장치에 의해 종래의 사분의(四分儀)로 알 수 있는 것과는 비교도 안 될 만큼 정확하게 수평선상의 태양의 고도를 측정할 수 있는 계기였다. 조지프가 신나게 보여 주는 시범을 흥미 있게 관찰하고, 상자에서 꺼낸 구리와 마호가니와 상아로 만들어진 그 멋진 물건을 만족스럽게 조작해 보면서도 로빈슨은 이 답답한 인물이 지닌 정신적 활기에 감탄을 금치 못했다. 물과 기름이 서로 혼합되지 않은 채 한데 담길 수 있듯이, 지성과 어리석음은 같은 머릿속에 함께 담겨 전혀 상호 영향을 끼치지 않을 수도 있다는 생각이 들었다. 조준기, 분도호(分度弧), 유척(遊尺), 거울 등의 이야기를 할 때 그는 빛나는 지성을 발휘했다. 그렇지만 조금 전에 자안 쪽으로 눈을 끔벅거려 보이면서, 뱃사람들을 상대하는 잡스러운 여자에게서 태어난 처지에 밧줄로 매를 맞는 것을 불평하는 것은 잘못이라고 설명한 것도 바로 그였다.

*

해가 기울기 시작했다. 그늘이 길어지고 해변의 유칼리나무들 사이로 바다의 미풍이 수런거리는 소리를 내기 전에 뜨거운 에너지로 전신을 가득 채우기 위해 로빈슨이 햇볕을 쪼이곤 하던 시간이었다. 조지프가 권하는 대로 그는 선미루(船尾

樓) 갑판 꼭대기의 바람개비 그늘에 누워서 장루(檣樓)의 화살 모양의 돛대가 푸른 하늘에 눈에 보이지 않는 기호들을 그리는 모습을 바라보았다. 하늘에는 투명한 도자기로 만든 듯한 반달이 가느다랗게 길을 잃은 채 걸려 있었다. 고개를 돌리니 물결과 맞닿은 채 금빛 모래의 선을 그리면서 초목과 뒤엉킨 바위들이 파도치듯 한데 몰려 있는 스페란차가 보였다. 바로 거기서 그는 '화이트버드호'를 떠나보낸 후 방드르디와 같이 그냥 섬에 남아 있겠다는 결심이 자신의 마음속에서 막무가내로 무르익어 가고 있음을 의식했다. 그 배를 타고 온 사람들과 자신 사이의 모든 차이점 이상으로, 그는 그 사람들이 주위에 분비해 놓은, 그리고 그들 자신이 몸담아 살고 있는 저 타락하고 치명적인 시간의 소용돌이에 대한 그의 공포 어린 거부 때문에 그런 결심을 하게 된 것이었다. 1787년 12월 19일. 28년 2개월 19일. 이 명백한 사실이 끊임없이 그를 질리게 만들었다. 그러니 만약 스페란차의 암초에서 난파당하지 않았더라면 그는 거의 오십 대가 되었을 것이었다. 그의 머리에는 백발이 돋아나기 시작했을 것이고 관절은 허물어져 갔을 것이다. 그의 아이들은 그들과 헤어졌을 무렵의 그 자신보다도 더 나이가 많아졌을 것이고, 심지어 그는 어쩌면 할아버지가 되었을 것이다. 그런데 그런 모든 일이 하나도 일어나지 않았던 것이다. 스페란차는 이 모든 음산한 타락에 대한 빛나는 거부인 양, 악취 가득한 그 배에서 400여 미터나 떨어진 곳에 우뚝 서 있었다. 실제에 있어서 그는 '버지니아호'에 올랐던 저 신앙심 깊고 인색했던 청년보다 지금 더 젊었다. 그는, 그 내부에 부패와 쇠퇴를 향한 어떤 충동을 내포한 생리학적 젊음으로 젊은 것이 아니었다. 매일 아침이 그에게는 최초의 시작이었으며 세계사의 절대적인 시작이었다. 하느님이신 태양 아래서 스페란차는 과거도 미래도 없는 영원한 현재 속에 진동하고 있었다. 그러니 그는 어떤 완벽의 극한점에서 균형을 이루고 있는 이 영원한 순간으로부터 몸을 빼내 피폐와 먼지와 폐허의 세계 속으로 추락할 생각은 추호도 없었던 것이다!

그가 그대로 섬에 남아 있겠다는 결심을 피력하자 오직 조지프만이 놀라워하는 빛을 보였다. 헌터는 그저 싸늘하게 웃을 뿐이었다. 따지고 보면 그리 대단한 것도 아닌 배여서 구석구석의 짐 싣는 자리가 엄격하게 계산되어 있던 터라 그는 어쩌면 두 사람의 승객을 더 태우고 가지 않아도 된다면 잘된 일이라고 여기고 있을지도 몰랐다. 그는 예절 바르게도, 그날 낮에 그 배에 실은 것 모두 섬의 주인인 로빈슨의 너그러운 마음씨 덕분에 얻게 된 것이라고 여겼다. 그 대가로 그는 선미루 갑판에 매어 두었던 작은 표적 보트 하나를 그에게 선물했다. 규정상 필수적인 두 척의 구명보트 이외의 여분이었다. 그것은 가볍고 물에 잘 뜨는 카누로서, 물결이 잔잔한 날이나 그저 그런 날에 한두 사람이 타고 다니기에 이상적이었고 방드르디의 낡은 보트 대신에 사용하면 썩 좋을 듯했다. 그 배를 타고서 둘은 해 질 녘에 섬으로 돌아왔다.

이제 영원히 잃어버릴 것으로 생각했던 그 땅을 다시 찾으면서 로빈슨이 느낀 기쁨은 불그레한 석양빛 속에서 허락되었다. 물론 그는 대단한 안도감을 맛보았지만 그를 에워싼 평화 속에는 음산한 그 무엇인가가 깃들어 있었다. 상처를 입었다는 느낌보다 자신이 늙어 버렸다는 느낌이 더 강했다. 마치 '화이트버드호'의 방문이 행복하고 오래 지속되어 온 청춘에 종지부를 찍기나 한 양. 그러나 무슨 상관이랴? 첫 새벽빛이 밝아 오면 그 영국 배는 닻을 올리고 그 음울한 선장의 기분 내키는 대로 방황하는 항해를 다시 시작할 것이다. 구원만의 물은 28년 만에 처음으로 스페란차에 접근했던 유일한 배의 물 자취 위로 다시 닫혀 버릴 것이다. 로빈슨은 이 섬이 존재한다는 사실이나 그 위치가 '화이트버드호'의 선원들에 의해서 세상에 알려지기를 자기는 원하지 않는다는 것을 넌지시 암시해 두었다. 그러한 뜻은 수수께끼 같은 헌터의 성격과 너무나도 잘 부합하는 것이었으므로, 그가 그 뜻을 저버릴 까닭이 없었다. 이렇게 하여 디오스쿠로이의 잔잔한 영원 속에 소용돌이와 붕괴의 스물네 시간을 몰고 왔던 에피소드는 결정적으로 끝나게 될 것이었다.

12장

아직 새벽빛이 뿌연 시각에 로빈슨은 아라우카리아나무에서 내려왔다. 그는 해가 뜨기 전 마지막 몇 분까지 잠을 자는 습관이 있었다. 해 질 녘 시간으로부터 가장 멀기 때문에 하루 중에서도 가장 빈약하고 맥없는 그 시간의 길이를 가능한 한 줄이기 위함이었다. 그러나 평소에 먹지 않던 고기와 포도주를 먹은 데다 어떤 막연한 고통까지 겹쳐 그는 열에 들뜬 듯한 수면을 취했고, 그 수면마저 갑작스레 잠이 깨거나 잠깐씩이지만 무미건조한 불면으로 토막이 났다. 어둠을 덮어쓰고 자리에 누운 채 그는 고정관념과 고문하는 듯한 강박감에 속수무책으로 시달렸다. 그는 그 상상 속의 무리를 쫓아 버리기 위해서 어서 자리에서 일어나고 싶었다.

그는 해변으로 몇 발자국을 옮겨 놓았다. 예상했던 대로

'화이트버드호'는 사라지고 없었다. 빛바랜 하늘 아래 물은 흐릿했다. 듬뿍 맺힌 이슬의 무게에 눌려 풀들은 광채도 그림자도 없이 시든 모습으로 희미하게 비치는 빛을 받으며 딱하게 휘어져 있었다. 새들은 싸늘한 침묵을 지키고 있었다. 로빈슨은 자신의 내부에 절망의 동굴이 파이는 것을 느꼈다. 소리가 벽에 부딪쳐 울리고, 컴컴한 그 웅덩이로부터 (마치 독기 어린 정령처럼) 구토가 치밀어 오르면서 입 안에 쓰디쓴 침이 가득 고였다. 모래톱에는 파도가 나른하게 기지개를 켜면서 죽은 게 한 마리와 희롱하다가는 실망한 듯 물러나곤 했다. 몇 분 후면, 아니 기껏해야 한 시간 후면 해가 떠올라서 만물과 로빈슨 자신을 다시금 생명과 기쁨에 부풀게 할 것이다. 가서 방드르디를 깨우고 싶은 유혹을 그때까지만 꾹 참고 억누르기만 하면 될 일이었다.

'화이트버드호'가 찾아와서 로빈슨과 방드르디와 스페란차 사이에 이루어졌던 그 아슬아슬한 균형이 심각한 손상을 입었음은 명백한 사실이었다. 스페란차는 눈에 보이는 상처로 뒤덮였다. 그러나 따지고 보면 그 상처는 표면적인 것이어서 몇 달만 지나면 지워질 것이었다. 그렇지만 방드르디 쪽에서 볼 때 사방에서 불어오는 바람의 애무를 받으면서 우아하게 몸을 기울이던 그 사냥개처럼 날렵하고 멋진 범선을 잊어버리자면 얼마나 많은 시간이 걸릴 것인가? 로빈슨은 미리 그와 상의해 보지 않고 섬에 그냥 눌러앉아 살기로 혼자서 결심한 것을 후회했다. 그날 아침으로 당장 흑인을 사고파는 노예 장사라든가 미국의 옛 식민지에서 그 노예들이 겪는 운명에 관해 조지프에게 들은 무시무시한 이야기들을 소상하게 들려주어야겠다고 생각했다. 그렇게 하면 그의 아쉬움은(혹시 아쉬워하고 있다면) 덜해질 것이었다.

방드르디를 생각하면서 그는 혼혈아가 해먹을 매어 놓고 밤 시간과 또 얼마간의 낮 시간을 보내곤 했던 후추나무 쪽을 향해 자신도 모르게 다가갔다. 방드르디를 깨우지는 말고 그저 잠자는 모습을 바라보기만 하리라. 그 고즈넉하고 순진한 그의 모습이 거기에 있는 것을 보면 힘이 생길 것이다.

해먹은 텅 비어 있었다. 그보다 더 놀라운 점은 방드르디가 낮잠을 잘 때 옆에 가져다 놓아두는 작은 물건들(거울, 취관, 강낭콩, 새의 깃털 등)이 없어졌다는 사실이었다. 돌연한 고통이 주먹질처럼 로빈슨을 후려쳤다. 그는 해변으로 내달았다. 보트와 카누는 마른 땅에 끌어올려진 채 그대로 있었다. 방드르디가 만약 '화이트버드호'로 되돌아가고자 했다면 그중 한 가지 배를 이용한 다음 바다 위에 버려두거나 모선 위로 끌어올렸을 것이다. 그가 그렇게까지 멀리 헤엄쳐 가는 모험을 했다는 것은 그다지 믿기지 않았다.

그래서 로빈슨은 동료의 이름을 소리 높여 부르면서 온 섬을 찾아다니기 시작했다. 탈출만에서 동쪽의 모래언덕까지, 동굴에서 장밋빛 골짜기까지, 서쪽 해안의 숲에서 동쪽 모래언덕까지, 마음속으로는 그렇게 찾아다니는 것이 헛된 일임을 절망적으로 확신하면서도 그는 비틀거리며 고함치며 뛰어다녔다. 방드르디가 어떻게 자기를 배반할 수 있었는지 이해할 수 없었다. 그렇지만 이제 자기는 처음의 날들과 마찬가지로 이 섬 안에 혼자뿐이라는 명백한 사실조차 받아들일 수가 없었다. 너무나 오랫동안 발걸음을 해 보지 않았던, 옛 추억들이 가득한 장소들로 다시 가 보며 이렇게 미친 듯이 헤매고 다니자니 그의 마음은 산산조각이 나는 듯했다. 그는 '탈출호'를 만들 때 생긴 뻘건 톱밥이 손가락 사이로 새어 나가는 것을 느꼈고 발아래로는 진흙탕의 미지근한 진창이 미끄러지는 것을 느꼈다. 그는 숲속에서 자기가 쓰던 성서의 말라비틀어지고 오돌토돌한 가죽을 다시 발견했다. 모든 페이지들이 불타 버리고 남은 것이라고는 「열왕기상」의 어느 한 구절뿐이었다. 그는 안개처럼 허약해지는 마음으로 거기에 쓰인 것을 읽었다.

> 다윗왕은 나이가 들어 늙었다. 사람들은 그를 옷으로 덮어 주었으나 그의 몸은 더워지지 않았다. 그의 시종들이 말했다. 우리의 주인이신 왕을 위해 젊은 성처녀를 찾아오라. 성처녀가 왕의 앞으로 나아가 그를 간호하고 그이의 품에 누워라. 그리하여 우리의 주인이신 왕의 몸이 더워지리라.

로빈슨은 어제만 해도 존재하지 않았던 저 28년이 이제 금방 자기의 두 어깨 위에 털썩 내려앉았음을 깨달았다. '화이트버드호'가 그 세월을 (마치 어떤 치명적인 병의 병균인 양) 싣고 왔다. 그리하여 그는 갑자기 늙은이가 되어 버린 것이었다. 그는 또 늙은이에게 고독보다 더한 저주는 없다는 것도 깨달았다. 성처녀가 그이의 품에 누워라. 그리하여 우리의 주인이신 왕의 몸이 더워지리라. 실제로 그는 아침 이슬에 젖은 몸을 와들와들 떨고 있었지만 이제는 그의 몸을 데워 줄 사람이 아무도 없을 것이다. 마지막 잔해 한 가지가 그의 손가락에 만져졌다. 곰팡이가 잔뜩 피어 있는 텐의 목걸이였다. 이는 결정적으로 지워져 버린 것으로 여겨지는 그의 모든 과거를, 그러니까 그 불결하고 가슴을 찢는 듯한 잔해들을 다시 상기시키는 것이었다. 그는 어느 시프레나무 줄기에 머리를 기댔다. 그의 얼굴에는 경련이 일어났지만 늙은이란 눈물을 흘리지 않는 법이다. 배 속이 뒤집히는 것을 느끼면서 그는 부식토 위에 헌터와 조지프 앞에 앉아서 먹었던 모든 더러운 식사를 토해 냈다. 다시 머리를 들었을 때 그는 몇 미터 거리에 모여 앉은 한 떼의 독수리들과 눈이 마주쳤다. 그들은 핑크빛 나는 눈으로 그를 지켜보고 있었다. 저들 또한 과거와의 재회에 참가하려고 찾아온 것이다!

농산물 재배, 가축 사육, 건축 등 모든 것을 다시 시작하고 또 어떤 다른 아라우칸족이 나타나서 그 모든 것을 불꽃으로 쓸어 내고 그로 하여금 어쩔 수 없이 어떤 높은 차원으로 승격하도록 만들어 주기를 기다려야 할 것인가? 얼마나 어이없는 일인가! 사실 시간과 영원 사이의 양자택일 따위는 이제 더 이상 없다. 그 양자의 사생아인 영원 회귀란 정신 착란에 지나지 않는다. 그에게는 단 하나의 구원만이 있을 뿐이다. 그것은 그가 차례로 한 단계 한 단계씩 밟아 가며 마침내 도달했던 저 비시간적이며 죄 없는 존재들로 가득 찬 고성소(古聖所)[14]에의 길, '화이트버드호'가 찾아옴으로써 좌절되고 만 그

길을 다시 찾는 일이다. 그러나 이제 늙고 힘없어진 그가, 어떻게 오랫동안 힘겹게 획득한 그 은총의 상태를 다시 찾는단 말인가? 그 방법이란 그저 죽어 감으로써 얻어지는 것이 아닐까? 이 섬에서는 앞으로 수십 년 동안 그 어느 누구도 죽음의 고독을 범하지 않을 것이다. 죽음은 이제 그에게 적합한 유일한 영원의 형태가 아닐까? 그러나 신비하게도 소식을 듣고 찾아와서 장례식의 임무를 수행할 태세를 갖추고 있는 이 독수리 떼의 감시에서 벗어날 필요가 있었다. 그의 해골은 마치 그 어느 누구도 그 골조를 건드리지 못하게 될 상아 막대기 장난감처럼 스페란차의 돌들 속에서 하얗게 빛나도록 되어야 할 것이다. 그렇게 되면 스페란차의 이 고독한 인간의 예외적이고 남모르는 역사는 막을 내리게 될 것이다.

그는 동굴이 있었던 자리에 아무렇게나 뒤엉킨 채 솟아 있는 바윗돌 더미 쪽으로 작은 발걸음을 옮겨 갔다. 그는 큰 바위들 사이로 미끄러져 들어가면 동물들이 덤벼들지 못할 만큼 깊숙이 안으로 들어가는 방법이 있을 것이라고 확신했다. 어쩌면 벌레처럼 인내력을 가지고 노력하면 바위 속의 오목한 곳으로 다시 들어갈 수도 있을 것 같았다. 거기에서 태아와 같은 자세로 몸을 웅크린 채 눈을 감으면, 그의 기진맥진한 상태가 극에 이르고 슬픔이 그토록 깊은지라 생명은 그를 잊어 줄

14) 지옥과 천당 사이에 있어 천주교를 접할 기회가 없었던 사람이나 영세(領洗)를 받지 못한 어린이, 이교도, 백치 등의 영혼이 사는 곳. 이 책의 제목 역시 문자 그대로 번역한다면 '방드르디 혹은 태평양의 고성소'라고 해야 옳을 것이다.

것이었다.

과연 그는 하나의, 단 하나의 통로를 발견했는데 고양이가 다니는 구멍보다 좀 더 클까 말까 했다. 그러나 그는 자기 몸이 너무나 작아졌고 또 힘껏 웅크렸기 때문에 그 속으로 몸을 집어넣는 것은 문제가 아니라고 생각했다. 그 구멍의 깊이가 어느 정도인지를 알아보기 위해 어둠의 정도를 살펴보려니까 거기에서 무엇인가가 움직이는 모습이 보이는 듯했다. 안에서 돌 한 덩어리가 구르면서 몸뚱이 하나가 어둡고 좁은 공간을 막고 있었다. 그것은 약간 몸을 뒤틀면서 그 좁은 구멍에서 빠져나왔는데, 로빈슨의 앞에 일어서는 것은 어떤 소년이었다. 햇빛을 가리기 위해서인지 아니면 따귀나 맞지 않을까 지레 겁이 난 것인지 그는 이마 위로 오른팔을 쳐들고 있었다. 로빈슨은 아연하여 뒷걸음질을 쳤다.

"너는 누구냐? 거기서 뭘 하고 있는 거야?" 하고 그에게 물어보았다.

"저는 '화이트버드호'의 소년 수부예요. 불행하기만 했던 저 배에서 도망치고 싶었어요. 어제 제가 고급 선원 식당에서 식사 시중을 들고 있을 때 당신은 저를 정다운 눈길로 바라보았어요. 그래서 저는 당신이 떠나지 않는다는 소리를 듣자 섬에 숨어 있다가 당신과 함께 남아 살기로 결심했어요. 어젯밤에 저는 갑판으로 숨어 들어갔지요. 해변까지 수영을 해 보겠다고 물로 몸을 던지려 하는데, 어떤 사람이 카누를 타고 배로 다가오는 것이 보였어요. 당신의 하인인 혼혈아였어요. 그는 카누를 발로 떠밀어 버리고는 부선장의 방으로 들어갔어요.

부선장은 그를 기다린 듯한 눈치던데요. 나는 그가 배에 그대로 남아 있을 생각이라는 것을 알아차렸어요. 그래서 헤엄을 쳐서 카누에까지 가서는 그 위에 올라탔지요. 그리고 해변까지 노를 저어 온 다음 바위들 틈에 숨은 거예요. 이제 '화이트버드호'는 나를 남겨두고 떠나 버렸어요." 그가 의기양양한 듯한 목소리로 결론을 내렸다.

"나하고 같이 가자." 로빈슨이 그에게 말했다.

그는 아이의 손을 잡고 바위들을 돌아서, 바위 무더기를 굽어보는 언덕 꼭대기로 가는 비탈을 올라갔다. 그는 길 중턱에서 발길을 멈추고 그의 얼굴을 바라보았다. 색소 결핍증에 걸린 하얀 눈썹과 초록빛 두 눈이 그를 돌아보았다. 희미한 미소가 눈에 어렸다. 그는 손바닥을 펴고 그 손안에 주먹 쥐고 있는 소년의 손을 바라보았다. 그렇게 가냘프고 연약하면서도 갑판 위에서의 노동 때문에 갈라진 손을 보자 그는 가슴이 메는 듯했다.

"너한테 보여 줄 게 있다." 그는 자기도 그게 무엇을 두고 한 말인지 모르면서 그저 자신의 감정을 억제하기 위해 말했다.

*

그들의 발아래 펼쳐진 섬은 한 부분이 안개에 덮여 있었지만 동쪽으로는 하늘이 타오르는 빛으로 변해 가고 있었다. 해변에는 보트와 카누가 밀물에 닿아서 불규칙적으로 흔들리기 시작했다. 북쪽에는 하얀 점 하나가 수평선을 향해 달려가고 있었다.

로빈슨은 그 방향으로 팔을 들어 보였다.

"잘 봐라. 아마 다시는 저걸 보지 못하게 될 거야. 스페란차 근해에 떠가는 배를 말이야."

그 점은 차츰차츰 지워져 갔다. 마침내 그것은 머나먼 곳으로 빨려 들어가 버렸다. 바로 그때 태양이 첫 광선들을 던져 보냈다. 매미 한 마리가 울어 댔다. 허공 중에는 갈매기 한 마리가 빙빙 돌다가 거울 같은 물 위로 급강하했다. 그러고는 다시 수면을 차면서 날아오르더니 크게 날개를 치면서 떠올랐다. 순식간에 하늘이 푸르스름하게 변했다. 꼭 닫힌 꽃잎을 서쪽으로 기울이고 있던 꽃들이 다 같이 줄기 위에서 핑그르르 돌면서 동쪽으로 꽃잎을 활짝 열었다. 새들과 벌레들이 한결같은 연주 소리로 공간을 가득 채웠다. 로빈슨은 어린아이를 깜빡 잊고 있었다. 키 큰 몸을 곧추 세우면서 거의 고통에 가까운 기쁨에 잠긴 채 그는 태양의 황홀경을 정면으로 바라보았다. 그를 휩싸고 있는 광채가 전날 낮과 밤의 저 치명적인 더러움을 씻어 주었다. 어떤 불칼 하나가 그의 몸속으로 박혀 들어오면서 그의 존재를 송두리째 환하게 밝혀 주었다. 스페란차는 안개의 너울을 벗어 버리고 순결하며 티 없는 모습을 드러냈다. 사실 그 오랜 고통, 그 어두운 악몽은 한 번도 존재해 본 적이 없었다. 다시금 영원이 그를 사로잡으면서 음산하고 대수롭지 않은 그동안의 시간을 지워 가고 있었다. 어떤 깊은 영감이 완전한 흡족함의 감정으로 그를 가득 채웠다. 그의 가슴은 청동 방패처럼 부풀어 올랐다. 그의 두 다리는 마치 기둥들처럼 건장하고 꿋꿋하게 바위를 딛고 있었다. 황갈색의 빛이 그에게 변함없는 청춘의 갑옷을 입혀 주었고, 금강석 같은 두 눈이 번쩍거리는 구리 가면을 빈틈없이 고른 모양으로 만들어 씌워 주었다. 마침내 태양신이 폭발하는 심벌즈 소리와 쩌르렁거리는 트럼펫 소리를 내면서 붉은 머리털의 왕관을 활짝 펼쳤다. 어린아이의 머리 위에서 광물성 그림자들이 빛을 발했다.

"네 이름이 뭐지?" 로빈슨이 그에게 물었다.

"저는 자안 넬자페브예요. 에스토니아에서 태어났지요." 아이가 그 복잡한 이름에 대해 변명이라도 하려는 듯 덧붙여 말했다.

"이제부터 네 이름은 죄디[15]란다. 그건 하늘의 신(神)인 유피테르의 날이지. 그건 또 어린아이들의 일요일이기도 하단다." 로빈슨이 그에게 말했다.

---

15) 목요일이란 뜻이다.

작품 해설

『방드르디, 태평양의 끝』의 신화적 해석

미셸 투르니에는 1924년 12월 19일 파리 태생이다. 소설 『방드르디, 태평양의 끝(Vendredi ou les limbes du Pacifique)』* 속의 로빈슨보다 187년 늦지만 생일은 정확하게 같다. 파리에서 문과대학과 법과대학의 학사 과정을 마친 그는 석사 과정에서는 철학을 전공했다. 일찍부터 독일적 교양이 넘치는 가정에서 자랐고 장차 철학 교수가 되는 것이 꿈이었으나 1950년 교수 자격시험에 실패하자 포기하고 말았다.

1986년 어느 중학생으로부터 질문을 받았을 때 그는 자신의 당시 상황을 이렇게 설명했다. "스물다섯 살 때 내가 염두

* 이하 『방드르디』로 표시한다. 분문 인용문의 쪽수는 생략하며, 인용문의 강조 표시는 모두 역자에 의한 것임을 밝혀 둔다.

에 두었던 것은 오직 철학을 가르치는 교수가 되는 일이었습니다. 나도 다른 사람들이나 마찬가지로 스물한 살에 대학교수 자격시험(agrégation)에 응시했어야 마땅하지요. 그러나 나는 당시 철학 교육에서 가장 명성이 높았던 몇몇 독일 대학교에서 4년을 더 공부하게 되었습니다. 스물다섯 살 때 프랑스로 돌아온 나는 당연히 일등으로 합격하리라고 자신하면서 대학교수 자격시험에 응시했어요. 그런데 시험을 친 결과는 꼴찌였어요. 일등은 일등인데 끝에서부터 일등이었던 것입니다. 그야말로 뺨을 한 대 세차게 얻어맞은 기분이었지요. 화가 나고 상처 입은 기분이 되어 나는 대학교의 문을 꽝 닫고 나왔고 무슨 다른 일을 해 보아야겠다고 생각했습니다."[1)]

그러나 '체계가 아닌 것은 모두 만화에 지나지 않는다.'라고 굳게 믿었던 이 철학도의 좌절이 그를 곧바로 소설의 세계로 인도한 것은 아니었다. 그는 우선 독일의 문학 작품들을 프랑스어로 번역하는 데 열중했다. 그중에는 소설 『개선문』으로 우리나라 독자들에게도 널리 알려진 레마르크의 작품들도 포함되어 있었다. 그에게 이런 작업은 철학의 관념적이고 추상적인 체계로부터 구체적인 '현실'로 우회하는 통로로서 문학 언어에 대한 시시콜콜한 센스와 기술을 익히는 데 중요한 수업이 되었다. 그러나 "당시 나는 번역가란 작가의 반쪽, 즉 작가의 일 중에서도 가장 겸손하고 수공업적인 일에 몰두해야 하는 반쪽에 지나지 않는다는 사실을 알지 못했다."[2)]라고 그는 후일 술회했다.

그리고 그는 생활을 위해 방송국 일도 했다. "나는 한동안 뮤직홀에 드나들었어요. 무대에 선 것이 아니라 1954년부터 1958년까지 유럽 제1방송에 근무하는 프로그램 담당자로서 출입한 것이지요. 질베르 베코, 샤를 아즈나부르, 자크 브렐, 조르주 브라상, 레오 페레 등 위대한 가수들의 시대였어요. 나는 대중 앞에 서서 자신의 작품을 발표하고 그들의 즉각적인 반응을 직접 체험하는 뮤직홀의 가수들이 부러웠어요. 거기에는 직접적인 교환이 있으니까요."[3)]

그는 방송국에서의 일을 통해서 이른바 '대중'이라는 것을 실감할 수 있었다. 과연 그는 나중에 작품을 쓰는 작가가 되었을 때 바로 그 말없는 '집단의 영혼'을 향해 쓰기 시작한 것이다. 그 후에도 그는 무려 10년 동안이나 파리의 유명한 출판사인 '플롱'에서 문학부장으로 일했다. "내 첫 소설 『방드르디』는 1965년에 탈고되었다. 그러니까 나는 15년 동안이나 더듬거리며 찾고 있었다. 내 서랍 속에는 실패한 습작들이 가득 쌓여 갔다. 해가 거듭할수록 실패의 정도가 줄어들었다. 맨 마지막에서 둘째 소설인 『마왕』은 거의 출판해도 좋은 정도가 되었다. 그러나 내가 보기에는 아직도 불충분했다."[4)]라고 그는 어느 인터뷰에서 실토했다.

그는 또한 파리의 인간박물관 강의를 2년간 수강했다. 그곳에서 그는 특히 유명한 인류학자 클로드 레비스트로스(Claude Lévi-Strauss)에게 강의를 듣고 지도받는 행운을 얻었다. 그리고 우연하게도 그 무렵에 오랫동안 절판된 상태였던 영국 작가 대니얼 디포(Daniel Defoe)의 『로빈슨 크루소(Robinson Crusoe)』가 프랑스어 포켓판으로 다시 출간되었다. 그는 인간박물관에서 인류학, 언어, 야만인과 문명인의 개념에 대해 배운 바를 염두에 두면서 그 소설을 읽었다. 그 순간 그는 이것이 바로 새로운 소설의 소재라는 것을 직감할 수 있었다. 그는 레비스트로스를 통해 눈뜨게 된 새로운 인류학적 성과를 활용하면서 디포의 『로빈슨 크루소』를 자기식으로 다시 쓰지 않으면 안 되겠다는 생각을 하기에 이르렀다.

디포의 소설에서 로빈슨 크루소는 물질문명과 절연된 무인도에 표류하여 뜻하지 않은 경험을 한다. 그러나 그는 등 뒤에 두고 떠나온 과거의 세계, 즉 대영 제국의 가치 체계에 근거한 하나의 세계를 무인도에 재현하려고 애쓴다. 오로지 그가 백인이고 서구인이고 영국인이며 기독교인이라는 이유 때문에 로빈슨의 입에서 흘러나오는 말은 모두 진리라는 전제하에 서술된 그 작품을 읽으며 투르니에는 충격을 받았다. 그래서 그는 전혀 다른 로빈슨을 창조하려고 마음먹었다. 과거의 가치들이 더 이상 아무런 의미가 없어진 무인도에서는 전혀 새로운 가치들을 만들어 내지 않으면 안 된다는 사실을 깨닫는 로빈슨을 말이다.

"내가 볼 때 1719년에 나온 디포의 『로빈슨 크루소』에는 극도로 충격적인 두 가지 문제점이 있습니다. 우선 그 소설에는 방드르디(프라이데이)가 있으나마나 한 존재로 취급되어 있어요. 그는 단순히 빈 그릇일 뿐이지요. 진리는 오로지 로빈슨의 입에서만 나옵니다. 그가 백인이고 서양인이고 영국인이고 기독교인이기 때문입니다. 내 의도는 방드르디가 중요한 역할을, 아니 심지어 끝에 가면 가장 핵심적인 역할을 맡는 소설을 써 보자는 데 있었어요. 그렇기 때문에 그 소설의 제목을 로빈슨이 아니라 방드르디로 해야 된다고 생각했던 것이죠.

디포의 소설에서 발견되는 둘째 문제점은 모든 것이 회고적인 시각에서 처리되어 있다는 점입니다. 섬에 혼자 던져진 로빈슨이 골똘하게 생각하는 것은 오직 한 가지뿐입니다. 그는 당장 구할 수 있는 것들만을 가지고 과거의 영국을 재현하고자 합니다. 즉 그는 난파한 배의 표류물을 주워 모아 섬 안에 작은 영국 식민지를 또 하나 만들어 놓으려는 것입니다. 그러니까 로빈슨은 오직 과거에만 정신이 팔려 있고 잃어버린 것을 복원하는 데만 관심이 있는 것이죠. 나는 자신의 의도가 얼마나 터무니없는 것인지를 로빈슨 스스로가 깨닫게 되는 소설, 그것이 터무니없는 짓이라는 느낌 때문에 그의 건설 사업이, 이를테면 내부로부터 잠식되어 붕괴해 버리는 소설을 쓰고 싶었습니다. 그리고 나서 드디어 방드르디가 불쑥 나타나서 모든 것을 완전히 무너뜨려 버리는 소설을 말입니다. 이렇게 함으로써 백지 상태에서 새로운 언어, 새로운 종교, 새로운 예술, 새로운 유희, 새로운 에로티즘을 만들어 낼 수 있는 것입니다. 이것이 바로 내 소설에서 방드르디가 가장 핵심적인 역할을 하는 까닭입니다. 그는 미래를 열고 기획하며 로빈슨으로 하여금 과거의 재구성에만 몰두하는 것이 아니라 무언가 새로운 일을 하도록 도와줍니다."[5]

1958년에 그는 『마왕(Le Roi des aulnes)』의 초고를 써 보았다가 힘에 벅찬 시도라 여겨져서 포기했다. 1962년에야 마침내 『방드르디』를 집필하기 시작했다. 4년이 지난 1966년 12월에 탈고한 그 원고는 처음으로, 자신이 보기에도 '출판사에 보내어 평가를 받을 만하다.'라고 생각되었다. 1967년 9월 2일, 투르니에의 처녀작 소설 『방드르디』가 갈리마르 출판사에 의해 세상에 나왔다.[6)]

마흔네 살의 늦깎이 등단이었지만 그 처녀작의 성공은 빠르고 충격적이고 광범위한 것이었다. 그 작품은 출간 즉시 아카데미 프랑세즈 소설 대상을 받았다. 같은 해에 《크리티크(Critique)》에 발표한 질 들뢰즈(Gilles Deleuze)의 논문 「미셸 투르니에와 타자가 부재하는 세계」는 철학계의 반향을 대변해 준 것이었다.[7)]

그로부터 3년 후인 1970년에 두 번째 대작 소설 『마왕』을 발표하자 비평가들은 그를 근래 10년간에 나타난 최대의 작가라고 평가하기를 서슴지 않았다. 그 작품은 그해 공쿠르상을 받았다. 그리고 불과 2년 후인 1972년에는 공쿠르상의 수상자에서 일약 그 상을 심사하는 아카데미 공쿠르의 종신회원으로 선출되었다. 뒤늦은 출발이었지만 그의 문학적 지위는 신속하게 확고해졌다.

1975년에는 세 번째 소설 『메테오르(Les Météores)』를 내놓았고 1977년에는 문예 미학에 대한 독창적 에세이인 동시에 일종의 문학적 자서전이라고 할 수 있는 『성령의 바람(Le Vent Paraclet)』을 발표해 그의 작품 세계에 대한 많은 의문점을 풀어 주었을 뿐만 아니라 그의 일관된 예술관을 깊이 있게 드러내 보였다. 그 이듬해 1978년에는 단편 및 콩트집 『황야의 수탉(Le Coq de bruyère)』, 1981년에는 네 번째 소설 『가스파르, 멜키오르 그리고 발타자르(Gaspard, Melchior et Balthazar)』, 1983년 다섯 번째 소설 『질과 잔(Gilles et Jeanne)』, 1985년 여섯 번째 소설 『황금 물방울(La Goutte d'or)』, 1989년 콩트 및 단편집 『사랑의 성찬(Le Médianoche amoureux)』 등을 잇달아 발표했다. 그 밖에도 그는 『방드르디, 원시의 삶(Vendredi ou la vie sauvage)』(1971), 『피에로 혹은 밤의 비밀(Pierrot ou le secret de la nuit)』(1979), 『바르브도르(Barbedor)』(1980), 『동방 박사들(Les Rois mages)』(1983) 같은 여러 편의 청소년들을 위한 이야기책들, 『흡혈귀의 비상(Le Vol du vampire)』(1981), 『짧은 글 긴 침묵(Petites proses)』(1986), 『생각의 거울(Le Miroir des idées)』(1994) 같은 경구와 지혜로 가득 찬 아름다운 산문집, 『열쇠와 자물쇠(Des Clefs et des serrures)』, 『꿈(Rêves)』, 『뒷모습(Vues de dos)』, 『프랑수아 미테랑(François Mitterand)』처럼, 유명한 사진 작가들의 사진과 함께 실은 독창적인 텍스트들로 된 앨범 등 다양한 장르를 통해 자기 세계의 넓이와 깊이를 더해 가고 있다.

이제 미셸 투르니에라는 이름은 프랑스 현대 문학에서 결코 무시할 수 없는 확고한 위치를 차지하고 있다. 《마가진 리테레르(Magazine littéraire)》 같은 문예지는 두 번씩이나 그의 특집호를 꾸미면서 "프랑스 현대 소설계에서 전무후무하고 모범적인 성공"이라고 평가했다.[8] 프랑스는 물론이고 미국, 영국, 독일, 이탈리아 그리고 한국 등 여러 나라의 대학에서 그에 관한 수많은 박사 학위 논문들이 발표되었다. 르클레지오, 파트리크 모디아노, 마르그리트 뒤라스 등과 더불어 투르니에는 현재 프랑스 문단에서 가장 주목받고 있는 작가임에 틀림없다. 특히 인류의 가장 오래된 신화들에 새로운 생명을 불어넣어 오늘날의 세계에서 다시 살아나게 하는 특유의 서사적 방법은 그 누구도 모방할 수 없을 만큼 독보적이다.

1 소설과 신화

처녀작 『방드르디』부터 최근에 발표된 작품에 이르기까지 그의 한결같은 관심은 바로 철학과 소설의 가장 바람직한 결합이다. "가짜 소설이요, 가짜 철학인 이른바 '철학적 소설'(볼테르류의)이 아니라 참다운 철학과 참다운 소설(헤겔 같은 철학과 에밀 졸라 같은 소설) 사이에 통로를 놓아 보자는 것이다." 그는 철학적 사색인인 동시에 극단적일 만큼 '사실적'인 소설가이다. "나에게 필요한 것은 이론이 아니라 사실들과 사물에 직접 접근하는 일이다. 나는 버섯 냄새가 나고 비에 젖은 개의 털, 불 지피는 나무들의 냄새가 범죄의 냄새에 곁들여 나는 진짜 소설을 쓰고 싶었다. (……) 나는 가장 수공업적이고 가장 가벼운 수준에서 거대한 벽화보다는 소묘에 가까운 글쓰기를 수업했다."라고 그는 말한다.[9]

투르니에는 그 통로를 '신화'에서 찾는다. "철학에서 소설로의 이동은 신화에 의해 가능해졌다."[10]라고 그는 말했다. 신화란 무엇인가? 아니, 신화의 어떤 특징이 투르니에 특유의 철학적인 동시에 문학적인 형상화를 가능하게 해 주는 것일까?

우선 투르니에 자신의 말을 들어 보자. "시간의 저 아득한 어둠 속에서 어느 한순간 어렴풋한 빛들이 광채를 발하면서 우리의 이 비참한 조건을 비춰 준다. 그것을 우리는 신화라고 부른다. (……) 그 빛이 우리의 내면에 깃들어 있는 그 어떤 어리고 해묵은 영혼을 소스라쳐 깨어나게 하는 것이 아니겠는가? 그 영혼은 우화가 자신의 모국어라고, 자신의 원초적 근원의 메아리라고 깨닫는다."[11](「마음의 어둠 속에 빛나는 광채」, Les Nouvelles littéraires, 1971. 12. 6.)

빛인 신화와 어둠인 시간은 서로 대립적이다. 신화는 '시간의 저 아득한 어둠' 속에 잠겨 있으면서도 여전히 '빛'을 발한다. 이 말은 신화의 두 가지 특징을 지적해 보인다.

그 하나는 신화의 원초성이다. '저 아득한 어둠'이란 곧 퇴적된 시간의 헤아릴 길 없는 깊이를 말한다. 그 어둠의 밑바닥에 잠겨 있는 신화는 역사보다도 먼저 생겨난 것이다. 신화는 '모국어'처럼 시간의 저 머나먼 시원에서부터 이미 존재해 왔다. 신화는 까마득히 '오래된' 것이며 '해묵은' 것이다. 그래서 우리 각자는 신화 속에서 자신의 출발점을 발견한다.

그러나 신화가 단순히 시간적으로만 오래된 것은 아니다. 신화는 동시에 '근원적'인 우화다. 이 근원성과 '우화(이야기)'라는 형식에 의해 신화는 소설과 철학을 이어 주는 통로가 될 수 있다. 투르니에는 또 다른 비유로 이를 설명한다. "신화는 무엇보다도 먼저 여러 개의 층을 가진 건축물로 그 각 층은 모두 동일한 도식을 반복해 보여 주지만 층을 높이 올라갈수록 그 추상화의 정도가 점점 커진다."[12] 신화는 여러 분야의 지식들이 아직 칸막이로 구획되지 않았던 원초적 시대로부터 물려받은 것이다. 거기에는 어린아이들도 어렵지 않게 접근할 수 있는 1층의 이야기도 있고 형이상학적 지혜를 갖춘 철학자들이나 접근할 수 있는 꼭대기 층 체계도 있다. 그렇지만 신화는 그 모든 층이 다 같이 공유하는 '동일한 도식'을 가지고 있다. 이것이 바로 신화의 '근원성'이다. 신화는 무엇보다도 '단순한 이야기'인 것이다.

신화는 근원성으로 인해 어둠 속에서도 '빛을 발하는' 생명력을 지닌다. 인간의 조건이 '비참한' 것은 시간의 지배를 받기 때문이다. 시간이 흘러가면 세워진 것은 무너지고 인간은 죽는다. 그러나 신화의 빛은 그 어둠을 극복하게 해 준다. 여기서 극복이란 일종의 의미 부여 작용이다. 그 의미 부여 작용에 의해 신화는 우리 내면에 깃들어 있는 어떤 영혼을 '소스라쳐 깨어나게 하는 것'이다. 즉 내면의 자아는 신화의 새로운 해석을 통해서 스스로의 참모습을 발견하고 또 그것을 드러낸다는 말이다. 신화는 과거의 해석과 현재에 대한 논평과 미래에 대한 경고를 동시에 종합할 수 있다. 신화가 '비참한' 인간 조건에 빛을 던져 줄 수 있는 것은 그 자체가 영원히 새로워질 수 있는 동시에 다른 것을 새롭게 할 수 있는 생명력을 지니고 있기 때문이다. 신화는 그 힘으로 우리의 어두운 내면에 잠들어 있던 '영혼'을 깨어나게 하고 그것에 빛을 던져 주는 것이다.

신화는 까마득하게 오래된 우화이면서 또한 우리의 현재와 미래를 비춰 준다. 그래서 신화의 빛에 의해 소스라쳐 깨어

나는 영혼은 신화 그 자체와 마찬가지로 '해묵은' 것인 동시에 '어린', 다시 말해서 '새로운' 것이다. 투르니에가 다루는 신화는 항상 어린아이들을 위한 동화적 요소를 함께 지니고 있다. 가령 그의 작품 밑바닥에 매우 조심스럽게 깔려 있는 유머가 그렇고, 그가 소설 『방드르디』를 써서 발표한 뒤에 같은 작품을 어린이 소설로 개작한 것이 그렇다. 『방드르디』는 그러나 명백하게 형이상학적인 '꼭대기 층' 또한 갖추고 있다. 그에게 글을 쓴다는 것은 어떤 추상적이고 순수한 생각, 전설, 신화의 가장 깊은 뿌리를 드러내 보여 주는 일이다.

투르니에는 말한다. "신화는 누구나 다 알고 있는 어떤 이야기다. (……) 그래서 나 역시 (앙드레 지드처럼) 다시 읽히기 위해 글을 쓴다. 그러나 나는 지드만큼 까다로운 요구는 하지 않는다. 나는 독자가 그저 한 번만 읽어 주기를 바란다. 나는 독자들이 내 책들을 처음 읽을 때부터 알아보아 주기(reconnaitre)를, 다시 읽어 주기를 요구한다."[13)]

'처음 읽을 때부터 알아본다', '처음 읽을 때부터 다시 읽는다'라는 표현은 무엇을 의미하는가? '알아본다'라는 것은 이미 알고 있는 사실을 다시 인식하는 것이며, 이미 알고 있음을 새롭게 확인하는 일이다. 따라서 우리는 신화가 투영되어 있는 소설을 처음 읽을 때 동시에 그것을 '다시' 읽는 것이 된다. 즉 우리는 신화를 '알아본다.' 신화적 소설 읽기는 '처음 읽을 때부터' 이미 '다시 읽기'인 것이다. 왜냐하면 신화란 이미 '누구나 다 아는 이야기'이기 때문이다. 그러나 이미 '다 아는 이야기'라 할 때의 앎은 단순히 지식으로서의 앎이 아니라 진정한 경험으로서의 앎이다. 우리가 소설 속에서 신화를 알아본다는 것은 곧 그 속에서 근원적인 우화, 즉 우리 자신의 이야기를 알아본다는 것이다. 투르니에는 말한다. "우리가 로빈슨을 그토록 많은 작품 속에서 만나게 되는 것은 우리가 그를 실제의 삶 속에서 만나기 때문이다. (……) 그는 우리로 하여금 우리의 동경, 우리의 심정과 기분에 하나의 윤곽, 하나의 형대, 하나의 초상을 부여할 수 있도록 해 주는 근원적인 모델들 중의 하나인 것이다."[14)]

무인도에 표류한 로빈슨의 모험은 "성서를 제외하고는 전 세계에서 가장 빈번한 출판과 번역의 대상"[15)]이 되어 왔으므로 투르니에가 소설로 쓰기 이전에 이미 우리 모두가 알고 있었던 이야기다. 그것은 18세기 계몽주의 시대의 한 우화로, 거칠고 투박한 인적미답의 자연에 대한 서구 식민주의 문명의 승리를 그려 보인다. 진취적인 용기, 독립심, 개척 정신, 청교도주의, 경제적 인간 등 이른바 영국적인 가치관이 소설이라는 형식에 투영되어 현대적 신화의 차원에 이른 것이다. 투르니에는 그러므로 우리가 이미 알고 있는 로빈슨의 신화를 '다시 쓰기' 한 것에 불과하다. 더군다나 투르니에는 로빈슨의 이야기를 다시 쓴 최초의 작가도 아니고 유일한 작가도 아니다. 대니얼 디포의 이 소설은 "마치 바람에 날려 뿌려진 씨앗들처럼 그것이 떨어진 곳에서 그 고장의 심성과 풍토에 영향을 받아 수많은 새로운 작품들을 낳았다."[16)]

영국의 허다한 소설가들과 생존 페르스(『크루소의 이미지들(Images à Crusoé)』), 장 지로두(『수잔과 태평양(Suzanne et le Pacifique)』), 쥘 베른(『신비의 섬(L'Île mystérieuse)』)은 각기 그들의 로빈슨 이야기를 썼다. "마치 각 세대마다 그것을 통해서 스스로에게 이야기를 하고 스스로를 인식하며 이리하여 스스로를 더 잘 알 필요를 느끼기라도 한 것 같다. 로빈슨은 아주 신속하게 소설의 주인공이기를 그치고 신화적인 인물이 되었다."[17] 로빈슨은 서구 인간의 영혼을 구성하는 요소들 중의 하나다. 그 인물은 최초의 『로빈슨 크루소』라는 작품이나 그 저자인 대니얼 디포에서 벗어나 파우스트, 돈후안, 돈키호테에 버금가는 만인의 신화가 되어 버렸고 20세기 말의 공통된 인간 조건이 우리의 마음속에 자아내는 분위기와 열망에 '형태와 윤곽을 부여하는 틀'이 되었다.

어느 면에서 보면 로빈슨 크루소와 방드르디의 신화는 오늘날 산업 사회의 도시인들이 꿈꾸는 머나먼 섬나라로의 이국적인 여행과 그 여행을 조직하는 콘도미니엄 시스템, 패키지여행 그리고 다른 한편으로는 가난한 나라에서 찾아오는 이민 노동자라는 현대적 테마로 현실이 되어 있다.

이처럼 투르니에의 소설들은 한결같이 서구의 현대적 신화의 널리 알려진 인물들을 그려 보인다. 로빈슨 크루소뿐만 아니라 어린아이를 잡아먹는 괴물(『마왕』), 착한 원시인(『방드르디』), 동방박사들(『가스파르, 멜키오르 그리고 발타자르』), 쌍둥이(『메테오르』), 잔 다르크(『질과 잔』) 등은 모두 그런 신화적 인물들이다. 그러나 그는 근원적이고 누구나 다 아는 이야기인 신화를 단순히 반복만 하는 것이 아니라 새롭게 해석한다. 그가 쓴 여러 소설들의 제목은 이미 전통적인 시각에서 벗어나 신화를 새롭게 해석하는 것이 진정한 '다시 쓰기'임을 웅변으로 말해 준다. 그의 작품의 표제에는 로빈슨이 아니라 방드르디가, 예수가 아니라 동방박사들이, 잔이 아니라 질이 전면에 등장한다. 우리가 이미 잘 알고 있는 신화의 이야기들은 이처럼 비껴서, 뒤집혀서 다시 체험되고 다시 읽힌다. 『마왕』이 다루는 식인귀(ogre)는 어린아이들을 잡아먹는 전쟁의 모습으로, 『메테오르』의 주제가 된 쌍둥이 테마는 남녀, 부부, 형제, 분신 등의 쌍을 이루면서 삶의 기본적 구조를 드러내 보인다. 『가스파르, 멜키오르 그리고 발타자르』의 테마는 예수를 경배하기 위해 찾아온 동방박사 세 사람의 이야기이다. 여기에 투르니에는 제4의 박사인 타오르를 추가해 성서에도 나오지 않는 기상천외의 이야기를 들려준다.

그러므로 어떤 비평가가 적절히 지적했듯이 "투르니에의 로빈슨적 모험들이 지닌 풍부함과 그 엉뚱한 의미는 오직 로빈슨 이야기를 다시 쓰는 과정에서 생겨나는 전이와 변화에 대한 심층적인 연구를 거침으로써만 그 진정한 규모를 드러낸다."[18]라고 할 수 있다. 대니얼 디포의 소설이 발표된 이래 로빈슨은 서구 문화유산을 한 몸에 육화하는 상징적 인물이 되었다. 그 문화유산의 가치는 현대 서구 사회의 발전과 더불어 날이 갈수록 더욱 강화되고 공고해져 왔다. 투르니에는 바로 그 문화를 형성하는 기초적 가치들의 변신을 겨냥하면서 그 근원적 신화를 다시 쓸 것을 제안하는 것이다. 거기서 한 걸음 더 나아가서 그는 항상 새로워지는, 항상 '새로운 시작'으로 끝나는 어떤 유희적 구조를 만들어 내고자 한다. 언제나 똑같으면서도 무한히 다른, 어떤 이야기가 그 속에서 짜여 가고 있는 다차원적인 유희 구조, 그것이 바로 투르니에의 『방드르디』다.

투르니에는 『로빈슨 크루소』를 뒤집어서 다시 쓴다. 그래서 디포의 세계에서와는 반대로 여기서는 자연이 문화를 지배하고 방드르디가 오히려 로빈슨을 가르치고 원시성이 문명을 극복한다. 『로빈슨 크루소』가 산업 사회의 탄생을 상징하는 소설이라면 『방드르디』는 그 사회의 추진력이 되는 사상의 폭발과 붕괴, 그에 따라 인간의 신화적 이미지가 원초적 기초로 회귀하는 과정을 그린 소설이라고 할 수 있다. 18세기의 영국 작가가 쓴 소설에서는 신의 섭리가 유일하고 보편적인 의지로서 모든 것을 지배하지만 『방드르디』에서는 타로 카드의 점괘가 로빈슨의 장래 운명을 예고한다. 이 새로운 소설에서 우리는 인간이라는 경제 동물의 실용적 수업 과정이 아니라 삶과 우주에 대한 오의(奧義, 매우 깊은 뜻)를 터득함으로써 근원적 변신을 겪는 과정을 목격한다. 투르니에의 로빈슨은 상당 부분 방드르디의 충동적 모범을 좇아서 어떤 새롭고 엉뚱하고 자유로우며 창의적인 삶의 길로 접어든다. 그 삶을 통해 그는 새로운 성(性), 새로운 음악, 새로운 종교를 발견한다. 그와 동시에 독자는 리얼리즘의 한계 속에 갇힌 언어가 아니라 그 자체의 이미지들을 생산하는 어떤 '상징적 언어'의 유희적 체계 속으로 들어서게 된다. 시간 순서에 따른 인과 관계의 논리가 아니라 작품이라는, 시간의 바다에 에워싸인 섬 안에서 창조되는 유희의 가역성과 아이러니를 만난다. 디포의 로빈슨과 방드르디는 투르니에의 세계로 들어오면서 상징과 언어의 힘에 의해 그 역할에 커다란 변화를 겪는다.

*

그러면 우선 서구 문학사에서 로빈슨의 신화가 탄생한 과정을 간단하게 살펴보자.[19)]

① 1709년 1월 31일 영국의 전함 '듀크(Duke)호'가 칠레의 산티아고 동방 600킬로미터 지점, 후안페르난데스 제도에서 가장 큰 섬인 마스아티에라(Mas a Tierra)섬에 기착했다. 놀랍게도 그들은 섬에서 염소 가죽으로 몸을 감싼 채 헝클어진 머리로 혼자 살고 있는 한 인물을 발견한다.

② 스코틀랜드의 작은 항구 라르고 출신으로 본명이 알렉산더 셀커크(Alexander Selkirk, 선원명 Selcraig)인 그 인물은 1703년 봄 런던에서 '오항(五港, Cinq Ports)호'(이 배는 '세인트조지(Saint George)호'와 함께 태평양에서 보석을 적재한 스페인 보물선들을 추격하던 중이었다.)의 선원으로 승선했다. 27세의 셀커크는 이미 해적들의 포로가 된 적도 있었고 생도맹그에서 프랑스 들소 사냥꾼에게 팔려 3년간 들소를 잡은 경험도 있는 뱃사람이었다. '돌 머리'라는 별명은 그의 성격을 잘 말해 준다. 늘 '오항호'의 선장 스트래들링(Stradling)과 불화 관계에 있었던 그는 2월에 배가 '세인트조지호'와 만나기 위해 마스아티에라에 기착하자 자기 나름대로의 생각이 있어서 섬을 살

샅이 답사하고 그 자원을 조사, 기록해 두었다. 그는 장차 자신이 타고 있는 배의 선원들이 맞게 될 비참한 최후를 꿈에서 보고서 그 예감을 믿었다. 9월에 배가 다시 한번 마스아티에라에 기착하자 그는 선장과의 합의하에 혼자 섬에 남기로 했다. 그때 그의 수중에 남은 것은 개인 용품 궤짝 하나, 총 한 자루, 약간의 식량과 성서뿐이었다.

섬의 기후는 온화했다. 그곳에 가끔 기착하는 배라고는 스페인 선박 아니면 해적선들이어서 그때마다 그는 숲속으로 급히 도망치지 않으면 안 되었다. 4년 4개월 뒤에야 비로소 그는 영국 선박 '듀크호'를 만나게 되었다.

③ 그러나 실제로 이 섬에 최초로 발을 디딘 인간은 셀커크가 아니었다. 1680년 어떤 배가 깜빡 잊은 채 두고 떠나는 바람에 모스키토(Mosquito)라는 이름의 인디언이 그 섬에 남아서 살다가 3년 2개월 11일 만인 1683년 건강한 상태로 구출된 바 있었다. 이를테면 실제의 방드르디는 로빈슨보다 20여 년 먼저 이 섬에 와서 살다 갔으므로 두 사람의 신화적인 만남은 이루어지지 않은 셈이다. 이 같은 운명의 실수를 만회하기 위해서는 대니얼 디포의 천재가 필요했다.

④ '듀크호'의 선장 우즈 로저스(Woodes Rogers)는 여러 해 뒤에 셀커크와의 만남을 회고록에 써서 세상에 알렸다. 셀커크는 바다의 경험에서 노장이었고 섬에서의 생활에 익숙해진 나머지 술과 담배를 하지 않았다. 훗날 그는 '듀크호'가 나포해 다시 명명한 배 '인크리스(Increase)호'의 선장이 되었다.

⑤ 셀커크는 1711년 10월 14일, 그러니까 집을 떠난 지 8년

1개월 3일 만에야 비로소 고향에 돌아왔다.

⑥ 스틸 경(Sir Richard Steele)은 그를 만나 보고 나서 자신의 잡지 《잉글리시맨(The Englishman)》에 회견 소감을 발표했다.

⑦ 1719년 대니얼 디포가 소설 『로빈슨 크루소』를 써서 발표했다. 여기서 로빈슨 크루소는 1659년 9월 30일 좌초해 태평양의 마스아티에라가 아니라 대서양으로 흘러드는 오리노코강 하구의 카리브해에 있는 어떤 섬에 표류한다. "왜 이런 변화가 생겼을까? 아마도 대중적인 성공을 겨냥한 작가는 후안페르난데스 제도보다는 당시에 더 많이 알려지고 그곳에 얽힌 전설과 이야기가 많은 카리브해를 선호했기 때문인 듯하다."[20] 이것이 투르니에의 해석이다. 실제로 셀커크가 섬에서 보낸 고독한 세월은 4년 4개월이었지만 소설에서는 1686년까지 무려 28년으로 늘어난다. 소설에서와 같이 그 많은 사건들이 일어나자면 4년으로는 너무나 부족했을 터이다. 섬에 남게 된 이유 또한 선장과의 마찰이 아니라 난파로 고쳐지고 로빈슨은 그 재난으로부터 살아남은 유일한 생존자가 된다. 이렇게 되어야 인간들 사이의 불화라는 차원을 넘어서서 신의 뜻이 인간의 운명을 지배한다는 당시의 청교도적 가치관과 일치될 수 있는 것이다.

⑧ 1966년 미셸 투르니에가 『방드르디』를 발표한다. 이 소설에서는 '1759년 9월 30일'에 '버지니아호'가 좌초하자 유일하게 살아남은 로빈슨이 1787년 12월 19일까지 '28년 2개월 19일' 동안 무인도에 표류해 고독한 생활을 해 온 것으로 되어 있다. 디포의 소설에서보다 정확하게 100년이 늦은 이 좌

초의 시기는 루소가 『에밀』을 쓰던 무렵과 일치한다.[21] 또한 이미 소설의 제목이 나타내 보이듯이 소설의 공간 역시 대서양이 아니라 셀커크의 태평양으로 환원된다. 이 소설이 쓰이고 출간된 1960년대는 태평양의 후안페르난데스 제도와 히피의 고향인 샌프란시스코가 쌍을 이루면서 극도로 의미심장한 플라워 파워의 상상적인 용광로로 등장해 반문화의 중심이 되었던 시대이다.[22] 작품은 당연히 고독, '타자(他者)'에 대한 고통스러운 의식 그리고 절대에 대한 목마름 등 당대의 정신적 분위기를 주축으로 다루게 된다. 그러나 디포의 소설에 비교해 볼 때 가장 큰 변화는 물론 작품의 제목이 말해 주듯이 무게 중심이 로빈슨에서 방드르디로 옮겨졌다는 사실이다. 여기서는 로빈슨이 방드르디를 문명인으로 교육시키는 것이 아니라 방드르디가 로빈슨으로 하여금 새로운 세계의 오의를 깨닫게 해 준다. 투르니에의 '다시 쓰기'는 그것의 모델이 된 디포의 소설을 매우 충실하게 반복하지만 방드르디에 의해 동굴이 폭파되는 순간부터 모델과는 전혀 다른 방향으로 선회한다. 사실 동굴의 폭파는 디포의 소설에는 없었던 것으로 이 새로운 요소는 어느 의미에서 『로빈슨 크루소』의 신화 자체를 전복하면서 전혀 다른 방향으로 이끌고 가는 전환의 기점이 되고 있다. 즉 자연에 대한 문명의 승리가 이제부터 문명에 대한 자연의 승리로 바뀌는 것이다.

실제 셀커크의 경험과 디포의 소설 그리고 투르니에의 소설을 비교하면 아래의 표와 같다.

인물	셀커크	로빈슨(디포)	로빈슨(투르니에)
섬에서의 체류 기간	4년 4개월 (1711. 10. 14. 귀환)	28년 2개월 10일 (1659. 9. 30.~1686)	28년 2개월 19일 (1759. 9. 30.~ 1787) ※ 1759년은 루소가 『에밀』 초고를 완성한 해이다.
장소	태평양의 마스아티에라	대서양의 오리노코강 하구, 카리브해의 어느 섬	태평양의 스페란차섬
섬에 온 이유	선장과의 불화	암초에 부딪쳐 난파	난파
배 이름	'오항호'		'버지니아호'
방드르디 (프라이데이)	셀커크보다 먼저 섬에 온 모스키토 (1680~1683)	로빈슨이 유일한 신화적 인물.	로빈슨도 방드르디에게 배우는 것이 많다.

2 소설의 분절(分節)

소설에서 행동이 거의 마감되어 가는 11장 서두에 낯선 배 '화이트버드호'가 섬으로 접근해 오는 것을 바라보면서 로빈슨이 순간적으로 되돌아보는 '전 생애의 파노라마'는 다음과 같이 요약되어 있다. "'탈출호', 진흙탕, 스페란차를 경영하기 위한 동분서주, 동굴, 작은 골짜기, 방드르디의 출현 그리고 특히 자신의 태양적 변신이 고요한 행복 속에서 이루어졌던, 그 무엇으로도 측량할 길 없는 저 광대한 시간의 광야 등으로 점철된 이 섬에서의 전 생애가 파노라마처럼 펼쳐지는 것을 보았다." 이는 곧 이 소설에서 행동이 발전되어 간 단계들의 마디마디를 의미 있게 요약해 보인 것이기도 하다.

난파 직전 판데이셜 선장과 로빈슨이 마주 앉은 선실 장면의 전 텍스트(pré-texte)를 지나면, 섬을 무대로 한 본격적인 로빈슨의 모험 이야기는 대니얼 디포의 그것과 매우 흡사한 방식으로 전개되기 시작한다. 투르니에 자신이 지적했듯이 디포의 소설은 로빈슨의 섬 생활의 두 가지 국면과 일치하는 두 부분으로 나뉘어 있다. 고도에 혼자 버려진 로빈슨이 애타게 타자의 존재를 그리워하는 고독한 삶, 즉 '방드르디 이전'이 그 하나이고 뜻하지 않게 나타난 타자(하필이면 검둥이 소년!)와의 어이없는 공동생활, 그의 교육과 뒤이어 예측되는 식민시대, 즉 '방드르디와 함께'의 삶이 다른 하나이다.[23)]

앞에서 인용한 '파노라마'는 방드르디 이전의 시기를 "'탈출호', 진흙탕, 스페란차를 경영하기 위한 동분서주, 동굴, 작은 골짜기"라는 다섯 가지 마디로 세분하고 있는 반면 '방드르디 출현' 이후의 시기는 "태양적 변신이 고요한 행복 속에서 이루어졌던, 그 무엇으로도 측량할 길 없는 저 광대한 시간의 광야"로 단일화하면서 두 시기를 명확히 구분하고 있다. '특히'라는 강조의 표현은 '태양적 변신'이 이루어진 후반부의 상대적 중요성을 말해 준다.

난파의 밤

1759년 9월 29일, '버지니아호'의 판데이셜 선장실. 밖에는 사나운 폭풍이 일고 있는 가운데 선장은 로빈슨으로 하여금 11장의 주비방 카드를 차례로 뽑게 하면서 타로 카드 점으로 그의 미래를 예언한다. 일종의 놀이 도구인 이 마르세유 타로 카드는 전체 78장인데 22개 주비방과 56개 부비방으로 구성되어 있다.[24)]

카드에 상징적인 그림으로 표현된 각 '비방'은 놀이의 형태를 갖춘 '신화'의 은유로서 오이디푸스의 신탁처럼 로빈슨의 운명이 거쳐 갈 주요 단계들을 암시하고 있는 셈인데 그 숨은 의미 그리고 뒤에 전개되는 실제 로빈슨의 모험과의 상관관계를 해석하는 것은 독자의 몫이다.[25)] 투르니에가 뒤에 나오는 각 장들을 다 쓴 다음에야 이 '프롤로그' 부분을 썼다는 사실로 미루어 그 양자의 의도적 상관관계는 주목할 대상이다.[26)]

『방드르디』에 서술된 사건들은 어떤 코드에 의해서 해석될 수 있다. 그런 해석의 지표는 이야기의 서두에 직접 화법으로 서술된 판데이설 선장의 말 속에 담겨 있다. 판데이설 선장은 어느 면에서 볼 때 "창조하는 동시에 미래를 알고 있는 작가의 분신"[27)]이기 때문이다. 오의의 터득은 그 진행 과정이 미리부터 정해진 하나의 의식이다. 11장의 타로 카드에 대한 선장의 풀이는 난파 직전 로빈슨과 독자들에게 남겨진 유산으로서 독자는 그에 따라 텍스트를 수미일관하게 재구성하지 않으면 안 된다. 로빈슨 자신도 그 중요성을 의식한다. "인류가 나를 원소들에게 내던져 버리기 전에 내게 준, 이를테면 정신적인 노자(路資)와도 같은 그 말은 내 기억 속에 불의 글자로 깊이 찍혀 있었던 모양이다.” 또한 타로 카드는 ‘서술에 구조를 부여하는 힘’으로 작용하는 한편 디포의 소설을 지배했던 ‘신의 뜻’과 ‘진실’의 개념을 여기서는 놀이의 개념, 즉 기호 해석의 개념으로 대치시켜 놓는다. 현대 소설은 무엇보다 먼저 언어의 동적 놀이 체계가 의미를 생산하는 구조물이라는 점에서 그렇다. 각각의 카드들은 ① 별자리 이름(화성(Mars), 금성(Vénus), 토성(Saturne), 목성(Jupiter)), ② 황도 12궁 기호(사수좌(Le Sagittaire), 쌍자궁(Les Gémeaux), 사자궁(Le Lion), 마갈궁(Le Capricorne)), ③ 타로 카드 이름(요술쟁이(Le Bateleur), 은자(L'Hermite)) ④ 기타(앞의 5장 카드, 뒤의 5장 카드 사이에 위치한 여섯째 카드 혼돈(Le Chaos))로 구성되어 있다. 그중 특히 금성(베누스)은 방드르디, 마갈궁(카프리콘)은 숫염소 앙도아르, 목성(유피테르)은 수부 소년 죄디와 일치한다.

1) 방드르디 이전

(1) 탄식의 섬(1, 2장)

탈출호

난파 후 모래톱에 쓰러져 있다가 의식을 회복한 로빈슨은 섬에 살고 있는 것이 오직 야생 동물들뿐이라는 사실을 깨닫자 섬을 ‘탄식의 섬’이라 부른다. 그는 우선 길을 막는 숫염소 한 마리를 죽이게 된다. 혹시 구원해 줄 배가 지나갈 경우 신호를 보내기 위해 여러 날 동안 온갖 노력을 다 하지만 결국 바닷가에서의 희망도 끝도 없는 기다림에 지친 나머지 환상을 보게 된다. "섬과 바위들과 숲들은 깊은 하늘을 바라보고 있는 어떤 물기 있는 거대한 푸른색 눈의 눈꺼풀과 눈썹에 지나지 않는 것으로 보이기 시작했다."

그래서 로빈슨은 자신이 배 한 척을 짓기로 결심한다. 디포의 주인공이 처음부터 섬의 탐험과 그곳에 머물 집을 짓는 데 몰두하는 것에 반해 투르니에의 로빈슨은 과거의 문명 세계로 돌아가기 위한 '탈출'부터 생각한다. 그래서 뗏목을 타고 부서진 '버지니아호'로 가서 잃어버린 문명의 잔해들 중에서 성서, 폭약, 담배, 판데이설 선장의 파이프 등 건질 수 있는 재료와 물건 들을 가져온다. 그러나 '탈출호'를 건조하기 위한 힘겹고 오랜 작업은 결국은 실패로 끝난다. 배가 완성되었을 때 로빈슨은 그 배를 혼자서 바닷물 속까지 끌고 갈 수 없다는 사실을 깨달은 것이다.

진흙탕

절망한 나머지 그는 모기 떼와 멧돼지들이 사는 진흙과 물렁물렁한 배설물의 늪인 진창에 몸을 맡긴 채 그 속에서 하루 종일을 보내곤 한다. 그는 털북숭이가 된 채 동물 상태로 퇴화되어 간다. 점차 현실에 대한 의식을 상실하고 혼수상태의 몽상에 빠져드는 가운데 어려서 죽은 누이동생 루시가 어떤 뱃머리에 서 있는 환영을 본다. 그는 자신이 미쳐 가고 있음을 깨닫는다.

(2) 지배하고 다스리는 섬(3, 4장)

광기에서 벗어나기 위해 그는 마침내 바다('꿈꾸기'=탈출)에서 섬('일하기'=운명을 거머쥐기)으로 관심을 전환한다. "(바다는) 그의 유혹이요, 함정이요, 아편이었다." 그는 섬의 이름을 '스페란차(희망)'라고 명명한다. 섬은 이제 희망인 동시에 여성이다. "그것은 음악적이고 밝은 이름이었으며 더군다나 그 옛날 그가 요크 대학교 학생이던 시절 사귀었던 어떤 정열적인 이탈리아 여자와의 추억을 상기시켰다." 섬의 모양은 '머리가 없는 여자의 몸', '두 다리를 접고 앉아 있는 여자의 모습'을 닮았다.

섬이 지배하고 개척하고 다스려야 할 대상이 된 시대가 시작된다. 초기의 채집과 사냥의 시대가 끝나고 농업과 목축이 실시된다. 그는 '항해 일지'를 쓰고 섬의 지도, 소유물 명세서, 일력, 시계 등 여러 가지 지표들을 만들어 언어와 공간과 시간을 장악하려고 애쓴다. "글을 쓴다는 이 성스러운 행위에 성공함으로써 그는 갑자기 지금까지 빠져 있었던 동물성의 심연으로부터 반쯤 헤어 나와 정신세계로 진입한 느낌이었다." 단순히 살기만 하는 것이 아니라 삶을 '생각'한다. 과거만이 아니라 미래도 생각한다.

요컨대 영국적 세계관의 재건이다. 난파한 배로부터 인간 사회(=영국 사회)의 유물적 가치를 지닌 모든 것을 옮겨 와 굴 속에 저장하는 것이 그렇고 '손에 성서를 들고 신세계의 처녀지를 지배하는 영국의 청교도들'처럼 벤저민 프랭클린의 윤리를 따르고 노동과 생산에 구원이 있다는 이데올로기에 입각해 자신도 모르게 자본 축적의 사회로 나아가는 것이 그렇다. 이 점은 디포의 주인공과 다를 것이 없다. 다른 것은 동기다. 디포의 로빈슨은 모범적 청교도로서 그렇게 하지만 투르니에의 로빈슨은 광기에 빠져들지 않기 위해 그렇게 한다.

그는 난파 당시 사라져 버린 것으로 알았던 개 텐이 나타난 것을 보면서 자신이 아직도 인간인 것을 발견하지만 그래도 안심되지 않아서 새로운 의무들을 고안해 낸다. 스페란차 섬의 헌장을 작성하고 스스로 총독이 된다. 이 헌장 작성은 섬에 나타난 무서운 아라우칸족의 의식을 목격하게 됨으로써 중단된다. 겁에 질린 그는 자신의 영토를 요새화하고 스스로 장군이 된다.

그러나 건축, 조직, 입법, 군사 등 다방면에 걸친 활동에도 불구하고 비인간화되어 간다는 느낌을 떨쳐 버릴 수가 없다. 인간성 상실의 과정은 점진적이고도 꾸준하게 계속된다. 그것은 '의지력 상실', '진창의 늪', '축축한 진흙 속으로 미끄러져 들어가기', '녹아내리는 시간과 공간', '무너지는 언어의 성벽', 자신의 얼굴을 잃어버리는 느낌, 현실과 상상을 구별하지 못하게 되는 상태 등으로 나타난다. 이런 일련의 자기 정체성 상실 현상은 결국 타자의 부재, 즉 고독이 가져온 결과이다. "시각적 환상, 허깨비, 착란, 눈 뜨고 꾸는 꿈, 몽환, 광기, 청각의 교란 등에 대항하는 가장 확실한 성벽은 우리의 형제, 우리의 이웃, 우리의 친구 혹은 원수, 하여간 그 누구, 오 하느님, 그 누구인 것이다!"

그러나 물시계가 잠시 흐름을 멈추는 "형언할 수 없는 희열의 짧은 한순간", 로빈슨은 자신이 몰두해 온 작업의 진부함에 가려서 보이지 않던 '어떤 다른 섬'을 발견하는 듯한 느낌을 받는다. 이런 느낌은 '수직 상승'과 '가벼움'의 세계와 일치한다. 이것은 이를테면 형이상학적인 존재의 전환이라고 할 수 있다. 바슐라르가 투르니에에게 끼친 영향이 강하게 나타나는 대목이다. 그는 이제 진흙탕 속에 다시 빠져들지 않은 채, "타락하지 않고도 변화가 가능한", "솟아오를 수 있는" 가능성을 예감한다. 그의 내면의 가장 은밀한 곳에서 일어나고 있는 변신의 새로운 한 단계를 더 '올라선' 것이다. 로빈슨은 "유충이 어느 날엔가는 날 수 있으리라는 것을 예감"하게 되고 자기가 여전히 잠자고 있는 고치에서 어쩌면 새로운 로빈슨을 '솟아나게' 해 줄지도 모르는 실험을 위해 물시계를 정지시키곤 한다. 그러나 아직은 이 새로운 비전이 '일시적으로 지나가는 것'에 불과하다.

(3) 사랑의 대상으로서의 섬(5, 6장)

로빈슨은 광으로 사용하는 동굴 안 깊숙한 곳에서 좁은 통로를 통해 들어갈 수 있는 어떤 우묵한 구멍을 발견하자 그 안에 태아처럼 쪼그리고 들어앉아서 세상에 태어나기 전 자궁 안의 태아와 같은 평화와 순진무구함을 맛본다. "그는 행복한 영원 속에 정지되어 있었다. 스페란차는 햇볕에 익는 하나의 과일이었고 그 과일의 희고 벌거벗은 씨, 수많은 껍질과 깍지와 표면에 싸인 씨는 그 이름이 로빈슨이었다." 이리하여 스페란차는 '통치된 섬'에서 '어머니'로 변한다. 그러나 그는 그 안에서 영양실조로 죽을 위험이 있었다. 또한 그는 거기에 대지와의 근친상간적인 성격이 있음을 깨닫는다. 밖으로 나온 그는 개 텐의 인도를 받는다. 다음으로 그는 다른 종류의 성(性), 즉 벼락 맞은 나무줄기의 구멍에 성기를 넣어 '식물적 방도'를 통한 성을 즐기게 되지만 큰 거미에게 물려 강한 통증을 느끼고 나자 그만둔다.

한편 로빈슨은 논을 만들고 물을 대어 볍씨를 뿌리는 데 성공한다. 논은 "진흙탕의 결정적인 순화요, 스페란차에서도 가장 야생적이고 불안한 면에 대한 최종적 승리", 즉 문명화를 의미한다. 그러나 누구를 위한 노동이며 누구를 위한 추수란 말인가? 그는 고독과 절망의 밀물을 막을 수 없어 파괴 욕구에 사로잡힌다. 섬의 개척과 통치가 무의미하게 느껴지는 순간이면 그의 내부에 어떤 '새로운 인간'이 태어나는 것을 느낀다. 그러나 그의 내면에는 '새로운 인간'과 '다스리는 자(총독)'가 동시에 공존할 수는 없다. 양자는 서로를 배제하기 때문이다. 아직은 참고 일하면서 변신의 징조를, 그 '새로운 인간'의 기미를 엿보지 않으면 안 된다.

장밋빛 골짜기에서 잠이 들었다가 깨어난 저녁에 그는 돌연 어떤 변화를 확실히 느낀다. '섬의 육감적인 존재'를 의식하는 순간, 전에 한 번 엿본 적이 있는(4장 끝) '다른 섬'에 와 있는 자신을 발견한 것이다. "그 어느 때보다도 더 그는 자기가 어떤 사람의 위에 눕듯이 섬 위에 누워 있다는 것을, 섬의 몸뚱이가 그의 몸 밑에 있다는 것을 느꼈다." 그를 감싸고 있는 그 대지가 "벌거벗고 있었다." 자신도 옷을 벗고 종일토록 햇볕을 받아 뜨거워진 그 '거대한 대지의 몸'을 힘껏 껴안는다. 그리고 "그의 성기는 마치 보습의 날처럼 땅바닥을 파고들면서" 스페란차와 결합한다. 이 결합으로부터 만드라고라가 태어난다.

이때 그 장밋빛 골짜기를 가리키는 '콩브(combe)'라는 말은 '롱브(lombes, 요부)'와 '통브(tombe, 무덤)'의 기억을 환기시킨다. 이 말은 또한 소설의 제목이 말하는 태평양의 '변경', 즉 '렝브(limbes)'를 연상시킨다. 이 네 가지 말을 관통하는 것이 바로 성(性)과 죽음이다. '실존'의 의미에 대한 명상에서 출발한 '항해 일지'는 "섹스와 죽음 사이에 존재하는 깊고 본질적이며 숙명적이라 할 만한 관계"의 이해에 이른다. "총독으로서의 모든 기획과 비교도 할 수 없을 정도로 훨씬 깊은 의미에서 그의 아내라 불러 마땅한 그 섬을 인간화한 것이었다." 이처럼 '여성적'인 섬은 차례로 어머니, 약혼녀, 아내로 변신한다. 그러나 로빈슨 자신은 대지와의 결합으로 인해 자신이 인간성을 상실한 채 원소로 환원되고 있음을 의식한다.

6장은 '새로운 삶'의 전망으로 시작해 '위험한 궁지'로 끝나는 장이다. "외적 세계로서의 섬을 지배하고 자기 내면 세계의 원천을 발견하고 난" 로빈슨이지만 아직 '새로운 인간'이 되지는 못했다. ……아직 '타자'와의 만남이 남아 있다.[28]

2) 방드르디와 함께

(1) 방드르디의 출현(7장)

소설의 중간 지점인 이 대목에서 결정적인 사건이 일어난다. 고독한 섬에 열다섯 살 먹은 어린 인디언의 모습으로 '타자'가 등장한 것이다. 두 번째로 아라우칸족이 섬에 와서 불을 피워 놓고 의식을 치르는 동안 제물로 지명된 인디언 혼혈아가 로빈슨 쪽으로 도망친다. 이를 본 로빈슨이 스스로의 안전을 위해 그를 향하여 총을 겨누나 방아쇠를 당기려는 순간 안고 있던 개가 총알을 빗나가게 함으로써 본의 아니게 그를 구해 주게 된다. 이는 로빈슨의 계산된 세계가 도전받고 있다는 증거이기도 하다. 이리하여 로빈슨은 자신이 선택하지도 않은 한 동반자를 얻게 된다. 벌거숭이 흑인은 "3000년 서구 문명으로 가득 들어찬 머리를 쳐들고 서 있는 백인의 발"을 자신의 목 위에 올려놓으면서 복종을 표시한다. 백인과 흑인 사이의 주종 관계는 디포의 소설에서와 다름없이 시작된다. 로빈슨은 그와 함께 우선 '탈출호'를 찾아가 보나 배는 가루가 되어 무너져 버린다. 과거로의 탈출은 불가능해졌다는 증거다.

로빈슨은 흑인 혼혈아를 노예로 만들고 이름을 지어 준다. "내가 그를 구해 준 요일의 이름인 방드르디로 정함으로써 나는 이 난처한 문제를 무리 없이 해결했다고 생각한다. 그것은 사람의 이름도 물건의 이름도 아니다. 그건 두 가지의 중간쯤 되는, 반쯤은 생명이 있고 반쯤은 추상적인 이름으로, 시간적이고 우연적이며 마치 일화적인 것 같은 성격이 강하게 깃들어 있다…….” 유색 인종에 어린아이요, 이름마저 ‘우연적’인 이 인물은 백인 로빈슨의 노예가 되기에 적당하다. 두 사람은 모든 측면에서 대립적인 성격(백인/혼혈아; 경험 많은 장년/소년; 엄격, 진지함, 편집광적 정확성/방자함, 어릿광대, 쾌활한 무질서)을 드러낸다.

처음에 방드르디는 온순한 하인으로서 생명의 은인에게 무조건 복종한다. 그러나 그가 천진하게 터뜨리는 어린 ‘웃음’은 총독과 통치된 섬의 외관을 싸고 있는 심각함의 가면을 벗긴다. 로빈슨은 그에게서 자신의 또 다른 자아를 발견하는 느낌이어서 더욱 불안해진다. “내 유일한 동반자에게서 나는 마치 일그러진 모습으로 비쳐 보이는 거울 속에서처럼 일종의 괴물 모양으로 변한 자신의 얼굴을 보기 때문이다.” 로빈슨은 다시 총독으로 행동하지만 한편으로는 ‘다른 섬’에 대한 욕망을 부정하지 못한다. 그는 유혹을 느끼며 달밤에 깨어서 ‘골짜기’를 찾아간다. 이것은 그가 선택하게 될 미래의 암시다.

(2) 폭발(8장)

기이하게도 방드르디가 주인공이 되고, 서술이 그의 시각에 맞추어지는 장이다. ‘방드르디’가 첫 문장부터 주어다. 로빈슨(억압의 주체)은 외출 중이고 물시계는 정지되어 있다. 노예가 잠시 해방되어 주인 노릇을 하는 세계다. 이 대목에서 투르니에의 방드르디는 디포의 프라이데이와 전혀 반대되는 방향으로 갈라진다.

방드르디는 기상천외의 엉뚱한 짓을 하고 로빈슨의 기존 질서를 순진하게 전복한다. 선인장 밭에 보석과 옷감 상자를 옮겨다 놓고 선인장에 옷을 입힌다. 사람은 벗고 식물은 입는다. 바닷가 모래톱에서는 "무슨 움직임이건 불가능할 것이 없고 눈길을 가로막는 것 하나 없는 그 무한한 세계 속에서 젊음과 자유에 도취해 있었다." 그는 조약돌로 물수제비를 뜬다. "돌이 날 수 있다면! 나비로 변할 수 있다면! 돌을 날게 한다는 꿈은 방드르디의 공기 같은 넋을 황홀하게 했다." 그는 개가논의 진흙 속에 빠지자 서슴지 않고 애써 대어 놓은 물을 빼버린다.

로빈슨의 시각에서 보면 '질서를 벗어난' 방드르디의 생활, 그의 '비밀스러운 세계', 가지와 뿌리가 거꾸로 된 식목, 식물인간으로 둔갑한 방드르디…… 이런 모든 것이 '복잡한 불안감'을 자아내는 일이다. 방드르디는 "질서, 경제, 계산, 조직 등의 개념에 완전히 저항적인 것을 알 수 있었다." 로빈슨과 방드르디는 대립항이다. 질서/무질서; 복종/불복종; 선/악; 순진무구/악덕; 책임/무책임; 표면화/은폐; 대지적/태양적; 문명/야만; 양식/비양식; 사랑/증오; 분노/온화…….

로빈슨은 달빛 속 만드라고라의 골짜기에서 "밤색 얼룩무늬가 진 흰 꽃"을 발견하고 충격을 받는다. 그는 「전도서」를 읽으며 분노를 달랜다. 그들 두 사람 사이에는 반목과 화해가 되풀이된다. 방드르디는 거북이를 불에 구워 등껍질을 벗겨 가지고 방패를 만든다. 그와 동물의 관계는 인간적이라기보다는 '동물적'이다. "그는 동물들과 동등한 자격이다."

어느 날 로빈슨은 '장밋빛 골짜기'에서 두 개의 까만 엉덩짝이 "밀려드는 흥분의 물살로 팽창했다가 단단하게 오므라들고 또다시 팽창하고 조여들면서 한창 작업 중"인 장면을 목격한다. 방드르디의 '이 완전한 타락 행위'를 보자 그는 증오심을 이기지 못한 채 방드르디를 구타한다. 분노를 삭이려고 성서를 읽지만 그는 이제 '역사의 전환점'에 이르렀음을, '통치된 섬', '어머니로서의 섬' 그리고 다음에 온 '아내로서의 섬'도 이제는 끝나 가고 있음을 느낀다. 완전히 새롭고 전대미문의 예측할 길 없는 것들의 시대가 가까워온다. '대지'가 지배하는 시대가 가고 '태양'이 지배하는 시대가 온다. 방드르디의 눈에서 '빛나고 순수하고 섬세한 것'을 발견하면서 그는 자신이 알지 못하고 있던 '또 하나의 방드르디'를 느낀다.

방드르디는 주인이 없을 때면 파이프를 가지고 굴속에 편안히 누워서 몰래 담배를 피우곤 한다. '파이프'는 남성 혹은 권력의 상징이다. 따라서 그는 금지된 '남성'을 주인 몰래 즐긴 것이다. 스페란차와의 금지된 교미와 이 담배 피우기는 결국 '폭발'을 부른다. 어느 날 외출했던 로빈슨이 갑자기 돌아오자 들킬 것을 두려워한 방드르디는 피우던 파이프를 굴속의 폭약 상자들 위로 던지고 그로 인해 섬 전체의 거대한 중심부가 폭발한다. 로빈슨이 지금까지 애써 건설한 모든 것이 파괴되고 만다. 그러나 로빈슨은 그 파괴와 폭발에 대해 매우 소극적인 반응밖에 보이지 않는다. 마치 그 같은 대재난을 기대했다는 듯이, 아니 바라고 있었다는 듯이.

(3) 새로운 세계 속에 태어난 새로운 인간(호모 파베르(homo faber)에서 호모 루덴스(homo ludens)로)(9장)

정신을 차렸을 때 로빈슨은 방드르디가 그의 머리를 받치고서 물을 떠먹이고 있는 것을 발견한다. 소설 첫머리 '난파'(1장) 직후의 상황이 다시 한번 반복되고 있다. 그때처럼 그는 야생 파인애플로 끼니를 때운다. 전혀 '새로운 삶'이 시작된 것이다. 수평 이동에서 수직 이동으로, '대지'의 세계에서 '공기'의 세계로, '물질'에서 '정신'으로, '무거움'에서 '가벼움'으로 옮아가는 질적 전환의 장이다.

방드르디는 이제 자신의 '천성'에 따라 행동한다. 어떤 '새로운 시대'의 예고다. 두 사람은 서로 대립하면서도 방드르디가 로빈슨을 '공기'와 '태양'의 세계로 인도해 가기 시작한다. 한편 로빈슨은 '또다시 혼자가 된다는 것에 대한 공포'를 느끼며 '재난을 은근히 바라는' 심사가 된다. 이는 '새로운 로빈슨의 태동'을 의미한다.

폭발과 더불어 '스페란차의 수호신'인 거대한 삼나무가 쓰러져서 '뿌리가 공중으로 쳐들'린다. 이것은 '뿌리 뽑힌' 로빈슨, 전도된 세계의 은유인 동시에 무거운 땅으로부터 가벼운 '공기'의 세계로 가는 화살표다. 로빈슨은 나무가 어둠 속으로 무너지는 순간 그를 구하기 위해 그의 손을 잡았던 그 '갈색의 손', 즉 방드르디의 손을 다시는 놓지 않을 것이었다. 방드르디는 이제부터 그의 형제요, 안내자요, 스승이 될 것이다. 로빈슨의 겉모습에도 변화가 일어난다. 머리는 기르고 '하느님 아버지' 같은 수염은 깎는다. 방드르디와 '닮은' 모습이 되어 알몸으로 햇볕에 나간다.

방드르디는 아무 일도 하지 않고 재미있게 '노는 것'을 가르친다. 날아다니는 것이면 무엇이나 다 관심을 가지는 '공기적' 존재인 그는 활과 화살을 만든다. 그가 주도하는 세계는 비상과 가벼움의 세계다. "화살이 힘차게 날아가서 목표물을 정확하게 맞히는 것보다는 가능한 한 멀리, 오랫동안 날아가도록 하는 데 목적이 있다는 것을 분명히 알 수 있었다." '목표물도, 잡을 짐승도 없는 활'인 것이다.

신화적인 동물인 앙도아르가 등장한다. 방드르디는 '원형 경기장'처럼 닫힌 공간에서 그 짐승과 맨손으로 결전을 벌인다. 이 장면은 1장에서 로빈슨이 숫염소를 죽이는 장면과 쌍을 이룬다. 그러나 그때보다도 지금이 더욱 진정한 '시작'이다. 숫염소의 이름 'Andoar(앙도아르)'는 '수컷, 남성'의 상징인 'andro'를 포함하고 있으며 'tragédie(비극)'라는 단어의 어원에는 숫염소를 뜻하는 'tragos'가 포함되어 있다. 이는 방드르디의 '영웅적' 성격을 강조한다.[29)]

숫염소 앙도아르는 로빈슨의 분신이며 로빈슨을 '땅'에 연결해 주는 모든 것이다. 방드르디는 그것을 죽여 '연(공기, 하늘, 가벼움)'으로 전환한다. '괴물'이 정신적인 것, 가벼운 것, 날아오르는 것으로 탈바꿈한다.

상징 사전에 보면 숫염소(bouc)는 생식력, 생명력, 리비도,

풍요 등을 상징하지만 동시에 백성들을 죄로부터 해방시키기 위해 희생시키는 '속죄양(boucé-missaire)'이기도 하다. 방드르디는 앙도아르를 죽여서 바람을 받는 '악기'와 땅에 줄을 이은 '연(땅+공기)'을 만든다. 염소의 희생으로 로빈슨의 생식력은 변신을 겪고 능동적이던 그는 수동적이 되어 태양으로부터 수정(受精)할 수 있게 된다.

여기서 시작되는 일련의 '상승 운동'은 매우 중요하다. 암벽을 기어오르거나 나무에 기어오르는 로빈슨. 날아오르는 연과 음악. 그중에서도 숫염소와 방드르디가 대결하는 곳을 향해 암벽을 타고 기어 올라가는 로빈슨의 대지 및 공기 체험은 압권이다. 그의 앞에는 깎아지른 암벽이 있고 등 뒤에 있는 허공이 그의 시련의 다른 반쪽을 이루고 있다. "거기에는 땅과 공기가 있었고 그 두 원소 사이에는 나비처럼 떨면서 바위에 달라붙은 로빈슨이 이쪽을 믿을까 저쪽을 믿을까 주저하면서 고통스럽게 몸부림치고 있었다." "사람의 넋은 정신없이 화강암이나 진흙이나 규토나 편암(片岩) 따위로 된 이 바탕 쪽으로 기울어지는 것이며, 거기서 조금만 멀어지면 덜컥 겁이 나면서도 동시에 멀어져 보고 싶은 유혹이 생긴다. 왜냐하면 넋은 거기서 죽음의 안식을 예감하기 때문이다. 현기증을 불러일으키는 것은 허공이 아니라 대지의 저 깊이가 지닌 매혹적인 충만감이다. 하늘을 향해 얼굴을 들면서 로빈슨은 저 혼돈의 무덤들이 그를 부르는 달콤한 목소리에 비해 저녁의 마지막 햇빛에 불그레하게 물든 두 개의 구름 덩이 사이로 의좋게 날고 있는 앨버트로스 한 쌍의 권유가 더 중요할 수 있다고 느꼈다."

이번에는 로빈슨이 처음으로 나무에 기어 올라간다. "수없이 많은 팔로 공기를 껴안고 수없이 많은 손가락으로 공기를 거머잡는 것이 나무의 기능이라면 그는 바로 그 기능에 참여하고 있는 것이었다. (……) 그 가지들 사이로는 바람이 스쳐 지나가면서 풍금 소리를 내고 있었다. (……) 허공이 나타났다. (……) 수많은 가지들을 적재한 채 바람을 잔뜩 품고 있는 이 살아 있는 돛대들의 숲속에는 어떤 어렴풋한 진동음 같은 것이 들리는 듯했고 간간이 기나긴 신음 소리가 스쳐 지나갔다." "나무는 부식토 속에 닻을 내리고 있는 거대한 선박이었다. 그는 모든 돛을 펼친 채 마침내 대양을 향해 출범하려고 발버둥 치는 중이었다. (……) 해가 (……) 새로운 기쁨이 솟구쳐 (……) 사물들을 당당하게 태어나게 하고 있었다. (……) 그는 바깥으로 활짝 펼쳐진 자기 자신의 여러 허파들로 꿈을 꾸었다. (……) 이 미묘한 원기를 허공 속에 뒤흔들리라."

마침내 앙도아르와의 대결은 방드르디의 승리로 끝난다. 승자는 소리친다. "이제 곧 내가 그를 공중에 날면서 노래 부르도록 만들어 줄 거야……." 그는 큰 숫염소를 잡아 그 잔해로 연과 공기의 하프를 만든다. 숫염소가 '정신화'하는 이 놀라운 변신은 바로 방드르디의 도움에 의한 로빈슨 자신의 변신을 의미한다. 방드르디는 앙도아르 연으로 블론 낚시질을 한다. 연은 '금빛 나는 큰 새'가 된다. 염소의 머리뼈로 만든 '악기'("앙도아르가 이제 노래를 부를 거야!")는 '공기와 관계있는' 그 무엇, "원소의 악기, 바람이 유일한 탄주자가 될 악기"다. 그것은 방드르디의 '타고난 음악적 센스'를 말해 준다. "사람을 매혹하는 숙명적이고 거역할 길 없는 그 무엇을 지닌 음"이 들려온다. "공중을 나는 앙도아르가 노래하는 앙도아르 속에 출몰"한다. 가벼움과 음악의 결합이다. "절벽을 굽어보는 바위에 몸을 의지한 채 서로 몸을 부둥켜안은 로빈슨과 방드르디는 곧 있는 그대로의 원소(元素)들이 서로 혼연일체가 된 그 신비의 위대함 속에 빠진 채 무아지경이 되었다. 대지와 나무와 바람이 한 덩어리가 되어 앙도아르를 예찬하는 그 심야의 의식을 집행하고 있었다."

한편 방드르디와 로빈슨의 전도된 관계는 놀이의 형태로도 나타난다. 로빈슨의 허수아비와 방드르디의 모래상은 실물과 허상의 4인조를 이룬다. 이것은 두 사람의 쌍둥이 관계를 예고하는 것일지도 모른다. "그때부터 그들은 넷이서 그 섬에 살았다." 소설의 첫 원본에는 없었던 이 장면은 『방드르디 혹은 야생의 생활』에서 빌려 온 일화로서 두 사람 사이의 관계가 쉽지 않음을 보여 준다. 그 관계는 정확하게 역전된다. "마침내 그는 방드르디의 발을 붙잡아 자기 목 위에 얹었다." 이제 방드르디가 주인이요, 안내자다.

폭발한 자리에서 '항해 일지'와 말라 버린 잉크를 발견하자 방드르디가 정성스레 깎은 앨버트로스 깃털 한 묶음과, 대청 잎사귀를 갈아서 채취한 푸른색 물감병 하나를 그의 앞에 갖다 놓았다. "자, 이젠 앨버트로스가 독수리보다 낫고 푸른색이 붉은색보다는 낫지." 하고 그는 로빈슨에게 말했다. '땅'의 먹이를 쪼아 먹는 독수리보다는 '공기'와 시의 새인 앨버트로스가 제공하는 깃털이, '지상'의 욕망에 얽힌 붉은 잉크보다는

'하늘'과 '정신세계'의 색인 푸른색 잉크가 이 새로운 삶의 기록에는 더 어울리기 때문이다.

(4) 태양의 로빈슨(10장)

앨버트로스의 깃털을 푸른 잉크에 찍어 쓴(하늘의 언어, 상징적 언어로 기록된) 11개의 '항해 일지'만으로 이루어진 장이다. 각각의 '항해 일지' 토막들은 줄임표 모양으로 끝나고 있는데 텍스트가 '항해 일지'에서 발췌한 것이라는 의미다. 로빈슨은 이제 신과 인간이 결합된 '말씀'으로서의 1인칭을 구사하면서 자아의 '태양적' 통일을 찾아가는 과정을 보여 준다. 극히 상징적인 언어는 3인칭 메타 디스쿠르의 종료와 다른 한편 지금까지 '항해 일지'가 진술한 모든 명상의 전개 과정이 그 결말에 이르렀음을 나타내 보인다.[30] '태양의 로빈슨'이 말하는 장이다.

시간의 척도가 부재하는 차원이므로 '아침'은 영원 회귀의 아침일 뿐이다. '성서'에 대한 참조가 사라지고 우라노스, 베누스, 디오스쿠로이 등 이교도적 신화가 등장한다.

투르니에 자신은 이 단계에 이르는 과정을

땅+공기=태양

대지의 로빈슨+방드르디=태양의 로빈슨

이라는 이중의 등식으로 요약한다.[31]

10장에서 극도로 상징적인 언어로 표현된 '항해 일지'의 내용은 다음 몇 가지로 요약될 수 있다.

가벼움의 찬미: "해여, 나를 중력(重力)에서 벗어나게 해 다오. (……) 가벼움을 가르쳐다오." "향지성(向地性) 잔뿌리들처럼 땅 쪽으로만 자라던 내 수염은 없어져 버렸다. 반면 내 머리털은 하늘을 향해 치솟는 불꽃처럼 이글거리는 컬을 뒤틀고 있다. 나는 너의 용광로를 향해서 날아가는 화살이다."

시간의 순환성: "'고리처럼 처음과 끝이 만나서' 그 출발점으로 되돌아가게 될지도 모른다." "나의 짧은 일생은 직선의 한 토막으로서 그 양쪽 끝은 어처구니없게도 무한대를 향하고 있어서 이는 마치 불과 몇 평짜리 마당으로는 땅덩어리가 둥근 공같이 생겼다는 것을 알아차릴 수 없는 것이나 마찬가지이다." "가령 책력 같은 것이 그러한데 거기에 나타난 계절들은 인간적 척도의 영원 회귀인 것이다." "날들은 수직으로 일어서서 그 본질적인 가치를 당당하게 확립한다. 날들은 더 이상 실천되는 과정에 있는 어떤 계획의 순서에 따른 단계들로 서로 구별되지는 않게 되었으므로, 그들 서로가 비슷비슷해져서 내 기억 속에서는 서로 정확하게 포개지고, 또 나는 똑같은 날을 끊임없이 다시 살고 있는 것 같은 인상을 받을 정도가 되었다." "그 순간부터 우리, 즉 방드르디와 나는 영원 속에 자리 잡은 것 아니겠는가?" 시간으로부터의 해방은 곧 영원이며 순간이며 부동이다.

'순간적인 눈부심': '나의 무죄의 순간들', 섬과 방드르디의 '마술적이라 할 만한 새로움.' '주위에 허무를 만들어 내는' 방드르디의 '과격한' 아름다움, 그 육체의 묘사.

타자 전체로서의 방드르디: "그는 내게 인류 전체가 한데 합쳐진 개인이요, 내 아들, 내 아버지, 내 형제, 이웃, 멀고 가까운 인간 모두였는데도."

타자의 부재: "오로지 광기 아니면 자살이라는 양자택일밖에 허락하지 않는 이 견딜 길 없는 고독 속에 떠 있다 보니 (……) 나의 동류와의 상호 관계에 의해 내 속에서 만들어지고 지탱되어 왔던 여러 가지 구조들은 허물어지고 사라져 버렸다. 이리하여 나 자신이 원소적인 상태로 변하면서, 여러 가지 계속적인 암중모색을 통해 원소(元素)들과의 혼연일체에서 구원을 찾으려 하기에 이르렀다." 변신은 ① 대지계, ② 유충에서 나방으로, ③ 앙도아르와의 동일화, ④ 바람의 하프와 순간 속에 새겨지는 음악 등의 과정을 밟는다.

베누스로서의 방드르디: 타로 카드의 예언이 갖는 의미를 깨닫는 순간, 로빈슨은 방드르디를 태양의 빛 속에서 다시 이해하기 위해 방드르디와 함께 지낸 과거를 다시 생각해 본다. 우발적인 것 같아 보였던 그 모든 사건들이 실은 운명의 거역할 길 없는 예비였음을 가득한 햇빛 속에서 깨닫는다. 독자인 우리 역시 『방드르디』라는 소설 전체가 어둠으로부터 빛을 향해 점진적으로 이동(상승)한다는 것을 깨달을 수 있다. 동굴 속의 깊은 어둠에서 스페란차의 빛나는 표면으로, 대지가 지배하던 로빈슨의 세계에서 태양이 지배하는 방드르디의 세계로의 이동 말이다.

'저 자신 속에 갇혀 있는 순환적인 성(性)': "그런데 나의 성(性)

에 관한 한 단 한 번도 방드르디가 내게 남색(男色)의 유혹을 불러일으킨 적이 없다는 것을 깨닫는다. 그건 우선 그가 너무 뒤늦게 왔기 때문이다. 그때는 나의 성이 이미 원초적으로 변해 있었던 것이다." "베누스가 나를 유혹하기 위해서가 아니라 나를 강제로 제 아버지인 우라노스 쪽으로 향하도록 만들기 위해 물에서 나와 나의 바닷가를 걸어 다녔기 때문이다. 나를 인간적인 사랑 쪽으로 퇴행시키자는 것이 아니라 원초적인 것에서 벗어나지 않은 채 나의 원소를 바꾸어 놓자는 것이었다. 이제는 그 일도 완수되었다. (……) 나의 우라노스적 사랑은 그와 반대로 내게 생명력을 가득 불어넣어 준다. 그 생명력은 하루 낮과 밤 동안 줄곧 내게 힘을 공급한다. 이 태양적 성교를 구태여 인간의 언어로 번역해야 한다면 나는 여성으로서, 하늘의 아내와 같은 것으로 분류·규정되는 것이 마땅할 것이다. (……) 사실상 방드르디와 내가 도달한 이 최고의 경지에서 성(性)의 차별은 초월되었고, 인간적인 말로 표현해 볼 때 내가 지고(至高)한 별의 잉태를 위해 내 몸을 열어 주는 것과 마찬가지로 방드르디는 베누스와 동일화될 수 있다."

만월은 쌍둥이 생명이 탄생하는 과정이다: 그것은 '큰 환각의 등불'이며 '단백질의 흰빛'이며 '우유 같은 소용돌이'다. "모양이 같은 쌍둥이가 달 속에서 형상을 갖추어 간다. 쌍둥이가 달 속에서 태어난다." "유피테르의 백조가 잉태시킨 레다의 알 속에서 태양 도시의 쌍둥이인 디오스쿠로이가 태어났다." "쌍둥이는 하나의 영혼을 가졌다."

처음에 로빈슨은 대지적 지배력 속에 들어 있었다. 그는 처음에는 자신의 섬을 마치 어린아이가 어머니를 사랑하듯이(동굴 에피소드) 사랑하고, 다음에는 남편이 아내를 사랑하듯이(만드라고라 에피소드) 사랑함으로써 그러한 사명에 철저해진다. 그러나 완만한 변신에 힘입어 그는 태양 쪽으로 향하고 방드르디의 영향을 받아서 그 완성에 이른다.

투르니에는 『성령의 바람』에서, 로빈슨이 진화해 간 3단계를 스피노자가 『윤리학』에서 묘사한 인식의 3가지 장르에 대응시켜 설명한다.

① 진창: 감각, 감정을 통한 인식=주관성, 우발성, 즉각성이 특징=수동적인 쾌락: 알코올, 마약.

② 통치된 섬: 과학, 기술과 상응=피상적, 간접적, 공리적=노동과 사회적 야망.

③ 태양을 향한 상승: 절대적 인식=직관, 본질적=예술적, 종교적 관조.[32]

(5) '화이트버드호'(11장)

① 방드르디가 수평선에 나타난 '하얀 점' 하나를 발견한다. 이 '화이트버드호'의 출현은 새로운 단절이다. 그것은 죽음의 위협인 동시에 문명 세계와 과거의 출현을 의미한다. 로빈슨은 "숨을 거두기 직전에 있는 사람이 그러듯이 '탈출호', 진흙탕, 스페란차를 경영하기 위한 동분서주, 동굴, 작은 골짜기, 방드르디의 출현 그리고 특히 자신의 태양적 변신이 고요한 행복 속에서 이루어졌던, 그 무엇으로도 측량할 길 없는 저

광대한 시간의 광야 등으로 점철된 이 섬에서의 전 생애가 파노라마처럼 펼쳐지는 것을 보았다."

이는 최후의 심판 직전의 상황을 연상시킨다. 정지된 현재가 잃어버렸던 과거와 이어지는 순간이며 끝이 시작으로 이어지는 순환의 순간이다.

② '인류의 전권대사'로서 찾아온 윌리엄 헌터 선장을 통해서 로빈슨은 자신이 섬에 표류한 지 28년 2개월 19일이 됐음을 알게 된다. 무질서한 선원들의 행동이 그에게 충격을 준다.

③ 로빈슨은 '화이트버드호'에 초대받는다. 해군 장교 출신 선장의 속내 이야기를 듣게 되고 특히 열두 살쯤 된 붉은 머리 소년 수부 자안에 대한 선원들의 거친 행동 그리고 그들의 물질적 욕망을 목격하고 혐오감을 느낀다. 그는 배에 탄 "그 사람들 모두가 열에 들뜬 듯이 추구하는 것으로 보이는 여러 가지 목적의 어쩔 수 없는 상대적 성격이 바로 악의 바탕이라 비판하고 있었다." 자연히 '너는 뭣 하러 살고 있는 거지?'라는 존재론적 질문이 솟아오른다. 로빈슨이 '화이트버드호'의 사람들에게 묻고 싶은 유일한 질문은 '그대는 왜 사는가?'이다. "헌터는 물론 뭐라고 대답해야 할지 모를 것이다. 그가 빠져나가는 유일한 방법은 같은 질문을 이 고독한 인간에게 되돌려보내는 것이리라. 그러면 로빈슨은 왼손으로 스페란차의 대지를 가리켜 보이고 오른손은 태양 쪽으로 쳐들어 보일 것이다." 땅은 수단이고 태양은 그가 이르고자 하는 목적이다. 이것은 이 모든 모험의 출발점인 카드의 첫 비방 '요술쟁이'의 모양 그대

로이다. 요술쟁이는 왼손에 물질세계에 대한 지배력의 상징인 막대를, 오른손에는 부패하지 않는 황금의 동전을 가리키고 있다.[33] 이는 동시에 삶의 의미에 대한 로빈슨 자신의 해석이기도 하다.

④ 로빈슨은 방드르디와 같이 스페란차에 남기로 결심한다. "그 배를 타고 온 사람들과 자신 사이의 모든 차이점 이상으로, 그는 그 사람들이 주위에 분비해 놓은, 그리고 그들 자신이 몸담아 살고 있는 저 타락하고 치명적인 시간의 소용돌이에 대한 그의 공포 어린 거부 때문에 그런 결심을 하게 된 것이었다." '시간의 소용돌이'는 반드시 '죽음'을 포함하기 때문이다. 그래서 그는 영원한 현재만이 있을 뿐인 섬에 남기로 하는 것이다. "매일 아침이 그에게는 최초의 시작이었으며 세계사의 절대적인 시작이었다. 하느님이신 태양 아래서 스페란차는 과거도 미래도 없는 영원한 현재 속에 진동"하고 있었다. 그러니 그는 어떤 완벽의 극한점에서 균형을 이루고 있는 이 영원한 순간으로부터 몸을 빼내 가지고 피폐와 먼지와 폐허의 세계 속으로 추락할 생각은 없었던 것이다.

(6) 죄디(12장)

① 새벽에 잠을 깬 로빈슨은 범선에 매혹된 방드르디가 그 배를 타고 사라졌음을 깨닫고 다급하게 찾아다닌다. 오의를 터득한 사람(L'Initié)은 계시자(L'Initiateur)를 죽임으로써 스스로 계시자가 된다. "그러나 이제 늙고 힘없어진 그가, 어떻

게 오랫동안 힘겹게 획득한 그 은총의 상태를 다시 찾는단 말인가?"

② 절망한 그는 폭파된 후 남은 굴의 잔해 속으로 들어가서 죽으려고('다시는 나오지 않으려고') 한다. 그 순간 바위더미 좁은 통로 구멍에서 한 소년이 나오는 것을 발견한다. 로빈슨의 친절에 감동한 '화이트버드호'의 어린 수부가 배로 돌아가는 대신 그의 곁으로 피신한 것이었다. 지난날 방드르디가 그랬듯이, 로빈슨은 '바위 무더기를 굽어보는 언덕 꼭대기'로 그를 데리고 올라가서는 사라지는 '화이트버드호'를 바라본다.

시적인 탄생과 비상과 순화의 장면: '수면을 차면서 날아오르더니 크게 날개를 치면서 떠오르는' 갈매기, "꼭 닫힌 꽃잎을 서쪽으로 기울이고 있던 꽃들이 다 같이 줄기 위에서 핑그르르 돌면서 동쪽으로 꽃잎을 활짝 열었다." '태양의 황홀경'의 광채가 '치명적 더러움을 씻어 주었다.'

③ 로빈슨은 아이의 이름을 '자안 넬자페브'에서 '죄디(jeudi, 목요일)'로 바꾸어 명명한다. 목요일은 '하늘의 신이신 유피테르의 날'이요, '어린아이들의 일요일'이다. '태양의 도시'에서는 끝의 시간이 처음의 시간에 이어지는 것인가. 방드르디(금요일) 다음에 죄디(목요일)가 찾아온 것이다. 대지에서는 도시에서와는 시간이 반대로 흘러야 할 테니까. "아이는 바로 하늘의 신인, 태양, 즉 유피테르의 화신이다."[34] 그는 곧 생명의 원천이다.

이상에서 설명한 소설의 발전 단계를 외적인 형식과 관련시켜 표로 나타내면 아래와 같다.

방드르디	방드르디 출현 이전			방드르디 출현 이후		
중요 사건과 전환	버지니아호 좌초		방드르디 도착	폭발		화이트버드호
장	1	2	3 4 5 6	7 8	9 10	11 12
로빈슨의 생활	탈출호 실패	진창	고독한 삶	방드르디와의 공동생활	야생으로 회귀	문명 생활과 다시 대면
섬	섬의 부정		섬의 관리		태양의 섬	

3 형식: 서술과 명상의 상호 관계

신화는 '근원적인 모델'이다. 우리는 그 모델들 덕분에 "우리 자신의 동경과 느낌에 어떤 윤곽, 어떤 형태, 어떤 알아볼 수 있는 초상을 부여할 수 있게 된다."[35] 영화관, 극장을 찾아가고 노래를 사랑하고 소설을 즐겨 읽는 사람들이 갈구하는 것은 바로 그들의 동경과 느낌에 형식을 부여해 주는 어떤 '초상'인 것이다. 마치 모이를 쪼아 먹은 암탉이 아름다운 형태의 달걀을 낳듯이, 신화 혹은 그 신화를 새로이 해석해 형상화한 예술 작품은 가장 흐르기 쉽고 가장 흐물흐물하며 가장 점액질인 노른자와 흰자를 담기 위해 암탉이 고안해 낸 가장 완벽한 디자인 형태인 '달걀'과도 같은 것이다.[36] 소설가 투르니에가 추구하는 것은 바로 그처럼 형태가 없는 질료를 형식화하는 "어떤 분명한 형태, 엄격한 데생, 날씬한 몸, 천사 같은 얼굴, 아름다운 모험", 즉 미적 구조인 것이다.[37] 그런데 그의 소설의 구조를 분석해 보면 양분(兩分)의 법칙이 지배하는 치밀한 구성 방식이 드러난다.

앞에서 보았듯이 소설의 외형은 프롤로그와 전체 12개 장으로 분할되어 있다. 1인칭 내레이터가 자신의 경험을 이야기하는 서술 부분과 같은 1인칭의 '일기'가 교차하는 디포의 소설과는 달리, 투르니에의 『방드르디』에서 서술 방식은 크게 나누어 두 가지로 구성되어 있다.

① 로빈슨이 아닌 제3의 내레이터가 3인칭 단순과거 혹은 현재형으로 서술한 '이야기(narration hétérodiégétique).'

② 1인칭 현재의 일기 형식으로 서술된 '항해 일지.'

3인칭 내레이터의 서술은 디포에게서 물려받은 인물에 대해 작가 투르니에가 유지하고자 하는 거리를 표현하는 동시에 이야기를 고전적인 모험 소설의 형식으로 처리하고자 하는 의도로 풀이된다. 반면에 '항해 일지'는 로빈슨의 명상을 내적 독백의 변형된 한 형식으로 직접 표현할 수 있게 해 준다.

소설의 앞뒤 쪽 끝부분, 즉 섬 생활의 초기에 할애된 1, 2장과 '화이트버드호'의 출현을 통해 문명 생활의 한 끝이 다시 나타나는 부분인 11, 12장은 모두 3인칭 과거형의 서술만으로 이루어져 있고 '항해 일지'는 전혀 찾아볼 수 없다.

반면에 로빈슨이 무인도에서 보낸 고독하면서도 건설적인 생활을 그린 3, 4, 5, 6장에서는 '이야기'와 '항해 일지'가 서로 교차하고 있다. 그러나 처음에는 이야기 쪽에 쏠려 있던 무게 중심이 차츰 균형을 이루어 가다가 나중에는 '항해 일지' 쪽으로 옮겨 가는 경향을 보이는 것을 알 수 있다. 이 두 가지 서술 형식의 균형잡힌 활용은 로빈슨의 인격에 서로 대립되는 두 가지의 운동이 일어나고 있음을 암시적으로 나타낸다. 즉 외적으로 로빈슨은 낯선 섬을 조직하고 다스리는 데 성공하고 있다. 그러나 내적으로는 섬의 건설에서 차츰 멀어지는 경향을 보인다. '합리적인 건설'은 점점 더 공허한 것으로 변하고 로빈슨의 내면에 제어하기 어려운 '욕망의 물결'이 거세게 방류되면서 애써 세워 놓은 사회 제도의 억압적 장치가 바탕에서부터 붕괴된다. 우선은 외적인 로빈슨과 장차 또 다른 모습으로 변신하게 될 잠재적 로빈슨이 어느 정도 균형을 이룰 뿐만 아니라 처음에는 오히려 전자에 무게 중심이 가 있다.

그러나 방드르디라는 새로운 인물이 등장하면서부터 7장과 8장에서는 3인칭 과거로 서술된 '이야기' 속에 현재 시제가 끼어들기 시작한다. 7장에서부터 현재 시제가 나타나는 것은 방드르디의 출현과 더불어 "내레이터가 자신도 통제할 수 없는 어떤 상황을 만나게 되었음을 말해 준다. 이리하여 현재형의 언어가 저 혼자서 가동되기 시작한다. 텍스트의 균형에 근본적 변화가 일어난 것이다."[38] 과연 현재형은 방드르디의 첫 행동들을 서술할 때 처음 나타나기 시작한다. 그만큼 방드르디의 행동은 로빈슨의 마음을 서늘하게 할 정도로 점차 기계적인 면과 통제할 수 없는 그 무엇을 드러낸다. 로빈슨의 내면에 있는 어떤 말소리가 '절대적으로 새롭고 전대미문의 예측 불가능한 일들이 일어나려 하고 있음을' 귀띔해 준다. 그것이 바로 화약의 폭발이다. 이 폭발 장면은 모두 현재형만으로 서술되어 있다. "바로 그때 사십 통이나 되는 검은 화약이 동시에 폭음을 낸다. 시뻘건 불꽃 소용돌이가 동굴로부터 치솟아 오른다. 의식의 마지막 빛 속에서 로빈슨은 동굴 위의 뒤얽힌 바위 더미가 마치 집짓기 장난감처럼 무너져 내리는 것을 바라보면서 자신의 몸이 위로 쳐들렸다가 휘발려 가는 것을 느낀다."

반면 폭발 이후의 상황에 할애된 9장은 전체가 내레이터에 의한 3인칭 단순 과거형 서술만으로 채워진다. "이제 외부와 내부의 구별은 더 이상 없어졌다. 사건들은 현실성과 균형이 변해 버린 섬의 표면에서만 이루어진다."[39] 이제 내레이터는 로빈슨과 방드르디 사이의 중간 지점에 위치한다. 두 인물의 중요성이 동일해진 것이다.

그런가 하면 그 뒤를 이은 10장은 전체가 1인칭 현재형의 '항해 일지'로만 구성되어 있다. 로빈슨은 폭발한 자리에서 '항해 일지'와 말라 버린 잉크를 발견했다. 방드르디는 정성스레 깎은 앨버트로스 깃털 한 묶음과 대청 잎사귀를 갈아서 채취한 푸른색 물감병 하나를 그의 앞에 갖다 놓았다. "자, 이젠 앨버트로스가 독수리보다 낫고 푸른색이 붉은색보다는 낫지." 하고 그는 로빈슨에게 말했다. 태양에 바쳐진 10장의 '항해 일지'는 이처럼 방드르디가 마련해 준 새로운 필기도구로 기록한 '상징적 언어의 망'이라는 것을 알 수 있다. 이런 언어의 사용이야말로 로빈슨이 도달한 변신의 요체를 이루는 것이며 세상의 현실과 텍스트의 현실을 앞서와는 '다르게' 보이도록 만든다. 이는 시간을 정복해 영원에 도달한 오의 터득자의 고등한 하모니의 세계를 표현하는 것으로, "이미지로 이루어진 각각의 어휘는 늘 또 다른 이미지들과 또 다른 의미들을 손가락질해 보임으로써 무한히 많은 해석을 가능하게 한다."[40]

이상의 분석에서 우리는 이 소설이 그 형식적 구조에서 매우 치밀한 대칭을 이루고 있음을 알 수 있다. 즉 '이야기'만으로 이루어진 1, 2장과 11, 12장은 서로 쌍을 이룬다. 한편 방드르디가 등장하기 전의 3, 4, 5, 6장과 등장 후의 7, 8, 9, 10장은 서로 서술적 메아리로서 대칭을 이룬다. 메아리 구조 혹은 서술적 이원성이 형식에까지 어떤 새로운 인간, 처음의 자아와 전혀 다른 인간이 탄생하고 있음을 말해 준다. 우리는 여기서 그 무엇도 능가할 수 없는 디자인의 걸작인 '달걀'의 저 "흠잡을 데 없을 만큼 순수한 형식"[41]을 지향하는 투르니에의 미학을 엿볼 수 있다.

대칭, 대립, 메아리, 거울, 조응, 평행 등의 다양한 이원적 체계는 흔히 소설 구성의 통일성과 형식미를 위해 활용되는 가장 고전적이고 가장 널리 활용되는 방식이다. 이 소설은 두 가지 세계의 대비 혹은 대칭 형식을 유감없이 활용하고 있다. 방드르디 출현 이전의 생활과 방드르디와 함께 지낸 생활, 폭발 이전의 건설 시대, 폭발 이후의 새로운 삶, 다스려진 섬과 '다른 섬' 그리고 거기에 상응하는 서술적 이야기와 '항해 일지', 3인칭과 1인칭, 과거와 현재의 사용이 그렇다.

『방드르디』의 서술적 구조

장	서술 형식	주된 행동과 발전 단계
프롤로그	이야기	선장의 예언, 난파
1	이야기	난파 후: '탄식의 섬'의 답사
2	이야기	'탈출호' 건조, 실패, 진흙탕
3	이야기+항해 일지	항해 일지, 텐이 돌아오다, 집 짓기, 시간 측정
4	이야기+항해 일지	헌장, 형법, 인디언들 출현, 물시계의 멈춤, '다른 섬'의 존재에 대한 의혹
5	이야기+항해 일지	성(性): 동굴 속 구멍, 대지적 방편, 식물적 방편
6	이야기+항해 일지	성(性): 논 가꾸기, 장밋빛 골짜기, 만드라고라
7	이야기+항해 일지	방드르디의 출현, 주인/노예의 어려운 관계
8	이야기+항해 일지	예측 불허의 방드르디, 얼룩진 만드라고라, 논의 물 빼기, 동굴 폭발
9	이야기	새로운 삶: '다른 섬', 앙도아르와의 결투, 연, 바람의 하프, 마네킹
10	항해 일지	다시 항해 일지, 쌍둥이와 쌍자궁, 태양 예찬
11	이야기	'화이트버드호', 시간의 세계 환원, 수부 자안, 섬에 남기로 결심
12	이야기	'화이트버드호' 떠나다, 고독, 가 버린 방드르디, 섬에 남은 자안: '죄디'

4 맺음말

대니얼 디포는 "무인도에 표류한 인간은 어떻게 살게 될까?"라는 흥미로운 질문에서 출발해 노동의 엄격한 기원과 질서 혹은 순서를, 그리고 시간이 흘러감에 따라 거기서 새로이 꾸려 가게 되는 삶의 과정과 방식을 재구성하고자 했다. 투르니에의 경우도 그와 비슷하다. 그러나 그의 관심은 기원과 과거 쪽보다는 미래와 결말 쪽에 있다는 점이 근본적으로 다르다. 이리하여 디포의 소설이 순전히 '회고적'이고, 손에 닿는 수단들을 동원해 '과거의 잃어버린 문명을 복원하는 과정'을 그리는 데 그치고 있다면 투르니에의 소설은 미래를 향한 채 '창의적'이고 '기획적'이고자 한다.[42]

"순전히 철학적인 나의 화제는 (대니얼 디포와는) 전혀 다른 방향이었다. 내가 관심을 가진 것은 어떤 발전 단계에서 두 가지 문명(로빈슨으로 대표되는 유럽의 기독교/방드르디로 대표되는 제3세계)의 만남이라기보다는 비인간적인 고독으로 인해 한 인간의 존재와 삶이 마모되고 바탕에서부터 발가벗겨짐으로써 그가 지녔던 일체의 문명적 요소가 깎여 나가는 과정과 그 근원적 싹쓸이 위에서 창조되는 전혀 새로운 세계를 그렸다." 이것이 작가 자신이 말하는 이 작품의 주제다.[43] 들뢰즈의 표현을 빌리면, "타자의 부재가 로빈슨의 행동, 사고, 지각에 끼치는 영향"이 이 작품의 철학적 주제라고 할 수 있겠다. 방드르디는 바로 이 '진정한 정신적 모험'의 안내자이며 그 '새로운 인간의 탄생'을 유도하는 산파이기 때문에 소설의 표제에 등장하는 것이다.

우선 '섬'이라는 공간의 설정 자체가 작품의 주제를 구체화하고 있다. 섬은 그 자체가 외부와 절연된 고독의 공간이다. "섬은 현실 세계의 시간과 공간으로부터 벗어나서 존재하는 격리된 장소이므로 타로 카드의 게임을 관장하는 그것과 유사한 조합적 구조가 허용하는 즉흥적 조작을 가능하게 한다." 이 섬에 혼자 표류한 로빈슨은 무엇보다 먼저 두 가지 사회의 '부재'를 확인한다. 즉 영국, 유럽, 백인, '버지니아호' 등으로 대표되던 과거의 문명과 사회는 등 뒤의 '기억' 속으로 가라앉아 버렸다. 다른 한편 아직 답사해 보지 못한 미래의 섬은 그의 앞에 남은 백지일 뿐이다. 따라서 둘 다 '상상 속의 사회'에 불과한 것이다. "나의 등 뒤에서는 내 불행한 동료 무리가 어둠 속으로 가라앉고 있었다." 그래서 그는 "살아 있는 영혼이라고는 하나도 없는 풍경 속으로 들어갔다." 이리하여 그의 내면에서는 '비인간화의 절차'가 시작된다. 인간은 저마다 내면에 '허약하면서도 복잡한 습관들의 틀'을 갖추어 가지고 있다. '내 우주를 이루는 가장 중요한 부속품인 타자'가 그것이다. 그런데 그 '타자'가 결여되어 있는 것이다. 어떻게 할 것인가?

로빈슨의 드라마를 다시 한번 간단히 요약함으로써 이 질문에 답해 보자.

우선 절해고도에 혼자 남은 로빈슨은 그 무인도로부터 탈출하기 위해 난파한 배에서 건져 온 도구와 물건 그리고 섬에서 발견한 재료들로 배를 한 척 건조한다. 그것이 '탈출호'다. 그러나 혼자 힘으로 그 큰 배를 바닷물에 진수하는 것이 불가능함을 깨닫자 그는 절망 상태에 빠진다. 그 결과 그는 유아기로의 퇴행적 유혹과 짐승 같은 상태로의 회귀 현상을 보이게 된다. 그것이 바로 '진흙탕' 속에 몸을 담근 채 동물적인 삶으로 추락하는 그의 모습이다.

마침내 질서의 시대를 확립한다. 선사 시대 인류가 밟아 온 궤적을 다시 밟으면서 '문명'을 개척한다. 농사를 짓고 짐승을 사육하고 주거를 관리한다. 수와 법의 한계가 지배하는 세계다.

그러나 세계의 관건인 '타자'가 없는 섬에서 철저하게 고독한 왕이 된 그는 문득 그 세계에서 '또 다른' 하나의 섬이 존재한다는 사실을 예감한다. 고독이 만들어 낸 광기와 같은 상태에서 그는 섬의 자궁 속으로 들어간다. 여기서 원초적인 여성으로서의 '대지'와 로빈슨은 일체가 된다.

이때 방드르디가 출현한다. 그는 로빈슨과는 정반대의 순수 그 자체이다. 로빈슨은 그를 자신의 노예로 삼지만 머지않아 그를 자신의 질서에 예속시킬 수 없다는 것을 깨닫는다. 방드르디의 출현 그리고 전혀 본질이 다른 그의 존재 방식은 지금까지 건설해 놓은 모든 문화적 질서의 붕괴를 의미한다. 주인 몰래 담배를 피우다가 방드르디가 화약통에 불을 던져 일으키는 어마어마한 폭발은 전지전능하던 로빈슨의 모든 질서와 문화를 뿌리부터 붕괴시킨다. 대니얼 디포의 로빈슨은 여기서 완전히 폭파되어 버린 것이다. 이제 디포류의 문화 놀이는 끝났다. 여기서 투르니에의 새로운 탐구가 시작된다.

이제부터 이 세계를 주도하는 것은 로빈슨이 아니라 방드르디다. 이와 함께 로빈슨의 본질도 탈바꿈한다. "새로운 로빈슨이 그의 낡은 살갗 속에서 꿈틀대면서 이 관리된 섬이 붕괴되는 것을 방치한 채 무책임한 선두를 따라 낯선 길로 들어가는 것에 동의하고 있었다." 이제 주객이 바뀌었다. 거대한 숫염소 앙도아르와 방드르디의 피나는 사투 그리고 죽인 짐승의 뼈와 가죽으로 방드르디가 보여 주는 신기한 유희……. 죽은 짐승 앙도아르는 바람과 태양이라는 원소의 세계로 환원되었다. 그런데 상징적인 의미에서 볼 때 방드르디가 죽인 것은 바로 로빈슨 자신이라고 볼 수 있다. 이제 로빈슨은 앙도아르처럼 원소의 세계로 돌아간다. 원시 상태로 환원된 그는 대자연의 심장부에서의 원초적 고독으로 통일된다. 이 중대한 변신의 교사적 임무를 마친 방드르디가 섬에 기착한 '화이트버드호'를 타고 떠난다. 완전히 변신한 로빈슨은 방드르디 대신 남은 어린 수부와 함께 새로운 섬 생활을 시작한다. 광기를 통한 이 기나긴 여행은 마침내 그를, 여기서는 편의상 '끝'이라고 번역한 '해소(孩所)', 즉 '삶의 변경, 하늘과 지옥 중간쯤에 떠 있는 어떤 장소, 요컨대 연옥'으로 인도해 준 것이다.

로빈슨이 겪는 모험의 핵심인 야만과 문명 사이의 갈등은 우주를 구성하는 물, 땅, 공기, 불이라는 제 원소들 간의 자유로운 관계를 반영하는 질서를 수용함으로써 해소된다. 역설적이게도 조직성은 자연에서 오는 것이고 무질서는 문화에서 오는 것이라는 의미가 된다. "야생의 상태로 되돌아간 염소들은 이제 인간들에게 강제로 사육되는 동안 강요받았던 무질서 속에 살지 않게 되었다. 그들은 가장 힘세고 똑똑한 숫염소들이 지배하는, 계통과 서열이 확실한 무리로 나누어졌다."

방드르디와 로빈슨의 모험은 인간이 경험한 문화를 초월해 완전성, 그 태양 도시를 찾아가는 가장 야심만만한 모험, 바로 그것이다. 이 순수하고 추상적인 신화를 가장 구체적이고 생생한 묘사를 통해 독자를 설득하는 능력, 바로 그것이 투르니에의 천재다.

김화영

「작품 해설」 후주

1) Michel Tournier, "Tournier face aux lycéens", *Magazine littéraire*, No. 226, 20쪽.
2) Michel Tournier, *Le Vent Paraclet*, Folio, Gallimard, 1977, 166쪽.
3) Tournier, 앞의 글, *Magazine littéraire*, No.226, 20~21쪽.
4) Michel Tournier, "Dix-huit questions à Michel Tournier", *Magazine littéraire*, No.138, 11쪽.
5) Tournier, 앞의 글, *Magazine littéraire*, No.226, 20~21쪽.
6) Tournier, 앞의 책, 194쪽.
7) Gilles Deleuze, "Michel Tournier et le monde sans autrui"—Postface, *Vendredi ou les limbes du Pacifique*, Folio, Gallimard, 1972, 257~283쪽.
8) Tournier, 앞의 글, *Magazine littéraire*, No.226, 12쪽.
9) Tournier, 앞의 글, *Magazine littéraire*, No.138, 11쪽.
10) Tournier, 앞의 책, 188쪽.
11) Michel Tournier, "Les éclairs dans la nuit du cœur", *Les Nouvelles littéraires*, 26 novembre 1970.
12) Tournier, 앞의 책, 188쪽.
13) 같은 책, 189쪽.
14) 같은 책, 190쪽.
15) D.G. Bevan, *Michel Tournier*, Rodopi, Amsterdam, 1986, 27쪽.
16) Tournier, 앞의 책, 218쪽.
17) 같은 책, 219쪽.

18) Lynn Salkin Sbiroli, *Michel Tournier: La Séduction du Jeu*, Editions Slatkine, Genève, Paris, 1987, 27쪽.

19) Tournier, 앞의 책, 213~217쪽.

Arlette Bouloumié, "Documents", *Vendredi ou les limbes du Pacifique de Michel Tournier*, Foliotèque, Gallimard, 1991, 165~220쪽.

20) Tournier, 앞의 책, 217~218쪽.

21) 루소는 『에밀』에서 디포의 소설에 대해 이렇게 적고 있다. "자연 교육에 가장 적합한 이론서다. 이것은 나의 에밀이 읽게 될 첫 소설이 될 것이다. 그의 도서관은 오랫동안 오직 그 한 권만으로 구성되어 있을 것이다." Bouloumié, 앞의 책, 57~58쪽 참조.

22) Bevan, 앞의 책, 27쪽.

23) Tournier, 앞의 책, 232쪽.

24) Bouloumié, 앞의 책, 23쪽.

25) Sbiroli, 앞의 책, 59~124쪽.

26) Bouloumié, 앞의 책, 22쪽.

27) Sbiroli, 앞의 책, 26쪽.

28) Michel Maillard, *Vendredi ou les limbes du Pacifique de Michel Tournier*, Nathan, 1993, 76쪽.

29) Sbiroli, 앞의 책, 152쪽.

30) Tournier, 앞의 책, 235쪽.

31) 같은 책, 235~236쪽.

32) Sbiroli, 앞의 책, 119쪽.

33) 같은 책, 123쪽.

34) Tournier, 앞의 책, 190쪽.

35) 같은 책, 191쪽.

36) 같은 책, 191쪽.

37) Sbiroli, 앞의 책, 150쪽.

38) 같은 책, 152쪽.

39) 같은 책, 154쪽.

40) Tournier, 앞의 책, 190쪽.

41) 같은 책, 229쪽.

42) 같은 책, 228~229쪽.

43) Sbiroli, 앞의 책, 179쪽.

작가 연보

1924년 12월 19일 파리 9구에서 출생했다.

투르니에는 자신의 어린 시절에 관해 "나는 극도로 예민한 아이였다. 경련이 심하고 고통에 민감했다."라고 회고했다.

1928년 마취하지 않은 채 편도선 수술을 받았다. 어린아이에게는 진정한 내상이 된 경험으로 투르니에는 "가장 여린 나이에 심장에 새겨진 기억으로, 같은 인간, 특히 가장 다정한 사람들에게 경계심을 품도록 만들었다."라고 회고했다.

1934년 학교에 진학하지만 열등생이었으며 특히 수학에 흥미를 느끼지 못했다.

여러 학교에서 퇴학당했으나 당시 유행하던 소설들에

	열렬한 관심을 보였다. 고답파 시인들의 작품과 장 지오노의 소설에 심취했다. 작은외할아버지가 독일어 교사로 있는 프라이부르크의 가톨릭 학생 기숙사에 어머니가 네 아이들을 데리고 가서 휴가를 보냈다.
1939년	생제르맹앙레의 집이 독일군에게 점령당했다. 이에 관해 투르니에는 “나는 9살부터 12살 사이에 나치를 알게 되었다.”라고 서술했다.
1941년	뇌이로 집안이 이사했다. 모리스 드강디야크 선생 덕분으로 파스퇴르 고등학교에서 철학을 알게 되었다. 소설가 로제 니미에가 그의 동급생이었다. 소르본 대학교에서 철학을 공부했다.
1941년	부르고뉴에서 휴가를 보내는 동안 알게 된 가스통 바슐라르의 강의를 수강했다. 철학에 열정적인 흥미를 느끼고 미셸 푸코, 질 들뢰즈, 프랑수아 샤틀레, 미셸 뷔토르 등과 더불어 작은 그룹을 형성했다.
1943년	사르트르의 『존재와 무』를 알게 되어 깊은 인상을 받지만 1945년 「실존주의는 휴머니즘이다」라는 강연을 듣고 실망했다.
1945년	철학 학사 학위(license)를 취득했다.
1946년	플라톤의 대화편 『파르메니데스』에 심취해 이에 대한 연구로 석사 학위(D. E. S.)를 취득했다. 1950년까지 독일 튀빙겐 대학교에서 철학 공부를 계속

했다.

1948년 인간박물관에서 인류학을 공부하며 클로드 레비스트로스에게서 직접적으로 영향을 받았다.
인류학자 르루아 구랑의 영향도 받았다. 그의 지도로 부메랑 던지기, 연으로 하는 낚시 등을 배웠다.

1949년 대학교수 자격시험(agrégation)에 응시했으나 미셸 뷔토르와 함께 낙방하고 교육자의 길을 포기했다.

1950년 사오 년간 생루이섬에 있는 '오텔 드 라 페'에서 이방 오두아르, 조르주 드콘, 아르망 가티 등 여러 젊은 친구들과 동거하며 자유분방한 생활을 했다.
레마르크 등의 독일 문학 작품을 번역하면서 생계를 유지했는데, 이는 훌륭한 작가 수업의 기회가 되었다.
국립 라디오 방송 PD로 재직했다.

1954년 유럽 제1방송에서 기자 생활을 시작하고, 1958년까지 재직했다.

1958년 플롱(Plon) 출판사에서 문학부장으로 근무를 시작하고, 약 10년간 재직했다. 사진 전문 TV 프로그램 「암실(Chambre noir)」의 PD로 활동했다.

1958년 『마왕(Le Roi des aulnes)』의 원고를 집필하기 시작했으나 포기했다.

1962년 『방드르디, 태평양의 끝(Vendredi ou les Limbes du Pacifique)』 집필 시작(1966년 탈고).

1967년 『방드르디, 태평양의 끝』을 발표해 즉각적으로 성공을 거두었다.

아카데미 프랑세즈 소설 대상을 수상했다.

1970년　두 번째 소설 『마왕』 출간. 이 작품으로 공쿠르상을 수상했다.

1971년　청소년용으로 다시 쓴 소설 『방드르디, 원시의 삶(Vendredi ou la vie sauvage)』 발표.

1972년　아카데미 공쿠르 위원(공쿠르상 종신 심사위원)으로 선출되었다.

1973년　비테즈(Vitez)의 연출로 『방드르디, 원시의 삶』이 무대에 올랐다.

1974년　4월 일본을 여행했다. 10월 캐나다를 여행했다.

1975년　세 번째 소설 『메테오르(Les Météores)』 출간.

1977년　자전적인 문학론 『성령의 바람(Le Vent Paraclet)』 출간.

1978년　단편집 『황야의 수탉(Le Coq de bruyère)』 출간.

1979년　사진작가들의 사진에 글을 붙인 『열쇠와 자물쇠(Des Clefs et des serrures)』 출간.

1980년　네 번째 소설 『가스파르, 멜키오르 그리고 발타자르(Gaspard, Melchior et Balthazar)』 출간.

1981년　산문집 『흡혈귀의 비상(Le Vol de vampire)』, 부바의 사진집에 붙인 텍스트 『뒷모습(Vues de dos)』 출간.
아프리카를 여행했다.

1983년　다섯 번째 소설 『질과 잔(Gilles et Jeanne)』 출간.

1984년　『떠나지 않는 방랑자(Le Vagabond immobile)』 출간.

1986년　여섯 번째 소설 『황금 물방울(La Goutte d'or)』 출간.
산문집 『짧은 글 긴 침묵(Petites proses)』 출간.

1988년 『타보르와 시나이(Le Thabor et le Sinaï)』 출간.

1989년 『사랑의 성찬(Le Médianoche amoureux)』 출간.

1993년 9월 부다페스트와 뮌헨을 여행했다.

1994년 산문집 『생각의 거울(Le Miroir des idées)』 출간.
『문자 그대로(Le Pied de la lettre)』 출간.

1996년 소설 『엘레아자르 혹은 샘물과 덤불숲(Eléazar ou la source et le buisson)』 출간.

2000년 산문집 『예찬(Célébrations)』 출간.

2002년 『외면일기(Journal extime)』 출간.

2016년 향년 91세로 파리 인근 슈아셀의 자택에서 별세했다.

참고 문헌

투르니에의 저서

L'Aire du Muguet, Gallimard, Paris, 1978.

Amadine ou les deux jardins, Gallimard, Paris, 1977.

Barbedor, Gallimard, Paris, 1980.

Canada: Journal de voyage, Les Editions La Presse, Montréal, 1977.

Des clefs et des serrures, Chêne/Huchette, Paris, 1979.

Des clefs et des serrures, Photos, Le Chene-Hachette, 1979.

Le coq de bruyêre, Gallimard, Paris, 1977.

La fugue du petit Poucet, Gallimard, Paris, 1978.

Gaspard, Melchior et Balthazar, Gallimard, Paris, 1980.

Gilles & Jeanne, Folio, No. 1707, 1983.

Gilles & Jeanne, Gallimard, Paris, 1983.

La Goutte d'or, Folio, No. 1908, 1985.

La Goutte d'or, Gallimard, Paris, 1985.

Les Météores, Folio, No. 905, 1975.

Les Météores, Gallimard, Paris, 1975.

Miroirs, photos d'Edouard Boubat, Donoël, Paris, 1973.

Le Moroir des idées, Mercure de France, 1994, 269쪽.

Morts et résurrections de Dieter Appelt, Herscher, 1981.

Pierrot ou les secrets de la nuit, Gallimard, Paris, 1979.

Rêves, photos d'Arthur Tress, Editions Complexes, Paris, 1979.

Le Roi des Aulnes, Gallimard, Paris, 1970.

Le Vagabond immobile, dessins de Jean-Max Toubeau, Gallimard, Paris, 1984.

Vendredi ou la vie sauvage, Flammarion, Paris, 1971.

Vendredi ou la vie sauvage, Gallimard, Paris, 1977.

Vendredi ou les limbes du pacifique, Gallimard, Paris, 1967.

Le Vent Paraclet, Folio, No. 1138.

Le Vent Paraclet, Gallimard, Paris, 1977.

Le Vol du vampire, Coll. Idées, No. 85.

Le Vol du vampire, Mercure de France, Paris, 1981.

Vues de dos, photos d'Edouard Boubat, Gallimard, Paris, 1980.

정기 간행물 및 연구 서적

Revue Sud, hors série, 1980. / et No. 61, hiver 1985~1986.

"Images et signes de Michel Tournier", *Actes du Colloque du Centre Culturel International de Cerisy-la-salle*, Gallimard, 1991.

Les Nouvelle littéraire, 1970. 11. 26.

"Vendredi ou Les limbes du Pacifique de Michel Tournier", *Le Monde*, Berger Yves, 1967. 5. 18.

"Quand Vendredi éduque Robinson", *Le Monde*, entretien avec J. P. Gorin, 1967. 11. 18.

"L'Île et le jardin", *Le Monde*, 1976. 10. 31.

"Quand Michel Tournier récrit ses livres pour les enfants", *Le Monde*, 1971. 12. 24.

G. Angeli, "Robinson e il mito della pervesione", *Paragone*, febb. 1969, 128~130쪽.

D. G. Bevan, *Michel Tournier*, Rodopi, Amsterdam, 1986.

D. Bougnoux, "Des métaphores à la phorie", *Critique*, XXVIII, 1972, 527~543쪽.

A. Bouloumié, *Michel Tournier, le roman mythologique*, José Corti, 1988.

A. Bouloumié, *Vendredi ou les limbes du Pacifique de Michel Tournier*, Foliothèque, Gallimard, 1991.

G. Cesbron, "L'imagination terrienne du corps dans Vendredi ou les limbes du Pacifique", *Francia*, apr-giu. 1980, 9~16쪽.

D. Defoe, *Robinson Crusoé*, Gallimard, Pléiade.

G. Deleuze, "Michel Tournier et le monde sans autrui, dans Logique du sens", Editions de Minuit, Paris, 1969, postface à *Vendredi ou les limbes du Pacifique*, 257~283쪽.

S. Koster, *Michel Tournier*, Ed. Henri Veyrier, 1986.

M. Maillard, *Tournier, Vendredi ou les Limbes du Pacifique*, Collection *Balises* No. 67, Nathan.

M. Mansuy, "Trois chercheurs de paradis", *Travaux de linguistique et de littérature*, XVI, 2, 1978, 211~233쪽.

F. Merrli, *M(ichel). T(ournier).*, Belfond, 1988.

P. Monés de, "Abel Tiffauges et la vocation maternelle de l'homme", postface au *Roi des aulnes*, 587~600쪽.

Mireille Rosello, *Indifférence chez Michel Tournier*, José Corti, 1990.

Lynn Salkin Sbiroli, Michel Tournier: *La Séduction du Jeu*, Editions Slatkine, Genève, 1987, 196쪽.

F. Stirn, "Vendredi ou les limbes du Pacifique", Analyse critique, Hatier, *Profil d'une œuvre*, 1983.

Simone Vierne, Rite, roman, initiation, PUF de Grenoble, 1979, 11~123쪽.

F. Yaiche, "Vendredi ou la vie sauvage de Michel Tournier", Ed. Pédagogie Moderne, diffusion Bordas, Collection *Lectoguide* 1, 1981.

세계문학전집 91

방드르디, 태평양의 끝

1판 1쇄 펴냄 1995년 8월 25일
1판 5쇄 펴냄 2001년 7월 14일
2판 1쇄 펴냄 2003년 11월 20일
2판 48쇄 펴냄 2022년 11월 10일

지은이 미셸 투르니에
옮긴이 김화영
발행인 박근섭, 박상준
펴낸곳 (주)민음사

출판등록 1966. 5. 19. (제 16-490호)
서울특별시 강남구 도산대로1길 62(신사동) 강남출판문화센터 5층 (우편번호 06027)
대표전화 02-515-2000 팩시밀리 02-515-2007
www.minumsa.com

ISBN 978-89-374-6091-3 04800
ISBN 978-89-374-6000-5 (세트)

세계문학전집 목록

45 **젊은 예술가의 초상** 조이스·이상옥 옮김 서울대 권장도서 100선
46 **카탈로니아 찬가** 오웰·정영목 옮김
47 **호밀밭의 파수꾼** 샐린저·공경희 옮김 《타임》 선정 현대 100대 영문소설 | 미국대학위원회 선정 SAT 추천도서 | 《뉴스위크》 선정 100대 명저 | BBC 선정 꼭 읽어야 할 책
48·49 **파르마의 수도원** 스탕달·원윤수, 임미경 옮김
50 **수레바퀴 아래서** 헤세·김이섭 옮김 노벨 문학상 수상 작가 | 국립중앙도서관 선정 청소년 권장도서
51·52 **내 이름은 빨강** 파묵·이난아 옮김 노벨 문학상 수상 작가
53 **오셀로** 셰익스피어·최종철 옮김 서울대 권장도서 100선
54 **조서** 르 클레지오·김윤진 옮김 노벨 문학상 수상 작가
55 **모래의 여자** 아베 코보·김난주 옮김
56·57 **부덴브로크 가의 사람들** 토마스 만·홍성광 옮김 노벨 문학상 수상 작가
58 **싯다르타** 헤세·박병덕 옮김 노벨 문학상 수상 작가
59·60 **아들과 연인** 로렌스·정상준 옮김 《뉴스위크》 선정 100대 명저
61 **설국** 가와바타 야스나리·유숙자 옮김 노벨 문학상 수상 작가 | 서울대 권장도서 100선
62 **벨킨 이야기·스페이드 여왕** 푸슈킨·최선 옮김
63·64 **넙치** 그라스·김재혁 옮김 노벨 문학상 수상 작가
65 **소망 없는 불행** 한트케·윤용호 옮김 노벨 문학상 수상 작가
66 **나르치스와 골드문트** 헤세·임홍배 옮김 노벨 문학상 수상 작가
67 **황야의 이리** 헤세·김누리 옮김 노벨 문학상 수상 작가
68 **페테르부르크 이야기** 고골·조주관 옮김
69 **밤으로의 긴 여로** 오닐·민승남 옮김 노벨 문학상 수상 작가 | 미국대학위원회 선정 SAT 추천도서
70 **체호프 단편선** 체호프·박현섭 옮김
71 **버스 정류장** 가오싱젠·오수경 옮김 노벨 문학상 수상 작가
72 **구운몽** 김만중·송성욱 옮김 서울대 권장도서 100선 | 국립중앙도서관 선정 청소년 권장도서
73 **대머리 여가수** 이오네스코·오세곤 옮김
74 **이솝 우화집** 이솝·유종호 옮김 논술 및 수능에 출제된 책(1998~2005)
75 **위대한 개츠비** 피츠제럴드·김욱동 옮김 《타임》 선정 현대 100대 영문소설
76 **푸른 꽃** 노발리스·김재혁 옮김
77 **1984** 오웰·정회성 옮김 《타임》 선정 현대 100대 영문소설 | 《뉴스위크》 선정 100대 명저
78·79 **영혼의 집** 아옌데·권미선 옮김
80 **첫사랑** 투르게네프·이항재 옮김
81 **내가 죽어 누워 있을 때** 포크너·김명주 옮김 노벨 문학상 수상 작가
82 **런던 스케치** 레싱·서숙 옮김 노벨 문학상 수상 작가
83 **팡세** 파스칼·이환 옮김
84 **질투** 로브그리예·박이문, 박희원 옮김
85·86 **채털리 부인의 연인** 로렌스·이인규 옮김
87 **그 후** 나쓰메 소세키·윤상인 옮김
88 **오만과 편견** 오스틴·윤지관, 전승희 옮김 미국대학위원회 선정 SAT 추천도서
89·90 **부활** 톨스토이·연진희 옮김 논술 및 수능에 출제된 책(1998~2005)
91 **방드르디, 태평양의 끝** 투르니에·김화영 옮김
92 **미겔 스트리트** 나이폴·이상옥 옮김 노벨 문학상 수상 작가
93 **빼드로 빠라모** 룰포·정창 옮김

94 **차라투스트라는 이렇게 말했다** 니체 · 장희창 옮김 국립중앙도서관 선정 청소년 권장도서
95·96 **적과 흑** 스탕달 · 이동렬 옮김 국립중앙도서관 선정 청소년 권장도서
97·98 **콜레라 시대의 사랑** 마르케스 · 송병선 옮김 노벨 문학상 수상 작가 | BBC 선정 꼭 읽어야 할 책
99 **맥베스** 셰익스피어 · 최종철 옮김 서울대 권장도서 100선 | 미국대학위원회 선정 SAT 추천도서
100 **춘향전** 작자 미상 · 송성욱 풀어 옮김 서울대 권장도서 100선
101 **페르디두르케** 곰브로비치 · 윤진 옮김
102 **포르노그라피아** 곰브로비치 · 임미경 옮김
103 **인간 실격** 다자이 오사무 · 김춘미 옮김
104 **네루다의 우편배달부** 스카르메타 · 우석균 옮김
105·106 **이탈리아 기행** 괴테 · 박찬기 외 옮김
107 **나무 위의 남작** 칼비노 · 이현경 옮김
108 **달콤 쌉싸름한 초콜릿** 에스키벨 · 권미선 옮김
109·110 **제인 에어** C. 브론테 · 유종호 옮김 BBC 선정 꼭 읽어야 할 책
111 **크눌프** 헤세 · 이노은 옮김 노벨 문학상 수상 작가
112 **시계태엽 오렌지** 버지스 · 박시영 옮김 《타임》 선정 현대 100대 영문소설 | 《뉴스위크》 선정 100대 명저
113·114 **파리의 노트르담** 위고 · 정기수 옮김 미국대학위원회 선정 SAT 추천도서
115 **새로운 인생** 단테 · 박우수 옮김
116·117 **로드 짐** 콘래드 · 이상옥 옮김 《뉴스위크》 선정 100대 명저
118 **폭풍의 언덕** E. 브론테 · 김종길 옮김 미국대학위원회 선정 SAT 추천도서
119 **텔크테에서의 만남** 그라스 · 안삼환 옮김 노벨 문학상 수상 작가
120 **검찰관** 고골 · 조주관 옮김
121 **안개** 우나무노 · 조민현 옮김
122 **나사의 회전** 제임스 · 최경도 옮김 미국대학위원회 선정 SAT 추천도서
123 **피츠제럴드 단편선 1** 피츠제럴드 · 김욱동 옮김
124 **목화밭의 고독 속에서** 콜테스 · 임수현 옮김
125 **돼지꿈** 황석영
126 **라셀라스** 존슨 · 이인규 옮김
127 **리어 왕** 셰익스피어 · 최종철 옮김 서울대 권장도서 100선 | 《뉴스위크》 선정 100대 명저
128·129 **쿠오 바디스** 시엔키에비츠 · 최성은 옮김 노벨 문학상 수상 작가
130 **자기만의 방 · 3기니** 울프 · 이미애 옮김
131 **시르트의 바닷가** 그라크 · 송진석 옮김
132 **이성과 감성** 오스틴 · 윤지관 옮김
133 **바덴바덴에서의 여름** 치프킨 · 이장욱 옮김
134 **새로운 인생** 파묵 · 이난아 옮김 노벨 문학상 수상 작가
135·136 **무지개** 로렌스 · 김정매 옮김
137 **인생의 베일** 서머싯 몸 · 황소연 옮김
138 **보이지 않는 도시들** 칼비노 · 이현경 옮김
139·140·141 **연초 도매상** 바스 · 이운경 옮김 《타임》 선정 현대 100대 영문소설
142·143 **플로스 강의 물방앗간** 엘리엇 · 한애경, 이봉지 옮김 미국대학위원회 선정 SAT 추천도서
144 **연인** 뒤라스 · 김인환 옮김
145·146 **이름 없는 주드** 하디 · 정종화 옮김
147 **제49호 품목의 경매** 핀천 · 김성곤 옮김 《타임》 선정 현대 100대 영문소설

148 **성역** 포크너 · 이진준 옮김 노벨 문학상 수상 작가 | 퓰리처상 수상 작가

149 **무진기행** 김승옥

150·151·152 **신곡(지옥편 · 연옥편 · 천국편)** 단테 · 박상진 옮김 《뉴스위크》 선정 100대 명저

153 **구덩이** 플라토노프 · 정보라 옮김

154·155·156 **카라마조프가의 형제들** 도스토옙스키 · 김연경 옮김

157 **지상의 양식** 지드 · 김화영 옮김 노벨 문학상 수상 작가

158 **밤의 군대들** 메일러 · 권택영 옮김 퓰리처상 수상 작가

159 **주홍 글자** 호손 · 김욱동 옮김 서울대 권장도서 100선 | 미국대학위원회 선정 SAT 추천도서

160 **깊은 강** 엔도 슈사쿠 · 유숙자 옮김

161 **욕망이라는 이름의 전차** 윌리엄스 · 김소임 옮김

162 **마사 퀘스트** 레싱 · 나영균 옮김 노벨 문학상 수상 작가

163·164 **운명의 딸** 아옌데 · 권미선 옮김

165 **모렐의 발명** 비오이 카사레스 · 송병선 옮김

166 **삼국유사** 일연 · 김원중 옮김 서울대 권장도서 100선

167 **풀잎은 노래한다** 레싱 · 이태동 옮김 노벨 문학상 수상 작가

168 **파리의 우울** 보들레르 · 윤영애 옮김

169 **포스트맨은 벨을 두 번 울린다** 케인 · 이만식 옮김

170 **썩은 잎** 마르케스 · 송병선 옮김 노벨 문학상 수상 작가

171 **모든 것이 산산이 부서지다** 아체베 · 조규형 옮김 《타임》 선정 현대 100대 영문소설 | 《뉴스위크》 선정 100대 명저

172 **한여름 밤의 꿈** 셰익스피어 · 최종철 옮김 미국대학위원회 선정 SAT 추천도서

173 **로미오와 줄리엣** 셰익스피어 · 최종철 옮김 미국대학위원회 선정 SAT 추천도서

174·175 **분노의 포도** 스타인벡 · 김승욱 옮김 노벨 문학상 수상 작가 | 《타임》 선정 현대 100대 영문소설

176·177 **괴테와의 대화** 에커만 · 장희창 옮김

178 **그물을 헤치고** 머독 · 유종호 옮김 《타임》 선정 현대 100대 영문소설

179 **브람스를 좋아하세요...** 사강 · 김남주 옮김

180 **카타리나 블룸의 잃어버린 명예** 하인리히 뵐 · 김연수 옮김 노벨 문학상 수상 작가

181·182 **에덴의 동쪽** 스타인벡 · 정회성 옮김 노벨 문학상 수상 작가

183 **순수의 시대** 워튼 · 송은주 옮김 《뉴스위크》 선정 100대 명저 | 퓰리처상 수상작

184 **도둑 일기** 주네 · 박형섭 옮김

185 **나자** 브르통 · 오생근 옮김

186·187 **캐치-22** 헬러 · 안정효 옮김 《타임》 선정 현대 100대 영문소설 | 《뉴스위크》 선정 100대 명저 | BBC 선정 꼭 읽어야 할 책

188 **숄로호프 단편선** 숄로호프 · 이항재 옮김 노벨 문학상 수상 작가

189 **말** 사르트르 · 정명환 옮김

190·191 **보이지 않는 인간** 엘리슨 · 조영환 옮김 《타임》 선정 현대 100대 영문소설 | 미국대학위원회 선정 SAT 추천도서 | 《뉴스위크》 선정 100대 명저

192 **왑샷 가문 연대기** 치버 · 김승욱 옮김 퓰리처상 수상 작가

193 **왑샷 가문 몰락기** 치버 · 김승욱 옮김 퓰리처상 수상 작가

194 **필립과 다른 사람들** 노터봄 · 지명숙 옮김

195·196 **하드리아누스 황제의 회상록** 유르스나르 · 곽광수 옮김

197·198 **소피의 선택** 스타이런 · 한정아 옮김 퓰리처상 수상 작가

199 **피츠제럴드 단편선 2** 피츠제럴드 · 한은경 옮김
200 **홍길동전** 허균 · 김탁환 옮김
201 **요술 부지깽이** 쿠버 · 양윤희 옮김
202 **북호텔** 다비 · 원윤수 옮김
203 **톰 소여의 모험** 트웨인 · 김욱동 옮김
204 **금오신화** 김시습 · 이지하 옮김
205·206 **테스** 하디 · 정종화 옮김 미국대학위원회 선정 SAT 추천도서 | BBC 선정 꼭 읽어야 할 책
207 **브루스터플레이스의 여자들** 네일러 · 이소영 옮김
208 **더 이상 평안은 없다** 아체베 · 이소영 옮김
209 **그레인지 코플랜드의 세 번째 인생** 워커 · 김시현 옮김 퓰리처상 수상 작가
210 **어느 시골 신부의 일기** 베르나노스 · 정영란 옮김
211 **타라스 불바** 고골 · 조주관 옮김
212·213 **위대한 유산** 디킨스 · 이인규 옮김 서울대 권장도서 100선 | BBC 선정 꼭 읽어야 할 책
214 **면도날** 서머싯 몸 · 안진환 옮김
215·216 **성채** 크로닌 · 이은정 옮김
217 **오이디푸스 왕** 소포클레스 · 강대진 옮김 서울대 권장도서 100선
218 **세일즈맨의 죽음** 밀러 · 강유나 옮김
219·220·221 **안나 카레니나** 톨스토이 · 연진희 옮김 서울대 권장도서 100선
222 **오스카 와일드 작품선** 와일드 · 정영목 옮김
223 **벨아미** 모파상 · 송덕호 옮김
224 **파스쿠알 두아르테 가족** 호세 셀라 · 정동섭 옮김 노벨 문학상 수상 작가
225 **시칠리아에서의 대화** 비토리니 · 김운찬 옮김
226·227 **길 위에서** 케루악 · 이만식 옮김 《타임》 선정 현대 100대 영문소설 | 《뉴스위크》 선정 100대 명저
228 **우리 시대의 영웅** 레르몬토프 · 오정미 옮김
229 **아우라** 푸엔테스 · 송상기 옮김
230 **클링조어의 마지막 여름** 헤세 · 황승환 옮김 노벨 문학상 수상 작가
231 **리스본의 겨울** 무뇨스 몰리나 · 나송주 옮김
232 **뻐꾸기 둥지 위로 날아간 새** 키지 · 정회성 옮김 《타임》 선정 현대 100대 영문소설 | 《뉴스위크》 선정 100대 명저
233 **페널티킥 앞에 선 골키퍼의 불안** 한트케 · 윤용호 옮김 노벨 문학상 수상 작가
234 **참을 수 없는 존재의 가벼움** 쿤데라 · 이재룡 옮김
235·236 **바다여, 바다여** 머독 · 최옥영 옮김
237 **한 줌의 먼지** 에벌린 워 · 안진환 옮김 《타임》 선정 현대 100대 영문소설
238 **뜨거운 양철 지붕 위의 고양이 · 유리 동물원** 윌리엄스 · 김소임 옮김 퓰리처상 수상작
239 **지하로부터의 수기** 도스토옙스키 · 김연경 옮김
240 **키메라** 바스 · 이운경 옮김
241 **반쪼가리 자작** 칼비노 · 이현경 옮김
242 **벌집** 호세 셀라 · 남진희 옮김 노벨 문학상 수상 작가
243 **불멸** 쿤데라 · 김병욱 옮김
244·245 **파우스트 박사** 토마스 만 · 임홍배, 박병덕 옮김 노벨 문학상 수상 작가
246 **사랑할 때와 죽을 때** 레마르크 · 장희창 옮김
247 **누가 버지니아 울프를 두려워하랴?** 올비 · 강유나 옮김

248 **인형의 집** 입센 · 안미란 옮김
249 **위폐범들** 지드 · 원윤수 옮김 노벨 문학상 수상 작가
250 **무정** 이광수 · 정영훈 책임 편집 서울대 권장도서 100선
251·252 **의지와 운명** 푸엔테스 · 김현철 옮김
253 **폭력적인 삶** 파솔리니 · 이승수 옮김
254 **거장과 마르가리타** 불가코프 · 정보라 옮김
255·256 **경이로운 도시** 멘도사 · 김현철 옮김
257 **야콥을 둘러싼 추측들** 욘존 · 손대영 옮김
258 **왕자와 거지** 트웨인 · 김욱동 옮김
259 **존재하지 않는 기사** 칼비노 · 이현경 옮김
260·261 **눈먼 암살자** 애트우드 · 차은정 옮김 《타임》 선정 현대 100대 영문소설
262 **베니스의 상인** 셰익스피어 · 최종철 옮김
263 **말리나** 바흐만 · 남정애 옮김
264 **사볼타 사건의 진실** 멘도사 · 권미선 옮김
265 **뒤렌마트 희곡선** 뒤렌마트 · 김혜숙 옮김
266 **이방인** 카뮈 · 김화영 옮김 노벨 문학상 수상 작가 | 미국대학위원회 선정 SAT 추천도서
267 **페스트** 카뮈 · 김화영 옮김 노벨 문학상 수상 작가 | 국립중앙도서관 선정 청소년 권장도서
268 **검은 튤립** 뒤마 · 송진석 옮김
269·270 **베를린 알렉산더 광장** 되블린 · 김재혁 옮김
271 **하얀 성** 파묵 · 이난아 옮김 노벨 문학상 수상 작가
272 **푸슈킨 선집** 푸슈킨 · 최선 옮김
273·274 **유리알 유희** 헤세 · 이영임 옮김 노벨 문학상 수상 작가
275 **픽션들** 보르헤스 · 송병선 옮김 서울대 권장도서 100선
276 **신의 화살** 아체베 · 이소영 옮김
277 **빌헬름 텔 · 간계와 사랑** 실러 · 홍성광 옮김
278 **노인과 바다** 헤밍웨이 · 김욱동 옮김 노벨 문학상 수상 작가 | 퓰리처상 수상작
279 **무기여 잘 있어라** 헤밍웨이 · 김욱동 옮김 미국대학위원회 선정 SAT 추천도서
280 **태양은 다시 떠오른다** 헤밍웨이 · 김욱동 옮김 《타임》 선정 현대 100대 영문 소설
281 **알레프** 보르헤스 · 송병선 옮김
282 **일곱 박공의 집** 호손 · 정소영 옮김
283 **에마** 오스틴 · 윤지관, 김영희 옮김
284·285 **죄와 벌** 도스토옙스키 · 김연경 옮김 미국대학위원회 선정 SAT 추천도서
286 **시련** 밀러 · 최영 옮김
287 **모두가 나의 아들** 밀러 · 최영 옮김
288·289 **누구를 위하여 종은 울리나** 헤밍웨이 · 김욱동 옮김 노벨 문학상 수상 작가
290 **구르브 연락 없다** 멘도사 · 정창 옮김
291·292·293 **데카메론** 보카치오 · 박상진 옮김
294 **나누어진 하늘** 볼프 · 전영애 옮김
295·296 **제브데트 씨와 아들들** 파묵 · 이난아 옮김 노벨 문학상 수상 작가
297·298 **여인의 초상** 제임스 · 최경도 옮김 미국대학위원회 선정 SAT 추천도서
299 **압살롬, 압살롬!** 포크너 · 이태동 옮김 노벨 문학상 수상 작가
300 **이상 소설 전집** 이상 · 권영민 책임 편집

301·302·303·304·305 **레 미제라블** 위고 · 정기수 옮김

306 **관객모독** 한트케 · 윤용호 옮김 노벨 문학상 수상 작가

307 **더블린 사람들** 조이스 · 이종일 옮김

308 **에드거 앨런 포 단편선** 앨런 포 · 전승희 옮김 미국대학위원회 선정 SAT 추천도서

309 **보이체크 · 당통의 죽음** 뷔히너 · 홍성광 옮김

310 **노르웨이의 숲** 무라카미 하루키 · 양억관 옮김

311 **운명론자 자크와 그의 주인** 디드로 · 김희영 옮김

312·313 **헤밍웨이 단편선** 헤밍웨이 · 김욱동 옮김 노벨 문학상 수상 작가

314 **피라미드** 골딩 · 안지현 옮김 노벨 문학상 수상 작가

315 **닫힌 방 · 악마와 선한 신** 사르트르 · 지영래 옮김

316 **등대로** 울프 · 이미애 옮김 《타임》 선정 현대 100대 영문소설 | 《뉴스위크》 선정 100대 명저

317·318 **한국 희곡선** 송영 외 · 양승국 엮음

319 **여자의 일생** 모파상 · 이동렬 옮김

320 **의식** 노터봄 · 김영중 옮김

321 **육체의 악마** 라디게 · 원윤수 옮김

322·323 **감정 교육** 플로베르 · 지영화 옮김

324 **불타는 평원** 룰포 · 정창 옮김

325 **위대한 몬느** 알랭푸르니에 · 박영근 옮김

326 **라쇼몬** 아쿠타가와 류노스케 · 서은혜 옮김

327 **반바지 당나귀** 보스코 · 정영란 옮김

328 **정복자들** 말로 · 최윤주 옮김

329·330 **우리 동네 아이들** 마흐푸즈 · 배혜경 옮김 노벨 문학상 수상 작가

331·332 **개선문** 레마르크 · 장희창 옮김

333 **사바나의 개미 언덕** 아체베 · 이소영 옮김

334 **게걸음으로** 그라스 · 장희창 옮김 노벨 문학상 수상 작가

335 **코스모스** 곰브로비치 · 최성은 옮김

336 **좁은 문 · 전원교향곡 · 배덕자** 지드 · 동성식 옮김 노벨 문학상 수상 작가

337·338 **암 병동** 솔제니친 · 이영의 옮김 노벨 문학상 수상 작가

339 **피의 꽃잎들** 응구기 와 시옹오 · 왕은철 옮김

340 **운명** 케르테스 · 유진일 옮김 노벨 문학상 수상 작가

341·342 **벌거벗은 자와 죽은 자** 메일러 · 이운경 옮김 퓰리처상 수상 작가

343 **시지프 신화** 카뮈 · 김화영 옮김 노벨 문학상 수상 작가

344 **뇌우** 차오위 · 오수경 옮김

345 **모옌 중단편선** 모옌 · 심규호, 유소영 옮김 노벨 문학상 수상 작가

346 **일야서** 한사오궁 · 심규호, 유소영 옮김

347 **상속자들** 골딩 · 안지현 옮김 노벨 문학상 수상 작가

348 **설득** 오스틴 · 전승희 옮김

349 **히로시마 내 사랑** 뒤라스 · 방미경 옮김

350 **오 헨리 단편선** 오 헨리 · 김희용 옮김

351·352 **올리버 트위스트** 디킨스 · 이인규 옮김

353·354·355·356 **전쟁과 평화** 톨스토이 · 연진희 옮김

357 **다시 찾은 브라이즈헤드** 에벌린 워 · 백지민 옮김

358 아무도 대령에게 편지하지 않다 마르케스 · 송병선 옮김
359 사양 다자이 오사무 · 유숙자 옮김
360 좌절 케르테스 · 한경민 옮김 노벨 문학상 수상 작가
361·362 닥터 지바고 파스테르나크 · 김연경 옮김 노벨 문학상 수상 작가
363 노생거 사원 오스틴 · 윤지관 옮김
364 개구리 모옌 · 심규호, 유소영 옮김 노벨 문학상 수상 작가
365 마왕 투르니에 · 이원복 옮김 공쿠르상 수상 작가
366 맨스필드 파크 오스틴 · 김영희 옮김
367 이선 프롬 이디스 워튼 · 김욱동 옮김 퓰리처상 수상 작가
368 여름 이디스 워튼 · 김욱동 옮김 퓰리처상 수상 작가
369·370·371 나는 고백한다 자우메 카브레 · 권가람 옮김
372·373·374 태엽 감는 새 연대기 무라카미 하루키 · 김연경 옮김
375·376 대사들 제임스 · 정소영 옮김
377 족장의 가을 마르케스 · 송병선 옮김 노벨 문학상 수상 작가
378 핏빛 자오선 매카시 · 김시현 옮김
379 모두 다 예쁜 말들 매카시 · 김시현 옮김
380 국경을 넘어 매카시 · 김시현 옮김
381 평원의 도시들 매카시 · 김시현 옮김
382 만년 다자이 오사무 · 유숙자 옮김
383 반항하는 인간 카뮈 · 김화영 옮김 노벨 문학상 수상 작가
384·385·386 악령 도스토옙스키 · 김연경 옮김
387 태평양을 막는 제방 뒤라스 · 윤진 옮김
388 남아 있는 나날 가즈오 이시구로 · 송은경 옮김
389 앙리 브륄라르의 생애 스탕달 · 원윤수 옮김
390 찻집 라오서 · 오수경 옮김
391 태어나지 않은 아이를 위한 기도 케르테스 · 이상동 옮김 노벨 문학상 수상 작가
392·393 서머싯 몸 단편선 서머싯 몸 · 황소연 옮김
394 케이크와 맥주 서머싯 몸 · 황소연 옮김
395 월든 소로 · 정회성 옮김
396 모래 사나이 E. T. A. 호프만 · 신동화 옮김
397·398 검은 책 오르한 파묵 · 이난아 옮김 노벨 문학상 수상 작가
399 방랑자들 올가 토카르추크 · 최성은 옮김 노벨 문학상 수상 작가
400 시여, 침을 뱉어라 김수영 · 이영준 엮음
401·402 환락의 집 이디스 워튼 · 전승희 옮김
403 달려라 메로스 다자이 오사무 · 유숙자 옮김
404 아버지와 자식 투르게네프 · 연진희 옮김
405 청부 살인자의 성모 바예호 · 송병선 옮김
406 세피아빛 초상 아옌데 · 조영실 옮김
407·408·409·410 사기 열전 사마천 · 김원중 옮김 서울대 권장도서 100선
411 이상 시 전집 이상 · 권영민 책임 편집
412 어둠 속의 사건 발자크 · 이동렬 옮김
413 태평천하 채만식 · 권영민 책임 편집
414·415 노스트로모 콘래드 · 이미애 옮김

세계문학전집은 계속 간행됩니다.